LA VEILLE DE PRESQUE TOUT

“Actes noirs”

DU MÊME AUTEUR CHEZ ACTES SUD

LA TRISTESSE DU SAMOURAÏ, 2012 (prix *Le Point* du polar européen 2012) ; Babel noir n° 73.
LA MAISON DES CHAGRINS, 2013 ; Babel noir n° 143.
TOUTES LES VAGUES DE L'OCÉAN, 2015 (grand prix de Littérature policière, roman étranger, 2015) ; Babel noir n° 169.

Le poème de Juan Gelman est tiré de :
Juan Gelman, *Lettre ouverte*, éditions Caractères, "Cahiers latins", 2011.
Traduction de Jacques Ancet.

Titre original :
La víspera de casi todo
Éditeur original :
Ediciones Destino, Barcelone

ISBN 978-2-330-07266-7

VÍCTOR DEL ÁRBOL

La veille de presque tout

roman traduit de l'espagnol
par Claude Bleton

ACTES SUD

Pour la compagne de ma vie, Lola.
Car elle seule me regarde pour me voir.
C'est cela aussi, aimer.

L'enfer, c'est les autres.

JEAN-PAUL SARTRE,
Huis clos.

Fou est l'homme qui a tout perdu sauf sa raison.

GILBERT K. CHESTERTON,
Orthodoxie.

PROLOGUE

Málaga, été 2007

Germinal poussa un profond soupir. Il ne se ferait jamais à la chaleur du Sud. Elle était insupportable. Même pour ceux qui étaient habitués à ce lambeau de néant. Les gouttes de sueur glissaient sur son visage comme des fourmis importunes, mais il ne se donnait plus la peine de les essuyer d'un revers de main. Elles lui brouillaient les yeux, d'un bleu pâle, pendant qu'il balayait la lande du regard. La seule chose qui dérangeait l'horizon, aussi loin que pouvait porter sa vue, c'était un bouquet de peupliers qui ressemblait à une oasis dans ce désert. À quelques mètres, coulait une tranchée d'irrigation dont le filet d'eau glauque était survolé par une nuée d'insectes. La brise laissait entendre un murmure de vie stérile qui se mêlait au vrombissement des bourdons.

Il cracha, se tourna vers la voiture et ouvrit la portière du passager.

— Descends, ordonna-t-il à l'homoncule.

Il n'y avait pas moyen de nommer autrement cette silhouette insignifiante qui, blottie sur le siège, l'observait avec terreur, les mains menottées protégeant sa pommette enflée. Il avait le nez cassé et la lèvre fendue.

— J'ai commis une erreur, bredouilla l'homoncule.

Germinal secoua lentement la tête, écœuré. Il n'y avait pas d'erreur, et le temps des excuses était révolu.

— Je t'ai dit de descendre !

L'ordre retentit à ses oreilles, mais l'homoncule refusa de bouger, en sorte que Germinal dut l'attraper par son revers et le sortir de force, si brutalement que le petit homme tituba et tomba à plat ventre en soulevant une poussière jaunâtre. Germinal ne l'aida pas à se relever. Il attendit que l'homoncule se remette debout, tremblant comme une feuille sur le point de se détacher de sa branche, mais Germinal n'éprouvait aucune compassion.

— Où ?

L'homoncule cligna des yeux et plissa les paupières. Les menottes mordaient ses poignets et il ne sentait plus le sang circuler au bout de ses doigts. Le soleil l'éblouissait et il pencha la tête, comme pour l'esquiver. Il montra mollement les peupliers.

— Une cabane de bergers abandonnée.

— Avance.

Ils s'y dirigèrent. Quelques mètres au-delà des arbres et de la cabane en ruine, réapparaissaient la désolation de la plaine desséchée et du ciel sans nuages. Les ruines de la maison de berger se dressaient au milieu du néant comme un vestige préhistorique ou un poste frontière désaffecté. Il ne restait debout qu'un des quatre murs et un petit puits à sec dont la poulie était rouillée. Deux cailles s'envolèrent à leur arrivée.

Germinal balaya les lieux d'un regard méfiant, comme s'il craignait une embuscade. L'habitude. Il avança lentement en tenant l'homoncule par le coude, et observa ce qui subsistait de la chaumière. Des cochonneries desséchées, des poutres pourries, des cendres. Des tessons de bouteilles scintillaient comme de fausses émeraudes.

Le corps était là. Une immondice parmi d'autres. Sur le ventre, à demi enfoui sous les branchages et les pierres, à la hâte. On voyait émerger les doigts d'une main et un pied chaussé d'une espadrille déchirée. Il ne dégageait pas encore d'odeur.

Une foule de petits détails dessinait le scénario de ce qui s'était passé. Ils n'étaient pas très visibles, il suffisait de détourner le regard pour ne pas les voir ; mais ils étaient là : la terre griffée, les mouchoirs en papier froissés pour essuyer le sperme, quelques taches éparses sur les pierres, qui auraient pu être de la pluie sèche, pourtant il n'était rien tombé dans la région depuis le Déluge. Germinal remarqua quelque chose qui n'aurait jamais dû être là : une chaînette en or, brisée, à côté d'un sous-vêtement noirci par les excréments et l'urine, qui laissait deviner une vie gâchée. Des pois multicolores sur une culotte d'enfant. Il respira à fond, essayant de contrôler les spasmes de son estomac, son envie de crier à s'en briser la gorge.

Il releva la tête. Un sillage de vapeur traçait une courbe ascendante dans le ciel. Un avion brillait, lointain et minuscule, objet inaccessible. Si un passager avait regardé à cet instant précis par le hublot, il aurait cru qu'il n'y avait rien ni personne à cet endroit, sur le sol. Aucune route proche, aucun lotissement. Et si un chasseur de lapins était passé dans le coin, il n'aurait pas repéré le corps à moins d'avoir eu ses chiens avec lui. Le soleil et les insectes auraient fait le reste. Le vent aurait érodé les os comme il use les montagnes. Il les aurait réduits en cendres. Comme s'ils n'avaient jamais existé.

L'homoncule pleurnichait. C'est toujours pareil, quand ils se savent découverts. Il secouait la tête et ses larmes semblaient sincères. Il tournait en rond sur lui-même, épouvanté.

— C'était un accident, vous devez me croire !

"Des fous !" se dit Germinal. Le monde est plein de dégénérés pour qui les autres sont des éléments du paysage où se déroule leur vie. Ces dingues ne voient pas les gens, ils n'ont pas conscience de leur existence, ils leur marchent dessus ou les transpercent, les utilisent, les écrasent et les jettent comme des déchets.

Il se redressa d'un bond et enfonça les doigts dans la clavicule de l'homoncule qui poussa un cri étouffé. Germinal augmenta la pression et l'obligea à s'agenouiller devant le corps à demi enterré.

— Regarde-la, fils de pute, et dis-moi… pourquoi ?

— Vous ne pouvez pas comprendre, murmura l'homoncule. Vous ne pouvez pas comprendre. Je l'aimais.

Le vrombissement des mouches était une chanson macabre. Germinal refusa d'en entendre davantage.

— Qu'allez-vous faire ? demanda l'homoncule, les yeux exorbités.

Sa voix grinçait comme les cris d'un rat.

Germinal allait faire ce que d'autres auraient dû faire depuis longtemps.

Il dégaina son Beretta et frappa l'homoncule à la tête à coups de crosse. Une, deux, trois, cinq fois consécutives… Mais sa rage ne se calmait pas. Et il continua de frapper, avec hargne, comme s'il s'agissait d'une vengeance. Il ne pensait plus à cette fille assassinée. Il pensait à un autre enfant, à un autre lieu et à un autre temps. Un temps lointain, mais qui le tourmentait tous les jours de sa vie.

Sa chemise était trempée de sueur et ses mains ensanglantées tremblaient. Dans la boîte à gants, il avait une bouteille de gin, tiède, mais il but jusqu'à s'étrangler et recracha poussière et salive. Il se tourna vers le siège du passager et vit, sur le tapis de sol, le cahier qu'il avait récupéré dans l'appartement de l'homoncule. De nouveau, il feuilleta les pages manuscrites qu'il avait déjà lues jusqu'à la nausée. C'étaient ces mots écrits sur un papier d'une texture épaisse qui l'avaient amené jusqu'à cette zone désertique. Cette autoaccusation de l'homoncule, rédigée d'une écriture minuscule, à peine lisible, même les paragraphes où l'encre ne s'était pas diluée. Un florilège chaotique qui englobait des références littéraires, des pensées intimes et des poèmes. Certains passages étaient raturés avec un soin méticuleux et les traits étaient si énergiques qu'ils avaient déchiré le papier.

Mais ces mots contenaient plus qu'une confession. Ils s'adressaient à lui, Germinal ; l'homoncule l'interpellait personnellement :

> J'attends toujours. Est-ce aujourd'hui que tu vas m'attraper ? Je commence à me lasser.
>
> Tout fait partie d'un *atrezzo* déprimant, n'est-ce pas ? La lumière, les visages, les déguisements qu'on croise quotidiennement, au milieu desquels on se camoufle en feignant d'être comme eux. Des gens *normaux*, ainsi se qualifient-ils, avec fierté. Mais toi et moi, Germinal (j'espère que cela ne te dérange pas que je t'appelle par ton prénom), nous savons que tout

s'imprègne d'une lumière grise qui tombe sur le carton-pâte d'un décor imparfait. Pour des gens comme nous, comme toi et moi, qui vivons dans les détails, cet endroit, ce monde, est une mort annoncée. Nos bourreaux seront l'ennui, la répugnance et l'affliction devant tant de laideur.

L'abrutissement de l'homme ne connaît pas de bornes. Plus personne n'a envie de voir Anna Sten et Mae Clarke dans *Nana*, un film déclaré indécent par la National Legion of Decency dans les années 1930. Qui peut prétendre que le rôle de Joel McCrea ou celui de Humphrey Bogart dans *Rue sans issue* soient réactionnaires ? Non, monsieur, on ne veut voir que de la chair, écouter des banalités, comme si c'était cela, le modèle de liberté. On ne perçoit plus la subtilité des dialogues d'antan, l'érotisme véritable du regard de Miriam Hopkins, sa façon de se caresser les cheveux, de fumer. C'était une rébellion dans les règles, beaucoup plus subversive que tout ce qu'on veut faire passer maintenant pour moderne et qui n'est que vulgaire.

Il est difficile de trouver poétique ou esthétique ce monde écœurant. Toi, comment fais-tu pour survivre ? Je trouve ça parfois dans un réverbère cassé, à l'autre bout de la rue où je vis. Cette même rue que tu espionnes dans ta voiture depuis des semaines, en croyant que je ne te vois pas. La nuit, un moucheron volette et se cogne contre le verre, comme s'il voulait entrer dans le noyau de cette lumière qui finira par le brûler, jusqu'au moment où enfin il trouve un interstice par où se faufiler, et sa danse folle et suicidaire s'achève dans un grésillement. Le moucheron tombe, mais immédiatement un autre assure la relève. Les moucherons morts s'entassent au pied du réverbère dans un brasier de sacrifices inutiles. Si quelqu'un d'autre était plus doué pour les métaphores poétiques, il pourrait tirer une conclusion de tout cela. Mais les gens normaux n'ont pas ce genre de talent. Ils ne voient que des insectes stupides qui se sacrifient pour rien.

Dans la nature des choses, il n'y a rien de gratuit. Je sais que tu me comprends. Tu me trouves peut-être répugnant, mais au fond tu me comprends. Nous sommes seuls, Germinal. Seuls dans un monde déprimant, triste et peu généreux.

> Je suis convaincu qu'il y a des jours où toi aussi tu te regardes dans la glace et où tu as la sensation d'être composé de rien, de vapeur, de fumée, de vent. Toi, tu es comme moi une araignée attrapée dans de l'ambre.

Germinal reposa le cahier sur le tableau de bord. Le soleil déclinait, mais si lentement qu'il anéantissait tout espoir de fraîcheur. Il s'assit dans la voiture et y resta longtemps, sous cette boule sphérique intraitable, sans penser à rien. Il alluma une cigarette et fuma sans plaisir.

Il ferma les yeux. Cette maudite chaleur rendait les hommes fous.

1

La Corogne, vendredi 20 août 2010
0 h 15

À travers le rideau à rayures de son bureau, Ibarra regarde la rue déserte et les passages piétons, sur lesquels se reflètent les changements de couleur des feux, que personne n'emprunte. Cette quiétude froide et lunaire, cette solitude, a un côté fantomatique. Chaque frange horaire a son caractère et ses habitués ; comme si les heures avançaient vers un horizon que personne ne peut voir, étrangères à la volonté de ceux qui l'habitent. Avant, il aimait la nuit, car on n'y trouve pas d'ombres. Tout était clair dans l'obscurité. Lui et les autres – le reste du monde – séparés par une membrane invisible, mais impénétrable. Plus maintenant. Maintenant, il a peur de trop penser, d'être obligé de noyer le silence qui l'entoure dans les bruits de sa tête.

Ce soir, il y aura une pluie d'étoiles filantes, et le bulletin d'informations à la radio conseille à qui veut la voir de choisir un endroit à l'abri de la pollution lumineuse, et d'avoir à portée de main un vœu à formuler. Les gens sont convaincus que cette lumière qui dure le temps d'un battement de paupières possède un pouvoir magique. Toutefois, pour Ibarra, les étoiles filantes sont des choses mortes qui s'éteignent sans rien laisser, des fragments de roche qui se consument en entrant dans l'atmosphère ; le feu qui les fait briller ne leur appartient pas, ne vient pas d'elles, mais de la friction extérieure. Il n'y a rien de magique dans ce phénomène.

D'après Carmela, sa femme, il est devenu un mécréant. Il devrait l'écouter et aller avec elle aux cours de yoga. Elle pense que ces cours l'aideraient à "se connecter" avec son être intérieur, à balayer les toiles d'araignée qui l'encombrent. Avec le fanatisme d'une néophyte fraîchement convertie, son épouse assure qu'elle n'est plus la même depuis qu'elle prend ces cours; elle affirme savoir ce qui lui arrive et pourquoi. Mais quand Ibarra lui demande quels sont ces problèmes qu'elle peut maintenant affronter, Carmela regarde ses mains, les referme lentement et détourne les yeux :

— Tu sais très bien de quoi je parle.

Ah oui, bien sûr qu'il le sait; Ibarra n'a pas besoin d'un yogi barbu pourvu d'un diaphragme en gélatine pour savoir ce que renferme le silence de son épouse. Carmela peut se raser la tête si elle le veut, porter une tunique violette et remplir la maison d'encens et de myrrhe, de clochettes et de tapis de coco, cela n'y changera rien. Ibarra ne peut cesser d'être ce qu'il est.

Son bras avance sur la table, rapproche un lourd cendrier, allume une cigarette et presque aussitôt y secoue sa cendre. Un léger ronflement nasal lui échappe à chaque expiration, comme s'il était un mineur silicosé. Son père respirait de la même façon. Curieusement, c'est le souvenir le plus net qu'il ait conservé des visites à son géniteur : les doigts dont la face intérieure était tachée de nicotine, l'odeur lourde, les dents jaunes et sa respiration sifflante. Son père, qui est mort coincé dans sa propre guerre, incapable d'échapper à son passé – la vie dans les montagnes, la prison –, semble lui parler du fond de ses poumons goudronnés, mais Ibarra refuse de l'écouter. En fin de compte, il y a des leçons qu'on n'apprend jamais.

Il se laisse tomber dans le fauteuil pivotant, devant son bureau, et observe la pièce. Tous les soirs il se pose la même question, et n'a toujours pas trouvé de réponse : quel est le sens de son travail ? Tant d'années à accumuler des papiers, des dossiers, des fiches. Les personnes qu'il a eues entre ses mains, résumées en quelques dates, des synthèses froides, accumulées sur sa table et vite oubliées; des visages sous la forme de photocopies noir et blanc. Des visages qui attendent quelque chose de lui, qu'il ne peut leur donner.

Au mur sont suspendus l'attestation du mérite policier et l'instantané de son heure de gloire : la coupure de journal avec sa prouesse, la légende héroïque qui l'accompagnera toujours, où qu'il aille, la même histoire inlassablement racontée, si bien rodée qu'à force de la répéter il en a fait un discours machinal et sans fissures. Un policier exemplaire en grand uniforme qui, trois ans plus tôt, a résolu l'affaire Amanda, la petite disparue de Málaga.

Cependant, sur cette photographie son expression rigide est un peu irréelle, une expression où affleure la perplexité d'un instant de gloire qu'il n'a pas voulue. Il est à côté du commissaire en chef et du délégué du gouvernement, les yeux mi-clos, sans doute gêné par l'impact lumineux des appareils qui le bombardent. On dirait qu'il se prend pour un imposteur, otage de cet instant qui ne lui appartient pas. À cinquante-trois ans, il ne s'y attendait plus. La promotion, les télévisions, les phrases convenues pour répondre aux interviews, les poignées de main (des centaines, qui ne s'attardent pas entre ses doigts ; toutes sortes de mains : mielleuses, décidées, timides, reconnaissantes, méfiantes), les gens qui klaxonnent en le reconnaissant dans la rue. Ils l'aimaient, se sentaient mieux protégés avec une telle personne veillant sur leur sommeil, celui de leurs enfants et de leur famille.

Tout cela, c'est du passé. Les gens oublient la peur dès qu'ils se sentent libérés de ce qui en est l'origine. Alors, viennent les questions, les témoignages – faux ou réels –, les confidences à la presse, les soupçons, les doutes. Il paraît qu'on va rouvrir le dossier Amanda, qu'il y a eu des irrégularités, des preuves qui doivent être réexaminées ; on risque même de l'accuser de torture et d'assassinat. Certains sont jaloux de lui depuis des années, rejoints par d'autres pour le lynchage. On sait comment l'atteindre. Pour Ibarra, tout cela est un cauchemar qui l'oblige à remonter à cet été étouffant de 2007.

Mais les pires ne sont pas ceux qui le harcèlent d'appels anonymes ou se cachent derrière un pseudonyme pour l'insulter sur les réseaux sociaux. Pas même ceux qui osent aller plus loin et déposent des mots menaçants dans sa boîte aux lettres ou sur le pare-brise de sa voiture. Non, les pires sont ceux qui lancent leurs torpilles en connaissant sa ligne de flottaison : Samuel. Rien ne blesse plus Ibarra qu'ouvrir au hasard une page internet et découvrir les voix anonymes de ceux qui se retranchent derrière une fausse identité pour couvrir son fils de moqueries et d'insultes ; ou trouver dans sa boîte une photographie de Samuel avec des commentaires infamants sur sa maladie. "Gnome", "épouvantail", "monstre" : le genre de quolibets féroces suscités par son aspect.

Samuel est fragile, cassable, on dirait qu'il a été construit au mépris de ses composantes et de la raison. Il souffre du syndrome de Williams, une mutation génétique due à l'absence du chromosome 7, ce qui lui donne un visage particulier. Mais son aspect n'est pas le plus grave ; le pire est que le défaut de matériel génétique est à l'origine de sa maladie psychique, de ses problèmes visuels, dentaires et stomacaux. Cette maladie terrible est aussi la cause de son oreille étonnante en musique, même si personne ne semble s'intéresser à ce don. À travers la musique, Samuel est capable d'exprimer ses états d'âme, de communiquer avec le monde. Un monde qui, la plupart du temps, est hermétique et indifférent. Si Samuel vivait assez longtemps, il pourrait être un musicien extraordinaire… S'il vivait assez longtemps. Drôle de formulation. La première fois qu'on l'a opéré, Samuel avait quatre ans. Il vient d'en avoir vingt et les cicatrices se succèdent. Il n'atteindra pas la trentaine : il s'éteindra très lentement, ou peut-être dans un spasme horrible. Le cœur, les reins ou le foie provoqueront la rupture. Et lui, son père, le héros, ne peut lui épargner un seul atome de souffrance.

Personne ne se doute de ce qu'Ibarra pense quand Samuel se tord et souffre, quand il crie, puis se tait pour le regarder fixement comme un animal épuisé. Parfois, Ibarra imagine qu'il sort son fils de son lit et l'emmène dans la forêt pour mettre fin à leurs souffrances à tous les deux. Ce serait rapide. La brume envelopperait le sous-bois, les troncs humides, les pierres lisses et les ruisseaux. Un passant quelconque découvrirait, quelques jours plus tard, leurs corps à demi enfouis sous les feuilles mortes. Tous deux paisibles, enfin.

Cette pensée, tuer son propre fils, le terrifie, mais il ne parvient pas à s'en débarrasser.

Il regarde le pistolet posé sur la table : le canon tourné vers lui chuchote des promesses de paix et d'oubli. Ibarra le soupèse dans la main droite, tire la glissière qui claque quand il la relâche. Une balle est un objet parfait, esthétique. Un comprimé contre la douleur, un remède définitif. Prêt à l'emploi, attendant qu'il se décide. Comme tous les soirs depuis trois ans. Il ouvre la bouche et accueille le frisson provoqué par le contact du métal avec sa langue. Il serre les dents autour du canon pour ne pas trembler et baisse la main qui tient l'arme. Une détonation, un éclair. Fondu au noir. Simple, à condition de ne pas hésiter. Quand on ne peut plus revenir en arrière, cet instant de doute est fatal. Il l'a remarqué chez d'autres.

Il vaut mieux maintenir son poignet avec l'autre main, serrer fort et fermer les yeux pour ne pas les voir éclater.

Il retient son souffle, les paupières lourdes, cherche la détente avec son index. Il appuie – jamais assez – et recule, danse macabre qui lui détruit les nerfs. "Vas-y une bonne fois pour toutes !" crie-t-il dans sa tête ; et pourtant, ce soir aussi l'impossibilité l'emporte. Il laisse retomber le pistolet entre ses jambes avec un cri muet. Un désespoir sans fin. "Lâche, tu es un foutu lâche."

Pendant quelques minutes, il reste prostré, absent. Puis il ouvre la petite boîte en bois de santal sculptée à la main, avec la déesse Parvati sur le couvercle. Un cadeau de son épouse, pour le préserver des mauvaises vibrations. Ibarra sourit : une grimace éteinte. Les "mauvaises vibrations". Il n'y range qu'une seule chose, les cachets de perphénazine et de clozapine qu'il prend en secret. Si ses supérieurs le savaient, ils le suspendraient immédiatement.

Il les avale sans eau et essaie de ne pas réfléchir. Mais les pensées s'enracinent dans sa tête. C'est pourquoi il a besoin d'entendre une autre voix, de sortir de ce silence assourdissant qui le paralyse comme un piège.

Un agent en uniforme l'aborde au moment où il franchit la porte de la rue.

— Inspecteur, on vient de recevoir ce fax de Barcelone.

Ibarra jette à peine un coup d'œil sur la feuille que l'agent lui tend. C'est un portrait au fusain d'un type sans signes particuliers, accompagné d'une description tellement ambiguë qu'elle pourrait être celle de n'importe qui. Dans les observations, on précise qu'il est le principal suspect de l'assassinat d'un vieil homme à Barcelone, la cité comtale. Toute la journée, il n'a été question que de cela à la télévision. L'information a circulé dans tous les commissariats du pays. C'est une priorité. Mais pas pour Ibarra.

— Distribue-le aux patrouilles et punaise-le au panneau d'affichage.

Sans se retourner, il sort et s'arrête au bord du trottoir. Il contemple la lune en allumant une cigarette. Au moins, la nuit ne lui pose pas de questions.

Il y a toujours un bar ou une boîte providentiels près d'un commissariat, comme il y a toujours des pompes funèbres près d'un cimetière, ou un marchand de bonbons près d'un collège. L'enseigne au néon clignote au bord de la route, donnant un air irréel à deux palmiers en plastique. Devant la porte du club, un petit bassin où stagnent deux ou trois mégots. Le portier salue Ibarra avec un ricanement entendu.

— Bonsoir, inspecteur. Une visite pour le travail ?

Ibarra ne répond pas. Il entre et se faufile entre les ombres fugaces qui bougent sur la piste. À droite, un long comptoir en verre dépoli rythmé par des tabourets ; à gauche, près d'une estrade équipée d'une barre de danse, le salon privé : fauteuils bas et petits guéridons ornés de chandeliers électriques et d'ors en plastique. Ibarra s'affale sur un canapé qui a trop d'odeurs corporelles et trop de brûlures de cigarettes. Mais la nuit avale tout, et quand elle vomira, aux premières lueurs de l'aube, il n'y aura plus de témoins.

Les femmes de cet antre ressemblent à ce qu'elles sont : des fantômes maigrelets, peinturlurés de façon ridicule et triste. Il en reconnaît quelques-unes. D'autres sont nouvelles, même si tous les visages se fondent dans une même désolation qui résiste encore à leur décrépitude. L'une d'elles s'approche. Le bustier moulant rehausse sa poitrine enduite de brillantine. Elle s'assied sur les genoux de l'inspecteur avec la familiarité hardie d'une personne pressée de sauter les préliminaires inutiles. On l'appelle Oiseau de Paradis, sans italique.

— On m'appelle comme ça, parce que je peux faire voler n'importe qui, proclame-t-elle avec une lasciveté lasse, plus désolante qu'excitante.

Elle dégage une légère odeur de cigarette mentholée. Son regard, bas et fuyant, souligne les fissures de son rire. Ses bras blafards ont la consistance d'une pomme, ses coudes osseux sont sillonnés de veines trop épaisses et outrageusement masculines.

— Tu es venu pour reluquer ou pour baiser ?

— Je suis venu picoler.

Oiseau de Paradis sourit et ses dents attestent d'une longue route, commencée depuis longtemps, qui a accumulé les traces de nombreuses pertes. Le voudrait-on qu'on ne pourrait s'empêcher de voir ses cicatrices.

Pourtant, l'inspecteur se retrouve peu après dans une chambre du club, assis sur une petite chaise inconfortable, et il la regarde se masturber, nue sur le lit.

— Rien que pour toi, chéri.

Ibarra essaie de ne pas voir les chevilles, les fesses et les jambes maigrelettes de la prostituée. Elle a des orteils minuscules et crispés, comme ceux d'une fillette. Elle se contorsionne sans pudeur, les yeux tournés vers les miroirs du plafond, en quête d'un ciel ouvert. Enfin, Oiseau de Paradis feint de jouir, un finale digne d'une opérette.

— Tu as aimé ? demande-t-elle en récupérant ses affaires avant de passer à la salle de bains.

Ibarra voit très exactement à quoi elle ressemble sans maquillage, quand elle se réveille le matin et prépare le café pour un petit ami qui ignore peut-être la nature de ses activités. Il imagine comment elle fait l'amour avec une personne qu'elle désire réellement. Un savoir antique dans les mains et sur les lèvres.

— Tu as raison. Tu es fascinante.

Oiseau de Paradis sourit avec un air de fillette ravie et s'enferme dans la salle de bains. Pendant ce temps, l'inspecteur allume la télévision et met une chaîne d'information à la place de la chaîne porno.

L'écran montre des images de l'assassinat de Barcelone. On les passe en boucle depuis le début de la matinée : on n'est pas aux États-Unis, et on n'a pas tous les jours un cadavre en pleine rue. Les jambes dépassent des véhicules garés, cagneuses, dans une position étrange, les chaussures en éventail. Le pantalon froissé laisse voir un mollet très pâle et la marque de l'élastique de la chaussette noire. Contre le bord du trottoir, le front baigne dans une flaque de sang qui pourrait être n'importe quoi d'autre. Il a été touché à la nuque, et ses cheveux clairs sont un amalgame confus autour d'une obscurité profonde. Il a les pupilles figées, comme celles d'un jouet ; ces yeux ne sont pas réels, on dirait qu'ils sont peints. Les mains rigides, contre le corps, ont les paumes ouvertes.

Ibarra monte le son. La voix du narrateur invisible raconte avec véhémence ce qui est arrivé. Le mort avait un livre de Juan Gelman dans la poche de sa veste, détail romanesque sur lequel le journaliste revient avec un excès de dramatisme.

— Comme si les morts n'avaient pas le droit de lire de la poésie, grommelle Ibarra.

— Ils ne devraient pas déplacer le corps d'une façon si peu délicate, murmure Oiseau de Paradis.

Tout habillée, elle se sèche les cheveux dans une serviette. Ses yeux, de nouveau prêts à la guerre, glissent sur les images avec une émotion attentive.

— Un 9 millimètres lui a collé une balle dans la nuque à bout portant. Peu importe la façon de le déplacer ! Il était mort avant de toucher le sol.

Oiseau de Paradis dévisage l'inspecteur, ses cheveux poivre et sel, l'ombre d'une barbe autour de la bouche, les pommettes saillantes. Il a de jolis yeux bleus. Dommage que le regard soit si dur.

— Ça ne t'intéresse pas de savoir qui était cet homme, son histoire ?

Ibarra se gratte le menton avec le pouce en regardant les images, comme s'il n'était pas concerné.

— Nous avons tous notre histoire, mais je m'en tiens surtout au rationnel pour résoudre une affaire. Ensuite, j'essaie d'oublier.

Elle sourit à la manière de certains animaux de nuit, avec prudence.

— "Rationnel", un mot qui n'oblige pas à s'engager.

— Mais qui implique une certaine expérience, complète Ibarra.

Elle réfugie ses yeux tristes sur l'écran de la télévision. Et insiste :

— Pourquoi l'avoir tué ?

L'inspecteur s'impatiente.

— On a tiré sur lui et il est mort. C'est ce qui compte ! déclare-t-il en se raccrochant à la logique insuffisante de la cause et de l'effet.

Bien que ce ne soit pas son intention, il est désagréablement cynique. Oiseau de Paradis le dévisage avec une pointe de méfiance.

— Tu n'aimes pas beaucoup l'espèce humaine, on dirait ?

Ibarra hausse les épaules. Il pense à Carmela et à ses cours de yoga.

— Écoute, je suis sûr que quelqu'un t'attend, et que tu vas lui prendre la main pour le consoler.

Ibarra a allumé une cigarette sur le parking du club. Il fume lentement, assis sur le capot de la voiture, et regarde les constellations dont il a appris les noms et les formes quand il était petit. Pas trace des Larmes de saint Laurent. Il pense aux rêves émaillés d'épines de son fils, aux cauchemars qui l'empêchent de dormir et le chassent du lit, trempé de sueur. Il est sûr que Carmela doit être en ce moment au lit avec Samuel, essayant de le calmer, regardant par la fenêtre et lui conseillant de fermer les yeux très fort et de formuler un vœu en attendant son étoile filante.

— Fais un vœu, Samuel.

— Comme je veux ?

— Comme tu veux.

— Je veux diriger mon propre orchestre.

Ibarra fume sa cigarette jusqu'au mégot et comprend qu'il n'a pas d'échappatoire possible. À part faire le dos rond.

La sonnerie de son portable le fait sursauter. C'est un appel du commissariat. Il laisse sonner et se demande, en regardant l'écran, ce qui se passera s'il ne répond pas. Rien. Le monde n'a pas besoin de lui pour continuer de tourner.

Quelques minutes plus tard, le téléphone se remet à sonner. Cette fois, Ibarra décroche.

L'opérateur de service a reçu un appel de l'hôpital provincial. Une femme apparemment victime de violences a été accueillie aux urgences. Dans un état grave. Ibarra ne s'y intéresse pas. Il ordonne d'envoyer une patrouille en uniforme. Mais l'opérateur insiste.

— La femme ne veut parler qu'à vous, inspecteur. Elle affirme vous connaître personnellement.

Ibarra grommelle un juron entre ses dents mais se traîne jusqu'à la voiture et part pour l'hôpital sans se presser. Il allume la radio : c'est une émission où des noctambules appellent uniquement pour savoir s'il y a quelqu'un à l'autre bout de leur silence. Il éteint. Les gens sont seuls et devraient apprendre à l'accepter.

La doctoresse des urgences essaie de sauver les apparences, mais elle ne peut cacher son épuisement. Chacun sa vie, mais ce soir elles semblent toutes au bout du rouleau. Ibarra est conscient que ses vêtements sentent le tabac et qu'il a l'haleine pâteuse des buveurs qui essaient de la dissimuler en mâchant du chewing-gum. Il s'écarte de la doctoresse – qui sent l'hygiène immaculée – et se concentre sur la femme prostrée sur le brancard. C'est un corps qui n'a pas grand-chose d'humain.

— Nous avons dû lui administrer un puissant sédatif pour pallier la douleur. C'est un miracle qu'elle soit encore en vie.

"Encore une qui croit aux miracles", songe Ibarra. La doctoresse lui énumère la longue liste des lésions. Le corps humain a environ deux cents os. Peu de traumatologues pourraient les citer de mémoire, et beaucoup de gens ne savent même pas pourquoi ils sont là, sous les couches de peau, de graisse et de muscles. Nous les portons toute notre vie sans leur prêter attention, jusqu'au jour où ils commencent à s'user, à se casser, à s'ankyloser. À ce moment-là, le métacarpe, la malléole latérale, le condyle, la crête iliaque ou la scapula prennent beaucoup d'importance. Tout ce qui nous maintient se brise avec une facilité déconcertante et l'édifice corporel s'effondre.

Ibarra n'écoute pas. Il s'est concentré sur les ecchymoses, les coupures, les déchirures. Son esprit échafaude déjà des hypothèses.

— Elle a été violée ?

La doctoresse ne dément pas.

— Il n'y a pas trace de sperme et nous n'avons pas trouvé non plus d'érosions vaginales ni anales lors de l'exploration gynécologique. Mais nous allons faire d'autres examens.

— Vous dites qu'elle m'a demandé.

La doctoresse acquiesce.

— Je pensais que vous pourriez nous dire qui elle est. On n'a rien pour l'identifier. Pas de papiers, pas de téléphone.

Ibarra plonge dans la galerie d'images et de visages de son esprit embrumé par les médicaments et l'alcool. Il ne croit pas avoir vu cette femme de toute sa vie. Pourtant, il aimerait l'aider et lui dire que ce qui lui est arrivé, c'est déjà du passé. Mais il n'en sait rien, il ne sait pas si elle a connu le pire ou si elle n'en est qu'au début.

— Qui l'a amenée ?

— Aucune idée. Quelqu'un l'a déposée sur la rampe des urgences. Elle était inconsciente.

— Il y a des caméras de surveillance ?

— On n'est pas dans une prison. Ici, les gens entrent et sortent sans complications. Mais je peux poser la question.

Ibarra approuve.

— J'aimerais voir ses affaires.

La doctoresse montre les vêtements entassés sur une chaise.

— Tout est là.

Il a fallu découper le jean pour le lui enlever, *idem* pour le tee-shirt à col roulé. Les chaussures de marche ont des traces de boue et de brins d'herbe. Ibarra examine minutieusement le soutien-gorge, la culotte et les chaussettes. Puis il se concentre sur les semelles et sur les poches du pantalon. Quelques pièces en euros, deux clés et un élastique à cheveux. En retournant les poches, des résidus de végétal glissent entre ses doigts. Il les flaire : de la marihuana.

Il dévisage la femme. Elle semble dormir, mais ce n'est pas certain. L'inspecteur sait qu'il faut parfois se tenir à la frontière de deux réalités, se maintenir dans une tourbe gluante pour supporter la douleur.

— Qui es-tu ? souffle-t-il.

Pas de réponse.

2

Trois mois auparavant
Costa da Morte, premiers jours de juin 2010

Les phares de la décapotable éclairaient un panneau rouillé au bord de la route et le clignotant sautillait sur les lettres à demi effacées. La route s'achevait quelques mètres plus loin. Ensuite ne subsistait que l'horizon liquide, la fin du monde.

Paola se caressa la joue. Ses doigts se barbouillèrent de maquillage. Elle avait pu dissimuler l'ecchymose sur la pommette, mais la marque était restée. Ce n'était pas la douleur physique, mais l'humiliation, qui lui rappelait qu'elle n'était pas encore assez loin. On entendait *Hurt*, de Johnny Cash, sur l'ampli, et les paroles se confondaient avec la rumeur de l'océan et la cime des pins, qui chuchotaient entre eux : "Si je pouvais tout recommencer un million de miles plus loin, je prendrais soin de moi, je trouverais un chemin…"

Paola se demanda si c'était bien ce qu'elle voulait, trouver un nouveau chemin. Le lieu, quelle importance ? Celui-là ou un autre. Ils étaient tous pareils. Le message d'"Otto portable" clignotait toujours sur l'écran du téléphone : "Et merde, où es-tu ? Tu es devenue folle."

Elle éteignit son téléphone. Elle pouvait encore revenir en arrière, tout expliquer, et personne ne poserait de questions, comme toujours. Chaque fois qu'elle prenait la fuite, elle rentrait tête basse. C'était ce qu'on attendait d'elle. Mais cette fois, pas question. Elle reprit son souffle et tourna à gauche, suivant l'indication du panneau.

Quelques mètres plus loin, le macadam devenait un étroit chemin de terre plein de nids-de-poule et de cailloux qui raclaient le châssis de la voiture. Guidée par les phares, qui ouvraient la voie à mesure qu'elle avançait, elle conduisait entre les fourrés sans se soucier des rayures que les ongles végétaux gravaient sur la peinture de sa voiture de sport. En réalité, chaque éraflure sur la carrosserie la remplissait d'une sorte de joie enfantine, car elle imaginait la tête d'Otto.

Le sentier s'élargissait et débouchait, deux kilomètres plus loin, sur une maison dont la façade était colonisée par le chèvrefeuille. Un portail en bois obligeait à franchir à pied les derniers mètres jusqu'à l'entrée principale, enterrée sous une couche de feuilles mortes et de détritus, encadrée par deux cyprès plus hauts que la maison. Les balcons et les grandes fenêtres avaient besoin d'un traitement urgent contre les champignons et l'humidité. Une grosse lézarde, qui se ramifiait en petites crevasses, traversait une partie de la façade. À l'évidence, ce lieu avait connu des temps meilleurs, mais le côté mal entretenu de la maison ne découragea pas Paola. Elle n'était pas venue chercher du confort. Elle prit dans le coffre son matériel photographique et son sac de voyage, et eut un léger vertige en descendant de voiture. Elle tenait à peine debout. Jusqu'alors, elle n'avait pas eu conscience du nombre d'heures qu'elle avait passées au volant.

Elle parcourut sous la lune les mètres qui la séparaient du porche sans voir où elle posait les pieds. Le talon de la chaussure gauche s'enfonça deux fois dans la boue et elle trébucha. Adieu ses jolis bas, adieu sa jupe plissée.

Il y avait de la lumière aux fenêtres du rez-de-chaussée et à travers les volets on entendait une mélodie au piano qui lui était familière. Le *Clair de lune* de Debussy, un des morceaux qu'on l'obligeait à apprendre quand elle était petite, sous le regard attentif et toujours disponible de sa mère. Cette musique familière était rassurante, elle pouvait peut-être rendre ce lieu inhospitalier plus accueillant.

Elle dut sonner à deux reprises avant que le piano se taise. La porte s'entrouvrit et la lumière ambrée de l'intérieur inonda partiellement le plancher du porche. Une femme au visage plat

– comme si, en le taillant, on avait oublié de sculpter les détails des pommettes – s'avança.

— Bonsoir. C'est vous, Dolores ?

La femme acquiesça légèrement, appuyée au chambranle, les mains dans les poches d'une veste en lainage, la regardant comme si elle avait une vision éthylique. Paola estima qu'elle devait avoir plus ou moins son âge, environ quarante-cinq ans, même si elle en paraissait davantage. Elle n'était pas grosse, mais ses chairs se relâchaient. La seule belle chose chez elle, c'étaient ses yeux verts, ternis par son regard somnolent.

— Nous nous sommes parlé au téléphone. Désolée d'arriver si tard, mais je ne connais pas ces routes et je me suis perdue. C'est moi, Paola.

La femme regarda le sac de voyage d'un air las.

— On n'a pas souvent des hôtes à cette époque de l'année, murmura-t-elle.

On aurait dit un monologue, qui excluait la visiteuse. Puis elle battit des paupières pour secouer sa torpeur, haussa les épaules et la fit entrer.

Le salon était vaste, décoré d'un mélange délirant d'objets qui semblaient avoir été achetés en solde. Les étagères étaient bourrées de livres et de petits cadres, de figurines en céramique, de tableaux empilés, de magazines et de disques. Cet ensemble créait une atmosphère bigarrée qui, sans être inquiétante, n'était pas vraiment accueillante. Il y avait une lampe allumée sur une table basse. L'abat-jour bleu traçait un cercle lumineux sur un piano à queue. À côté du tabouret, il y avait un verre de vin à moitié vide et un cendrier d'où montait en spirale la fumée d'un joint.

— Un Bösendorfer, dit Paola en montrant le piano. D'après ce que j'ai entendu, il a un beau timbre.

— Vous vous y connaissez en pianos ?

Sous le jeu de lumières de la lampe, la peau de Dolores semblait fondre comme une couche de peinture rouillée.

— J'en jouais quand j'étais petite. Je n'ai jamais été très bonne.

Un silence étrange s'instaura entre elles deux, comme si pour des raisons différentes chacune s'était échappée une seconde du salon, laissant son corps en suspens dans le vide.

Dolores se racla la gorge, reprit son joint, le coinça dans la moulure que les années avaient formée entre son index et son majeur et aspira avidement jusqu'à ce qu'elle en ait ravivé l'extrémité. Lentement, le regard décalé abandonna les cercles erratiques dans lesquels elle faisait naufrage, et se tourna vers Paola.

— Combien de temps comptez-vous rester ? demanda-t-elle avec une vivacité soudaine, entre deux bouffées.

— Je ne sais pas vraiment. Je dois faire un reportage, improvisa Paola.

La femme regarda le sac de voyage et estima que la nouvelle venue avait des bagages pour à peine une semaine. Peut-être un pyjama, sa trousse de toilette – sûrement pleine de flacons – et de quoi se changer une fois au maximum. Ce sac était le mouchard d'une fuite précipitée. Mais ce n'étaient pas ses oignons.

— Quelle sorte de reportage ? Vous êtes journaliste ?

— Photographe.

— Dans le coin, il n'y a pas grand-chose qui mérite d'être immortalisé.

La femme posa un regard inquisiteur sur Paola. Son instinct, riche de ses démêlés avec des centaines de voyageurs de tout acabit, lui soufflait qu'elle ne devait pas accepter cette locataire.

— Ton visage me dit quelque chose – elle était passée soudain au tutoiement, ce qui déconcerta Paola. Tu es déjà venue ?

Paola secoua la tête. Dolores l'examina plus attentivement.

— En tout cas, il me faut ta carte d'identité et une carte de crédit. L'identité, c'est pour le registre exigé par la police, justifia-t-elle avec indolence, et la carte, au cas où tu casserais quelque chose ou partirais sans payer.

La demande troubla Paola.

— Je peux payer en liquide, d'avance – elle sortit de la poche de sa jupe un billet froissé de cinq cents euros. Ce sera suffisant ?

Dolores haussa un sourcil.

— C'est vingt euros la nuit, ma belle. Fais le calcul toi-même. Avec ça, tu as de quoi rester la moitié d'une vie, et je ne crois pas que ce soit ton intention.

Paola lui tendit le billet et Dolores l'examina par transparence, comme si elle voulait s'assurer qu'il n'était pas faux.

— Ceux-ci, on ne les voit pas souvent… De toute façon, il faudra t'enregistrer.

Paola dit qu'on lui avait volé son sac sur une aire de l'autoroute du Nord. Elle avait perdu tous ses papiers et n'avait pas encore eu le temps de faire la déclaration.

"Encore un mensonge", se dit Dolores, qui conserva néanmoins le billet.

— Nous trouverons bien une solution – elle alla prendre deux clés dans une boîte en bakélite posée sur une étagère. Voici la clé de l'appartement, au troisième étage, et celle-ci est celle de la porte d'entrée. Il y a un horaire pour les repas, mais si tu préfères, tu peux faire tes courses au village. Ce n'est pas loin, dix minutes à pied. Dans l'appartement, il y a une petite cuisinière à gaz. Il n'y a qu'un restaurant dans le voisinage, mais à cette saison il est fermé. Donc si tu as vraiment envie de goûter la gastronomie locale, il faudra te contenter d'O Cafeto. C'est le café des pêcheurs.

— Compris, dit Paola en prenant son sac de voyage, l'air inquiet.

Dolores entendit de nouveau la sonnette d'alarme dans sa tête.

— Dis-moi, tu ne vas pas nous causer des problèmes, hein ?

— Non, bien sûr que non. Je ne suis que de passage.

Dolores esquissa un sourire qui montra ses dents. À certains endroits de ce visage désabusé et négligé subsistaient les reliefs d'une jolie femme.

— Nous sommes tous de passage, ma chérie.

Il n'y avait pas grand-chose à voir dans l'appartement : une table assez stable, une armoire en formica dont les étagères étaient recouvertes de papier journal et deux cintres en bois qui supporteraient le poids d'une blouse et d'un pantalon. Un espace impersonnel nettoyé avec indifférence ; le carrelage couleur crème ne connaissait guère la serpillière, et des monticules de poussière solidifiée se nichaient dans les coins les moins accessibles. Dehors, un réverbère éclairait un terrain vague qui en des temps meilleurs avait dû être un jardin arrière, mais qui n'était plus qu'un lieu de passage. On entendait les bruits de la nuit, hostiles pour une citadine comme elle : impossible d'imaginer ce qu'on pouvait trouver au-delà du cône de lumière du réverbère.

Paola se déshabilla et s'allongea sur le lit. Son pouce frôla le piercing du nombril. Paola retira sa main dans une réaction de dégoût. Elle avait encore, cousues à la peau, des choses qui ne lui appartenaient pas et dont elle devait se débarrasser. Son corps lui faisait mal, comme s'il se brisait en minuscules éclats de verre. Elle se leva et chercha l'interrupteur, derrière la porte de la salle de bains. Une ampoule blafarde s'alluma au-dessus du miroir. Elle se regarda à distance.

Elle avait la physionomie de sa mère : des cheveux roux comme une pêche, très courts. Elle effleura le modelé de sa frange et songea qu'elle devrait se faire une teinture, peut-être noire. Elle voulait être quelqu'un d'autre, elle l'avait toujours voulu. Voilà pourquoi on l'avait opérée du nez dix ans plus tôt, pour avoir cette douce courbure et un profil moins grec que celui des femmes de la famille. La bouche était jolie quand elle était immobile, mais troublante quand elle était en mouvement, au bord du claquement triste. Les pommettes, prononcées et arrogantes, presque masculines, contribuaient à la dureté de ses yeux, ni grands ni petits, d'une couleur foncée qui rappelait celle des boutons d'une peluche et qui, parfois, pas très souvent, brillaient comme le quartz. Ces yeux contenaient toutes les métaphores, mais aucune ne s'en approchait ; ils étaient labyrinthiques, un réseau de pièges qui empêchait de savoir ce qu'elle pensait. Le reste du corps affichait une décadence que les opérations esthétiques, les seins siliconés, l'ablation des côtes, les heures de gymnastique et les régimes avaient du mal à ralentir. En outre, les trois dernières années, sa vie s'était tournée vers une démission absolue qui avait détruit en peu de temps ce qu'elle avait eu tant de mal à forger.

Elle n'avait plus besoin de livrer son corps aux caprices des autres, mais il restait encore des signes de cette descente aux enfers : vieilles foulures, traces racornies de nuits violentes, sur le ventre et à l'intérieur des fesses. Ses doigts les parcoururent lentement, s'arrêtèrent sur le duvet pubien et elle ressentit une douleur intense, suivie d'une envie de vomir et d'un frisson plein d'images dans ses pupilles. Elle respira profondément pour renvoyer ces visions au fond des tripes, et elle se massa le cou, si fin et si fragile, qui risquait de se briser à tout moment.

Elle regarda la baignoire avec une certaine répugnance. Elle n'était pas sale mais, comme tout dans cet appartement, elle conservait les stigmates intangibles d'autres présences : des hommes et des femmes y avaient plongé le corps. Elle ouvrit le robinet pour la remplir, versa du gel douche et tâta la température du bout du pied, sur lequel était tatoué un animal fantastique : un griffon. Sa tête d'aigle, comme ses ailes, était d'un rouge intense ; le corps de lion et les griffes étaient d'un bleu indigo qui se confondait avec les ramifications veineuses montant vers la cheville. Encore un excès qu'elle répudiait.

Elle s'immergea lentement. Quand elle était enfant, elle plongeait dans la baignoire pour écouter les battements de son petit cœur. Ce rythme de tambour la fascinait, comme si elle renfermait un animal qu'elle ne pouvait entendre autrement. Elle laissait sortir les bulles d'air par le nez, et les regardait s'élever et se dissoudre à la surface. Elle n'avait jamais peur, même quand sa bouche voulait s'ouvrir, quand ses poumons s'enflammaient, et qu'elle se forçait à rester au fond. Elle savait que sa mère viendrait la sortir de là. Elle comptait les secondes en attendant sa venue… Pourtant, un jour, sa mère ne vint pas. Elle disparut, sans autre forme de procès. Et ne laissa qu'un petit mot sous l'oreiller : "Ne crois jamais que celle qui s'en va t'abandonne. Parfois, c'est le meilleur moyen de rester avec toi pour toujours."

De temps en temps, elle l'attendait encore, tout au fond, bercée par les murmures de l'eau et les pulsations de son corps.

Paola n'avait pas conscience du temps qu'elle avait passé dans la baignoire quand on frappa à sa porte. Reprenant ses esprits, elle s'aperçut que l'eau s'était refroidie et qu'elle grelottait. Elle se sécha et s'enveloppa dans une serviette avant d'ouvrir.

Il y avait un homme dans le couloir. Certes un vieillard, mais rien à voir avec ces hommes finis et pleins de souvenirs, c'était un type corpulent qui s'effritait très lentement. Il avait un air distrait et un regard horizontal, sous d'épais sourcils en broussaille, qui la dévisageait avec curiosité, mais sans descendre sur les épaules couvertes de taches de rousseur ou glisser jusqu'à la naissance de la poitrine rougie qui affleurait sous la serviette. Il porta la main à son chapeau avec une légère inclination de tête ; un geste poli, modeste et vieux jeu, relief des manières d'une autre époque et d'une autre terre. Plus personne n'était aussi cérémonieux, ici. Le chapeau était joli, légèrement enfoncé au sommet, comme si la main l'avait déformé à force de toujours répéter le même geste. Il s'emboîtait parfaitement sur le crâne du vieil homme.

— La Mercedes garée là-devant, elle est à vous ?

En écoutant la question, Paola crut distinguer dans cette voix conventuelle, grave, une résonance de voûtes, écho d'un lieu incroyablement éloigné. Elle mit quelques secondes à associer la question à la décapotable d'Otto, et répondit par un hochement de tête étonné. Le vieil homme sourit avec une douceur presque imperceptible.

— Mercedes décapotable, 190SL 1963, cabriolet deux places. Une pièce de collectionneur : 105 chevaux, vitesse maximale 170 kilomètres-heure, accélération de 0 à 100 kilomètres-heure en quatorze secondes. Je parie qu'elle fait partie de la dernière série qui a été fabriquée.

Paola était contrariée ; pour elle, ce n'était qu'un caprice d'Otto, comme ses chevaux, comme le jeu et comme les femmes qu'il collectionnait. Et cet homme lui parlait de cet objet comme s'il l'avait fabriqué lui-même.

— Ça, je serais bien incapable de vous le dire.

— Vous savez quoi ? Mon épouse et moi-même, nous avons émigré d'Argentine en Allemagne dans les années 1950. Nous avons travaillé pendant des années sur la chaîne de montage des Mercedes. Il est donc probable que j'aie serré moi-même certains boulons de cette voiture. Paradoxal, n'est-ce pas ?

Il avait dit “paradoxal” comme s’il venait d’apprendre sa signification dans le dictionnaire. Paola ressentit un léger malaise, ces mots contenaient peut-être un reproche secret adressé aux gens qui, comme elle, se contentaient de conduire cette voiture sans penser au travail des personnes qui l’avaient construite.

C’était la première fois que Mauricio quittait l’Argentine, et il avait l’impression d’être un aventurier refusant de languir dans un Buenos Aires qui, dans ces lointaines années 1950, ne lui offrait que la promesse d’une mort lente et annoncée. Devant lui s’ouvrait un avenir à découvrir. En outre, il partait avec sa fiancée, la Roussotte, et son grand ami de cœur, Oliverio.

Pourtant, Mauricio supportait mal les remarques de son père :

— Quel besoin d’aller en Allemagne ! Ouvrier sur une chaîne de montage de voitures, c’est ta conception de la prospérité ?

— Non, père. Ce que je veux, c’est voir comme le monde est grand.

Son père le regarda comme s’il était fou.

— C’est la faute de cette fiancée que tu as dénichée. Elle t’a ensorcelé avec ses bêtises.

Le père de Mauricio n’avait jamais désiré plus que ce qu’il avait : il se consacrait à ses chapeaux, écoutait les tangos de Gardel, voyait les enfants grandir et ne regretterait rien quand ils décideraient de fonder leur propre famille. Mauricio, son aîné – et son plus grand espoir –, avait soudain des ambitions et des rêves absurdes, et le père accusait sa fiancée, une jeune fille rousse, de les avoir inspirés. Sa première réaction en voyant la Roussotte avait été de lui trouver l’air d’une Gitane.

— Avec elle, tu vas errer de par le monde, de travail en travail, sans vraie patrie, sans racines.

Pour son père, le monde n’en valait pas la peine, hors des limites rassurantes de la vie connue. Cette fille, avec ses rêves de grandeur, allait précipiter son fils dans le chaos et l’incertitude.

— Sculptrice, ce n’est pas un métier pour une fille ! Tout ce que je vois, ce sont des bouts de ferraille soudés les uns aux autres en dépit du bon sens. Elle n'est pas pour toi, Mauricio ; elle n'est pas pour toi. Tu devrais écouter M. Giovanni et trouver une bonne place dans une maison comme la sienne.

M. Giovanni était le patron de son père, et le propriétaire de la chapellerie de la rue Florida, où Mauricio avait appris les rudiments du métier. Il avait commandé un araucaria dans les Andes chiliennes pour le planter dans sa propriété. La terre de Buenos Aires ne devait pas convenir à ce conifère, mais M. Giovanni, imperturbable, essayait à tout prix de le conserver, en dépit des conseils du jardinier. Il habitait dans une propriété proche des grands parcs, des hippodromes et des quartiers où s'installaient peu à peu les familles de la future classe moyenne de la ville. Dans cette demeure aux couloirs labyrinthiques, les murs étaient tapissés de tableaux d'ancêtres sinistres qui semblaient souffrir d'hémorroïdes.

M. Giovanni n'avait pas d'enfants, et c'était sa grande tragédie. Son visage, aussi vert et gris que celui de ses ancêtres, finirait suspendu à un clou, dans ce mausolée inachevé. Et ensuite, le néant. C'est sans doute pourquoi il prit Mauricio sous sa protection.

— Quand tu auras l'âge, lui suggéra-t-il, tu feras des études dans une université privée, peut-être aux États-Unis, étudier les sciences de l'économie pour connaître et dominer les concepts du capitalisme : la dette, l'offre, la demande, l'exportation, les valeurs, la fluctuation du dollar américain, les risques de l'intérêt. Après la guerre en Europe, il faudra tout reconstruire. Des entreprises multimillionnaires, autant de chances pour ceux qui ouvrent l'œil et se préparent aux temps qui s'annoncent.

Mauricio, cet adolescent dégingandé et timide, était-il intéressé par tout cela ? Était-il conscient qu'on lui offrait un avenir inattendu pour quelqu'un de sa classe ? Bien sûr que non. Il préférait l'aventure.

C'est ainsi que finalement il s'embarqua pour l'Allemagne.

— Il commence à pleuvoir, il vaudrait mieux remonter la capote. Ce serait dommage de voir cette belle sellerie abîmée.

— Oh oui… Bien sûr… Tout de suite. Merci beaucoup.

Le vieil homme prit congé en portant un doigt au rebord du chapeau, et il s'éloigna dans le couloir. Avant de descendre, il se retourna, mais Paola avait refermé sa porte.

Paola s'approcha de la fenêtre et vit le vieillard devant la décapotable. Il était accompagné d'un beau garçon, à peine un adolescent. Le vieil homme lui montrait l'intérieur de la voiture, et lui donnait sans doute des détails techniques, ou quelque chose de ce genre. Instinctivement, Paola prit son appareil et le photographia. Le garçon releva la tête, comme s'il avait entendu le déclic du déclencheur, et leurs regards se croisèrent. Paola s'écarta de la fenêtre et se réfugia dans l'ombre.

Le téléphone portable se remit à sonner. Sur l'écran, le nom d'Otto clignotait avec insistance.

— Ton grand-père est bizarre, Daniel, dit Martina, la fille de Dolores, en écartant sa frange d'un geste qu'elle semblait avoir beaucoup répété, comme si elle tenait à se donner des airs de vieille.

Le grand-père Mauricio longeait le bord de la falaise. Une semaine s'était écoulée depuis l'arrivée de Paola, la nouvelle pensionnaire, et les deux jeunes contemplaient le paysage, assis sur un rocher humide. Martina regardait au loin, les bras autour des genoux.

Daniel approuva ; lui aussi, il avait du mal à s'habituer à l'idée que cet homme qui allait et venait, les mains dans les poches, était son grand-père. Le père de son père. De gros favoris frisés encadraient son visage comme des mèches de sparte. Sa barbe blanche donnait à ses mâchoires une ampleur soyeuse qui dissimulait les petites cicatrices en forme de filets brisés autour de ses lèvres et sur une partie de ses joues. Ces cicatrices fascinaient Daniel ; on aurait dit des racines secrètes qui remontaient à la surface, ou des doigts crispés de naufragés. Elles devaient avoir une histoire, mais son grand-père n'aimait pas parler du passé. En réalité, il n'aimait parler de rien. C'était un être de silence.

La première image qu'il avait de son grand-père était celle du jour où il était venu le chercher à la clinique. Un travailleur social expliqua à Daniel que cet homme coiffé d'un chapeau de cinéma était son seul parent vivant, et qu'il serait aussi son tuteur. Jusqu'alors, Daniel en avait très peu entendu parler. Lors de cette première rencontre, le grand-père l'avait attendu au bout du couloir sans venir à sa rencontre, comme s'il voulait lui donner le temps de s'habituer à cette présence nouvelle dans sa vie. Il lui lança un regard bref et échangea quelques mots avec le travailleur social. Puis il prit la valise de Daniel. À la sortie de la clinique, il le regarda avec un peu plus d'attention : "Maintenant, nous sommes seuls, toi et moi." C'est tout ce qu'il dit avant de poser sa grosse patte sur la tête du garçon. C'était le geste le plus tendre dont Daniel se souvenait. Il y avait un an de cela, et il faut reconnaître qu'ils ne savaient toujours pas grand-chose l'un de l'autre.

— Que peut-il bien se passer dans sa tête ? se demanda Martina tout haut.

Le grand-père releva la tête et se concentra sur les îlots, de l'autre côté de la baie. Ce qu'il vit ou pensa l'amena à sourire, comme si les vagues lui soufflaient une plaisanterie qu'il était le seul à pouvoir comprendre ; cette complicité avec la nature mit Daniel mal à l'aise, car cela l'excluait de ses préoccupations.

— Je crois qu'il attend quelque chose, répondit-il.

Martina esquissa un sourire ironique et cruel.

— Tout ce que les vieux attendent, c'est ce qui ne peut plus arriver.

Daniel se retourna.

— Parfois, tu es un peu acide. Tu le sais ?

Martina le regarda avec dédain.

— Je dis ce que je sens. Le seul horizon d'un vieux, c'est le passé.

Elle attacha ses cheveux avec un élastique et se fit une queue de cheval au sommet du crâne en secouant la tête avec résignation. Elle lança un dernier regard au loin. Le grand-père revenait, longeant le côté nord de la falaise.

— Je crois qu'il est temps que je m'en aille.

— Tu n'es pas obligée de partir, dit Daniel.

— Tu sais comment le vieux va réagir si tu continues de me voir.

C'était vrai. Ne pas effacer Martina de sa vie lui faisait du mal, dirait son grand-père, car Daniel rechutait chaque fois qu'il la voyait.

Martina s'éloigna dans la direction opposée. Daniel savait qu'il était inutile de lui courir après. Son amie était un esprit solitaire et rebelle. Elle l'avait toujours été. Une vieille fillette plongée dans son monde, éloignée de tous. Martina était comme l'air orageux de ces terres. Elle était là, que cela plaise ou non, et on ne pouvait que l'aimer ou la détester. Daniel avait choisi de l'aimer, même si ce jour-là il n'avait aucune envie de jouer avec elle.

Quand le grand-père arriva au *cruceiro* – un de ces nombreux calvaires galiciens – où Daniel était assis, il était à bout de souffle d'avoir monté la côte. Il rejeta son chapeau en arrière et scruta le ciel, avec l'air de se méfier de ce qu'il voyait, et mâchouilla l'air, comme s'il allait le recracher dans la minute.

— Un orage qui s'annonce. Et il sera sévère. Nous devrions rentrer.

Daniel hocha la tête.

Il eut du mal à se lever après être resté assis si longtemps, jambes croisées, face à la mer. Le fond de son pantalon était humide, comme lorsqu'il faisait pipi au lit quand il était petit. Ce qui lui arrivait encore de temps en temps : il était incontinent dans un rêve et se réveillait dans ses draps trempés. À dix-sept ans, il en avait honte. Heureusement, le grand-père ne suspendait pas les draps mouillés à la fenêtre pour les exposer à la vue de tous. Ça, c'était une manie de son père, et son père n'était plus là.

Il jeta un dernier coup d'œil aux ruines calcinées de sa maison. Il avait de moins en moins de mal à y monter et à errer entre les murs, sans toiture et sans portes, ou à s'asseoir sur le carrelage craquelé. Ce qui n'empêchait pas Daniel de reconnaître la chambre de ses parents, la cuisine, le petit salon où son frère mettait ses bottes à réchauffer devant la cheminée ; il restait une partie de l'escalier qui menait à sa chambre, dont la fenêtre en forme de lucarne donnait sur la partie nord de

Punta Caliente et sur le phare. Dans les décombres, il faisait parfois encore des trouvailles : un verre ; le petit tableau qui présentait le naufrage du *Serpent*, un bateau qui avait coulé en 1890 à Punta Boi, entraînant par le fond cent soixante-dix marins ; des livres de sa mère, aux pages à demi calcinées ; de vieilles photographies qui se décomposaient entre ses doigts. Et pourtant, ce jour-là, il n'avait trouvé que la puanteur de vieilles cendres, la vision des meubles qui crépitaient, des serpentins de braises virevoltant au-dessus des têtes, cette odeur âcre dans le nez, la bouche et la gorge, comme si l'incendie durait encore.

Son grand-père le regarda d'une façon que Daniel ne sut interpréter. Parfois, il se comportait comme un surveillant ; à d'autres moments, en revanche, il était presque sûr que son grand-père le comprenait. Son grand-père était tantôt son infirmier, tantôt son geôlier.

— Tu vas bien ? lui demanda-t-il en lui pressant l'épaule.

Daniel connaissait le poids de cette main, sa fermeté, certes pas violente mais qui excluait toute discussion. Ces mains l'avaient tenu avec force, ou caressé jusqu'à ce qu'il s'endorme. Mais elles s'étaient entraînées à la tendresse, et elles savaient façonner, coudre et assembler des chapeaux étonnamment élégants.

— Oui, très bien.

— Ce n'était peut-être pas une bonne idée de monter jusqu'ici.

— Je vais bien, grand-père, je t'assure.

— Comme tu voudras. Allons-nous-en.

Ils descendirent vers le village. Punta Caliente, c'était l'éclat d'une douzaine de lumières, au loin. Le grand-père marchait en tête, les mains dans les poches, à petits pas, la tête en avant, tel un bélier qui aurait voulu défoncer la muraille du vent. Il avait cette façon typique des Luján de poser fermement les talons, la pointe vers l'extérieur. Daniel se rappelait que son frère avait la même démarche, les bras presque immobiles, de petits pas, la tête un peu enfoncée. Et il souriait comme le grand-père, avec une sorte de moue qui aurait pu passer pour du cynisme, mais qui n'exprimait que de l'impatience. Daniel était convaincu que son frère et le grand-père se seraient bien entendus s'ils s'étaient connus. Mais son frère n'était plus là, lui non plus.

Les cendres les avaient tous emportés : son père, son frère et sa mère.

On entendait le tonnerre au loin, en haute mer. L'atmosphère s'était épaissie, elle sentait l'herbe fauchée, et l'humidité de la terre traversait les semelles en caoutchouc des chaussures de sport de Daniel.

Ils arrivèrent au carrefour du chemin qui menait à la maison d'hôtes de Dolores. Parfois, le grand-père passait la saluer. Ils s'entendaient bien, ils avaient cette complicité que partagent les gens venus d'ailleurs. Dolores avait beau vivre à Punta Caliente depuis dix ans – elle avait même été maîtresse à l'école rurale –, les autochtones continuaient de l'appeler, avec un certain dédain, la Portugaise. Elle et le grand-père – qu'on surnommait bien sûr l'Argentin – se prêtaient des livres et des disques, et de temps en temps ils discutaient de tout ce qui pouvait être discuté autour d'une bouteille de vin. La loquacité soudaine du grand-père quand il était avec Dolores était surprenante. Cette fois, Mauricio n'avait ni livres ni disques, et Daniel crut qu'il ne s'arrêterait pas. La maison de Dolores obligeait à un assez grand détour. Un endroit difficile à trouver. Mais le grand-père décida de lui rendre visite.

De l'autre côté de la grille était toujours garée la décapotable vert olive qu'ils avaient vue une semaine auparavant. Daniel n'avait pu oublier l'image fugace de la femme à la fenêtre. Mauricio tourna autour du véhicule.

— Une automobile magnifique.

Daniel se rendit compte que son grand-père regardait cette voiture comme si c'était un être vivant. La vision de ce véhicule le transformait.

Quand ils entrèrent dans la maison, la pluie redoublait. Dolores les reçut, enveloppée dans une aura d'ambiguïté qui caractérisait aussi cette maison. Il n'était pas facile de savoir si cette femme était triste ou simplement lasse, si elle avait fumé ou si elle feignait de flotter dans sa bulle de musique, de lumières tamisées et de livres. Dans la cheminée, une bûche se consumait lentement, brûlant par intermittence, tels les battements d'un cœur en bois.

— La cheminée en juin ? s'étonna le vieil homme.

Elle haussa les épaules.

— Je ne l'ai pas allumée parce que j'avais froid.

Au milieu des braises, une demi-douzaine de mégots et un paquet de cigarettes froissé, et quelques pages que Dolores avait arrachées à un volume de *La Montagne magique*.

— Aujourd'hui, ces malades et ce sanatorium me sortent par les yeux ! dit-elle quand le vieillard, haussant un sourcil, lui demanda sans le formuler quelles étaient ces pages jetées au feu.

Elle avait une bonne réserve de classiques à brûler en fonction de ses états d'âme. Elle ouvrit une bouteille de blanc d'albariño et remplit deux verres. Daniel alla fureter dans la bibliothèque. Le vieil homme regarda son petit-fils du coin de l'œil, se tourna vers Dolores et leva son verre à mi-hauteur. Ils trinquèrent en silence, avec la pluie en bruit de fond.

— Les nuits les plus étoilées sont les plus belles, et pourtant ce sont aussi les plus froides, murmura Dolores.

— Il n'y a pas d'étoiles aujourd'hui, il pleut à verse.

— Ne sabote pas mon image poétique, Mauricio.

Le vieux secoua légèrement la tête avec humour.

— Tu commences à te sentir trop à l'aise dans la société. Tu es encore trop jeune pour ce genre de renoncement.

— Ce n'est pas vrai.

— Je vois de petits indices d'enterrement à vie : trop de Bukowski sur les étagères, trop de Chopin sur le tourne-disque, trop de marihuana… et maintenant cette nostalgie des étoiles.

Dolores sourit. Elle aimait l'ironie du vieil homme. Elle ne savait jamais s'il parlait sérieusement. Sans doute se moquait-il d'elle avec beaucoup de sérieux.

— S'il y a au monde une personne capable de me supporter, tu devrais allumer un feu de Bengale pour qu'elle me repère. Tu connais mon type.

Il sourit. Et glissa la question qu'il avait sur le bout de la langue.

— Comment ça se passe avec la nouvelle locataire ?

— Paola ? Elle quitte à peine l'appartement… Elle est bizarre.

— Dans quel sens ? Bizarre comme toi ou moi, bizarre comme une terroriste ou bizarre comme une tueuse en série ?

— Ne commence pas avec tes petits jeux, Mauricio. Je dis simplement qu'il y a un truc chez elle que je ne pige pas. En théorie, elle doit faire un reportage photographique sur les falaises et le phare, mais je ne l'ai pas vue franchir la grille.

— C'est un lieu idéal pour oublier le monde, si c'est ce qu'elle veut.

— J'ai l'impression de la connaître, de l'avoir déjà aperçue quelque part.

Un grincement attira leur attention du côté de l'escalier. L'arrivée de Paola modifia l'équilibre de la pièce de façon subtile. Habillée de façon informelle, elle cachait ses mains dans les manches d'un pull trop grand pour elle. Le vieil homme fit un clin d'œil à Dolores et se leva.

— Bonsoir. On parlait justement de vous.

— De moi ?

Le vieil homme hocha la tête.

— Des anecdotes et des futilités pour accompagner un soir d'orage et quelques verres de vin. Pourquoi ne pas vous joindre à nous ?

Paola hésita.

— Je ne veux pas vous déranger. Je voulais juste des allumettes ou un briquet.

Trop tard. Le vieil homme l'entraîna vers un fauteuil, près de la cheminée. Dolores demanda à Daniel d'aller chercher un verre. Le vieil homme revint à la charge.

— Quelle est votre spécialité ? Attaquer les banques, tirer sur les gens, poser des bombes ? Ce sont les hypothèses que nous envisagions, Dolores et moi.

— Mauricio, tout le monde n'a pas ton sens de l'humour, s'exclama Dolores.

Le vieillard sourit, sans cesser de regarder Paola. Il avait l'impression que cette femme hivernait, comme si elle était victime d'une maladie grave et avait décidé de se congeler, en attendant qu'on découvre le remède décisif. Il connaissait ce genre de situation. Il l'avait pratiquée pendant des années dans une prison argentine.

— Excusez-moi. Parfois, la prétention d'être drôle est une grossièreté.

Paola sourit poliment, coincée entre ces deux inconnus. Daniel rapporta le verre. Elle reconnut le garçon qu'elle avait photographié le premier soir, derrière sa fenêtre. Les doigts du garçon frôlèrent involontairement les siens, un dixième de seconde, mais ce léger contact lui transmit un flot d'émotions.

— Dolores affirme que vous êtes journaliste, ou reporter, mais je ne suis pas sûr de bien comprendre la différence, insinua le vieillard, qui remarqua en même temps le regard pénétrant de Daniel sur cette femme.

— Je fais de la photographie, dit-elle en examinant le dos de sa main, comme si les doigts du jeune homme lui avaient injecté une substance et qu'elle cherchait les marques de piqûre.

— Quel genre de photographies ? demanda Daniel, intervenant soudain dans la conversation.

Ses yeux ressemblaient aux boules de cristal d'un devin qui connaît le passé, le présent et l'avenir. Dans l'esprit de Paola, ce regard crissa comme un roseau qui se brise, et, mal à l'aise, elle détourna le regard.

— Des paysages, des monuments... des mains.

— Pourquoi les mains ? Pourquoi pas les visages ? demanda Dolores.

Paola pensa aux taches solaires des mains de sa mère quand elle passait une serviette sur son corps et ses cheveux mouillés, l'odeur de lavande qu'elles dégageaient, leur fermeté délicate.

— À mon avis, on n'a rien de plus émouvant et de plus sincère que nos mains.

Daniel regarda les siennes.

— C'est pour ça que tu caches les tiennes dans les manches de ton pull ? demanda-t-il.

Paola secoua lentement la tête en se tournant vers ce curieux jeune homme.

— Je ne les cache pas. J'ai tout simplement froid.

"Je ne te crois pas", dit le regard de Daniel. Et Paola sentit ce regard envahir ses intérieurs. Par chance, Dolores se leva et se dirigea vers le piano. Elle ouvrit le couvercle et enleva le tissu qui recouvrait les touches.

— Alors, il faut les réchauffer. Tu as dit que tu jouais du piano quand tu étais petite. Bien, voyons comment tes doigts se promènent sur les touches.

Paola chercha des excuses en rougissant.

— Il y a si longtemps…

— Je suis sûre que tes mains savent encore, insista Dolores. La musique y reste toujours collée.

Paola s'assit sur la banquette, contempla le clavier et ses bras s'immobilisèrent au-dessus de l'ivoire. Elle se rappela son nœud à l'estomac chaque fois que son père avait des invités et les faisait passer par le salon de musique pour leur offrir un échantillon du génie de sa fille prodige. Le poids de ces regards posés sur elle l'empêchait de bouger les doigts. Maintenant, elle avait de nouveau l'impression d'être cet oiseau rare.

Daniel l'encouragea d'un geste amical.

— D'accord, voyons s'il m'en reste quelque chose.

Un morceau lui plaisait tout particulièrement. Le numéro 2 de l'opus 9 des *Nocturnes* de Chopin. Les doigts, d'abord hésitants, retrouvèrent une assurance étonnante au contact des notes, comme s'ils ne s'étaient jamais éloignés complètement de l'enfance. Les notes tombaient avec la ferme froideur d'un souvenir, devenaient plus intimes, s'enroulaient, prenaient vie.

Le temps s'arrêta quand la mélodie s'éteignit. Un instant, chacun fut transporté loin de lui-même. Dolores au Portugal ; Daniel dans son enfance, auprès de ses parents et de son frère ; Paola dans la chambre de sa fille, quand elle était encore auprès d'elle ; et Mauricio, qui sait, en Allemagne ou en Argentine, ou auprès du souvenir de son épouse.

— Il est tard et je me sens fatiguée. Veuillez m'excuser, dit Paola, effrayée de ce silence soudain, et elle s'en alla comme si elle prenait la fuite.

Daniel la suivit des yeux jusqu'à l'escalier. Paola se retourna un instant et croisa ce regard obscur qui l'interrogeait.

Il demandait une chose à laquelle elle ne voulait pas répondre.

3

La Corogne, vendredi 20 août 2010
1 h 30

La porte s'ouvre, et s'y engouffrent les appels des haut-parleurs, les roues des brancards, les toux, un murmure de voix, qui atteignent la femme comme s'ils remontaient d'un fond marin.

Elle sent la tension de la peau de son visage et un fourmillement sous les points de suture. Elle est plus que jamais consciente du poids de son corps : un bloc de ciment lui écrase les côtes. Sa paupière enflammée s'entrouvre. La première chose qu'elle voit, c'est le plafond ; un éclairage violent, puis les murs de la chambre couverts d'azulejos marron, le placard où on a suspendu les vêtements qu'elle portait, le matériel médical à côté de la table de nuit. Elle n'est pas complètement revenue, elle reste partagée entre deux plans de réalité. Elle a l'impression de naître dans un monde inconnu. Elle n'est pas morte, le monde aurait dû s'éteindre, mais il n'en a rien été. Les pensées évidentes l'étourdissent. Les mots ont du mal à sortir, supplantés par des images terribles que ne peut exprimer qu'un silence obstiné. Il y a quelques heures, elle pensait au bonheur, et elle se réveille avec l'angoisse d'avoir perdu une chose d'une importance vitale.

— Mademoiselle, vous m'entendez ?

Elle sent des doigts qui ne veulent pas l'envahir, mais l'accompagner, à la lisière des cheveux et du front. Des doigts d'homme qui sentent le tabac. Elle reconnaît ces doigts et cette voix, où se mêlent compassion et amabilité inflexible. Elle plie le cou comme un ressort détendu. Très lentement, devant elle, l'autre visage s'éclaire : un franc sourire, direct, fraternel. Elle s'efforce de mettre ses lèvres et sa langue à la bonne place, pour prendre la parole ; elle rassemble ses pensées et risque une tentative. L'espace d'un instant, elle est terrifiée par cette voix nasale et faible, plaintive, qu'elle ne reconnaît pas :

— Salut, Germinal.

Il y a une part de pureté et de dépouillement, une chaleur familière de reconnaissance – une sorte de baiser sur la joue –, quand on prononce un prénom. Mais Germinal Ibarra n'est pas habitué à ces coups bas de l'émotion. Personne ne l'appelle par ce prénom – héritage de son père – qui par ailleurs ne le met pas à l'aise. Seule Carmela, sa femme, l'utilise quand elle se fâche et rejette les diminutifs tendres. Germinal est une porte obscure qui ne s'ouvre que pour de rares élus.

— Nous nous connaissons ?

Elle fait un effort et ravale une salive sèche qui lui obstrue la gorge. Ibarra s'empresse de lui tendre un verre d'eau ; il l'aide à boire. On voit qu'il est habitué à s'occuper de Samuel, à veiller sur ses besoins, telle une sentinelle attentive et dévouée. Elle veut lui renvoyer son sourire, mais sa bouche se contracte et grimace de douleur.

— Je suis donc en si mauvais état, pour que tu ne me reconnaisses pas ? murmure-t-elle, et sa propre voix de nouveau lui fait peur.

Ibarra scrute les traits défigurés de la femme. Cheveux sombres et courts, yeux à peine reconnaissables sous les paupières enflées, ecchymoses, pommettes enfoncées, nez cassé et lèvres à vif. C'est dans la voix, cependant, qu'il croit trouver un écho familier et lointain, comme une vieille mélodie oubliée. Il reconnaît ce très léger accent du Sud, et cette inflexion aristocratique qui s'adoucit à force de pratiquer le beau langage depuis l'enfance. Il fouille dans les fragments épars de sa vie – dans un spasme d'années, de voix et de visages – et se souvient nettement d'une femme très différente de celle-ci.

— Ce n'est pas possible, souffle-t-il en secouant la tête, étonné.

Cette femme avait une autre couleur de cheveux, roux brillant, et ses yeux, si noirs, n'avaient pas ces cernes enflammés et difformes. Pourtant, il n'y a pas de doute, c'est bien elle, c'est Eva Malher.

Un silence épais les sépare pendant une longue minute.

— On te cherche depuis des mois, dit Ibarra en essayant de se ressaisir.

— Je n'en pouvais plus. Il me fallait fuir tout cela. On aurait dit que tout le monde avait oublié. Mais moi, je n'arrêtais pas de penser à ce qui s'était passé.

Ibarra hoche la tête, lentement. Lui aussi, il aimerait pouvoir tout effacer, feindre qu'il ne s'était rien passé. Il pense au parc qui n'est pas très loin de chez lui. Il aime s'y promener avec Carmela quand il a plu, quand les cimes des arbres gouttent en faisant de l'œil au soleil. C'est un endroit humide, qui sent la fraîcheur et la vie. À chaque pas, Ibarra s'immobilise devant un détail insignifiant, une fourmilière, une pierre moussue, une branche cassée…, et il se retrouve à Málaga, trois années en arrière, dans cette cabane de bergers au milieu des peupliers, avec l'homoncule. Alors, Carmela lui demande à quoi il pense. Il aimerait le lui dire, mais les mots lui manquent ; il a beau les chercher, ils n'existent pas. C'est ce même silence étouffé qui l'avait saisi quand il avait découvert la fille d'Eva Malher, morte.

— Que t'est-il arrivé ? demande-t-il.

Il essaie d'écarter de son esprit ce matin d'il y a trois ans, qui le tourmente toujours.

Eva Malher reprend son souffle, et en battant des paupières elle saisit un instant qui flottait dans sa pupille.

— J'ai rêvé que je pouvais être une autre, que je pourrais tout recommencer. J'ai roulé jusqu'au bout du monde, j'ai changé de nom et de couleur de cheveux. Mais cela n'a servi à rien. Peu importait que je m'appelle Eva, Elvira ou Paola, que j'aie les cheveux roux ou noirs. Ma nature, tapie à l'intérieur de cette fiction, attendait le moment de revenir. Et mon rêve a pris fin.

Ibarra la regarde posément.

— Les rêves ne servent qu'à en sortir, finit-il par dire.

Eva acquiesce et lui serre la main faiblement. Elle s'agite, veut se redresser. Il l'aide, glisse des coussins sous sa nuque et écarte une mèche de son front.

— Nous essayons d'échapper à notre destin sans nous rendre compte que nous allons droit vers lui, conclut-elle.

Ibarra hausse les épaules. Il a toujours pensé que nous refusons d'admettre que nos vies sont un produit de ce foutu hasard. Que nous tenons à trouver une justification, car nous sommes incapables d'accepter cette nausée du non-sens qui nous fait vomir.

— J'ai besoin que tu me racontes ce qui s'est passé, Eva.

Elle pousse un gémissement de douleur, comme un animal blessé qui chercherait un lieu pour vivre son agonie. Les animaux blessés inspirent la compassion, mais ils sont dangereux, la douleur les rend fous et il vaut mieux les laisser tranquilles. Mais nous ne pouvons nous empêcher de les approcher. Elle le regarde. Ibarra devine, dans l'ombre légère de reproche de son regard, le désarroi et la solitude obstinée qui sont devenus une seconde peau pour Eva.

— Tu connais Punta Caliente.

L'inspecteur secoue la tête.

— C'est un bel endroit. Tu devrais y aller, surtout quand il n'y a pas de tempête.

— C'est là que tu étais ces derniers mois ?

Ibarra espère qu'Eva va continuer de parler, mais elle ferme les yeux. Il croit d'abord qu'elle s'est endormie. La doctoresse l'a prévenu qu'il ne devrait pas la forcer, qu'elle est sous sédatifs. Il lui caresse la main, il a pitié d'elle. Non pas à cause de ce qui a pu lui arriver, mais à cause de ce qui arrivera quand tout le monde saura que l'héritière de l'empire Malher est revenue. Il repose doucement sa main sur son giron et s'apprête à quitter la chambre, mais elle tousse et s'agite, inquiète.

— Ne t'en va pas. Reste avec moi, murmure-t-elle.

Ibarra déglutit et serre les dents. Il ne va pas pouvoir échapper à ça.

Eva ne tarde pas à s'endormir. Elle a une respiration oppressée, comme si elle rêvait qu'elle escaladait une montagne escarpée. Elle gémit, se plaint, ses paupières remuent, elles ont une vie propre, et ses traits se crispent. Peu à peu, elle se détend, s'abandonne, et la rigidité de son visage ressemble à un masque d'argile. Ibarra s'écarte lentement et quitte la chambre. Il s'adosse au mur et se frotte la tempe, épuisé. Il a besoin de boire quelque chose, mais il n'a rien sous la main qui puisse calmer la soif qui lui brûle la gorge : une soif pleine de poussière, de sang et de souvenirs.

Lors de ce maudit été, tout le monde savait, tout le monde donnait son avis, mais les détails n'intéressaient pas : le corps entre les pierres ; les cheveux rassemblés en tresse obscure délicatement posée entre l'épaule nue et le cou de cygne brisé, comme si elle était seulement assoupie… Elle aurait eu cet air sans ces mouches qui se posaient sur la bouche entrouverte et les paupières muettes, qui pénétraient dans les narines et frottaient leurs pattes de devant dans le creux de l'oreille avant d'aller se perdre dans ses labyrinthes. Ibarra ne peut arracher ces vrombissements de son cerveau.

Rares sont ceux qui, alors, s'intéressèrent réellement à la fillette. Amanda avait dix ans, et une tache de naissance sur le bras droit. Qui lui donnait des complexes, pourtant c'était une simple décoloration. Pour la dissimuler, elle y collait chaque jour une décalcomanie. Elle boitait légèrement, un héritage de son grand-père maternel, aussi n'aurait-elle jamais pu être une grande championne de patinage artistique, son rêve. À l'école, elle avait des aptitudes pour le théâtre, et elle aimait le cinéma. Ses yeux gris auraient fait d'elle une actrice bouleversante. Le mérite n'est pas de naître avec de beaux yeux, mais de les assortir au visage et de leur offrir le regard adapté. Les yeux d'Ava Gardner n'avaient pas fait d'elle l'animal le plus beau de la terre parce qu'ils étaient verts ou avaient séduit Burt Lancaster dans *Les Tueurs*, mais parce que son regard avait mis le feu partout. Amanda aurait pu avoir cette force. La dernière fois qu'on l'avait vue vivante, elle sentait le parfum au citron. Elle s'était glissée en cachette dans le cabinet de toilette de sa mère et s'était parfumée en conscience avec le vaporisateur. Quand Ibarra la retrouva dans cette lande désertique, cette odeur avait complètement disparu.

Pour Amanda, le bonheur était de s'asseoir avec sa mère dans l'étroit fauteuil de la cinémathèque, le samedi matin, serrée contre elle pour regarder de vieux films de la Metro-Goldwyn-Mayer. *Anna Karénine* était son préféré. Il était très étrange de les voir arriver dans la salle. Tout le monde contemplait, admiratif, le port élégant de Mme Malher, un foulard sur la tête pour se protéger du vent, de grandes lunettes de soleil, une robe et des chaussures noires à talons, à la pointe de ses jambes superbes. La moitié des hommes – et beaucoup de femmes – de ce pays ont rêvé un jour de s'y frotter.

Mais l'homoncule qui les attendait à la porte de la cinémathèque ne s'intéressait pas aux jambes d'Eva Malher, et il n'était pas aussi primaire que les journalistes l'avaient prétendu ; ces épithètes absurdes largement utilisées par les journaux réduisirent le monstre à une simple caricature et ses motivations à une simple question sexuelle. Même ainsi, son cœur devait battre plus fort en les voyant arriver, et son excitation se manifestait sans doute dans la pression de sa poignée de main à Eva, même s'il décourageait tout soupçon avec un large sourire qui inspirait confiance. Il ne demandait qu'à leur montrer l'appareil de projection et la pièce où étaient stockées les bobines. Certains films étaient si vieux qu'ils ne pouvaient plus être projetés qu'avec des précautions extrêmes ; et encore, ils risquaient d'être abîmés définitivement. Ibarra avait été surpris de la quantité de bobines retrouvées dans l'appartement de l'homoncule. Presque toutes volées à la cinémathèque. Des films et des documentaires qui n'avaient jamais été visionnés en salle et qui, probablement, ne passeraient plus jamais. L'enquête postérieure à la mort de l'homoncule montra qu'il les avait proposés à des prix exorbitants à des collectionneurs privés (entre autres au père d'Eva Malher), mais qu'il avait toujours essuyé des refus.

Amanda rappelait à l'homoncule une photographie d'Audrey Hepburn qu'il portait sur lui le jour où Ibarra l'avait arrêté. Une photographie de Dennis Stock pour Magnum Photos où on la voit dans un véhicule, l'avant-bras appuyé à la fenêtre et la tête penchée, regardant quelque chose. Amanda était une fille pleine de rêves, en un sens un avant-goût de l'Audrey Hepburn qu'elle serait devenue un jour. Ses rêves palpitaient derrière ses sourcils, entravés et impatients de se concrétiser. La fillette parlait en agitant les mains comme les ailes d'un moulin, tandis que sa mère acquiesçait, un peu rougissante, comme si l'enthousiasme de sa fille la gênait autant qu'il l'enthousiasmait.

Ibarra imagine très nettement la salle vide de la cinémathèque, un lieu à l'écart de la réalité, une bulle de rangées interminables de fauteuils tapissés de bleu, sans spectateurs, où le grand écran s'illuminait pour elles deux exclusivement, et où le temps s'arrêtait dans les années 1930 : longs manteaux, chapeaux à large bord, femmes élégantes et voyous aux cheveux gominés. Mère et fille savouraient leur rêve, occupant une place privilégiée au dernier rang en grignotant un cornet de lupins. Attentives au fond de l'obscurité, elles attendaient l'apparition de Greta Garbo et de Fredric March, elle dans la peau d'Anna Karénine et lui dans celle de Vronski, à la gare. Anna émergeait de la fumée d'une locomotive comme une déesse et tous deux se regardaient dans un silence si intense qu'il en devenait insupportable, autant que l'attirance qu'ils éprouvaient l'un pour l'autre en cet instant. L'inspecteur devine le frémissement de la petite devant l'écran, assise à côté de sa mère, les genoux serrés et les chaussures au-dessus de la moquette. Il l'imagine, les mains jointes sur ses genoux et les yeux brillants, rêveurs, ignorant que derrière elle l'homoncule l'épiait avec la sensation douceâtre d'avoir un comportement anormal et même indécent.

L'homoncule les observait attentivement, gagnait leur confiance, étudiait Amanda jusque dans les moindres détails. Toutes les autres, celles que l'homoncule avait martyrisées avant Amanda – comme on le découvrit lors de l'enquête ultérieure –, n'avaient finalement été que des placebos qui soulageaient cette douleur de l'avoir si proche et de ne pouvoir la toucher.

Ce manège dura environ deux mois. Personne ne pouvait le suspecter. Tout le monde le connaissait à Málaga, et l'appréciait. On disait qu'il était à moitié fou, mais ce n'était qu'un homoncule insignifiant qui gérait une vieille cinémathèque que presque personne ne fréquentait ; un romantique. Comment croire qu'un sourire bienveillant cache l'inconcevable !

C'était là le côté douloureux pour Ibarra : chacune de ses comparutions devant lui après la disparition de la fillette, chacun des interrogatoires quand il commença de le soupçonner, le temps perdu et le talent de l'homoncule à le berner. Un homme souriant, qui inspirait la pitié, comme ces chiots abandonnés qu'on aurait voulu ramener à la maison. Un type qui respirait l'innocence et la probité. Un bon père de famille.

Même Eva lui avait reproché, furieuse, de le harceler, et l'avait accusé de perdre du temps. Ses chefs lui ordonnèrent de le laisser tranquille. Et pourtant, chaque fois qu'il serrait la main de l'homoncule, chaque fois que ce dernier lui demandait, plein de componction, s'il y avait du nouveau, Ibarra pressentait une imposture dans cette attitude bienveillante. Mais quand il décida de suivre son instinct, il était trop tard.

Même si personne ne l'en avait accusé, Germinal Ibarra sentait qu'il avait forcément collaboré à l'exécution d'Amanda. Et s'il avait massacré l'homoncule, cela ne l'avait pas soulagé de ce poids.

4

Costa da Morte, mi-juin 2010

Dolores frappa à sa porte de bonne heure, l'arrachant au sommeil pesant et léthargique des somnifères. Elle apportait un petit-déjeuner copieux avec fruits, viennoiseries et saucisses, qui retourna l'estomac vide de Paola. Dolores posa le plateau au pied du lit et ouvrit hardiment la fenêtre pour laisser entrer un peu de clarté. Elle insista sur le fait que la journée était idéale pour découvrir Punta Caliente malgré l'averse. Paola protesta faiblement, mais Dolores lui imposa silence d'un geste péremptoire : elle déjeunerait comme il faut, prendrait une douche, se mettrait un peu de couleur sur les joues, et elles descendraient ensemble au village. Il n'y avait pas lieu de discuter.

— Ne dis-tu pas que tu aimes photographier les mains ? Alors je vais te montrer un bel échantillon de durillons.

En réalité, le village n'était pas immense et il n'y avait pas grand-chose à voir. Quatre boutiques, le rond-point du port – avec une sculpture de Sarah Sibila qui étonna Paola, d'ailleurs Dolores n'y voyait d'autre signification que le caprice de l'artiste –, les quais, la criée et un ermitage des temps hérétiques de Priscillien. Dolores voulut absolument passer à la boutique de Mauricio, dans un angle de la place del Concejo, discrètement annoncée par une bâche délavée et secouée par le vent. La boutique n'était pas grand-chose. Un comptoir en bois, des étagères montrant différents modèles de chapeaux sur des bustes en liège informes, des magazines de mode sur un présentoir en métal et un bouquet de narcisses orné de branches de genévrier et de petites boules orange dans un vase en cristal. Ces fleurs étaient la seule marque de distinction dans cet espace restreint et mal éclairé.

Mauricio était chapelier. Il passait le plus clair de son temps dans son atelier, penché sur les patrons jusqu'à une heure tardive, enveloppé dans les spirales de fumée des cigarettes qu'il allumait l'une après l'autre. Ironiquement, Dolores l'accusa d'être un romantique.

— Seul un romantique peut fabriquer de façon artisanale un truc qui nourrit à peine son homme et qui partout ailleurs est fabriqué à la chaîne. Presque plus personne n'achète ses chapeaux. Punta Caliente n'est ni une grande capitale européenne ni ton Buenos Aires natal ; ici, les gens se protègent du froid comme ils l'ont toujours fait, en l'abordant de face.

Paola vit que le vieillard n'avait pas apprécié le commentaire. Il lui montra néanmoins sa boutique et ses yeux s'éclairèrent quand il arriva devant son bijou préféré : des photographies et des coupures de journaux où l'on voyait des footballeurs, des acteurs, des chefs d'entreprise, des couples sur leur trente et un et des militaires qui, retournés à la vie civile, cherchaient un alibi de respect en achetant leurs chapeaux à Buenos Aires. Paola sourit en regardant ces personnages qui arboraient des mocassins à pampilles, des pantalons pattes d'éléphant et de ridicules gilets en tweed, et ces femmes en grande tenue, avec des ras-du-cou ouvragés, des foulards et des gants.

— Ils portent tous mes chapeaux.

Sa photographie préférée, dit-il, c'était un portrait dédicacé de Carlos Gardel fait par le photographe José María Silva. Le vieil homme affirma que la signature était authentique, son père l'avait obtenue avant que Gardel meure dans un accident d'avion à Medellín.

— Mon père est allé à l'hôtel où il logeait avec sa suite pour lui remettre en mains propres le chapeau qu'il porte sur cette photographie.

Dolores plaisanta sur les sourcils perlés de Gardel, sur son chapeau – soigneusement incliné – et sur sa peau de papyrus. Elle et le vieillard se lancèrent dans une discussion sur la véritable nationalité du chanteur et sur la prééminence de Gardel ou de Bardi, de Canaro ou de Magaldi dans l'histoire du tango. Mauricio utilisait des phrases chargées de doubles sens dans le *lunfardo*, l'argot de Buenos Aires, que Paola ne comprenait pas. Elle s'étonna des connaissances de Dolores sur le tango – noms, pas de danse, chansons inconnues pour elle – quand ils passèrent en revue ce qu'ils appelèrent "la Vieille Garde". Mauricio contredisait Dolores d'un air paternel et amusé. Tous les deux polémiquaient pour le plaisir de se contredire.

— Le sentiment tragique et désespéré, c'est l'essence du tango, comme les promesses qu'on fait quand le cœur est chaud, affirma Mauricio.

Paola devina les souvenirs cachés derrière ces mots. Dolores regarda Paola avec une feinte résignation.

— C'est bien ce que je disais : un romantique indécrottable.

Avant qu'elles partent, le vieil homme alla chercher une de ses dernières créations dans l'arrière-boutique.

— Pour vous, dit-il en donnant à Paola un chapeau cloche couleur crème orné d'un ruban de soie bleue. C'est un style parfaitement adapté à votre visage.

Paola ne sut que dire. Elle esquissa un sourire, caressant le chapeau comme si c'était un chat persan qui lui donnait des allergies. Elle voulut payer, mais Mauricio refusa catégoriquement.

— Je serai content de le voir sur votre tête de temps en temps.

Il pleuvait fort. Dolores et Paola traversèrent la rue et entrèrent à O Cafeto, l'unique bar du village, un établissement figé dans le passé : des insectes minuscules voletaient au-dessus des fritures exposées sur le comptoir, les noyaux d'olives se mélangeaient aux cure-dents et aux mégots fumants dans les cendriers en plastique, les bouteilles de cognac étaient couvertes d'une fine pellicule de poussière où étaient imprimés les doigts poisseux du serveur. Les murs étaient parsemés de gros clous auxquels étaient suspendus des ustensiles en cuivre crasseux. Les voix des clients se recroquevillaient en chuchotements semblables aux murmures des vieillardes récitant leur chapelet. Paola se rappela un voyage avec Otto, il y avait mille ans de cela, quand ils avaient parcouru les Alpujarras dans une vieille Méhari sans capote. C'était le bon temps, quand, jeunes mariés, ils jouaient à être autres. Comme les touristes égarés, ils parcouraient les villages de la sierra en s'arrêtant au hasard dans les auberges et en mangeant dans des bouges, sans se soucier de la propreté, du vin rance ou de la chaleur étouffante. Peut-être avaient-ils engendré Amanda dans un de ces villages.

Les deux femmes s'installèrent à une table qui donnait sur la rue. L'épais rideau de pluie s'écrasait par vagues contre la fenêtre. Il était à peine midi, mais la lumière cendreuse laissait présager une obscurité extérieure qui pourrait durer des mois, à croire que rien, dans ce recoin du septentrion, n'était en mesure de changer le cours pesant des événements.

— C'est toujours comme ça ?

Dolores caressait mollement le chapeau que Mauricio avait offert à Paola.

— Ça pourrait être pire.

Sa voix était songeuse. Paola examina le chapeau sur la table.

— C'était un geste gentil.

— Si Mauricio se met à offrir ses chapeaux au lieu de les vendre, il ne va pas tarder à fermer boutique, dit Dolores.

— On dirait que vous vous entendez bien.

Dolores grimaça.

— Les gens adorent inventer des histoires. Que faire d'autre dans un village comme celui-ci ? Mais on ne sait pas grand-chose sur lui.

— Et toi, comment es-tu arrivée dans un endroit pareil ?

Dolores tordit le nez. Elle savait ce que cela représentait de démarrer dans un tel lieu, imperméable à tout ce qui venait de l'extérieur. Quand, fuyant sa vie à Lisbonne, elle était arrivée avec Martina à Punta Caliente – sans amis, encerclée par les regards et les chuchotements méfiants de ses nouveaux voisins –, elle s'était sentie très seule. Elle avait entendu les histoires les plus invraisemblables sur elle. La plupart des nouveaux venus ne supportaient pas ce genre de situation et ne restaient pas longtemps. Il fallait être très fort pour rassembler la patience nécessaire et être accepté à Punta Caliente. Mais, avec le temps, elle était parvenue à se faire une place.

— Mauricio et moi, nous sommes deux solitaires et parfois nous partageons l'aberration d'un monde auquel nous n'appartenons pas. Nous ne savons pas trop si nous voulons ressasser nos vies antérieures ; cet espace confortable où l'indiscrétion n'existe pas nous suffit.

— Et Daniel, son neveu ?

Dolores hésita avant de répondre. Elle contempla la rue déserte, comme si elle sombrait dans le déluge.

— Il y a deux ans, il y a eu un incendie chez les Luján, la maison qui est à côté du *cruceiro* de la falaise. Les parents de Daniel et son frère aîné, Julio, sont morts. Daniel s'en est tiré par miracle. D'après le peu que j'ai pu entendre, l'incendie a été provoqué accidentellement par le père. Il était ivre et il s'est endormi devant la cheminée allumée. Une braise a mis le feu à sa jambe de pantalon et il était en flammes quand il s'en est rendu compte. Il s'est cogné contre les rideaux et les meubles. Tout a pris feu comme une torche. Daniel ne s'en est jamais remis. Il adorait son frère. Il a été interné dans une clinique de Pontevedra et y est resté un an, jusqu'à ce que Mauricio arrive et le prenne en charge.

Paola se caressa la main et pensa à l'étrange courant qui lui avait traversé la peau quand elle avait effleuré les doigts de Daniel.

— J'ai l'impression que c'est quelqu'un de particulier. Mais je ne saurais dire pourquoi.

Dolores pinça les lèvres, comme si elle abordait une question complexe.

— Je l'ai eu comme élève entre sept et treize ans. Il aimait les mathématiques et les sciences, tout ce qui pouvait donner un sens logique aux abstractions. À douze ans, il dépassait largement n'importe quel élève. Pourtant, il était souvent distrait, il regardait par la fenêtre, était inattentif, et s'absentait même pendant de longues périodes. Mais quand il revenait, son activité était frénétique : il étudiait avec une volonté qui avait un côté vorace, obsessionnel et désaxé. Il pouvait ridiculiser n'importe qui, même s'il visait le contraire (il s'isolait, comme s'il avait honte de son intelligence), mais les enfants le persécutaient parce qu'ils se sentaient inférieurs. Ils puisaient des forces dans leurs propres faiblesses. Daniel était timide, il ne savait pas se lier aux autres et faisait pipi au lit.

— Allons donc… s'exclama Paola.

— Oui. En outre, son imbécile de père le punissait en le ridiculisant. Parfois, il suspendait le pyjama ou les draps du garçon sur le chemin de l'école pour que tous puissent les voir. J'aurais aimé que Daniel poursuive ses études à La Corogne. Quoi qu'il en soit, après l'incendie, plus rien n'a été possible.

Le regard de Dolores était devenu impersonnel, comme sa voix. Une lumière crue et blafarde l'auréolait. Pendant un long instant, elle regarda la pluie derrière les vitres. Puis ses yeux se posèrent sur l'alliance de Paola. Instinctivement, celle-ci la dissimula sous l'autre main.

— Le soir où tu as joué le *Nocturne* de Chopin, j'ai eu l'impression que tu dédiais cette pièce à quelqu'un en particulier. À quelqu'un qui n'était pas dans la pièce.

— C'est une mélodie que j'ai apprise quand j'étais petite. Je ne la joue même pas correctement.

Dolores hocha la tête.

— C'est vrai. J'espère que la photographie te réussit davantage.

Elles sourirent et s'accordèrent une sorte de trêve.

Paola détourna les yeux et sa tête s'enfuit au cœur profond et obscur de l'orage, comme si, pour se débarrasser de son passé, elle devait se taillader la peau par lambeaux pour tout oublier. Les gouttes de pluie, solides et froides, glissaient sur les carreaux de la fenêtre tremblante.

— Ah, s'il pouvait cesser de pleuvoir ! murmura-t-elle en interrompant son propre silence.

Dolores s'appuya contre le dossier de la chaise, les mains croisées sur la table. De nouveau elle eut cette impression de déjà-vu et le soupçon que Paola lui cachait quelque chose.

— Tu n'aimes pas la pluie ?

Paola inclina la tête. En réalité, c'était sa fille Amanda qui avait peur des orages.

Quand elle tomba enceinte d'Amanda, elle connut neuf mois de perplexité pour assimiler la nouvelle. Elle ne voulait pas de ce bébé, elle ne l'attendait pas, ne le désirait pas, épiait son ventre tous les soirs avec méfiance, sans oser palper cette boule qui commençait à gigoter en elle et à la coloniser. Elle avait peur et elle pleurait en se demandant où elle avait la tête, merde, quand elle avait cédé aux pressions d'Otto pour ne pas avorter. "Cette boule" n'était qu'une erreur, un faux pas facile à redresser. Elle n'éprouvait pas ce qu'on appelle l'instinct maternel : elle ne parlait pas au fœtus, et ne posait pas la main sur son ventre pour l'apaiser quand il se débattait pour avoir un peu d'espace. Elle était épuisée par ce poids sur les reins, par les brûlures d'estomac et les chevilles enflées. Sa vie hypothéquée par une foutue négligence. Mais après la naissance d'Amanda, elle eut dix années pour faire sa connaissance et se rendre compte, petit à petit, que cette chair potelée aux grands yeux était un morceau d'elle : les mêmes grimaces de contrariété, la même position pour dormir, le bras inconfortablement replié sous le corps, la même façon de courir, les jambes légèrement cagneuses qui se redresseraient en grandissant. Dix années pour s'éprendre de cette enfant.

Et elle est partie. Soudain, elle n'était plus là. Un maudit fou la lui avait arrachée.

Au début, c'était facile à assumer ; elle n'eut qu'à s'accrocher à l'état d'hébétude et d'incrédulité dans lequel elle fut plongée à l'instant où elle la vit dans la salle glacée de la morgue. Germinal Ibarra était là, il lui parlait, les yeux rougis, et essayait de la consoler. Ce policier avait attrapé l'assassin, mais elle n'était pas soulagée pour autant. Même si cet homoncule insignifiant de la cinémathèque, l'assassin de sa fille, avait été tué en essayant de fuir. Elle ne voyait que la couture greffée sur le sternum, et la pâleur de cire bleutée sur un corps sec et indescriptiblement mort qui ne pouvait en aucune façon être celui de sa fille.

Sans volonté propre, elle laissa Otto et son père s'occuper des obsèques, des fleurs et du service religieux. Elle se rappelait comme un cauchemar la main blafarde et tentaculaire d'un prêtre effleurant le front de sa fille pour y faire le signe de croix et, ensuite, sa propre main laissant glisser entre ses doigts la terre grumeleuse et noire sur le cercueil blanc ; et, de retour à la maison, après l'enterrement, les visages stupéfaits et déconcertés de ceux qui la surprirent en train de boire à la bouteille un château-lafite-rothschild à la cuisine, inondant sans qu'elle s'en soucie sa belle robe de deuil. Ce qui choqua sans doute le plus les invités, ce fut son comportement lors de ces heures interminables : l'absence d'émotion dans ses yeux qui, telles des billes compactes de néant, n'absorbaient ni ne renvoyaient la lumière ; sa bouche crispée dans un pressentiment de douleur qui n'éclatait jamais au grand jour ; son mutisme, accolé à un hochement de tête, à une négation latérale et posée. Bien entendu, il n'était pas de bon ton de mettre mal à l'aise ceux qui n'avaient rien à voir avec le drame, de leur montrer une douleur exagérée, mais cette insensibilité, cette mise à l'écart de tout et de tous sans attendre de se retrouver dans l'intimité de la solitude pour lécher ses blessures n'étaient pas admissibles pour les gens de sa classe. Les visages contrits qui l'avaient approchée devenaient souriants et frivoles quand, le devoir accompli, ils se retrouvaient dans le jardin pour fumer une cigarette et s'adonner à des commérages fastidieux, à des ricanements sans objet, lesquels, même s'ils faisaient partie de la vie, résonnaient aux oreilles de la mère comme des coups de poignard. Ils durent l'excuser quand elle se retira dans sa chambre sans attendre de recevoir les condoléances de ceux qui arrivaient avec leurs chuchotements d'église.

À compter de ce jour, elle détesta du fond de son être toute chose vivante. Elle arracha les fleurs du jardin, détruisit l'aquarium plein d'espèces tropicales du vestibule, cassa en mille morceaux les disques de musique classique, mit ses livres en charpie et brûla une par une toutes les photographies d'acteurs et d'actrices, voila les pellicules vierges en les exposant à la lumière du jour, lacéra ses robes à coups de ciseaux.

Elle s'abandonna à l'obscurité des persiennes fermées. Elle en vint même à frapper la gouvernante sous le moindre prétexte. Elle ne voulait que silence et mort autour d'elle, passant des nuits blanches, regardant la lune comme une chose impossible à la surface de la piscine, et se demandant, heure après heure jusqu'à l'aube, pourquoi elle était incapable de verser une larme.

Un psychiatre, ami de son père, lui conseilla de rejoindre un de ces groupes de soutien où la parole permettait de s'exprimer au-delà des mots creux, des consolations nuisibles et des silences accusateurs – à l'époque déjà la presse avait publié les premières rumeurs sur les circonstances de cette mort. Lors de ces séances, les mères – et quelques pères – s'asseyaient en cercle à la manière des alcooliques ou des drogués, bouffies comme des tiques gorgées de douleur, prêtes à s'adonner à toute forme d'exorcisme qui effacerait cette drogue du souvenir. Elles parlaient, criaient, pleuraient, ravalaient leur morve et leur bave, se prenaient dans les bras et se crachaient des reproches ; finalement, il restait toujours dans la salle un petit air d'inutilité. On ne lui arracha jamais un seul mot, une seule plainte, un seul reproche, une seule lamentation. Elle s'asseyait au milieu de ces ombres – bourrée d'antidépresseurs, telle une statue – sans leur accorder la moindre attention. Parfois, elle se cherchait dans les yeux ravagés des autres mères, elle se regardait en elles comme dans un miroir convexe, et elle invoquait de toutes ses tripes le chagrin et les larmes. Elle était effrayée par son indifférence face à la douleur d'autrui, et par son impuissance à cracher la sienne. On ne cessait de lui répéter qu'elle devait extirper la douleur, sinon elle pourrirait, la gangrènerait et provoquerait sa mort. Mais ses yeux étaient un désert de pierres indifférentes, un espace lunaire balayé par le vent où elle, "la mère dénaturée" (ainsi commença-t-on à la surnommer quand les rumeurs furent relayées par la presse du cœur), errait sans volonté. Partager sa perte avec les autres n'allait pas lui rendre Amanda.

Seules les visites espacées de l'inspecteur Ibarra lui apportaient un réconfort qui n'était ni consolation ni compagnie, mais plutôt la constatation d'une culpabilité partagée. Ce policier souffrait : il se demandait, hébété, comment il avait pu laisser l'homoncule faire cela à Amanda. Ibarra était un puits de patience où elle pouvait, pour une fois, déverser toute son amertume et son affliction. Peu à peu, le policier lui parla de son fils Samuel, de la maladie qui l'emportait lentement. Il lui montra des photographies de lui et de sa femme. Il essaya de la ramener sur la rive et se ramener lui aussi. Ils ne devinrent pas amis, mais ils avaient besoin l'un de l'autre. Parfois, ils s'asseyaient face à face et restaient ainsi, silencieux, pendant des heures, jusqu'à ce que la nuit tombe et que l'inspecteur s'en aille. D'autres fois, elle le frappait et lui disait qu'il aurait mieux fait de prendre son pistolet et de se coller une balle dans la tête, car il était le seul responsable de la mort d'Amanda. Il supportait stoïquement ses cris et ses coups, jusqu'à ce qu'elle se calme. Un jour, Ibarra aussi cessa de lui rendre visite.

Elle abandonna le groupe de soutien et, à compter de ce jour-là, tout se détériora très vite.

Se replonger dans la drogue lui fut aussi facile que cela l'avait été quand elle était adolescente, puis étudiante. Elle avait découvert, lors de son premier trip à l'acide, que certaines portes ne sont jamais fermées. La gamine écervelée qu'elle croyait enterrée l'attendait avec un sourire ironique, comme si, après tant d'années, elle lui avait dit : "Tu en as mis, du temps !" Et merde à la mère raisonnable, au mariage, à la vie stable et décente de l'héritière élevée selon les principes de l'austérité et du travail ; qu'ils aillent se faire foutre, Otto et ses comédies de mari fidèle et responsable, ses façons de soigner son image devant les caméras ; adieu galas de bienfaisance, voyages en Afrique pour parrainer des hôpitaux ! au diable, les membres du comité exécutif du holding familial, les démarches commerciales auprès des banques et des investisseurs ! Merde à tout cela. Si elle n'était pas capable de pleurer, elle rigolerait, elle rigolerait jusqu'à ce qu'on soit obligé de l'enfermer, ou jusqu'à ce qu'elle tombe raide morte.

Elle en vint à penser que c'était sa vraie nature, qu'elle avait toujours été ainsi et qu'elle avait échoué dans sa volonté de se croire différente du déchet qui chaque matin se réveillait dans un lit différent, dans une voiture différente, la gorge sèche, les paupières lourdes et les vêtements souillés de vomi ou de choses pires encore.

Quand les disputes avec Otto devenaient plus féroces, elle essayait de justifier son comportement suicidaire, elle ne lui reprochait pas ses infidélités – elle avait toujours été consciente de la morale à deux vitesses de son mari ; sincèrement, elle s'en moquait éperdument. Elle ne se réfugiait pas non plus dans la douleur ni dans l'impossibilité de vivre comme si rien n'était arrivé. Elle riait aux éclats quand son père lui reprochait sa façon de conduire sa vie, quand il l'implorait ou lui ordonnait, sous menace de la déshériter, de redresser la barre. Mais quelle barre y avait-il à redresser ? La seule chose qui existait devant ses yeux, c'était l'horizon du chaos.

Elle n'envisagea pas un seul instant de se suicider ; du moins pas d'une façon nette et radicale. Elle laissa son monde devenir de plus en plus élémentaire et n'être plus qu'un territoire peuplé d'entités nocturnes, décharnées et sans visage – toujours plus horribles – qui prenaient d'elle ce qu'elles voulaient sans le lui demander. Elle s'immergea dans un univers d'êtres primitifs qui n'avaient même pas le vernis de raffinement de ses toilettes, de ses voitures et de ses maisons, dont les vices la poussaient soir après soir vers une mort différente et un réveil qui était une mort encore pire. Un sous-monde gélatineux de drogues, d'orgies, de scandales et de peur cachée, de confusions entre la réalité et la fiction, offert par des comprimés d'acide qui fondaient sous la langue. Dans cet enfer, elle se rendait l'hommage destructeur qu'elle croyait mériter, en se livrant en toute loyauté à l'être méprisable qu'elle croyait être. Elle ne pouvait plus revenir sur ses pas, lancée dans ce voyage hallucinogène de couleur argentée où chaque étape était plus vile, plus crasseuse et plus désespérée que la précédente. Il n'y avait plus de point de départ où tout pouvait être recommencé. Il ne lui restait qu'à succomber.

Et soudain, un matin, elle se réveilla dans le silence de l'aube et elle eut froid. Dans un taudis de la banlieue, sur un matelas à même le sol, à demi écrasée sous un amas de jambes et de mains et de bras et de visages qui somnolaient, pleins de rêves lourds de mercure. Son corps était meurtri, mordu, dépouillé de toute intimité possible. Elle avait tout donné à ces inconnus, chaque orifice, chaque étincelle de dignité, jusqu'à ne plus être qu'un objet entre leurs mains. On l'avait frappée, au début c'était un jeu d'humiliation, et elle s'était moquée de ces gamineries de Sade embourgeoisé, elle les avait insultés avec rage jusqu'à déchaîner en eux une violence qui n'avait même plus l'alibi du fétichisme ou de la sensualité sauvage. Ce n'était plus qu'une animalité autodestructrice. Elle voulait qu'on la tue séance tenante, qu'elle soit dévorée par des loups affamés. À chaque coup de poing, à chaque pénétration, elle avait répondu par de nouvelles insultes, par des sursauts de colère et d'abjection.

Mais en se réveillant ce matin-là, la bouche sèche et le visage tuméfié, elle récupéra une couverture pouilleuse et se couvrit comme elle put. En passant de chambre en chambre, elle vit dans chacune la même théâtralisation : des amas de chair vaincus, une vieille se piquant avec l'aide d'un éphèbe déjà shooté, des hommes qui s'enculaient avec une ardeur tardive et épuisée. L'horreur nue, à peine éclairée par les lueurs de l'aube. Elle sortit sur le balcon. À ses pieds, la ville chassieuse se dégageait lentement de la brume. Au loin, la mer, un horizon qui n'offrait aucune perspective, émergeait sous une lumière inerte et délatrice.

Elle fondit en larmes… Ce fut un lent effondrement, qui commença par un tremblement derrière les pupilles épuisées et devint une rumeur de roches tombant sur le cœur et l'écrasant. Elle pleura, Dieu seul sait comment. Elle se déchira l'âme à s'en faire saigner. Elle se flétrit comme une fleur morte. Elle pleura jusqu'à être enrobée de sanglots.

Elle rentra machinalement chez elle et ignora les regards du personnel de service, déjà habitué à ses allées et venues. Et pourtant, tous furent scandalisés de voir son état ce matin-là. Elle monta au premier, s'enferma à clé dans sa chambre, ouvrit l'armoire et prit quatre vêtements au hasard, sa trousse de toilette et l'argent qu'elle avait dans son coffre-fort. Elle devait se dépêcher, avant que la peur l'enserre de nouveau, avant qu'Otto surgisse et l'empêche de s'en aller. Elle prit la voiture de sport de son époux et conduisit pendant des heures et des heures jusqu'aux limites du monde. Quand elle s'arrêta, elle ne s'appelait plus Eva Malher, mais Paola, et elle n'avait plus de passé. Elle s'était arrêtée là pour essayer de tout recommencer de zéro sous cette pluie, celle-là même qu'elle voyait tomber derrière les vitres du bar O Cafeto.

5

Costa da Morte, fin juin 2010

Daniel dut reconnaître que ce matin-là, son aspect était des plus déprimants. Il fallait qu'il se rase, se lave les dents, débarrasse ses yeux d'une épaisse chassie et retrouve un air plus humain. Il eut presque honte du pénis minuscule qui se cachait sous un petit duvet broussailleux, de ses testicules mous. Aucune envie de se masturber, bien qu'il ait rêvé de Paola. Cette envie illusoire était devenue récurrente.

Dans l'armoire de la salle de bains, il conservait le flacon d'eau de Cologne de son frère. Il respira le parfum jusqu'à saturation des fosses nasales. Cette eau de Cologne ouvrait une porte qui lui permettait de voir Julio descendre du *Nicosia*, dans son ciré vert et ses hautes bottes en caoutchouc, la cigarette à la commissure droite, le casier de poisson sur l'épaule gauche et son bonnet de laine sur la tête.

Il quitta la salle de bains, un peu hagard. Le grand-père était dans sa chambre, de l'autre côté du couloir. La voix de Gardel sortait par la porte entrebâillée. Daniel imagina le grand-père dans son fauteuil, bercé par un souvenir mélancolique. Les mots rôdaient toujours autour de lui, mais il ne se décidait jamais à parler. Ce qui est près de se dire sans jamais se formuler se perd à tout jamais.

Il descendit sans bruit. Dans la maison régnait un silence poisseux, collé au carrelage de la cuisine, au marbre gris cendre et au calendrier suspendu à un crochet. Il repéra le parapluie bleu de Martina sous l'auvent d'un balcon. Une mèche de cheveux divisait son visage en deux et de grosses gouttes étaient suspendues à son nez pâle. Ses lèvres tremblaient et elle pressait si fort le manche du parapluie que ses doigts pâlissaient.

Elle traversa la rue et fit signe à Daniel d'ouvrir la fenêtre. Celui-ci lui répondit par une mimique que c'était impossible. Mais elle insista. Elle finissait toujours par obtenir ce qu'elle voulait. Avec une paresse feinte – car au fond la voir était comme récupérer une moitié de lui-même –, Daniel actionna la poignée.

— Tu es là depuis longtemps ?

Ses yeux se révulsèrent théâtralement.

— Depuis que Noé a entrepris de construire l'Arche. J'ai cru que tu ne viendrais jamais.

— Je ne me sens pas très bien.

— Tu ne m'as pas l'air d'avoir un pied dans la tombe, ricana Martina.

Elle était la seule à le traiter comme une personne normale. Au point que parfois Daniel devait s'obliger à se rappeler qu'il ne l'était pas.

— Il y a une semaine que je n'ai pas fermé l'œil.

Il dut ouvrir la fenêtre en grand pour qu'elle le voie bien.

Martina lui lança un regard méprisant.

— Dans l'antique Sparte, on t'aurait abandonné aux intempéries dès ta naissance.

Normalement, la férocité de Martina n'impressionnait guère Daniel. Mais parfois, même lui s'effrayait de son mépris pour tout et pour tous.

— Heureusement pour moi, nous ne sommes plus dans l'antique Sparte.

Martina écarta les mèches trempées de son front, secoua son parapluie et s'avança. Une agitation perpétuelle l'empêchait de rester en place. Les baleines métalliques du parapluie effleurèrent, comme la griffure d'un ongle, la fenêtre de la cuisine.

— Il faut qu'on se voie. J'ai besoin de travailler.

— Maintenant, je ne peux pas.

— Quand, alors ?

Daniel se pencha vers la cuisine. Il ne voulait pas que le grand-père le surprenne en conversation avec Martina. Il lui avait menti en disant qu'il avait cessé de la voir.

— Demain, peut-être.

Martina brandit le parapluie. Ses joues s'enflammèrent.

— Peut-être ? Ça veut dire quoi, cette merde ?

— Ne sois pas vulgaire.

Martina posa sur lui un regard massif.

— Je peux être pire que ça.

Daniel entendit les pas du grand-père se rapprocher.

— Demain. J'ai entendu dire que la tempête se calmera. Il sera facile d'aller jusqu'au phare.

Le visage de Martina changea avec une facilité étonnante ; la faible brise de cette promesse semblait lui redonner vie.

— Tu promets ?

— Oui, je te le promets, mais pour l'amour de Dieu va te changer ou c'est toi qui vas tomber malade.

Daniel ferma le contrevent. Trop tard. En se retournant, il vit le grand-père, qui regardait la rue par-dessus l'épaule de Daniel.

— Que fais-tu ?

Le grand-père alla prendre les assiettes dans le placard pour le petit-déjeuner. Il avait des mouvements léthargiques. Daniel le devança pour récupérer les assiettes avant qu'elles tombent.

— Je m'en occupe.

Le grand-père s'assit au bord de la chaise, posa un avant-bras sur la table et l'autre sur le genou.

— Je t'ai entendu, Daniel.

— Je ne sais pas de quoi tu parles.

Le grand-père l'attrapa par le poignet. Daniel ne pouvait échapper à son regard interrogateur ni à ses sourcils froncés, qui dessinaient un abîme d'inquiétude. Le garçon s'appliqua pour placer correctement les couverts sur les serviettes.

— Tu parlais avec "elle".

— Je parlais tout haut, simplement.

Le grand-père claqua la langue comme s'il cherchait à sentir la consistance du palais.

— Tu mens – il tripota quelques instants une mie invisible. Je me suis peut-être trompé en pensant que nous pourrions affronter cela à deux.

Daniel comprit la signification de ce regret.

— Je vais bien, grand-père. C'est juste que je dors mal, mais je prends mes médicaments.

— Je n'en suis pas si sûr. Nous devrions retourner voir le docteur et…

— Je ne veux plus être interné ! s'exclama Daniel, furieux.

Il était terrifié par l'univers clos de la clinique, par les médecins, les infirmières et les patients. Il y détestait le vieux bois du plancher, la poussière en suspension que révélaient les rayons du soleil, ce pré en pente qui entourait le bâtiment et cette troublante quiétude de carte postale saturée de couleurs. Le jour, c'était supportable, mais le pire c'était la nuit. Quand les lumières du dortoir s'éteignaient, subsistait une ampoule rouge au bout de la rangée de lits, au-dessus de la cellule de l'infirmier de service. Cette cellule avait des vitres dépolies, à travers lesquelles Daniel voyait la silhouette de l'infirmier se déplacer et les éclats du poste de télévision de quatorze pouces. Pendant que les autres dormaient, Daniel veillait, tourné sur l'oreiller vers cette silhouette, attentif à ses déplacements. Le matin, de bonne heure, il le voyait sortir de sa cellule avec un chariot métallique. Daniel fermait les yeux et feignait de dormir, mais il entendait les roues en caoutchouc et le léger cliquetis du chariot qui s'approchait de son lit. L'infirmier le secouait sans ménagement : "C'est l'heure de s'envoler, petit con." Daniel prenait ses cachets, buvait le verre d'eau – qui avait un goût de chlore – et le regardait continuer ses allers et retours, poussant le chariot métallique avant de redevenir une ombre diffuse derrière la vitre, comme s'il ne s'était rien passé.

Le grand-père accueillit cette protestation avec froideur. Il regarda la table du coin de l'œil.

— Parfois, il faut rester un temps éloigné du monde pour pouvoir y rester – la simplicité avec laquelle il prononça ces mots impressionna Daniel. Tu as oublié les cuillers.

Mauricio ne parlait pas seulement à son petit-fils, mais il s'adressait aussi à lui-même. S'éloigner de son monde, c'était ce qu'il avait essayé de faire en allant en Allemagne. Ou alors il avait tenté de le rendre différent de celui de Buenos Aires. Il n'en était plus très sûr, car les années se mélangeaient dans sa mémoire. Cependant, il se rappelait parfaitement ce café puant de Düsseldorf, à la fin des années 1950, qu'il fréquentait avec la Roussotte et Oliverio dans les rares moments de liberté que leur laissait leur travail à l'usine Mercedes. Mauricio mettait souvent la Roussotte mal à l'aise quand elle le regardait, attendant quelque chose de très important sans doute, mais qu'il ne comprenait pas.

— Comment as-tu pu l'oublier ?

— Oublier quoi ?

Son anniversaire : ils avaient fêté le premier mois, le sixième, un an, cinq, dix ensemble. La Roussotte avait un don incroyable pour trouver des choses à fêter dans le calendrier. Elle en avait besoin pour nourrir une joie qui, aux yeux de Mauricio, lui semblait plus liée au calendrier qu'aux réalités. Il notait les dates sur des bouts de papier, pour ne pas les oublier, mais il les oubliait et ou les retrouvait trop tard, au fond d'un tiroir ou dans une poche de sa veste.

Les odeurs de ce bistrot de Düsseldorf, les voix sèches des Allemands – à l'époque il croyait entendre quelqu'un piétiner des coques de châtaignes pourries –, les voitures, la pluie dans les rues qui n'avaient plus beaucoup de traces de la guerre… Ces gens se remettaient avec une facilité étonnante de leurs mutilations collectives. Les cabarets, les cinémas, les théâtres, les restaurants…, toujours pleins à craquer. Mauricio n'en revenait pas, mais ces gens paraissaient heureux. Il ne s'agissait naturellement pas d'un bonheur immense, mais suffisant pour mettre le passé sous clé. Car il gardait de cette période une impression de portes et de verrous qui se fermaient, où la rue était la vitrine obligée qui permettait de passer d'un silence au suivant.

À peine un an après son arrivée, Mauricio, la Roussotte et Oliverio n'étaient plus heureux, mais c'était dur à admettre et à reconnaître à haute voix. Ils étaient allés trop loin pour accepter, sans plus, qu'ils s'étaient trompés en inventant des avenirs qui n'existaient pas pour eux ; en tout cas pas là. Des trois, la

Roussotte était celle qui s'obstinait le plus dans ce mensonge consensuel. Elle passait des heures dans ce bistrot à dessiner de nouveaux croquis pour ses sculptures en vieux papier journal. Les noms qu'elle donnait à ces formes tarabiscotées faisaient rire Oliverio :

— *Le Regard hexagonal du Minotaure ?* Quelle diarrhée t'a inspiré un truc pareil ? plaisantait-il en gesticulant comme un clown, tandis que sa main qui n'avait plus tous ses doigts pelotait la patronne ou sa fille nubile si elles passaient à sa portée.

Mauricio ne se moquait jamais de la Roussotte. Il était si fou d'elle qu'il était prêt à tout pour qu'elle réalise ses rêves ; elle voulait triompher et, pour l'aider, il n'hésitait pas à voler des outils à l'usine : un disque à meuler, un marteau, des clous, des poinçons, des limes, tout ce qu'il lui fallait. Dès l'aube, il allait voir les ferrailleurs et les casses de la ville pour lui trouver un garde-boue rouillé, une jante ou une vieille manivelle ; tout ce qu'elle considérait comme "indispensable" pour imposer son style à chacune de ses sculptures. Il n'hésita pas à dépenser ses maigres économies – des marks enroulés dans un élastique déprimant. Il loua un sous-sol sordide en banlieue pour qu'elle puisse travailler, et il dénicha même un groupe électrogène. La Roussotte dormait à peine et quand elle s'affalait dans le lit, le jour se levait. Ses yeux rougis fixaient alors le plafond jusqu'à ce qu'ils se ferment avec la sensation d'avoir des grains de sable sous les paupières. Elle était convaincue que son art serait reconnu, tôt ou tard. Et elle adopta la devise "tout ou rien" du mouvement Fluxus, à la mode à l'époque. Elle théâtralisait la pauvreté dans laquelle ils vivaient comme un acte nécessaire pour atteindre ses objectifs.

Et elle avait raison. La faim et la misère, c'étaient les maîtres les plus honnêtes et les plus convaincants qu'elle pouvait trouver. Sévères et implacables. Peu importait le sacrifice nécessaire ; ils n'iraient pas de triomphe en triomphe comme ces Européens candides, ils atteindraient leurs objectifs après beaucoup d'efforts. Mais pour cette raison précisément, leur victoire aurait une saveur bien meilleure.

Cependant, la pénurie grandit avec la fatigue, et cet enthousiasme désespéré s'inclina devant l'évidence : les carences, la fièvre sans médicaments, le manque d'eau chaude. Une fatigue obscure les envahit jusqu'aux os. C'est alors que la Roussotte tomba enceinte.

— Nous devrions peut-être demander de l'aide à mon père, suggéra Mauricio, un soir où elle paraissait très malade, au bord de la capitulation.

Elle le regarda avec une fixité qui n'avait pas besoin de mots.

Mais la vanité ne nourrit pas. Et quand on a ravalé son orgueil, il ne reste plus que la désolation de l'évidence. Le premier à capituler fut Oliverio. Un matin, il leur montra une copie au papier carbone d'un formulaire tapé à la machine. On aurait dit un soldat massacré arborant le drapeau blanc.

— Ma demande de rapatriement. Dans l'intérêt de votre enfant, vous devriez m'imiter. Il est temps de rentrer à la maison.

La Roussotte lui donna sa bénédiction avec un sourire blessant et une exhortation.

— Que vas-tu faire dans la mère patrie ? Mendier auprès de la mairie et prendre des cuites ?

Oliverio encaissa l'insulte sans broncher.

— Je vais entrer dans la marine.

— Avec une main estropiée ? On ne voudra pas de toi.

— J'ai des amis et des contacts. Un oncle, le frère de ma mère, va me procurer un poste administratif à l'École supérieure de mécanique de la marine. Je serai accepté.

Le départ d'Oliverio eut beaucoup de conséquences. La Roussotte redoubla d'efforts. Elle abusait d'elle-même de façon téméraire, faisait des heures supplémentaires, enchaînait deux tours de suite et dépensait l'argent qui, à peine entré, repartait en fil à souder qui ne soudait que son propre enfer. Il lui arrivait de s'enfermer dans le petit local souterrain qui servait parfois de chambre à coucher, et Mauricio l'entendait pleurer. Les pleurs de la Roussotte étaient tenaces, gris, beaux et redoutables. Invincibles.

Peu après, elle se lia à ces jeunes artistes affiliés au parti communiste, qui occupaient une vieille usine abandonnée du sud de la ville. Ces nouveaux dadaïstes défiaient leur propre médiocrité en proclamant que la création était un état d'esprit, un mode de vie où le seul but était la liberté. Leur gourou était Wolf Vostell, qui les encourageait à être anticonformistes. Le contact avec ce peintre, sculpteur, écrivain et musicien transforma la Roussotte de façon radicale. Elle méprisait tout, et devint excentrique et difficile à vivre.

Mauricio l'accompagnait de temps en temps dans un des hangars désolés de l'usine où se déroulaient des concerts de musique atonale, où n'importe quel objet était bon pour agresser l'oreille, où chaque artiste "exposait" ses œuvres sur des murs pleins de suie. Pourtant, la Roussotte se comportait comme s'ils étaient dans une cathédrale sacralisée où elle était la grande prêtresse de cette pléiade. Mauricio avait l'impression que la Roussotte essayait de se faire pardonner – avec un excès d'amertume et de sarcasme – d'être mariée à un type aussi ordinaire, un ouvrier respectable qui n'avait rien à apporter au nouvel ordre qui s'annonçait, qui ne connaissait pas l'œuvre de Joseph Beuys, de Vostell, de June Paik ou de Charlotte Moorman, prophètes de cette nouvelle religion. Il n'était qu'un Argentin accroché au passé, aux tangos de Gardel, et à son regard appauvri par les années d'esclavage. Un vaincu aux yeux de ces jeunes juges étranges et invertébrés.

Toutefois, c'est lui qui décida d'assumer la défaite et la retraite. Le désastre finalement reconnu. La Roussotte ne lui pardonna jamais d'avoir mis des mots sur l'évidence.

— Nous rentrons à la maison.

— Ma maison, c'est l'art, protesta-t-elle.

Mais elle le laissa faire les bagages et le suivit dans son retour.

En ce jour de 1973 où ils descendirent du train à la gare de Buenos Aires, il n'y avait plus de joie. Ils étaient fatigués, avec leur fils adolescent, enfermé dans un mutisme amer. Vingt ans s'étaient écoulés depuis leur départ et ils ne rapportaient dans leurs valises que leur misère. Le seul qui semblait ravi de leur retour, c'était Oliverio. Comme si leur apparition sur le quai enveloppé d'une brume grisâtre et d'un froid sinistre était la preuve réconfortante qu'il avait raison. Il les accueillit dans son plus beau costume, avec son sourire le plus radieux, ses chaussures lustrées, sa chemise bien repassée, des paroles de bienvenue contenant la juste dose de condescendance, spécialement adressées à la Roussotte, et avec la promesse que tout allait bien se passer.

En l'entendant parler pendant qu'il prenait une de leurs valises et les accompagnait à l'autobus, Mauricio comprit que son ami n'existait plus sous la peau de cet homme auquel ils étaient pourtant obligés de faire confiance. De même que le Buenos Aires de son enfance n'existait plus, dans ce qu'il voyait défiler à grande vitesse derrière les fenêtres du véhicule. La Roussotte et lui se regardèrent sans rien dire, et éprouvèrent tous les deux la même peur.

Le grand-père Mauricio et son petit-fils Daniel prirent leur petit-déjeuner en silence. Puis, Mauricio alluma la cigarette qu'il aimait fumer avec sa dernière gorgée de café.

— Je dois aller à Barcelone demain. Deux jours pour rencontrer fournisseurs et clients. Nous en reparlerons quand je reviendrai.

Ces mots n'annonçaient rien de bon pour Daniel. Mais quelque chose de plus important l'attendait.

Les prévisions météorologiques étaient bonnes, le lendemain matin il ne pleuvait pas. Daniel s'habilla chaudement, prit les clés de la barque de son frère et se dirigea vers le port. C'était jour de marché. Les vendeurs ambulants de toute la région installaient leur étal autour de la place de l'église et le long de la grand-rue. Le soleil n'avait pas encore atteint le milieu du clocher quand les cloches sonnèrent le quart, provoquant l'envol des pigeons sur les toits. Les marchands achetaient et vendaient de tout, des paniers d'osier jusqu'aux saucisses, des outils de labour jusqu'aux sacs et au matériel de bricolage ; tout ce dont on pouvait avoir besoin. Personne ne remarqua ce garçon qui sauta dans la petite embarcation pneumatique.

À mesure que celle-ci s'éloignait du port, Daniel pénétrait dans une autre dimension : l'air était moins dense, le ciel plus vaste et les sons, sublimes. Le monde changeait, tandis que la petite hélice fendait une surface dont le fond était vert foncé. En cas de tempête, il aurait été vain de vouloir accéder au phare par mer. Une route allait jusqu'à l'autre bout de la Péninsule, mais on mettait beaucoup plus de temps pour arriver à destination. En revanche, quand la mer était clémente, on pouvait atteindre les contreforts en vingt minutes.

S'il n'y avait pas eu la tour cylindrique du phare neuf, on aurait pu croire que l'être humain n'avait jamais mis les pieds sur cette partie de la côte. Le profil rocheux de Punta Caliente s'accentuait comme si c'était lui qui s'approchait de Daniel, et non le contraire. Sur les brisants, subsistaient des épaves des hors-bord des trafiquants de tabac, d'alcool et de haschisch qui n'avaient pas su voir ou esquiver à temps les pièges des rochers immergés, visibles uniquement à marée basse.

Le frère de Daniel lui avait appris à surfer doucement sur les vagues, à réduire la puissance du moteur et à se laisser porter par les courants. "L'eau trouve le chemin le plus simple pour franchir les obstacles", aimait-il à dire. Ne pas offrir de résistance, c'était la clé. Son frère le savait, c'est pourquoi il n'avait jamais eu ni accident ni naufrage, et que la garde civile n'avait jamais pu le coincer.

Martina était assise sur les marches de la maison du gardien, jambes très écartées, de façon presque obscène. Les coudes sur les genoux et les poings fermés sous son menton. Elle donnait l'impression d'être en pleine méditation.

— Je pensais que tu ne viendrais pas… Où est le vieux? demanda-t-elle en relevant la tête.

Daniel s'assit à côté d'elle. Son épaule la frôla et il eut l'impression qu'elle était aérienne. Ils avaient le même âge, mais elle paraissait beaucoup plus vieille, comme si elle survivait en passant d'un corps à un autre, d'un âge à un autre, d'une vie à une autre.

La maison du gardien de phare était inhabitée. C'était un quadrilatère en briques rouges entouré d'un jardin envahi de buissons, où poussaient les œillets et les marguerites communes, dont les graines avaient été apportées par les vents de terre. Il y avait aussi des figuiers de Barbarie, avec leurs épines menaçantes et vigoureuses. Un petit vitrage donnait sur la mer, côté nord-ouest.

— Il est parti tôt ce matin. il doit prendre un avion pour Barcelone. Il revient dans deux jours.

Martina hocha la tête. Ils auraient dû se réjouir d'avoir deux jours entiers pour eux seuls, mais ils passèrent plusieurs minutes sans rien faire, en silence, regardant au loin. Martina gratta le sol avec la pointe de ses bottes en caoutchouc, sans l'écouter.

— Pourquoi appelle-t-on ce coin Punta Caliente ? Tu parles d'une Pointe Chaude ! Il y fait un froid de canard toute l'année !

— Je ne sais pas, répondit Daniel avec résignation. Le sens de l'humour des Galiciens est très particulier.

Martina lissa son jean et se leva soudain.

— Aujourd'hui, je veux travailler avec toi. Entrons.

La porte de la maison était murée, mais Martina avait ménagé un trou dans le mur de briques. À l'intérieur, l'obscurité était presque totale. Daniel tâta le mur enduit et finit par trouver des bougies. Il alluma la première, puis celles qui étaient réparties dans la pièce. À gauche, un vieux canapé défoncé, une table basse avec une demi-douzaine de livres et un cendrier en plastique. En face, une planche en bois posée sur quatre tabourets, avec des spatules, des ciseaux, des pointes et des crochets en bois, un outil à découper la glaise en forme de chausse-pied et des moules en terre sans forme définie. Un délicieux désordre. Martina laissa négligemment tomber sa veste sur un matelas où les couvertures étaient froissées. Au chevet, il y avait, punaisé au mur, une reproduction de *Somnolence délicieuse*, un tableau de Gauguin tiré d'un magazine. Les Tahitiennes sous l'arbre bleu regardaient directement la planche de Martina. Ainsi, chaque fois qu'elle relevait la tête, elle pouvait imaginer les mers du Sud. Une fenêtre pour sa fuite.

— Le visage ? lui demanda Daniel.

— Le visage, confirma Martina.

Discipliné, Daniel s'assit sur la banquette, enleva sa veste et son pull, et se retrouva torse nu. Martina prit un foulard qui traînait sur le matelas et lui banda les yeux. Daniel sentit le frôlement de sa peau, les odeurs de la marihuana. Martina lui glissa le pétard entre les lèvres.

— Un jour, il va falloir que tu apprennes à mourir pour de bon et pas à moitié, Daniel.

Résigné, mais avec un secret plaisir, Daniel aspira une longue bouffée.

— Et pourquoi ne pas apprendre à vivre ?

Martina eut un petit rire.

— Parce que pour ça il faut être vachement costaud.

Les yeux bandés, Daniel l'entendait s'affairer. Il n'avait pas besoin de la voir pour reconnaître chacun de ses mouvements. Les mains nerveuses de Martina se calmaient quand elles s'enfonçaient dans l'argile et la pétrissaient, la coupaient et lui donnaient du volume avec ses outils. Peu à peu, elle tissait et façonnait le visage de Daniel. Le garçon sentait les doigts de Martina, épaissis par la terre molle, parcourir son nez, sa bouche, ses joues, son menton. Toutes les sculptures de Martina avaient un point commun : elles n'avaient pas d'yeux. Le regard la dérangeait, il était changeant, impossible à capter. C'est pourquoi elle bandait les yeux, pour ne pas les voir et pour qu'ils ne la voient pas ; pour ne pas avoir à les arracher.

— Paola préfère photographier les mains. Elle trouve que c'est la part la plus sincère que nous ayons.

Les doigts de Martina tombaient comme des gouttes sur son torse nu. Il l'entendit lâcher un petit rire cynique.

— Tu crois vraiment qu'elle est comme nous ? On dirait que ton grand-père l'aime bien, il lui a même offert un chapeau.

Sa voix était lointaine.

— Elle est différente. Voilà pourquoi elle me plaît.

— Elle est aussi jolie que peut l'être un objet sans éclat, sans vie. Je parie que tu as envie de lui raconter l'incendie, lui parler de ton frère et de ton père.

— Pourquoi donc ?

— Avoue que tu aimes inspirer la pitié. Elle nourrit ton air mélancolique. Et t'aide à te sentir spécial.

— Ce n'est pas vrai.
— Bien sûr que si. Tu es né pour être victime… Je suis sûre qu'elle voudra t'écouter. Mais ne t'y trompe pas. Cette femme n'est pas ton genre. Elle va te faire du mal.
— Et quel est mon style ?
Martina dénoua le foulard. Daniel cligna des paupières lentement pour dissiper les ombres et il croisa les beaux yeux verts de son amie.
— Ton genre, c'est moi, Daniel. Même si ça ne plaît pas du tout à ton grand-père.

6

Barcelone, fin juin 2010

Mauricio aimait beaucoup Barcelone, cette façon d'arriver pour repartir, les bananiers qui projetaient une ombre chiche sur les trottoirs, ces passants qui descendaient vers le centre avec leur sac à provisions, ces touristes avec de grosses lunettes de soleil et un appareil photo autour du cou, ces voix qui disaient les mêmes choses dans des langues différentes. Il y avait un peu de Buenos Aires dans ces rues. Assis à la terrasse de ce bar, il se rappela les après-midi implacables de l'enfance, les heures les plus rudes, quand ses frères et lui devaient faire la sieste étendus dans le couloir, la seule partie fraîche de la maison, tandis que leur père tapait à la machine à écrire de petites histoires que personne ne lirait jamais, et que leur mère traînait ses savates dans la cuisine avec en bruit de fond son feuilleton à la radio.

Il avala une gorgée de sa bière, s'adossa à sa chaise et laissa la vapeur d'eau des brumisateurs coller à sa peau comme un essaim de minuscules insectes bienfaisants. À la table voisine, une famille française – un jeune couple et ses trois enfants en bas âge – s'acharnait avec discipline sur une salade russe survolée par les mouches. Lui, il consultait une carte de la ville en traçant au crayon rouge les itinéraires possibles. La femme s'assurait que les enfants utilisaient plutôt les fourchettes que leurs doigts. Cette famille de touristes français semblait heureuse. Le parc Güell, la Sagrada Familia… Beau programme pour l'après-midi. La femme glissa la main sur la table et caressa furtivement celle de l'homme en lui lançant un regard significatif. Ce soir-là, quand les enfants dormiraient, ils renouvelleraient de vieilles alliances.

La Roussotte aurait souri avec attendrissement devant cette scène. Les histoires qui finissaient bien lui donnaient toujours un air de fillette rêveuse. Barcelone l'avait transporté à Buenos Aires et, une fois là – même ces nostalgies à jamais perdues lui serraient le cœur –, il n'avait pu échapper au souvenir de son épouse. Mauricio vida sa bière et traversa la rue. La porte de l'immeuble devant lequel il s'arrêta avait été forcée, et la façade se lézardait implacablement. Les filets que les techniciens avaient tendus sous les balcons pour éviter les chutes de pierres étaient remplis d'ordures que les locataires jetaient par la fenêtre. Il y avait aussi des chaussettes et des culottes, tombées des étendoirs, et un pigeon mort. Par les fenêtres s'échappaient des nuées de sons et d'odeurs. Accoudé à l'une d'elles, un jeune homme torse nu fumait et le regardait d'un air morne. Dans le vestibule, les murs étaient écaillés, et Mauricio chercha parmi les boîtes aux lettres déglinguées l'étage occupé par Les Amis de la mémoire.

Il n'y avait pas d'ascenseur et il gravit lourdement l'escalier étroit en s'appuyant sur la rampe et en s'arrêtant souvent pour reprendre son souffle.

La porte de l'appartement était entrebâillée et une intense clarté naturelle venait de l'intérieur. Il frappa et entra sans attendre de réponse. La voix d'un Joan Manuel Serrat très jeune chantant *La Montonera* se faufilait dans un désordre agréable et studieux. Il y avait quelque chose de décent dans cet appartement tapissé de tracts et de photographies modestement encadrées, parmi lesquelles on remarquait cette mère de la place de Mai, Hebe de Bonafini, avec son foulard blanc caractéristique sur la tête, et un grand drapeau argentin signé par les chanteurs de tango Osvaldo Pugliese et Atilio Stampone. Il y avait aussi des disques d'Atahualpa Yupanqui, de Mercedes Sosa et de Víctor Heredia, une affiche de l'actrice Norma Aleandro dans son film *L'Histoire officielle* et, partout, des livres de Julio Cortázar, de María Elena Walsh, d'Eduardo Galeano, de Tomás Eloy Martínez ou de Griselda Gambaro. On avait l'impression d'entrer dans un temps plus conforme à la devise qu'on pouvait lire en gros caractères sur un mur : "La seule lutte qu'on perd est celle qu'on abandonne." Mauricio rougit. Cette phrase lui sauta aux yeux comme le chant d'une jeunesse à laquelle il avait cessé de croire.

Au fond d'une pièce voisine, où on voyait des chaises en désordre et un écran de projection, quelqu'un baissa le son et la voix de Serrat devint imperceptible. Une femme apparut : elle avait la démarche décidée et le regard ferme, qui contrastaient avec ses cheveux, complètement blancs, et ses rides. Elle avait les doigts déformés par l'arthrose et un léger tremblement de la main droite, qu'elle dissimulait en serrant le poing et en le collant à sa hanche.

— En quoi puis-je vous aider?

Sa voix était propre, digne, mais d'un autre temps, une voix forcée à laquelle sûrement personne ne croirait si elle racontait les histoires qu'à coup sûr elle avait vécues. Malgré cela, quelque chose dans son expression parlait d'une souffrance qui n'avait pas été vaincue, toujours présente, derrière sa jolie blouse à fleurs, derrière son léger rouge à lèvres, sa permanente, élégante à l'ancienne mode. Mais d'une certaine façon, cette souffrance ne l'avait pas détruite.

Mauricio se découvrit et lui tendit la main. Qu'elle serra sans émotion ni répugnance.

— Je m'appelle Mauricio Luján. J'ai appelé pour annoncer ma visite. Je voudrais parler à don Horacio.

La femme ne manqua pas d'apprécier la volonté du vieillard de bien plier les mots avant de les déposer soigneusement devant elle, avec un respect liturgique.

— Horacio, c'est moi! Et je croyais vous avoir dit qu'il était inutile de venir.

Une voix de machine, robotique, surgit derrière la femme. Cette voix appartenait à un vieil homme qui ployait sur ses genoux, un petit oiseau fourré dans un pantalon gris et un gilet trop épais pour les chaleurs du mois. Cet effet creux et mécanique ne provenait pas de la bouche, mais d'un bouton noir contre la gorge, qu'il dissimulait sous un foulard noué autour du cou. Il fixa Mauricio droit dans les yeux.

— Vous n'avez pas la tête d'un ami d'Oliverio Pellegrini.

Mauricio se sentit mal à l'aise, sous ce regard perçant.

— C'est un compliment ou un reproche ?

— C'est une constatation.

— Et d'après vous quelle tête doit avoir un ami d'Oliverio ?

La femme à la permanente blanche intervint sur un ton réprobateur auprès du vieil homme qui avait une valvule dans le cou.

— Ça suffit, Horacio. Tu n'as pas besoin d'être désagréable.

Le vieillard sourit en découvrant des dents ravagées.

— Vous me trouvez désagréable ? demanda-t-il en montrant ses grandes paumes ridées où la ligne de vie se perdait.

Mauricio utilisa les mêmes précautions que lorsqu'il s'était adressé à la femme.

— J'ai cru comprendre que vous et Oliverio aviez fait ensemble la guerre des Malouines. J'espérais que vous pourriez m'aider à le retrouver.

Le vieil homme le dévisagea.

— Vous vous trompez. Je vous l'ai déjà dit au téléphone.

Mauricio hocha la tête. Il regarda le sol avec attention et se gratta le menton.

— Je croyais qu'ici vous aidiez à retrouver les disparus. C'est du moins ce que dit la page web qui vous présente.

L'homme à la valvule fronça les sourcils.

— Et que croyez-vous que nous fassions ici ? Vous pensez peut-être que nous dirigeons une maison de retraite ? Qu'ici on pète en jouant aux dominos et qu'on se raconte nos petits problèmes de vessie ? Tous les gens qui franchissent cette porte attendent le retour de quelqu'un. De quelqu'un qui est parti il y a longtemps. Parfois, nous pouvons aider. Parfois pas. Mais nous essayons toujours.

— Et vous n'avez pas l'intention de m'aider.

Horacio lui lança un regard de mépris.

— Il y en a qui prennent cet endroit pour un cimetière d'éléphants, un machin qui inspire la pitié, la condescendance et l'oubli, et on nous prend pour des fossoyeurs. Vous êtes de ces personnes, je l'ai senti dès que vous avez franchi cette porte.

Mauricio serra les dents pour ne pas lâcher la réponse qui se débattait dans sa poitrine.

— Si je vous donne cette impression, je vous prie de m'en excuser. Je vous assure qu'elle est complètement erronée. Je vous ai déjà dit que je cherche un ami perdu de vue il y a plus de vingt ans. J'ai entendu dire qu'il était à Barcelone et j'ai pensé que vous pourriez m'aider.

Horacio secoua la tête.

— Vous ne cherchez pas un ami. Qui cherchez-vous réellement ? Quel Oliverio ? Il y a longtemps que je n'ai plus de nouvelles de lui, et je ne veux pas en avoir. Je n'ai pas non plus besoin d'en savoir plus sur vous que ce que je devine dans votre regard. De quoi s'agissait-il ? Pourquoi avez-vous été en prison ? Car c'est bien ça, vous traînez vos yeux comme les prisonniers traînent les pieds dans les galeries. On ne se débarrasse jamais de cet air de bagnard.

Mauricio soutint le regard du vieil homme.

— Ce ne sont pas vos affaires. Et je ne suis pas venu ici pour me faire insulter.

— Je connais les gens de votre classe. Ils se drapent dans leur dignité… comme si les autres étaient une merde simplement parce qu'ils n'ont pas souffert la moitié de ce que vous avez souffert dans votre vie. Vous nous rendez coupables de votre impossibilité d'être heureux ne serait-ce qu'une minute. Je me trompe ?

Mauricio lança un bref regard circulaire et revint sur le vieillard avec une pointe de rancœur.

— Nous n'avons pas tous la chance de pouvoir choisir nos causes.

Le vieil Horacio tendit le cou si fort que la valvule apparut au-dessus du foulard.

— Vous vous trompez. Ici, nous ne donnons pas une raison de vivre aux gens ; c'est à eux de la trouver par leurs propres moyens. Et maintenant, vous pouvez prendre la porte.

— Il vaudrait mieux que vous partiez…

La voix de la femme tombait sur eux comme le tintement de la cloche sur le ring.

Mauricio remit son chapeau, soupira et s'inclina légèrement devant la dame aux cheveux blancs, lançant aussitôt après un regard furtif à Horacio.

— Au revoir.

Avant d'avoir atteint les premières marches, la voix de Serrat retentit avec force, comme une déclaration d'intention.

— Écoutez-moi !

Mauricio se retourna. La dame aux cheveux blancs avait un affolement dans le regard, comme si elle était coupable de quelque chose.

— Il faut que vous excusiez Horacio. Il a vécu des années très dures après cette guerre.

— Je le comprends, madame. Mais je ne suis pas l'ennemi.

La femme avança timidement d'un pas et regarda autour d'elle, comme si elle avait peur d'être surveillée.

— Cet homme que vous cherchez… votre ami Oliverio. Il n'est jamais venu ici. Mais je sais qui c'est.

Avant que Mauricio ait pu réagir, la femme lui tendit une enveloppe grise.

— S'il vous plaît, ne revenez plus.

Mauricio examina le contenu de l'enveloppe. Horacio lui avait menti. De toute évidence, il n'avait pas perdu de vue Oliverio après les Malouines. Ce dossier détaillé contenait une douzaine de photographies d'Oliverio à différentes époques. Il se concentra sur l'une d'elles. Un visage sévère, environ soixante-dix ans, une épaisse moustache blanche, de larges sourcils et un regard fixe et pénétrant. Il y avait une adresse et un numéro de téléphone. Mauricio composa le numéro. Après une longue attente, il entendit une voix d'un autre temps.

Une voix usée et sans méfiance.

— Allô ! – le sang afflua dans la gorge de Mauricio. Qui est à l'appareil ?

Il voulut répondre, dire ce qu'il se répétait depuis des années. Mais ses lèvres refusaient de se décoller.

— Allô ! Il y a quelqu'un ?

Mauricio écarta lentement le téléphone de son oreille. Il tremblait comme un gamin. Il avala sa salive. Essaya encore, mais ne put articuler aucun son. Finalement, il raccrocha. Il n'était pas encore prêt. Mais il pouvait faire autre chose, se dit-il en regardant une autre des photographies qui étaient dans le dossier.

— Bonsoir, je voudrais des fleurs.

La boutique de fleurs Ceibo était proche de la Sagrada Familia. À l'intérieur tournait lentement un ventilateur à pales en plastique, qui brassait agréablement l'air imprégné de parfums végétaux. Une musique paisible en fond, le genre de mélodies qui a des échos aquatiques, des sons de harpe et de ressac marin. Le comptoir était jonché de tiges, et une jeune femme coupait au sécateur les feuilles malades des roses. Elle portait un plastron vert sur sa chemise et avait des avant-bras musclés. Ses cheveux étaient châtains, mais Mauricio avait remarqué sur les photographies du dossier qu'elle changeait de couleur régulièrement, sans doute une manière d'extérioriser ses états d'âme. Elle jouait aussi avec le type de coupe et le modelé, mais elle se débrouillait presque toujours pour que ses traits marqués soient avantagés. La couleur de ses yeux était la même que ceux d'Oliverio, marron, mais ils brillaient de façon différente, plus chaleureuse.

La jeune fille releva vivement la tête, avec un sourire.

— En ce cas, c'est l'endroit rêvé.

Le téléphone sonna. Elle alla décrocher. Mauricio ne put entendre la conversation ; quelques minutes plus tard, elle revint avec un sourire jusqu'aux oreilles. Quelque chose l'avait rendue heureuse. Peut-être un fiancé.

Mais c'était peu probable. D'après le dossier, elle allait voir son père une fois par semaine, dans l'appartement que le vieux avait en banlieue. Ils déjeunaient ensemble dans un restaurant bon marché, puis elle allait faire les courses et remplissait son réfrigérateur. Elle achetait des produits bios, des yaourts au bifidus, des jus de fruits et des pâtes complètes. Elle lui apportait presque toujours des fleurs. Oliverio aimait beaucoup les narcisses blancs. De temps en temps, elle passait à la pharmacie avec une collection d'ordonnances. Apparemment, Oliverio était devenu un vieux plein de gouttières ; à part ça, cette fille passait le plus clair de son temps dans sa boutique. Certains soirs, elle allait prendre un verre avec un groupe d'amis, mais elle rentrait toujours tôt dans le petit studio qu'elle avait loué, seule, près de son magasin. De son balcon, elle devait avoir une très belle vue sur la façade de la Nativité de la Sagrada Familia. À sa fenêtre, la lumière s'éteignait très tardivement. Elle aimait lire au lit très tard ; elle achetait de vieux livres dans une librairie du quartier. Elle explorait longuement les casiers d'occasion : Thomas Mann, Zola, Borges… "Elle a bon goût, un peu classique quand on est si jeune", aurait dit la Roussotte.

Elle venait d'avoir trente-deux ans et avait fêté son anniversaire toute seule, dans une pizzeria de la rue Mallorca. En général, elle menait une vie tranquille, sans arêtes visibles.

— À quelles fleurs pensiez-vous ?

Oliverio aimait particulièrement une certaine sorte de narcisses, à en croire le dossier.

— Je pensais à un bouquet de narcisses blancs.

Elle écarquilla les yeux, comme si on avait lancé un galet sur la surface tranquille de ses pupilles.

— Comme c'est curieux…

— Quoi donc ?

— Ce sont les fleurs préférées de mon père.

— Je suppose que ce sont des fleurs très courantes.

Elle approuva.

— En effet, mais en plus vous êtes argentin, comme lui, dit-elle en référence à l'accent de Mauricio – le sien était presque imperceptible ; c'est pourquoi sans doute elle se crut obligée d'expliquer qu'elle était née à Ojo de Agua, dans la province de Neuquén. La terre des Araucans, précisa-t-elle avec une fierté démesurée qui dénotait le besoin de s'imposer devant un compatriote. Je m'appelle Laura, ajouta-t-elle en lui tendant une main aux doigts longs et fermes.

— Laura Ojo de Agua, la baptisa Mauricio.

Ce qui plut à la jeune femme.

Le vieillard paya le bouquet et refusa la monnaie qu'elle lui rendait. Elle le remercia et déplissa le papier qui l'enveloppait avec une expression de fillette insatisfaite. Une perfectionniste, sans doute.

— Revenez quand vous voudrez.

Mauricio effleura le bord de son chapeau en guise d'au revoir. Savoir beaucoup de choses qui ne servent plus à rien. N'était-ce pas cela aussi, se faire vieux ?

— Sans faute, n'en doutez pas. À bientôt. Et le bonjour à votre père.

7

La Corogne, vendredi 20 août 2010
2 heures

Les bruits lointains de la circulation arrivent par vagues jusqu'à l'hôpital. Germinal Ibarra contemple l'alignement parfait des réverbères et résiste à la tentation de se laisser guider par eux et de se perdre, pourquoi pas, dans les rues droites et étroites de sa ville. Ces rues disposées comme à dessein, comme des chemins qui mènent quelque part. Peu à peu, son regard se tourne vers le ciel. Pour chercher ces Larmes de saint Laurent qui devraient le sillonner, ou pour plonger dans son propre passé ?

Non loin de là, mais à une distance qui lui semble infinie, s'était décidée l'enfance de l'inspecteur. Plus d'un demi-siècle auparavant, quand cette ville était différente. Et qu'il était, en dépit de tout, un enfant heureux. Sauf le dimanche. Ce jour-là, c'était l'arrachement aux bras de sa grand-mère et de sa mère, aux couleurs rougeâtres de la maison et au vieux chariot en bois remisé dans la partie arrière. Le dimanche, il ne pouvait pas monter le mulet argenté, ni descendre au bassin pêcher les têtards. Il ne pouvait pas non plus casser la figure aux Gitans ni voler quelques cigarettes dans le paquet du grand-père Florencio, qui faisait sa sieste au frais tous les après-midi, aveugle, mais qui avait une ouïe plus fine que celle des rats, quand cela l'arrangeait. Le grand-père feignait toujours de dormir quand Germinal approchait sur les genoux et fouillait dans la poche de sa veste pour lui chiper une Bisonte.

Son monde d'enfant s'arrêtait le dimanche, quand sa mère et lui montaient dans l'autobus qui empestait le gasoil et avait des sièges en tissu élimé. Le dimanche, c'était le jour où il allait voir son père, et Germinal priait à chaque virage pour qu'un pneu crève, que le moteur tombe en panne ou que le chauffeur ait une crise cardiaque ; autant de choses qui n'arrivèrent jamais. Ainsi, quand dans le dernier virage on apercevait le bâtiment en pierre blanche de l'asile, la mère rajustait le manteau de son fils, plaquait sa frange sur son front avec une pointe de salive sur le doigt et lui faisait la leçon une dernière fois.

— Tu vas bien te tenir ?

Il hochait la tête, le cœur serré, cachant sa peur derrière ses longs cils et regardant les voyageurs en croyant qu'ils se moquaient de lui.

— Maman, je suis grand, protestait-il.

Et il l'était, même s'il n'avait que cinq ans, un short qui descendait aux genoux et des chaussures dont la semelle était réparée avec des clous qui le gênaient quand il marchait.

— Alors, prouve-le, répliquait sa mère, avec une douceur mélancolique dans ses yeux bleu pâle, en remontant les peignes qui empêchaient ses cheveux rebelles d'envahir son visage. Sa mère sentait l'eau de Cologne citronnée. Cette odeur était la seule bonne chose de ses dimanches.

L'ancien asile est maintenant un bâtiment abandonné qui s'effondre lentement sous son propre poids sans que personne ne sache quoi en faire. Il est difficile d'exorciser les fantômes qui habitent les pavillons vides, d'effacer les souvenirs collés aux murs, aux portes et aux fenêtres de ce vieil édifice. L'idéal serait de le raser, de l'anéantir jusqu'à la dernière pierre, de bétonner le terrain et d'attendre mille ans. Ainsi cesserait-on peut-être d'entendre les lamentations de son ventre vide.

On a conservé le vieux cloître et le puits au milieu de la placette pavée où se retrouvaient les internés et leur famille le dimanche matin. Bien que la mauvaise herbe ait colonisé le patio et que les rats prolifèrent comme des lapins, on apprécie encore les bancs de pierre et la fontaine en marbre où buvaient de petits oiseaux multicolores. Ibarra aimait les observer, plus petits que des moineaux, et écouter le chant paisible de la fontaine au milieu des chuchotements.

Le père de Germinal était toujours dans l'angle le plus éloigné, les mains dans le dos, dans un costume noir élimé et une chemise blanche au col usé où il manquait un bouton. Été comme hiver, il portait de grosses espadrilles et des chaussettes, et fumait les cigarettes que sa femme lui apportait le dimanche. La plupart du temps pas rasé, les cheveux mal coupés et le vieux bonnet entre ses doigts, son père s'imaginait qu'il vivait encore caché dans les montagnes, tuant des gardes civils à la fin d'une guerre qui, dans son esprit dévasté, n'était pas encore terminée. Ou bien il se croyait encore en prison à Calatayud, où on venait le passer à tabac tous les matins. Un de ces jours, les exécutions dans le ghetto ne seraient plus un simulacre : on lui collerait une balle dans la tête et on l'abandonnerait, noyé dans son sang au pied du clocher de la collégiale Santa María.

— Vous pouvez m'arracher les dents, je ne dirai rien.

Ibarra se souvient de ces dimanches tristes, quand, timide et effrayé, il s'approchait de son père et l'appelait une, deux, trois fois… et celui-ci se tournait légèrement et lui lançait un regard hostile. La plupart du temps, il ne le reconnaissait pas. Quinze années de prison à Saragosse l'avaient mis dans cet état. Quand il rentra à la maison, on fut obligé de l'enfermer, car toutes les nuits il partait dans les collines avec sa besace et un vieux fusil. On avait peur qu'il ne fasse du mal à quelqu'un. Parfois, on mettait des jours à le retrouver, à demi nu, halluciné, comme si quelqu'un l'avait recueilli on ne sait où.

— Bonjour, père. Comment allez-vous, aujourd'hui ?

Son père lui prenait les cigarettes des mains sans rien dire, et il fumait avec la précipitation des condamnés à mort. Il avait les ongles durs comme des griffes, les doigts jaunâtres et la bouche aussi tordue que son esprit. Germinal s'asseyait à côté de lui, se retenant de respirer aussi longtemps que possible, car son père sentait la crasse. Sa mère contemplait la scène, le regard triste. Il la reconnaissait parfois. Ils se promenaient un moment dans le cloître et il se laissait convaincre qu'elle lui fasse sa toilette et lui coupe les ongles. Elle lui lavait la tête et l'obligeait à mettre le linge propre et repassé qu'elle avait apporté. Alors, son père retrouvait figure humaine, mais plutôt tendance mannequin que profil normal. Il approuvait ses propos avec raideur, mangeait sa soupe comme un enfant catatonique. D'autres fois, les pires, il jetait l'assiette d'un geste violent et criait qu'on voulait l'empoisonner. Puis il se mettait à l'écart en grommelant et en se battant contre les ombres qui n'existaient que dans sa tête. Ibarra ne savait que faire, il était déconcerté, et sa mère, les yeux rougis, lui caressait l'épaule et lui soufflait :

— Ton père n'est pas dans un bon jour.

Quand il était petit, les fous – ainsi les appelait-on avant que les mots dissimulent les réalités – faisaient peur à Ibarra. Ou plus exactement ce qui lui faisait peur, c'était la folie. Il redoutait d'être contaminé, voilà pourquoi il ne voulait pas aller voir son père.

— Je ne veux pas y retourner.

Mais sa mère insistait. C'était son père, malgré tout ; et il avait besoin de lui.

Germinal se rappelle tout particulièrement un de ces dimanches, celui qu'il essaie à tout prix d'oublier. Ce même dimanche qui lui revient sans cesse. Il avait presque dix ans et, au moment d'aller prendre l'autobus, sa mère eut un malaise. Égoïstement, Ibarra crut que cela lui épargnerait une visite à son père. Mais à son grand regret, sa grand-mère le prit par la main et le fit monter dans le bus. Elle lui dit qu'il n'aurait qu'à y aller seul. Ses grands-parents ne voulaient rien savoir de ce gendre rouge qui avait ruiné la vie de leur fille, mais c'était son père. Atterré, Ibarra vit les portes du bus se refermer et sa grand-mère agiter la main sur le trottoir.

— Parle-lui de l'école. Il aime bien, lui avait conseillé sa mère.

Mais rien n'intéressait le père de Germinal, en dehors des murs qu'il avait dans sa tête.

Ce dimanche-là fut pire que les autres. Il attrapa l'enfant par le coude et l'entraîna dans un coin. Il plantait ses ongles si fort qu'il lui faisait mal. Il lui posa des questions bizarres sur sa mère, avec qui elle allait, ce qu'elle faisait.

— J'ai entendu des rumeurs.

Ibarra nia, effrayé. Son père emprisonna son visage entre ses ongles noirs et le regarda dans les yeux, comme s'il cherchait la confirmation d'un soupçon.

— Tu n'es pas mon fils ! C'est une pute, elle me trompe ! Je vais tous vous tuer !

Les bonnes sœurs accoururent et essayèrent de le raisonner, en alternant cajoleries et menaces. Son père était furieux, il se débattit et lui fendit la lèvre d'un coup de poing. Les infirmiers accoururent et le plaquèrent au sol. Ibarra pleurait, tandis qu'on emmenait son père de force. Peu à peu, ses hurlements se perdirent derrière une porte grillagée.

Ibarra repartit, avec une estafilade sous l'œil, œuvre de son père, et il s'essuya la morve sur le revers de sa veste. Il avait même oublié de donner les cigarettes, et il se dit que sa mère le punirait. Il était si angoissé qu'il s'enfonça sans s'en rendre compte dans un bosquet voisin, et tomba sur un de ces fous dans les buissons.

Il était accroupi, le pantalon sur les chevilles. C'était un vieil homme qui, l'expression décomposée et grognant comme une bête, se tripotait la bite devant la photo d'une femme. Il avait un tatouage délavé sur son avant-bras velu : le visage d'un Christ patibulaire. Ibarra recula, piétina une branche, le vieux releva la tête et le regarda fixement. L'enfant eut l'intuition qu'il devait prendre ses jambes à son cou. Mais il resta paralysé.

Presque cinquante ans se sont écoulés et l'inspecteur scrute la nuit de La Corogne, convaincu que cet enfant terrifié se cache encore quelque part. Il se demande si personne n'a jamais compris – et lui non plus – l'enfant qu'il a été. Parfois, il rêve que le temps s'arrête et qu'il revient en arrière, quand le vieux se retourne vers l'enfant, le pantalon baissé, et l'attrape par le cou de sa main libre ; il rêve qu'approche l'instant où les fesses de l'enfant s'ouvrent, avant que son cri étouffé retentisse à ses oreilles ; et il rêve qu'il s'enfuit à cet instant précis, juste avant que disparaisse son enfance.

Il n'a parlé de cet épisode à personne, pas même à Carmela. Il ne saurait comment expliquer que ce n'était pas le fou – ni ce qu'il lui avait infligé – qui l'effrayait, mais ses yeux, cette façon de regarder comme si rien n'existait hors d'une obscurité sauvage qui résidait à l'intérieur de lui.

— On ne voit pas les étoiles filantes.

L'inspecteur se retourne, sursautant au son de cette voix du présent.

La doctoresse regarde le ciel, déçue. Ibarra l'imagine, enfant, apprenant la note d'un devoir à l'école et voyant qu'elle n'a pas réussi, qu'elle a eu juste la moyenne et pas un A+.

— Il y a trop d'éclairages artificiels. Pour les voir, il faut monter en haut d'une montagne ou chercher un endroit obscur.

Elle se frotte la paupière. Elle a l'air fatigué.

— Oui, bien sûr. Ce ne sont que des étoiles filantes.

Ibarra sourit faiblement. Il n'est pas le seul mécréant en ce bas monde. Elle met les mains dans les poches. On voit le relief de ses doigts à travers le pantalon. Elle soupire.

— La patiente s'est réveillée. Elle veut vous parler.

Ibarra hoche la tête et se rend compte que la doctoresse veut ajouter quelque chose. Les mots se retournent dans sa bouche et se mettent en boule. La doctoresse se tripote les cheveux, nerveuse.

— J'ai entendu des choses sur vous dans les couloirs. Les infirmières bavardent.

Ibarra attend.

— D'après elles, vous êtes le policier qui a arrêté l'assassin d'Amanda, la fillette de Málaga.

— C'est vrai.

— La femme non identifiée… C'est la mère, n'est-ce pas ? C'est Eva Malher.

Ibarra ne répond pas. C'est inutile. La doctoresse a compris.

— Je n'ai pas du tout envie que ce lieu soit envahi par les caméras de télévision, par les policiers et les journalistes. Nous sommes dans un hôpital, pas dans un cirque.

— Il n'y a qu'à garder son identité secrète, pour le moment.

La doctoresse lui renvoie une grimace ironique.

— Vous plaisantez ? Cette femme est une des héritières les plus riches du pays. Il y a des mois qu'on la recherche. Il y a même une récompense de cent mille euros à qui donnera une piste fiable pour la retrouver. Je ne sais pas ce que représente cette somme pour vous, inspecteur, mais cela résoudrait bien des choses pour beaucoup d'entre nous. Tout le monde a un magazine à portée de main et dès qu'on l'aura reconnue, on ne pourra plus rien arrêter. D'ailleurs, vous serez bien obligé d'en référer à vos supérieurs.

Ibarra sait qu'il doit le faire, en effet. Il est aussi au courant, pour la récompense. Pourquoi nier qu'il a été tenté d'appeler, de toucher la récompense et de laisser un bel héritage à Carmela et à Samuel ? Ils pourraient ainsi s'en aller très loin et tout recommencer, sans lui. L'argent aide toujours à mourir l'esprit tranquille. Cependant, il n'a pas suivi les conseils que lui soufflait cette logique.

— Tout est encore un peu confus. J'ai besoin de savoir exactement ce qui s'est passé cette nuit avant de décrocher le téléphone.

— Alors pressez-vous, inspecteur. Ou cela va vous glisser entre les doigts… C'est la fin de ma pause. Je dois y retourner.

La doctoresse se dirige vers la porte à tambour des urgences. Mais elle s'arrête, se retourne et observe l'inspecteur avec curiosité.

— Je peux vous poser une question ?

Elle se moque de la réaction de l'inspecteur, elle va la poser de toute façon.

— Tout ce qu'on raconte. Que vous avez battu à mort l'assassin et que la famille de la petite a dissimulé les preuves. Ces choses qui parlent de vous sur internet… Vous êtes-vous jamais demandé pourquoi cet homme en est arrivé à commettre cet acte et quelles étaient les racines de sa folie ?

— Non, jamais.

— Soit. Je veux dire que toutes ces horreurs étaient sans doute liées à son enfance. Il aurait pu être très différent… Il avait l'air d'un brave homme… inoffensif.

Ibarra la regarde avec scepticisme.

— Je me moque de savoir si l'assassin d'Amanda était un enfant malheureux, si sa mère lui faisait ceci ou cela et son père aussi.

Ibarra ne peut perdre son temps à explorer l'âme d'un être méprisable. Les gens adorent les conversions. Plus le crime est terrible, plus ils sont enclins à pardonner, s'il y a une trace convaincante de repentir. L'homoncule avait passé sa vie à regarder des films en noir et blanc. Il était un excellent acteur, un comédien qui avait su toucher ceux qui veulent croire que les gens peuvent changer.

La doctoresse reste un instant immobile, à le regarder.

— Ne croyez-vous pas que les gens ont droit à une seconde chance ?

— Demandez à Amanda Malher ou à sa mère ce qu'elles pensent des secondes chances.

— C'est ce qui vous a poussé à faire justice de vos propres mains ?

— Il a essayé de s'enfuir. Il a sauté de la voiture en marche et s'est brisé le cou.

— Ça, c'est la version officielle. Mais quelle est la vôtre ?

— Je n'ai pas de version, docteur. Je ne sais qu'une chose, c'est que le corps d'une fillette repose dans un cimetière. Et que, pas très loin, se trouve celui d'un homme qui l'a violée et qui l'a tuée.

La doctoresse s'écarte avec un air de commisération.

— Votre cynisme ne vous fait pas peur, inspecteur ?

Ibarra secoue lentement la tête.

— Et vous, docteur, n'avez-vous pas peur de votre bonté ?

La doctoresse ne répond pas. Elle soupire et s'éloigne.

Ibarra regarde le ciel. La doctoresse a raison : on ne voit pas une seule étoile.

Quand il entre dans la chambre, il remarque d'abord le visage charcuté d'Eva Malher, posé sur l'horizon d'un drap qui moule la silhouette du corps et ressemble plutôt à un suaire. On devine les jambes légèrement écartées. Il y a quelque chose de bienveillant chez ceux qui dorment. Peu importe qu'ils soient des assassins, des tortionnaires, des soldats, des vieillards ou des enfants. Le sommeil et l'inconscience les éloignent de leur monde quotidien, ce qui les réconcilie avec une humanité originelle. Quand nous dormons, nous sommes tous innocents. Carmela lui a dit quelquefois que dans son sommeil il a aussi l'air d'être un autre ; son visage s'adoucit, il retrouve un peu de la lumière qu'il devait avoir dans son enfance et, en posant la main sur sa poitrine, elle sent sous sa peau palpiter une chaleur différente.

Il s'assied dans le fauteuil et observe Eva. La lumière de la nuit, qui s'insinue par les fentes des stores en plastique, inonde son visage de rayures. On entend des bruits apaisés derrière la porte. Dans la chambre, seule clignote la lumière rouge d'un moniteur, celui de l'appareil qui contrôle ses fonctions vitales : les graphiques bleus et verts suivent le rythme régulier de son cœur.

Ibarra préférerait presque voir Eva dans cet état, absente et silencieuse. Bientôt la meute va surgir et tout bouleverser. Il comprend qu'elle ait voulu s'évader de sa vie. Il comprend aussi que ce monde auquel elle appartient veuille l'en empêcher. En un sens, l'inspecteur aime cette femme et veut la protéger. Elle a trop souffert. Trop souffrir… Qui détermine la souffrance ? Qui contrôle la mesure de ce qu'est capable de supporter une personne comme elle ?

Il se rappelle ce que lui a avoué l'homoncule, les mots qu'Ibarra lui a arrachés, au milieu des caillots de sang et des larmes, à force de le frapper. Et cela, il n'en a jamais parlé à Eva.

"Cette atmosphère, créée comme à dessein pour recevoir une mauvaise nouvelle, m'a attendri jusqu'aux larmes. J'ai éprouvé une douleur atroce pour elle, j'ai pressenti que son âme exploserait en morceaux quand on lui annoncerait qu'Amanda était morte. Quand vous le lui diriez, parce que je savais que c'était une question de temps, le temps de retrouver son corps."

Tels étaient les mots de l'homoncule, les mots qu'Ibarra avait trouvés sincères. Quand on n'a plus rien à perdre, quand on se sait coincé, on a tendance à être aussi sincère que possible, même si on ne voit pas la différence entre imaginaire et réalité. Eva aussi avait dû le trouver sincère quand il avait voulu l'embrasser pour la consoler. "Souhaitons que votre fille soit bien, lui avait-il dit. À moi aussi elle me manque. Son rire dans la cinémathèque, le bruit qu'elle faisait en mangeant des lupins pendant la projection des films de Charlie Chaplin dans la salle vide, tout cela me manque.”

Après la disparition d'Amanda, l'homoncule s'était présenté à la propriété des Malher. La maison était devenue un bloc de béton armé sur lequel rebondissaient les heures dans un silence mortifère. Tout le monde attendait des nouvelles et spéculait sur un possible enlèvement pour des raisons financières, ou, peut-être – dans la version la plus optimiste –, espérait se convaincre que la disparition de la petite était due à une crise de colère ou à une lubie enfantine. On s'accrochait à la conviction qu'à tout instant elle pousserait la porte, donnant la main à la mère d'une de ses amies de l'école, boudeuse mais saine et sauve. Cependant, à mesure que les heures passaient, le drame prenait corps. Eva fut surprise de voir l'homoncule, comme si elle avait du mal à envisager sa présence en dehors des limites du samedi matin à la cinémathèque, mais elle resta aimable. Elle le reçut dans un petit bureau tapissé de livres anciens. Elle fumait en silence et buvait un verre de vin. Les rideaux étaient tirés, et les persiennes à demi baissées laissaient passer une lumière orangée et créaient une sensation ambrée, délicate et fragile. On entendait en musique de fond la *Passion selon saint Matthieu*. Elle était très affaiblie et manifestement sous calmants. Elle se voulait maintenant blessante et mordante, très différente de ce qu'elle était réellement.

“Elle s'est jetée dans mes bras, vous pouvez croire une chose pareille ? Dans mes bras insignifiants !”

Ibarra répugne à reconstituer cette scène, l'homoncule et Eva, seuls avec la musique de Bach, elle versant des larmes inconsolables, effondrée devant la certitude qu'elle refusait d'admettre, et l'homoncule, l'assassin de sa fille, la serrant dans ses bras, lui embrassant les cheveux, lui caressant l'épaule, lui soufflant des paroles de réconfort. Pour la première fois de sa vie, cet être insignifiant avait dû se sentir absolument nécessaire à quelqu'un. Il voyait Eva Malher se décomposer. Cette femme hautaine qui regardait autour d'elle en sachant qu'elle n'appartenait pas à ce monde se montra devant lui vaincue, prisonnière de l'inquiétude et de l'épuisement nerveux d'une personne qui découvre le sentiment de perte. Et il était, en cet instant, la seule ancre à laquelle elle pouvait se raccrocher.

“J'ai failli lui avouer la vérité. Ce qui m'a terrorisé. Je me suis senti totalement déconcerté par ce trait de faiblesse commune.”

L'homoncule n'aurait pas dû se sentir surpris. Personne n'est exactement ce qu'il paraît être. Ibarra se rappelle l'incrédulité des journalistes et de l'opinion publique quand a été révélée l'identité de l'assassin d'Amanda. Tous s'attendaient à un être au regard égaré, au visage dur et à l'attitude provocante, pas à un voisin intégré à la communauté depuis des décennies. Tous savaient qu'il vivait dans un modeste appartement de location rempli de vidéos et de vieux films. Ils connaissaient son épouse, atteinte de fibromyalgie. Ils la croisaient, avec son rictus de souffrance, chez le marchand de primeurs du quartier, tapotant doucement du doigt un melon avant de l'acheter, ou remplissant un sac en plastique de bananes mûres parce que son mari, l'homoncule, avait l'estomac fragile. Tout le monde connaissait leurs enfants, deux garçons de dix et douze ans, qui fréquentaient la même école publique que celle des voisins. Il avait une voiture, une modeste Opel Astra blanche un peu cabossée. En été, ils la chargeaient de valises et de bicyclettes et partaient en vacances dans le village de sa femme, non loin de Murcie, et en septembre ils revenaient bronzés. Comme des milliers d'autres. Tous savaient qu'il projetait des séances doubles à la cinémathèque et offrait des cornets de lupins aux enfants. Chacun avait plus ou moins des souvenirs sentimentaux liés à ces séances de cinéma : les premiers baisers, les premières aventures. Tous avaient rêvé devant cet écran et d'une certaine façon rattaché ces instants de bonheur à la présence de l'homoncule, comme s'il était le véritable artisan de leurs bons moments.

Pour ces raisons, en dépit des évidences écrasantes qui révélèrent la solution avec une simplicité déconcertante, il y eut – et il y a encore – des gens qui crurent à une erreur, à un mensonge ; on avait voulu lui faire porter le chapeau, ce petit oiseau rachitique ne pouvait avoir commis de telles atrocités. Après l'affaire Amanda, une kyrielle de corps furent découverts à Málaga et dans les villes voisines, et personne ne put déterminer avec précision depuis combien de temps l'homoncule sévissait. Malgré tout, on refusait d'y croire. Il était des leurs. Et les gens de sa classe ne faisaient pas ce genre de choses.

Les défenseurs de l'homoncule sont ceux qui se méfient d'Ibarra, et qui maintenant attaquent sa famille sans pitié et insultent son fils. Ils auraient préféré que l'assassin d'Amanda ressemble davantage à l'inspecteur qu'à leur voisin, cet homme aimable, cultivé et docile. En fin de compte, qui était Ibarra ? Un policier que personne ne connaissait, un étranger qui était arrivé deux ans auparavant à Málaga, à la suite de mutations forcées ; un Galicien taciturne, peu bavard et introverti, qui, d'après les mauvaises langues, était porté sur la bouteille. Quant à la petite, Amanda, elle était la fille de gros richards qui vivaient derrière des murs tapissés de bougainvilliers, et fréquentaient des écoles où on donnait des cours d'équitation ; de plus, elle parlait anglais comme si elle avait une cerise au bout de la langue ; les petites gens n'avaient rien de commun avec elle ou avec sa mère, cette personnalité si tristement célèbre, frappée par le mauvais sort que les voisins de l'homoncule, eux, connaissaient depuis la nuit des temps.

Ainsi est le monde dans lequel nous vivons. Un monde auquel Ibarra et Eva Malher auraient aimé échapper. Mais elle n'a pu s'en éloigner suffisamment, et lui, il n'a pas trouvé le courage de se faire sauter la cervelle.

Eva ouvre les yeux. À demi comateuse, elle reconnaît les gestes retenus de l'inspecteur, son murmure guttural en signe de reconnaissance et la rigidité des épaules sous son costume. Comme c'est étrange qu'elle se concentre sur son gros nœud de cravate, démodé comme lui. Cette cravate rompt l'ensemble hiératique. Il semble très fatigué.

— Tu es là depuis longtemps ?

— Non.

Furtivement, Eva glisse un œil vers la porte entrouverte de la chambre. Elle ravale sa salive comme si elle avait du sable plein la bouche, regarde autour d'elle, on pourrait croire qu'elle cherche un crachoir. Puis elle se concentre sur les ombres projetées au plafond. Amanda était très bonne au jeu des ombres chinoises. Elle pouvait représenter n'importe quoi : un lapin, un chien, un oiseau. Elle adorait ces silhouettes qui prenaient vie quand elle y ajoutait sa voix. L'innocence d'une enfance qui aime les balançoires et les chevaux en carton.

— Le personnel de l'hôpital sait déjà qui tu es. Et les autres ne vont pas tarder à le savoir. Je vais être obligé d'informer mes supérieurs de ta réapparition, et il sera trop tard. Je veux t'aider tant que je le peux, mais j'ai besoin que tu me racontes ce qui s'est passé cette nuit.

Eva fait signe que non. Elle est encore trop faible pour parler. En outre, inutile de s'inquiéter. Son père étouffera le scandale et bâillonnera à coups de billets et de menaces toute bouche prête à s'ouvrir. C'est son plus grand talent, acheter les consciences ou les écraser ; payer des avocats, des légistes, des juges et des policiers.

Il a donc sauvé Ibarra, pour le remercier d'avoir éliminé l'assassin de sa petite-fille. Si elle osait formuler cette pensée, l'inspecteur lui répondrait sans sourciller que personne ne l'avait obligé ; qu'en outre, sans ce misérable, le monde était plus décent et moins monstrueux. En revanche, Germinal est devenu un homme distant, son regard ne peut cacher sa haine du monde. Aucune importance, il n'en attend plus rien, comme il n'attend plus rien d'elle ni de son père. Surtout pas leur condescendance. Il croit sûrement que, s'il avait avoué à ce moment-là, il aurait sans doute perdu sa vie, sa famille et son travail, mais il ne se serait pas perdu lui-même.

Cependant, cette fois, même son père ne pourra pas empêcher que filtrent les détails des événements de cette nuit et de ces trois derniers mois. On publiera les noms de Daniel, de Martina, de Dolores et de Mauricio. Le petit monde isolé de Punta Caliente perdra son calme, il sera envahi par une légion de journalistes, de caméras de télévision, de juges, de légistes, de policiers. Dans les semaines à venir, cette horde va fouiner dans les vies tranquilles de ses habitants, va entrer dans leurs maisons, violera leur intimité, et tout secret, si infime soit-il, remontera à la surface. Le dommage sera irréparable. Il ne restera qu'un champ de bataille fumant, plein de défiance, où ne reviendra sans doute jamais cette quiétude boréale que Daniel apprécie tant.

Et elle est à l'origine d'un tel cataclysme.

— On peut encore arranger les choses, quoi qu'il arrive… insiste Ibarra.

— Non… Il n'y a rien à arranger, Germinal. Rien, murmure-t-elle.

Eva plonge dans ces yeux de pierre et ne trouve que tourment.

— Germinal, appelle mon père et Otto. Dis-leur que je suis ici. Prends l'argent de la récompense et va-t'en loin avec ta famille.

Ibarra se carre dans le fauteuil. Il soutient le regard d'Eva. Elle a peut-être raison, ce serait le plus sensé : disparaître dans la nuit avec une bonne liasse de billets, échapper aux procès, à la condamnation plus que prévisible pour l'assassinat de l'homoncule, et emmener Carmela très loin – pourquoi pas en Inde avec son gourou ? Ou bien acheter à Samuel un orchestre qui lui obéisse au doigt et à l'œil. Il aimerait s'inventer une bulle où le passé n'existerait pas, comme si on y dormait d'un long sommeil paisible dont on ne serait pas obligé de se réveiller.

Quoi qu'il en soit, dans quelques heures, Otto viendra chercher Eva, et Ibarra ne pourra s'y opposer. Son époux la sortira de l'hôpital et inventera une histoire où elle sera obligée de jouer le rôle de la femme repentie quand les flashes la fusilleront à la sortie du tribunal, flanquée d'une cohorte d'avocats. Elle devra raconter les faits et se situer elle-même du côté qu'elle méprise le plus dans cette tragédie, celui de la victime ingénue et innocente. Elle sera forcée de renier sa véritable nature pour inspirer la compassion au lieu de l'envie ou du mépris larvé. Ensuite, on l'enverra faire un long périple, aux antipodes si possible, jusqu'à ce que tout soit devenu une lointaine rumeur qu'on évoquera dans les cercles distingués sous la forme d'un murmure. Elle feindra une folie passagère et devra convaincre Otto que son oubli est sincère.

8

Costa da Morte, début juillet 2010

À Punta Caliente, le ciel avait les couleurs violentes d'un incendie. Les ombres se dévoilaient très lentement et Paola s'y promenait avec un bonheur qui relevait beaucoup de la légèreté et de l'absence. Tous les matins, elle montait jusqu'à l'extrémité de la falaise et disposait l'appareil photo sur le trépied face au lever du soleil, qui dépouillait la terre de tout artifice. Un regard originel, primitif, simple et complexe. L'Absolu. Bien qu'elle ne puisse pas la saisir, elle tendait la main vers la sphère iridescente et la masquait derrière une éclipse de doigts qui devenaient translucides.

Ce matin-là, elle descendit jusqu'à la plage rocheuse après la séance de photographies et mit les pieds dans l'eau. Le griffon tatoué sur son pied prit vie sous les ondoiements de la marée ; mais elle y vit une trace de ce qu'elle avait laissé derrière elle. Une entreprise impossible : ne plus être Eva Malher et devenir cette Paola sans passé ni attaches. Elle n'avait pas souvenir d'un havre de paix comme celui-ci. Qu'elle aimait beaucoup. Comme si le deuil de sa fille s'éloignait un peu et lui offrait une façon nouvelle de respirer, une gravité différente ; comme lorsqu'elle était plus jeune et capable de voir plus loin que les autres.

À dix-huit ans, elle prit son sac à dos et se lança dans un grand voyage initiatique. Un chemin nécessaire pour se retrouver de façon définitive face à soi-même. C'était en Bolivie. Quand elle découvrit qui elle était, elle se trouvait dans un village frontalier, près de l'endroit où Che Guevara avait été assassiné. Il y avait là une sorte de musée mal entretenu, dans une maison où les propriétaires assuraient que le Comandante avait été retenu prisonnier. Ils exposaient quelques objets qui, d'après eux, lui avaient appartenu : un béret, une pipe, quelques livres et un vieux fusil. Le Che n'avait sans doute jamais possédé un seul de ces objets. Elle remarqua une urne où étaient conservées deux mains momifiées, comme les reliques de l'Église. Le patron certifia avec une assurance mystique que c'étaient les mains du Che. Elle ne le crut pas. C'étaient des mains trop normales, frustes, comme des araignées fossilisées dormant sur un coussin jaunâtre et sale. Ce n'étaient pas les mains d'un dieu. En tout cas, c'est là que naquit sa passion de photographier des mains dans toutes les parties du monde. Des mains d'enfants atteints de poliomyélite à Bénarès, de femmes au beau visage en Éthiopie, de vieillards aveugles des steppes russes, de joueurs de luth à Katmandou, de chevriers au Sahel, de soldats aux frontières hébraïques, de pêcheurs à Sumatra, de mères droguées à Los Angeles, de religieuses cloîtrées à Tolède… Caprices qui étaient tolérés par son entourage avec un sourire crispé. Vivre comme une vagabonde ? Exposer ses photographies ? Elle ne parlait pas sérieusement. Elle était l'héritière de l'empire Malher, elle ne pouvait disposer librement de son destin. Et son destin, c'était d'épouser quelqu'un comme Otto.

Quand ils s'étaient connus, il travaillait à Hambourg pour une filiale des entreprises Malher, et Eva occupait un poste à la succursale de cette ville après avoir accepté l'ultimatum de son père : ou elle changeait radicalement son attitude indisciplinée, ou elle serait déshéritée. On lui connaissait autant d'idylles que de robes, alors, fatiguée d'elle-même, elle avait accepté.

Pendant les deux premières années à Hambourg, Eva avait gagné la réputation d'une personne exigeante et sérieuse. Elle pouvait être meilleure que n'importe qui, tirant des bénéfices de rien si elle le décidait, mais cette farce l'avait épuisée. Elle avait besoin de divertissement et Otto était là, si différent de la banalité de ses autres amants : attentionné, délicieusement guindé, prêt à lui plaire en tout. Une autre rive, plus calme, vers laquelle elle avait besoin de nager. Au premier rendez-vous, il la raccompagna à son hôtel et ils firent l'amour. Mais Otto était un amant sans imagination, presque luthérien, consciencieux mais sans passion. Parfois, pendant qu'il lui léchait la vulve, l'effleurait la certitude qu'il comptait chaque coup de langue avant de changer de position, comme s'il la traitait comme ses budgets, où recettes et dépenses doivent être parfaitement équilibrées. Cette impression déclencha un rire impétueux qu'il interpréta naturellement de travers, tel un enfant comblé et reconnaissant. La vague impression qu'Otto était un homme du monde intéressant ne résista pas à quelques concerts, expositions et voyages. Otto était un grand écran de fumée, mais il s'était incrusté dans sa vie, en sorte qu'elle le garda. Ils finirent par se marier. Tout le monde trouva que des noces fastueuses étaient le dénouement logique et magnifique de leur histoire. Quand trois ans plus tard Amanda naquit, la vie passée de l'héritière de l'empire Malher parut condamnée à languir dans les archives de la presse du cœur.

En regardant les choses avec un peu de recul, elle ne pouvait pas lui en vouloir. Otto l'avait aimée à sa manière, et il l'aimait encore. Il n'avait jamais prétendu être l'homme qu'il n'était pas. Quand elle lui faisait la surprise de brandir sous son nez deux billets pour un concert ou une pièce de théâtre, il avait peine à dissimuler sa contrariété d'avoir à changer ses plans. Si elle l'attendait à la maison en tenue légère pour un dîner romantique, Otto se sentait obligé de se comporter comme un jeune premier, et il était pathétique. Certains sujets de conversation le déconcertaient. Quel besoin de parler de l'âme, de Dieu, de choses essentielles ? Quelle importance pouvaient avoir les petites morts quotidiennes de l'esprit ? La vie était une expression mathématique où toutes les variables devaient être connues et vérifiables. Son époux était la métaphore d'une immortalité qu'il niait dans ses conversations : il passait des heures au gymnase, soignait chaque détail de sa physionomie, s'affolait d'un cheveu blanc ou d'une petite ride, prenait des suppléments vitaminés et faisait une analyse exhaustive de sang et d'urine tous les ans. Il ne s'intéressait pas à ce qu'il y avait après la mort. Il vivait pour ne pas mourir ; non parce qu'il aimait la vie, mais parce que la mort le terrifiait.

Tel était l'homme qui la réclamait.

Assise sur la rive, les pieds dans l'eau, elle aperçut Daniel au loin. Ce n'était pas la première fois qu'elle le surprenait dans les rochers. De fait, même si elle ne voulait pas se l'avouer, elle était descendue à la plage ce matin-là en espérant le voir rôder dans les parages. Deux jours plus tôt, elle était tombée sur lui au même endroit. Une rencontre étrange : Daniel portait un blouson militaire avec des galons de sergent et un pull à col roulé, trop chaud pour le climat de ce début juillet. Ses cheveux foncés et brillants, aplatis par l'humidité, et ses grands yeux lui parurent inquiets et électriques, différents de ceux de la soirée chez Dolores, devant le piano. Ils avaient à peine échangé un bonjour. Si chez Dolores elle avait eu l'impression qu'il était très sûr de lui, avec même une pointe d'arrogance, cette deuxième rencontre lui avait renvoyé l'image d'un garçon fuyant et timide. Daniel l'avait évitée en débitant un flot de paroles inintelligibles, et il s'était éloigné avec cette démarche empruntée qui ressemblait au trot d'un poulain.

Cette fois, elle le regarda attentivement à distance, comme les gens qui ne veulent pas effrayer un bel animal sauvage qui somnole sans se savoir observé. Elle prit son appareil photo et le cadra au téléobjectif. Au loin, il était l'image floue du rêve qu'avait eu Paola la nuit précédente. Un sale tour de l'inconscient. Elle avait pris un verre de vin avec Dolores et fumé un joint. Elles parlaient de la mer et des poissons, de la vie qui passe. Elles éclatèrent de rire, un peu ivres, un peu pompettes, et se découvrirent des nostalgies qui leur donnaient l'air de ce qu'elles étaient, des femmes adultes avançant vers un territoire inconnu où elles n'étaient pas encore des vieillardes, mais plus des fillettes. Soudain, Paola s'aperçut qu'elle posait de nouveau des questions sur Daniel. Plus tard, se tournant et se retournant sur son lit, elle fit défiler les images comme un éventail. L'une d'elles, très concrète, retint son attention. Elle glissait mentalement un doigt sur le profil du corps nu de ce jeune homme étendu dans les rochers, elle sentait son souffle, au rythme de la marée. Et elle se masturba, plongée dans une lourde placidité.

Maintenant, tout cela était plutôt une hallucination de pocharde, une pensée troublante et inattendue. Elle rangea son matériel photo et sourit intérieurement. Elle se sentait seule, un point c'est tout, songea-t-elle. Ce n'était pas si grave. Le monde des désirs secrets est un paradis privé qui n'a pas d'explications à donner, à condition de ne pas dépasser les limites de la fiction.

Il aurait suffi qu'elle reprenne le sentier en direction de la maison de Dolores, qu'elle s'enferme dans sa chambre et regarde les photographies digitalisées, qu'elle sélectionne les instantanés qui feraient partie de son catalogue et qu'elle détruise ceux qui ne servaient à rien. Elle aurait pu laisser passer un peu de temps, quelques jours, quelques semaines, avant de se rendre à l'évidence et de rentrer à la maison. Tout aurait été à sa place, en conformité avec ce qui est permis.

Mais elle rangea son matériel dans son sac et descendit vers l'endroit où se trouvait Daniel. Elle n'avait aucune intention précise, mais elle se laissa conduire. "Je veux le voir de près, se dit-elle, peut-être photographier ses mains." Les mains d'un orphelin qui regardait le bout du monde à travers ses yeux obscurs.

— Que lis-tu ?

Daniel tourna la tête. Paola lui souriait. Un sourire qui n'était pas entièrement là. Ses grands yeux étaient tentés de fuir et en même temps de rester. Instinctivement, Daniel referma son livre.

— Un poème.

Daniel n'y comprenait rien. Le poète avait du flottement dans sa façon d'ordonner les mots, une approche qui le désarçonnait, qui s'entrevoyait dans la lézarde d'une phrase et lui échappait à la suivante.

— Je peux ?

Daniel la dévisagea. La méfiance était une de ses manières d'analyser les étrangers. Finalement il lui tendit le livre.

Paola plissa les paupières en lisant. À la pointe de son décolleté, une peau blafarde, semée de taches de rousseur et de plis, dénonçait son âge.

— Je connais ces vers. Ils sont du poète Juan Gelman.

Et Paola récita une strophe à haute voix :

mémoire si amère de ta mort
qui mûrit au pied de ton faire automne /
mémoire qui meurt avec chaque vive
souvenance / douce a été ta main

— Très joli, et triste, commenta-t-elle.

Daniel rougit, sans savoir pourquoi.

— J'ai trouvé ce poème ce matin, sur la table de la salle à manger. J'essayais d'en démêler le sens.

Paola lui rendit le livre.

— Je crois qu'il veut dire qu'en parlant de certaines choses on ne les rend pas plus réelles. Ce qui est arrivé reste à jamais une parenthèse dans la vie. Il y a un lien entre tout ce qui nous arrive. Entre le passé et le présent. Le présent et le futur. Comme si le temps était une chaîne en boucle… Les heures avançant vers leur fin, qui est aussi leur début.

Paola se tourna vers la mer, et s'assit à côté de Daniel, nullement gênée que leurs cuisses se touchent. Elle pouvait encore feindre d'être Paola.

— Nous jouons avec les instants sans être conscients de leur fragilité, et soudain la vie finit par les briser… Du moins, c'est mon interprétation.

Ils se revirent les jours suivants. Tacitement, ils se retrouvaient en haut de la falaise au petit matin et marchaient un moment en silence. De temps en temps, Paola prenait des photographies, les montrait à Daniel et les commentait avec lui.

— Tes mains me plaisent particulièrement, lui disait-elle en les palpant. Daniel acceptait volontiers qu'elle les prenne en photo, appuyées sur un rocher, sous le reflet de l'eau, tenant une cigarette, cachant son visage.

— J'ai l'impression que mes mains ressemblent à celles de n'importe qui.

Paola protestait avec énergie.

— La forme des doigts, la tension des veines qui pompent le sang, ta façon de toucher les choses. Tout cela parle de toi.

— Et ça dit quoi ?

Paola eut un sourire énigmatique.

— Des choses qui font fuir et qui attirent. Tourbillon et calme, instincts sauvages et émotion exacerbée. Tes mains peuvent frapper et caresser avec la même conviction.

Daniel soupçonnait que Paola ne laissait pas affleurer sa véritable personnalité. Elle parlait parfois d'elle-même comme d'une exilée, évoquant un paysage délaissé depuis longtemps, que l'éloignement avait idéalisé : son enfance, sa mère, sa jeunesse, ce voyage initiatique où elle avait trouvé les mains du Che… Aucune allusion à un passé plus proche, au présent, et encore moins à l'avenir. Cette femme le déconcertait. De temps en temps, elle dévoilait à son insu des complexités, des ombres. Comme le jour où, chez Dolores, elle avait vu l'interview à la télévision de ce policier qui trois ans auparavant avait arrêté un homme, assassin et violeur. Une affaire dont Daniel se rappelait vaguement, car les journaux et la télévision en avaient parlé pendant des semaines. Il avait eu l'impression que cette affaire touchait Paola personnellement. Quand Dolores lui avait demandé si elle s'intéressait aux faits divers, elle avait sursauté et repris aussitôt un air indifférent. Mais plus tard, alors qu'elles discutaient de tout et de rien, Daniel avait senti que la voix et l'image du policier avaient encore un écho en elle.

Daniel se demandait pourquoi il éprouvait cette gêne quand il se retrouvait seul avec elle. Au début, il l'évitait, la saluait à peine et s'éclipsait. Mais il se mit à la chercher, à l'épier, à la suivre ; elle lui était nécessaire, et ce besoin ne concernait pas seulement sa beauté ou sa sophistication apparente. Et il n'avait surtout pas l'intention de donner raison à Martina.

— Tu as dix-sept ans et tu n'as jamais baisé de ta vie. C'est une femme mûre et séduisante, pleine d'expérience. Un puits de sagesse dont tu veux boire l'eau.

Il refusait de tout ramener à une telle évidence. Bien sûr, il avait imaginé de faire l'amour avec elle, mais il écartait ces images, trop absurdes, sachant que cela n'arriverait jamais. Ce n'était pas ce qui l'attirait chez Paola. Derrière leurs apparences, quelque chose les rapprochait, il en était convaincu. Il voulait tout savoir d'elle, même s'il devait offrir en échange une part de lui-même. C'est sans doute pour cette raison qu'il décida de l'emmener sur les cendres de son enfance.

— J'aimerais te montrer quelque chose.

— Maintenant ?

Daniel hocha la tête, le plus sérieusement du monde.

Au milieu des ruines calcinées de ce qui avait été sa maison, Daniel ferma les yeux pour embrasser l'illusion d'une enfance heureuse. Sur ce tapis poussiéreux avaient proliféré les mauvaises herbes et les chardons aux épines dures qui, pendant les années d'abandon, avaient poussé lentement, à l'abri des souvenirs inventés. Il se pencha, caressa une âpre baie sauvage et se rappela ses affrontements avec son père, sa veste tachée de vomi, l'inutile sainteté de sa mère, les pas de son frère sur le parquet. Et les craquements dans la cheminée les soirs d'orage, l'armoire damasquinée, le costume du dimanche ravaudé par sa mère. Grâce aux flammes, maintenant tout avait repris sa place.

— La cuisine était là – il pouvait sentir l'odeur des oranges dans le fruitier, et celle du café moulu. Et là, l'entrée et le porte-parapluie.

Dans le vestibule, il y avait un tapis de sparte sur lequel il fallait enlever ses chaussures, avant de les aligner sous le bahut en chêne où sa mère rangeait les gros édredons pour l'hiver. Au portemanteau, elle suspendait l'écharpe verte qui entourait le double menton acide de son père. Son frère fumait devant la fenêtre du salon, songeur. Il jetait sa cendre dehors et la fumée revenait à l'intérieur comme la vapeur d'une locomotive.

— Et toi, lui demanda Paola, où étais-tu ?

— Je passais mon temps à lire.

Scotché aux murs – aurait-il pu ajouter –, les yeux grands ouverts sur tout et tous, tel un enfant un peu niais et absent qui lisait les malheurs de Léda et du cygne. De plus en plus muet, de plus en plus solitaire. La douleur, constante et inaltérable, était devenue une habitude. Il s'en nourrissait, celle-ci grandissait chaque matin quand il ouvrait les yeux prudemment et découvrait avec désolation qu'il avait de nouveau mouillé ses draps, quand Martina le regardait comme s'il était un rat des champs effrayé, quand il se battait avec les garçons de l'école qui le martyrisaient. La joie était toujours passagère, fugace et fragmentaire, alors que la douleur était fiable et apaisante. Savoir était plus rassurant que l'angoisse d'attendre. Comme lorsque son père brandissait sa ceinture pour le frapper. Pendant les quelques secondes où celui-ci avait le bras en l'air, Daniel souffrait par anticipation, et il ne se détendait qu'en sentant l'impact familier de la boucle sur sa figure. Là, au moins, il savait ce qui allait arriver.

— Tu as dû beaucoup souffrir, dit Paola.

— La douleur, c'est partir et rester à la fois.

Daniel donna un coup de pied dans une boîte de conserve rouillée. Paola le regarda longuement. Malgré ses dix-sept ans, Daniel avait déjà vécu de nombreuses vies.

Une semaine plus tard, Daniel sauta du lit de bon matin. il fixa le mur des yeux et respira à fond. Martina entrouvrit les yeux et lui demanda, encore somnolente :

— Que t'arrive-t-il ?

— Rien. C'est juste un autre rêve.

En réalité, c'était toujours le même.

— Raconte.

— Je te l'ai déjà beaucoup raconté.

— Je sais, mais j'aime bien l'entendre.

Pour on ne sait quelle raison, Martina s'identifiait à cette histoire : la neige, la fille éthérée, la falaise…

Dans le rêve, la fille courait pieds nus dans un champ couvert de neige, sous une luminescence tiède qui aurait pu évoquer une aurore. La fille tenait ses chaussures à la main, et ses pieds ne sentaient pas le froid, comme s'ils flottaient à quelques centimètres au-dessus du sol ; pourtant, on voyait ses empreintes derrière elle, profondément enfoncées dans la neige, comme un goutte-à-goutte d'elle-même décrivant nettement un sillon curviligne. Daniel courait derrière elle, persuadé qu'ils ne fuyaient rien de particulier ; au contraire, ils poursuivaient quelque chose. Le vent soulevait les cheveux noirs de la fille, incroyablement longs, velours brillant qui ondoyait comme un drapeau. Ils dégageaient une force étonnante, la luminosité d'un être immortel. L'horizon devenait plus précis à mesure qu'ils approchaient d'un précipice.

— C'est la falaise de Punta Caliente. Je vois alors, fugacement, le *cruceiro* de pierre et ma maison, intacte, pas du tout en ruine. La fille se retourne et me regarde, comme si elle savait que ce lieu est condamné à brûler ; et elle sourit, un sourire différent de son regard, comme si quelqu'un avait découpé les lèvres d'un adulte pour les coller sur son visage de fillette.

Et soudain ils sont au bord de la falaise. La neige tombe en abondance, tourbillonne en boucles qui effleurent le sol. On ne voit pas l'océan, mais on entend le rugissement féroce des vagues qui résonnent comme dans une crypte. La fille n'a pas peur. Elle s'approche des limites de la terre, ferme les yeux et écarte les bras comme des ailes, convaincue qu'elle peut s'envoler. Ses yeux verts, très profonds, se tournent vers Daniel. "Tu as peur ?" demande-t-elle sans remuer les lèvres. Daniel dit non de la tête. Elle a une grimace gracieuse, se concentre et caresse lentement l'air de ses mains. "Allons-y." Le rêve s'achevait toujours de la même façon. La fille sautait, mais elle n'était ni un flocon de neige ni une plume d'oiseau ; elle n'échappait pas à la gravité. La consistance de la matière l'attirait vers le bas, la terre la réclamait avidement. Elle tombait et s'écrasait contre la mortalité, conçue pour vivre à même le sol. Même en rêve, on ne pouvait transgresser cette évidence.

— Tu n'aurais pas dû te réveiller.

— Tu devrais penser à des choses moins tristes. Si ce rêve est le tien, pourquoi ne pas laisser la fille s'envoler pour de vrai ?

Daniel ne se retourna pas pour répondre à Martina. Il était à la fois plein de remords et d'angoisse de lui avoir permis de passer la nuit avec lui. Ils n'avaient rien fait, à peine s'étaient-ils effleurés. Elle avait dormi à poings fermés, enlacée à l'oreiller, mais lui n'avait pas fermé l'œil, inquiet de ce qui se passerait si le grand-père entrait dans la chambre et la voyait là, étendue à côté de lui, dans le pyjama que Daniel lui avait prêté.

— Je n'aime pas que tu entres dans mes rêves, Martina.

— Autant demander à l'air de ne pas entrer dans tes poumons, cher idiot. Il suffit que tu fermes la bouche et que tu arrêtes de respirer.

Peut-être, mais ce n'était pas si simple pour Daniel.

— Tu devrais partir avant que le jour se lève. Je ne veux pas que mon grand-père te trouve ici.

— L'omniprésent grand-père, murmura Martina en bâillant.

Sa respiration était paisible, un ronronnement satisfait. Daniel se détourna pour se décoller de sa présence.

— Je parle sérieusement, Martina. Il faut que tu partes.

— Si tu ne veux pas que je sois là, pourquoi m'appelles-tu ? Un jour, il faudra bien que tu acceptes que je fais partie de toi, et tant pis pour ce que les autres peuvent penser – Martina caressa la tête de Daniel, comme son frère quand il lui demandait comment cela s'était passé à l'école. Tu te rappelles quand nous étions petits ? Tu t'étais mis dans la tête que tu avais un œil bionique et que tu pouvais voir à travers les personnes pour découvrir leur véritable nature. Tu passais tes journées à regarder les gens fixement, et ensuite tu me racontais les secrets que ton œil découvrait. Mais tu ne m'as jamais dit ce que tu voyais en moi.

— Il est 4 heures du matin, Martina. Je ne suis pas assez réveillé pour discuter avec toi.

— Voilà une réponse plutôt évasive.

Martina sauta du lit et ouvrit le tiroir du haut du bureau de Daniel. Elle prit un petit sachet de marihuana, du papier à cigarettes et des filtres.

— D'où tu sors ça ? demanda-t-il, affolé.

Elle sourit, un papier collé à la lèvre, pendant qu'elle déchirait une cigarette et rassemblait le tabac dans sa paume.

— Tu ne devines pas ? Je l'ai volé à cette sorcière de Dolores. C'est encore ma maison et je sais comment entrer et sortir sans qu'elle s'en aperçoive.

— Et tu caches ça dans ma chambre ?

Martina leva les yeux au ciel.

— Ne sois pas hypocrite. Je l'ai mis hier dans ton bureau. Il n'y a pas de meilleure cachette !

— Ne fume pas ici. L'odeur va alerter mon grand-père.

Trop tard. Martina avait allumé son pétard et s'était recouchée.

— J'emmerde ton grand-père, j'emmerde Dolores et j'emmerde ce village pourri. Et si tu deviens chiant, je t'emmerde aussi. J'ai juste besoin de fumer ce pétard tranquillement et ensuite je me barre par la fenêtre, à l'image de tes rêves. Ce sera comme si je n'avais jamais été là.

Daniel savait que Martina le provoquait. Elle lui en voulait. On avait dû lui raconter ses promenades avec Paola et leurs conversations à O Cafeto.

— Tu n'as pas peur que Dolores te surprenne quand tu rentreras ?

— Elle ne peut pas me surprendre, tu le sais très bien.

Daniel la regarda longuement, avec une pointe de nostalgie dans les pupilles.

— Tu devrais faire la paix avec elle.

Sur le visage de Martina apparut une expression de surprise.

— Que dis-tu ?

— Tu m'as très bien entendu. Tu devrais lui parler. En fin de compte, c'est ta mère.

Soudain, Martina partit d'un rire nerveux qui n'avait rien de joyeux. Daniel prit peur et pressa la main sur sa bouche.

— Tu es folle ? Mon grand-père peut t'entendre.

Martina débordait de larmes. Sous sa paume, Daniel sentait les spasmes de son rire. Elle se calma peu à peu et le regarda fixement, jusqu'à ce qu'il retire sa main. Ils restèrent silencieux quelques secondes. Martina aspira une bouffée.

— Tu ne parles pas sérieusement ? Faire la paix avec la sorcière…

— Le temps a passé. On peut tout pardonner.

— Vraiment ? Alors, je te propose une chose. Si cette grue pleine aux as dont tu t'es entichée te laisse un moment de libre, va voir Dolores et raconte-lui ce rêve de la fille qui s'envole. Je donnerais tout l'argent du monde pour voir sa tête.

Daniel se rendit compte qu'il avait ouvert la boîte de Pandore.

— Ça suffit, Martina.

Mais son amie était hors d'elle.

— Ah non, pas question ! C'est toi qui as abordé le sujet. Allons jusqu'au bout cette fois. Raconte-lui ce qui s'est passé sur la falaise quand nous étions petits. Dis-lui qui tu es, Daniel. Parle-lui de moi, dis-lui qui je suis. Raconte-le à cette étrangère aux airs de marquise. Nous verrons bien si tous ces gens sont aussi gentils et compréhensifs que tu le crois… Tu ne réponds pas ? Pourquoi ?

Daniel ouvrit la fenêtre de la chambre pour évacuer la fumée, et contempla l'obscurité. Au loin, le cône de lumière du phare se heurtait aux ténèbres. Le froid était vivifiant et donnait du relief aux étoiles. Daniel pensa à Paola et frémit. En cet instant, tout était connecté : les étoiles, le phare, Paola, Martina sur le lit, le grand-père écoutant les disques de Gardel, Dolores lisant Coetzee devant un verre de vin… et le souvenir de son frère et de la maison en flammes de ses parents. Et, naturellement, le rêve de la fille qui n'avait pu s'envoler.

La seule chose qui ne cadrait pas, c'était lui.

— Va-t'en, Martina. Maintenant.

— C'est vraiment ce que tu veux ?

Il se retourna à demi.

— C'est la seule chose dont je sois sûr. Je veux que tu disparaisses de ma vie.

Martina ramena les genoux contre sa poitrine et le regarda posément en finissant son pétard. Elle ressemblait à une de ses propres sculptures en argile.

— Pour que ce soit possible, petit crétin, c'est ta vie qui devrait disparaître.

Le matin même, Daniel se rendit à O Cafeto. Il avait les traits fatigués. Sur le seuil, il salua Paola et commanda un café au comptoir. Elle lui rendit son salut, et glissa son téléphone portable dans son sac. Elle venait de lire le dernier message d'Otto : "Ton père va tomber malade. Je ne sais pas ce que nous t'avons fait, Eva. Mais je pense qu'aucun de nous n'a mérité cette punition." Elle savait que son père n'était pas malade ; peut-être furieux ou offensé, mais pas malade. Cependant, ce bâtard d'Otto la connaissait bien. Il avait semé la graine du remords, et il attendait qu'elle pousse.

— Tout va bien ? Tu as l'air inquiète ?

Elle reprit ses esprits et s'excusa en souriant. Daniel s'assit à côté d'elle avec son café fumant.

— Oui, tout va bien.

Ces rencontres étaient devenues habituelles. Il était malaisé de définir la nature de leur relation. Peut-être valait-il mieux n'y mettre ni nom ni objectif. Ils discutaient de livres, de musique, de tout ce qui les aidait à mieux se connaître, et soudain voilà qu'ils se racontaient des choses plus personnelles – vraies, réfléchies, désirées ou inventées.

Les mensonges et les silences tissaient la barrière délicate que Paola s'efforçait d'entretenir coûte que coûte. Une frontière intérieure qu'inconsciemment elle désirait sauvegarder. À vrai dire, elle éprouvait une joie intime et secrète quand elle voyait Daniel, quand les heures s'écoulaient sans qu'elle ait la notion du temps ni du lieu où elle était. Ce matin-là, elle lui montra les photographies qu'elle sélectionnait pour un projet d'exposition. Punta Caliente offrait beaucoup de possibilités : les couleurs du paysage, les nuances de la lumière, les visages anonymes… Daniel les regarda attentivement, une par une. Ses yeux obscurs ne trahissaient aucune émotion. Cela pouvait sembler absurde, mais cette retenue énervait Paola, elle avait l'impression d'attendre le verdict d'un expert.

— Comment tu les trouves ?

Daniel s'arrêta sur un instantané, une photographie de Dolores qu'elle avait prise quelques jours auparavant. Ce n'était pas la meilleure de la série, loin de là, mais pour on ne sait quelle raison le jeune homme la regarda longtemps. Un portrait pris sur le vif. Dolores était dans son fauteuil, la main gauche en l'air, les doigts écartés, la main droite sur le front. Le regard perdu quelque part dans le salon, sous le faible éclairage d'une petite lampe. Cette lumière coupée en deux faisait respirer la photographie. On voyait la fin de quelque chose, pendant qu'une autre était en train de naître.

— Quand as-tu décidé de capter les gens sans leur permission ?

Paola toussota, mal à l'aise.

— Tu crois que je fais cela ?

Daniel lui rendit les photographies.

— J'ai l'impression que tu prends aux autres un peu de leur intimité, mais que tu ne mets rien de toi.

— J'y mets mon regard. Que pourrais-je mettre d'autre ?

Le jeune homme était pensif. Il but une gorgée de café et contempla sa tasse.

— Ce qui fait de toi, plus ou moins, une simple spectatrice, tu ne crois pas ?

Était-ce un reproche ? Ça y ressemblait. Un jeune homme de dix-sept ans la jugeait. Paola laissa fuser un rire sec.

— Je pense que c'est la raison pour laquelle je n'exposerai jamais au musée Guggenheim.

Daniel la regarda sans lui accorder l'échappatoire du sarcasme. Paola comprit qu'il était sérieux, et qu'il attendait une autre sorte de réponse.

— Quand j'ai commencé la photographie, j'étais beaucoup plus jeune que toi. Je croyais pouvoir faire tout ce qui me passait par la tête. Je ne sais pas, transformer ce que je voyais à travers un prisme différent. Cacher la laideur ou la mettre en relief, exagérer la beauté, ou l'estomper… n'importe quoi. Mais un jour j'ai cessé d'inventer, et j'ai sondé l'étranger qui était de l'autre côté de l'objectif. Je voulais étudier les gens. Je me demandais si quelqu'un peut être réellement libéré de tout, totalement.

— Et qu'as-tu trouvé ?

Paola réfléchit, elle regardait ses propres mains.

— J'ai découvert que personne n'est totalement libre. Les gens ont cessé de m'intéresser quand je me suis rendu compte que nous ne sommes que des mirages.

— Nous avons tous des vies qui ne tiennent pas dans un rôle ou sur un instantané, dit Daniel.

Paola grimaça et ouvrit les mains.

— La plupart des gens ne sont guère plus que ce qu'ils paraissent, Daniel. À un certain âge, tout semble mystérieux. N'importe quelle inconnue – elle le regarda dans les yeux – semble avoir une histoire derrière elle. Mais la triste réalité, c'est que nous sommes en général prévisibles et ennuyeux. Le plus souvent, les êtres humains sont décevants. Tu finiras par le comprendre.

— Quand je serai grand ? demanda-t-il non sans ironie.

Elle approuva. Un autre se serait vexé de cette condescendance. Mais Daniel sourit.

— Même les corps jeunes renferment des milliers de vies passées dans leur mémoire.

» Nous deux, par exemple. Nous aurions pu être des époux dans la Rome antique, frère et sœur dans l'expédition d'Hernán Cortés, ennemis pendant les guerres de Religion, père et fille au moment de la Révolution française, amants dans un camp de concentration en Pologne. À l'image des Orlando de Virginia Woolf, nous aurions pu échanger nos conditions, nos sexes, nos biographies, mais nous nous serions retrouvés et reconnus. Et ainsi de suite jusqu'à la fin des temps.

— Des vies passées ? J'en sais quelque chose.

C'est ce que les hommes remarquaient chez elle. Ils avaient tous besoin d'être guidés ou excusés, certains caressaient le rêve sirupeux de réveiller son instinct maternel, presque tous étaient des infirmes sentimentaux qui croyaient guérir s'ils conquéraient sa géographie de chair. Quelques-uns avaient même cru qu'ils l'aimaient. Dandys, godelureaux, séducteurs de bas étage, intellectuels tourmentés, succédanés de Sade, philosophes à la chemise entrebâillée, êtres primitifs, baroques, civilisés, séducteurs incompétents, enfants sincères dans un corps d'homme. Chacun d'eux attendait, suppliait, demandait ou exigeait quelque chose d'elle.

Daniel ne se laissait pas impressionner. Il se contentait de la regarder. Il ignorait ces subtilités normales de la séduction.

— Et moi, j'appartiens à quelle catégorie ?

Ce jeune homme était une vérité absolue. Le monde ne l'avait pas encore bâillonné. Lui, il était simplement là, et il s'offrait sans en avoir conscience. Paola se sentit nue devant lui.

— Je ne sais pas, avoua-t-elle.

Un silence d'une nature différente, électrique, s'empara d'eux. Paola se racla la gorge, se tourna vers la rue, proposa une promenade.

Ils se dirigèrent vers le port. Leur conversation restait en suspens. Tous deux sentaient que venait de se fissurer la fine membrane qui les avait jusqu'alors maintenus à distance. Voilà sans doute pourquoi Paola avait besoin d'accentuer la séparation physique, pour gagner du temps et réorganiser ses défenses.

— J'aimerais aller là-bas, dit-elle en montrant la falaise abrupte sur laquelle se dressait le phare de Punta Caliente.

Comme tous les mirages, il semblait à sa portée.

— Je peux t'y emmener, mais aujourd'hui la mer n'est pas favorable pour y aller.

— Nous pouvons prendre ma voiture, par la route, insista-t-elle avec un sourire infondé.

— Le trajet est plus long et malaisé, observa Daniel.

En réalité, la perspective de prendre une route en lacets ne l'enchantait pas, maintenant qu'il connaissait la tendance que Paola avait d'appuyer sur le champignon.

Paola esquissa un grand sourire, on aurait dit qu'elle avait à tout prix besoin d'être heureuse en cet instant.

— C'est le prix de tous les voyages qui valent la peine.

La route longeait dangereusement la côte, à l'affût d'une inattention à chaque virage pour vous précipiter dans le vide. Paola conduisait avec une férocité inconsciente et enjouée, tel l'aurige d'un dieu immortel. Elle riait et parlait très fort pour couvrir le rugissement des brisants. Quand elle s'approchait trop de l'abîme, les vagues aspergeaient le pare-brise et leur visage, projetant un voile fin de cristaux écumeux. Paola feignait de se laisser aller, mais elle plaquait sa jupe sur ses genoux pour protéger la jointure de ses jambes du regard intrusif de Daniel. Toutefois, elle ne pouvait nier que ces regards nets et intrépides la mettaient dans une effervescence qu'elle n'avait pas éprouvée depuis longtemps. Le regard de Daniel l'enfermait dans une bulle qui incluait les paysages ouverts, l'océan et cet oubli de soi-même.

Au carrefour, une petite route descendait en virages encore plus serrés vers une crique vierge. Les assauts de l'océan se heurtaient aux récifs, formant de grands bassins naturels entre les roches noires où les algues mouraient. Des milliers d'années avaient creusé la montagne de galeries et d'orifices naturels pour façonner une cathédrale gorgée d'eau. Paola gara sa voiture de sport au bout du chemin carrossable. Elle se redressa sur son siège et contempla ce recoin avec extase.

— Cet endroit est étonnant.

Daniel sourit en voyant le visage admiratif de Paola.

— Oui, on a l'impression de s'abandonner à une douce dérive.

Une jolie pensée, se dit Paola en observant Daniel. C'était un beau jeune homme, une idée merveilleuse et éthérée qui menaçait de s'abîmer au contact du sol.

— Je vais me baigner, dit-elle avec une spontanéité qui fit rire Daniel.

— On n'est pas en Méditerranée. Ici, c'est l'Atlantique. L'eau est très froide et les courants très forts.

Mais elle était déjà sortie de la voiture et avait enlevé ses chaussures.

"Elle ne va pas le faire", paria intérieurement Daniel, tout en espérant le contraire.

Paola s'avança entre les rochers, jusqu'à la quille d'une embarcation détruite par les tempêtes, et se déshabilla comme si elle était seule. Ce qu'elle était à ce moment-là : seule, face à la mer, prête à être emportée par l'immensité. Elle garda ses dessous. Les nuages s'effilochaient et le phare de Punta Caliente se dressait – à quelques brasses trompeuses – au-dessus du promontoire où ils n'étaient pas encore allés. Daniel la regardait, toujours dans la voiture ; le soutien-gorge et la culotte noirs contrastaient vivement avec la peau blanche et les épaules couvertes de taches de rousseur. Paola entra lentement dans l'eau, grelottant, les coudes collés aux hanches, poussant de petits cris ravis, échos d'une enfance lointaine faite de vacances sur d'autres côtes et d'autres plages, de cornets de glace à la framboise, de textures poisseuses de protection solaire et de yachts ancrés dans des baies sableuses face aux plages de Nice. Quand l'eau atteignit sa culotte, elle pivota sur elle-même, formant une onde lente en même temps qu'elle fléchissait les jambes pour se tremper, envahie par une puissante cavalcade du cœur et une explosion de froid et de vie dans son cerveau. Elle ferma les yeux et s'immergea entièrement. Comme dans la baignoire quand elle était petite et qu'elle attendait sa mère.

Le reflet qui lui parvint à travers la surface mouvante de l'eau lui semblait très lointain. Elle sentit toutes ses personnalités se détacher d'elle, se séparer, se multiplier et s'enfuir, effrayées, mettant à nu le noyau de sa conscience. Elle pouvait rester là indéfiniment, serrer les jambes, lâcher les amarres et se laisser emporter en pleine mer. À cet instant, elle n'y aurait rien trouvé d'étrange ni de dramatique. S'enfuir en flottant éternellement à la dérive, sans mémoire ni sentiments. S'enfuir. Ce qu'elle avait fait avec Daniel depuis des semaines. Loin du souvenir d'Amanda, du remords de se sentir un peu heureuse. C'est l'instinct qui la poussa à revenir.

Daniel l'attendait à côté de l'embarcation. Paola ne fut pas gênée qu'il retienne sa main plus que nécessaire pour l'aider à sortir de l'eau. Pas du tout gênée. Elle enfila son chemisier et sa jupe sur sa peau rougie. Le corps mouillé absorba aussitôt le tissu en se collant à ses formes. Elle ressentit l'ivresse de l'odeur de sel sur sa peau, et la sensation qu'elle se vidait par tous ses pores pour se remplir de quelque chose de neuf. Ils s'assirent pour fumer, tournés vers le couchant. Paola grelottait, elle avait même du mal à porter sa cigarette à ses lèvres. Ses cheveux humides recouvraient son visage comme un masque. Elle exposa son menton aux rayons bienfaisants et soupira.

— Il y avait longtemps que je ne m'étais pas sentie aussi bien, murmura-t-elle.

— Pour moi, cet endroit est plein d'images, reconnut Daniel.

— Quelles sortes d'images ?

Daniel réfléchit. Puis il indiqua une grotte, vers l'est.

— J'avais sept ans, peut-être un peu plus, et j'étais descendu dans la crique pour ramasser des crabes. C'était une journée calme ; dans ces cas-là, les crabes rouges montrent leur carapace brillante et se posent sur les rochers. Il y a un brisant qui leur plaît particulièrement. Ce jour-là, le soleil rayonnait et la mer était étale. C'est alors que j'ai vu la femme, de dos. Ses cheveux noirs tombaient en cascade et la dissimulaient en partie. Sa tête était tournée vers le ciel et oscillait en rythme, comme si elle chevauchait. Elle a poussé un long gémissement et s'est effondrée sur un corps étendu sous elle. Et j'ai découvert le visage de l'homme. C'était mon frère.

— Et elle, qui était-ce ?

— Dolores. À l'époque, c'était mon institutrice.

Paola poussa une exclamation de surprise, plus amusée qu'étonnée. Mais Daniel ne se départit pas de son sérieux. Pour lui, il ne s'agissait pas d'un événement anodin.

— Ils sont restés collés quelques instants. Il la serrait dans ses bras, et elle le noyait dans ses cheveux noirs, embrassait ses paupières pendant qu'il riait. Je voyais une chose que je n'aurais pas dû voir. J'ai voulu m'éloigner, mais mon frère m'a vu, mon seau de crabes à la main, la bouche entrouverte. Je n'avais jamais vu un homme et une femme nus. Et comme c'étaient les deux personnes que j'aimais le plus, ça m'a secoué. Mon frère m'a demandé ce que je faisais là. J'aurais voulu répondre, mais mes mots ne sortaient pas. Dolores s'est retournée. Elle avait de gros mamelons rosés et des seins très pâles… Aucun de nous trois n'a jamais reparlé de cette histoire. Mais un jour, des semaines plus tard, mon frère m'a emmené pêcher sur le *Nicosia*, et il a abordé le sujet. Il m'a dit des trucs qu'à l'époque je ne pouvais pas comprendre : il était question d'amour, de couple, de choses qui ne peuvent pas être mais qui arrivent inévitablement. Un langage aussi hermétique pour moi que celui du poème de Juan Gelman que garde le grand-père Mauricio.

Paola se demanda si ce jeune homme pouvait maintenant comprendre l'amour, le désir, le coup de tête, la folie.

— Il y a des choses auxquelles on ne peut avoir accès par les mots.

Daniel la regarda comme s'il regardait les ondes provoquées par une pierre qu'elle aurait lancée dans un lac. Son visage était sombre, rien à voir avec l'obscurité d'une forêt dans la brume, c'était plutôt celle de l'entrée d'une grotte souterraine. Son regard glissa sur un pied de Paola, qui dépassait des plis de la jupe. Ses orteils étaient très serrés et le plus petit légèrement au-dessus des autres. Mais c'est le tatouage qui retint son attention.

— Pourquoi tu t'es fait cela?

— Le griffon? Ça m'a plu. Parfois, on fait les choses sans y penser.

C'était le vestige d'un passé qui était une ciguë, la conséquence d'une nuit d'orgie et de drogues, qui s'était terminée dans un garage. Elle se rappelait ces Vikings à la tête rase, couverts de quincaillerie, y compris sur leur bite, et de tatouages de faux durs… Ces fiers guerriers s'imposèrent à sa volonté à demi absente et l'utilisèrent, car c'était ce qu'elle attendait d'eux. Le pistolet aux aiguilles pointues, le piercing sur le nombril, et l'emblème sur la veste en jean suspendue au dossier de la chaise d'un des types qui la baisaient. Un griffon. Elle sentait son haleine d'alcoolique. Ils la prenaient à tour de rôle et elle était trop abrutie pour éprouver la moindre sensation; elle avait besoin de descendre encore plus bas, plus profond.

"J'en veux un comme ça", dit-elle quand ils se furent tous vidés en elle. Elle voulait se tatouer un animal comme celui de la veste, moitié aigle, moitié lion. Des métaphores impossibles d'animaux mythologiques comme ceux des boîtes d'allumettes qu'utilisait sa mère pour allumer les bougies, dont le parfum inondait la chambre, tandis qu'elle glissait en chemise de nuit, tel un fantôme, en disant "ma pauvre petite fille".

Daniel sentit que la joie fragile de Paola s'évaporait. Il y a toujours un instant où affleure toute la vérité dans un geste, un regard.

— Le lion, roi de la terre. L'aigle, seigneur de l'air. Le griffon, gardien des dieux; l'animal mythologique maître de son destin. Étrange tatouage, sur la partie la plus mondaine du corps.

Paola le regarda avec l'étonnement qu'on peut avoir en entendant ce genre de déclaration solennelle chez une personne si jeune.

— Ce n'est qu'un tatouage. Je ne savais pas qu'il signifiait tout cela.

Elle détourna les yeux. Elle refusait de l'admettre, mais cette promiscuité sans promesses l'excitait. La présence de Daniel faisait tourbillonner l'air à son insu, une brume qui lui enlevait toute substance superflue et ne laissait qu'une évidence offerte.

— Nous devrions rentrer, dit-elle. Je commence à avoir froid.

Daniel ne broncha pas. Il la regardait de cette façon si directe et sans arguties.

Trop tard pour jouer à cache-cache. Il avait compris – avec une sagesse qui n'avait rien à voir avec l'apprentissage ou l'expérience – ce que Paola pensait. Il l'avait vu, et cette vision s'était fixée sur sa rétine.

— Que fais-tu ?

Il ne répondit pas. Il avait pris le talon du pied tatoué et dégagé cet animal mythologique, gardien des trésors et de la fortune, de la tanière où elle l'avait caché, et il le caressait. Le griffon, chargé de veiller sur les secrets qui ne doivent pas être révélés.

— Cela n'a pas de sens, Daniel, dit-elle en essayant de se convaincre elle-même.

Le regard du jeune homme remonta lentement. Ses yeux étaient d'une pureté désarmante.

— Tout a un sens. Il l'a toujours eu. Les sacrilèges sont dans l'esprit. Pas dans les mains, ni dans les doigts.

Et ses doigts s'insinuèrent sans hésiter entre les jambes de Paola.

— Tu es fou ?

Elle lui immobilisa le poignet.

— Je m'arrêterai si tu le veux vraiment.

Il existait mille raisons pour ne pas aller plus loin. Et une seule pour continuer, plus puissante que toute autre : le désir, ici, maintenant.

Pendant quelques secondes, Paola retint sa main. Puis, très lentement, elle la guida vers la cuisse, encore imprégnée d'eau de mer. D'abord avec l'impression lugubre que cette scène était pathétique ; ensuite, avec un intérêt pervers quand les doigts de Daniel s'arrêtèrent devant le mur de la culotte ; enfin, avec incrédulité quand ces mêmes doigts franchirent l'obstacle et la pénétrèrent.

Il était incroyable que ces doigts la connaissent aussi précisément. Comme s'ils avaient souvent dessiné la carte qui les guidait maintenant, et joué savamment cette musique secrète. Ni hâte ni timidité, ils n'hésitaient pas, ne se précipitaient pas non plus. Paola s'ouvrit avec une jouissance involontaire chargée de protestations, ce qui n'empêcha pas son sexe d'accueillir les doigts de Daniel avec un plaisir riche d'une longue soif, la jubilation de retrouvailles. Un spasme d'étonnement, suivi d'une violente secousse qui traversait l'utérus et se cabrait dans son dos, précédait chaque gémissement. En la masturbant, Daniel la regardait dans les yeux sans trace de dérision, renversant sans ambages les préjugés de l'âge et de la fierté, transformant en grande farce tout ce que Paola croyait savoir sur elle-même. Maintenant, elle n'avait plus qu'une idée, trouver le chemin de son propre centre. Le tournant fut marqué par une cambrure involontaire et une jouissance crue, interrompue par un cri dont Paola n'eut pas conscience, qui inonda la main de Daniel. Tous les doutes sur cet instant et ses motivations s'envolèrent. Le jeune homme resta encore quelques secondes à l'intérieur, sans bouger, et son bras transmit la chaleur et les contractions du vagin à sa cervelle qui les grava comme un souvenir ineffaçable.

Maintenant, il la regardait autrement, avec une avidité radicale et sûre.

— Je veux t'apprendre, dit-il d'une voix étonnamment grave, qui lui donnait l'air d'être une autre personne.

Paola relâcha la pression des muscles et se retira de sa main avec une pudeur presque enfantine. Effrayée d'elle-même et de cette voix qui l'enserrait pour l'entraîner vers des contrées impossibles.

— Je ne sais pas ce qui m'a pris.

— Bien sûr que si.

Sur le chemin du retour au village, s'était installée entre eux une tristesse dont on pouvait se demander d'où elle venait. Paola conduisait très lentement, en silence. Les mouettes volant en cercles étaient loin derrière eux, sous un nuage poussiéreux. Apparurent les premières maisons, deux chiens traversèrent en courant devant la voiture, une vieille femme en tongs étendait le linge en tenant deux pinces entre ses lèvres. La cloche de l'église sonnait le quart et un froid grisâtre envahissait les rues.

Paola s'arrêta devant la chapellerie de Mauricio. Le grand-père était à l'intérieur ; la voix de Gardel traversait les murs. Paola tendit l'oreille. Et elle se demanda ce qu'elle faisait dans ce village, devant cette boutique – une façade en brique surmontée d'un store décoloré –, à écouter une musique mielleuse et lointaine, à côté d'un garçon – un jeune homme de dix-sept ans – qui venait de la masturber.

Daniel descendit de voiture et la regarda comme si c'était elle – pas lui – l'adolescente.

— Cela ne se reproduira pas, dit Paola.

Il ne réagit pas. Planté sur le trottoir, il regarda la voiture de sport s'éloigner. En se retournant, Daniel vit Martina qui le regardait fixement.

— Je veux que tu disparaisses, je t'ai déjà dit que je ne veux plus de toi dans ma vie.

Elle ne bougeait pas. Adossée au mur, jambes et bras croisés, elle semblait attendre une explication qu'il n'avait pas à lui donner.

— Ah, parlons-en, du garçon maudit ! Il s'est consolé dans la chatte d'une vieille. Telle est ta mission en ce monde : t'emparer des trésors qui n'intéressent plus personne. Être un homme ? Tu arriveras peut-être à la tromper, elle, mais pas moi.

— Tu es une fille de pute, Martina.

— Je suis la fille de pute qui restera à tes côtés quand les mirages se seront envolés, imbécile.

Le grand-père écrivait sur le comptoir. Il s'y prenait de façon étrange, comme tous les gauchers. Il orientait le cahier d'une façon incompréhensible pour un droitier. Il fredonnait *Volver*, les paroles d'Alfredo Le Pera que Gardel avait rendues immortelles. Cette chanson était comme un venin qu'il ne pouvait s'empêcher de s'administrer. En voyant Daniel, il coinça sa plume entre les pages du cahier, qu'il rangea sous le comptoir.

— Où étais-tu ? Je commençais à m'inquiéter.

— Par là, je faisais un tour.

Daniel vit un billet d'avion sur le comptoir.

— Tu t'en vas encore ?

Le vieil homme baissa la musique, et réduisit la chanson à un vague murmure.

— Je ne pars pas au bout du monde. Je vais deux jours à Barcelone, pour affaires privées – le grand-père regarda par la vitrine, d'où il avait une vue panoramique sur la rue : il avait vu la voiture de Paola. Et toi, tu es allé loin ?

— Non. Pourquoi cette question ?

Mauricio secoua lentement la tête. Il se tourna vers son petit-fils et le dévisagea longuement.

— À en juger par la couleur de ton regard, je dirais que tu es allé dans quelque paradis lointain.

9

La Corogne, vendredi 20 août 2010
2h20

— Samuel a passé une mauvaise nuit. Pendant une heure, il a joué les deux mêmes notes en boucle au piano. J'ai voulu le remettre au lit, mais tu connais ses réactions. À la fin, les voisins sont montés se plaindre.

La voix de Carmela n'a plus de poésie depuis des années. Ibarra l'écoute, à l'autre bout du fil, et il n'a aucun mal à l'imaginer, assise dans l'obscurité du salon, contemplant avec haine ce petit piano que l'inspecteur a offert à son fils, il y a un an et demi. Samuel ne compose pas, mais il est capable d'improviser, sur n'importe quelle mélodie, d'incroyables variations qu'il oublie aussitôt. Il distingue les variations de ton, les nuances les plus insoupçonnées. Un après-midi, ils étaient allés acheter un aspirateur dans un centre commercial. Samuel était émerveillé par les sons de ces appareils ; il distinguait même les différents modèles au bruit qu'ils émettaient. Le type du magasin d'électroménager devenait fou, à force d'essayer devant lui tous les modèles exposés.

— Et maintenant, il dort ?

Il l'entend pousser un soupir las. Il l'imagine, son mouchoir froissé dans une main pour sécher ses larmes – elle ne pleure que lorsqu'elle est seule –, le téléphone sans fil dans l'autre. Elle a peut-être préparé une camomille, qui fume sur la table basse où se trouvent le portrait de mariage et la photographie de Samuel le jour de son baptême.

— Je lui ai donné un cachet, dit Carmela, comme si elle avait commis le pire des crimes.

Le gourou de la vie saine et de la méditation lui a fourré dans la tête que la chimie est le pire ennemi de l'être humain.

— Très bien. Ne t'inquiète pas.

— Non, Germinal. Ce n'est pas très bien. Rien n'est très bien.

Carmela ne l'appelle jamais pendant les heures de travail, sauf si elle est sur le point de craquer. Ce prétendu calme dans lequel elle semble vivre est un verre très fin qui vibre au moindre contretemps.

— Nous en reparlerons demain matin.

— Il faut que tu changes tes horaires. Samuel ne supporte pas que tu sois absent toutes les nuits. N'es-tu pas un policier important ? N'as-tu pas l'estime de tes chefs ? En ce cas, elle devrait servir à autre chose qu'à recevoir des appels anonymes à la maison et des insultes faites à ton fils.

Ibarra lève les yeux au plafond de la salle d'attente. Il ne cesse d'entendre la même chose depuis des mois.

— Ce n'est pas si simple, tu le sais.

— Oh que si ! Mais toi, tu préfères la nuit, ça t'évite de voir les gens. Mon maître dit qu'après un traumatisme certaines personnes vivent comme des fantômes.

— Carmela…

— Je sais ce qui t'arrive. Tu ne supportes plus d'être avec nous, avec ton fils et avec moi. Tu dors le jour, tu travailles la nuit. Nous ne te voyons pour ainsi dire plus du tout. Si au moins tu venais aux séances avec moi… mon maître pourrait t'aider et…

— Carmela !

— Quoi ?

— Ton maître est un charlatan. Tout ce qu'il veut, c'est entrer dans ta culotte.

Un silence. La voix de Carmela revient, brisée.

— Parfois, je me dis que cet homoncule t'a inoculé son venin, Germinal. Je crois qu'il n'a pas seulement tué la fillette. Je crois qu'il t'a tué, toi aussi.

Ibarra regarde le combiné. Il reprend son souffle pour résister à la tentation de pousser un cri, promène un regard féroce sur les personnes qui occupent la salle d'attente des urgences. Certaines dorment allongées sur plusieurs chaises, comme si c'était le terminal d'un aéroport un jour de grève. D'autres se regroupent autour de la machine à café. Quelques-uns restent absents, comme s'ils dormaient les yeux ouverts.

Carmela a toujours cru en son innocence. C'est ce qu'elle dit, et elle s'oblige à être convaincante. Son époux est un brave homme, un bon policier qui n'a jamais transgressé la loi. Elle soutient cela au magasin de produits congelés, chez le cordonnier, au travail… en dépit des soupçons et contre toute évidence. Son époux n'a rien d'un assassin. Elle dort avec lui ; elle le saurait. Et pourtant, elle préfère ne pas lire ce qui est publié sur internet, ne pas voir les graffitis sur la façade ni les regards que commencent à lui lancer certains voisins.

— Carmela, si nous pouvions tout recommencer… Si je quittais la police et si on partait aux antipodes, tu sauterais le pas ?

— D'où sors-tu cette idée ?

Ibarra pense à la proposition d'Eva, à ce qu'on peut faire avec l'argent qu'offre son père. Il caresse l'alliance en or à son doigt. Avant, il avait du mal à l'enfiler ; maintenant, il doit prendre garde à ce qu'elle ne tombe pas quand il se lave les mains. Il n'avait jamais pensé qu'il finirait un jour par se marier avec une femme comme Carmela. En réalité, il n'avait jamais pensé qu'il finirait par se marier, ni par être policier, ni qu'il rencontrerait une personne du genre d'Eva Malher. On ne pense jamais à la vie qu'on aura quand on a tout devant soi. Et quand on y pense, en général on se trompe.

— Toi d'abord : réponds à ma question.

Il voulait être artiste. Mais dans quelle branche ? Il n'avait pas de talent particulier en peinture, en musique ou en écriture. Mais dans son imaginaire, l'artiste ressemblait au nomade qui, toujours en fuite, était en quête de ce qui le rendait heureux et malheureux à la fois. Par la faute de Cortázar. Lire *Marelle* si jeune l'avait convaincu que la vie, c'était avoir faim – en prenant un air rêveur, avec une cigarette et un bouquin ; sortir dans un manteau d'occasion acheté au marché aux Puces de Paris – encore mieux s'il avait appartenu à une victime de la tuberculose; monter à Montmartre et jouer les experts en art postmoderne; voguer sur la Seine en compagnie d'une pute charitable… Se sentir seul et différent.

— Je ne sais pas, Germinal. Nous sommes ce que nous sommes, telle est notre vie.

Il n'avait pas vingt ans quand il avait rencontré Carmela au jardin du Luxembourg. En automne, bien entendu; les arbres commençaient à tapisser les allées de feuilles dorées, et les ruissellements des fontaines égrenaient leurs chansons mélancoliques. Ibarra avait dans sa poche l'*Ulysse* de Joyce, acheté trois semaines auparavant dans une librairie d'occasion, du côté de l'Odéon, et il était traumatisé, car il ne parvenait pas à dépasser la trentième page. Il avait l'impression d'être un raté complet, un figurant minable de la bohème dans laquelle vivaient ses amis, lesquels commentaient, discutaient et élucubraient sur cette œuvre qu'ils désignaient comme "le sommet de la littérature", alors qu'il l'avalait de travers et la trouvait plutôt délirante.

— On pourrait avoir une autre vie, Carmela. Celle dont nous rêvions quand nous étions jeunes.

Être jeune… Ibarra invoquait un paradis inventé.

— Le problème, c'est que nous ne le sommes plus, Germinal. Nous avons pris des décisions, ensemble. Et ces décisions nous ont amenés jusqu'ici.

En cette matinée d'automne, au début des années 1970, il pleuvait sur Paris et la carte postale était rebutante. Il faisait très froid et l'ami qui accompagnait Ibarra insista pour aller voir une exposition qui avait un nom plus littéraire que pictural, *Chasseurs de lumière*. L'entrée était gratuite. Ibarra pensa que c'était un bon moyen de se protéger des rigueurs du climat, mais une fois dans la galerie, il déchanta. La peinture flamande ne l'intéressait pas – elle était, prétendait-on, "petite-bourgeoise" –, et la présence de son ami, un érudit pédant, était souvent pénible. Tu as vu ce Vermeer? dit cet ami, alors qu'ils venaient à peine d'entrer. Ibarra s'approcha de cette toile complexe. Son compagnon lui expliqua que

Vermeer était le peintre préféré de Marcel Proust. Et que justement, cette toile, *Allégorie de la peinture*, l'attirait tout particulièrement. Ibarra se sentait beaucoup moins ému que son ami, lequel feignait très certainement d'en savoir plus long qu'il n'en savait réellement. Ibarra s'avança lentement dans la galerie, profitant de l'atmosphère tiède et humide, observant les détails avec attention, par exemple les taches suspectes sur les feuilles des roses qui décoraient la salle d'exposition. Il sondait son ennui intérieur en se demandant combien de visiteurs comprendraient réellement ce qu'il examinait avec tant d'intérêt. Il balaya du regard les deux douzaines de peintures et décida qu'il ferait mieux de s'en aller et de venir enfin à bout de l'*Ulysse* de Joyce.

— Tu pourrais te remettre à la peinture. Faire ce que tu veux.

— Je ne suis plus la même, Germinal. Je n'ai pas envie de revenir en arrière.

C'est alors qu'elle entra : son imperméable ciré ruisselait, son parapluie aussi. Elle s'immobilisa au milieu de la salle, regardant autour d'elle d'un air décidé en passant un mouchoir bleu sur son visage. On voyait le bas de sa jupe ample à carreaux rouges et blancs, et de longues jambes, légèrement arquées. Elle avait des chaussures à hauts talons, très pointues. Ibarra eut l'impression que toute la lumière censée provenir de ces tableaux, d'après les commentaires qu'il avait lus, émanait en réalité de cette fille en imperméable bleu. Il était même persuadé que la lumière artificielle de la salle baissait, subjuguée par cette fille qui ne devait pas être beaucoup plus jeune que lui. Elle était comme un aimant. Elle s'assit devant le Vermeer et ouvrit le sac en tissu qu'elle portait en bandoulière. Elle prit un cahier et se mit à écrire. De temps en temps, elle observait la peinture d'un air songeur, en mordillant son crayon. Quand elle se penchait, une améthyste accrochée en pendentif à un beau collier effleurait les pages du cahier. Son ami aussi remarqua la demoiselle.

— On dirait Clio, l'âme même du peintre transportée dans un reflet de lui-même. Sa part la plus lumineuse et glorieuse, murmura-t-il, impressionné.

Ibarra haussa un sourcil. Il se méfiait des personnes qui utilisent tant de mots. En tout cas, il n'eut pas l'impression que cette fille ressemblait à Clio, la muse de l'histoire, ni qu'elle était la transmutation de quoi que ce soit. Il ne vit qu'une jolie jeune fille au visage concentré qui fronçait légèrement le nez. Et il tomba amoureux.

L'ami voulait faire impression. Il s'assit à côté d'elle et entreprit d'expliquer, dans un français laborieux et incompréhensible, la technique de la chambre secrète que le peintre avait utilisée, en la comparant avec Velázquez dans *Les Ménines*. Il pressa la jeune fille d'observer les merveilleux jeux de lumière sur le carrelage et sur les bas du peintre, vu de dos, tourné vers un modèle féminin.

— Il peignait Clio avec une couronne de laurier, tenant un instrument de musique dans une main et un livre dans l'autre. Vermeer, ajouta-t-il avec un accent rhétorique agaçant, aurait pu s'inspirer de toi pour la représenter.

Ibarra eut honte pour lui et rougit jusqu'aux oreilles.

Pendant que son ami parlait, la jeune fille lui lança ce genre de regards que nous réservons aux inconnus qui méritent à peine quelques secondes de notre précieux temps. Elle haussa le menton et toisa Ibarra. "Et toi, tu n'as rien à dire?" demandaient ces yeux énigmatiques. Un détail troubla Ibarra, un détail qu'on ne pouvait admirer que de près et qu'il n'avait jamais vu auparavant : ses yeux n'étaient pas de la même couleur. Le droit était dans les tons verts, aux limites du jaune, et le gauche était très bleu. Tous deux semblaient très indépendants, comme s'ils regardaient des choses différentes de façon différente.

Elle en eut vite assez d'écouter l'ami d'Ibarra. Elle remit lentement son cahier dans son sac, se leva, redressa le menton dans une attitude de défi, un aplomb inébranlable qu'elle aurait souvent pour montrer qu'elle n'était la propriété de personne. Elle regarda les deux jeunes gens avec une pointe d'ironie et dit, dans un espagnol choisi :

— Je suis la restauratrice du musée qui a prêté ces tableaux pour l'exposition. Et ces dernières années j'ai passé dix heures par jour avec l'*Allégorie de la peinture*, parce que je suis chargée de faire une étude sur cette œuvre.

Ibarra sourit au souvenir du silence hérissé de son ami, mortifié à l'idée qu'on ait pu lui ravir le triomphe de ses connaissances. La jeune fille se dirigea vers la sortie, mais Ibarra n'hésita pas une seconde. Il s'élança et la rattrapa sur le trottoir.

— C'est une invention, n'est-ce pas ? Tu n'es pas restauratrice.

Elle pencha légèrement la tête en arrière, prenant un peu de recul, et l'observa longuement, comme elle avait observé le Vermeer.

— Non, je ne suis pas restauratrice, mais je pourrais l'être, n'est-ce pas ? Je m'appelle Carmela, dit-elle comme pour graver définitivement son prénom dans la peau d'Ibarra.

Ils entrèrent dans un bar proche. Germinal voulait l'impressionner, mais il comprit vite que ses talents de buveur et sa conversation n'avaient pas l'effet escompté sur elle. Carmela buvait sa bière lentement, sans trop de plaisir. Elle détestait la bière et tout type d'alcool. Ibarra s'en aperçut lors de ce premier rendez-vous improvisé, sous la bâche ruisselante d'un bistrot. Il remarqua son regard désapprobateur quand, après avoir vidé la sienne en quelques minutes, il en commanda une autre. Bien que mal à l'aise, il se décida à lui montrer l'exemplaire fatigué d'*Ulysse*. Il répéta les phrases écoutées chez d'autres sur “ce sommet de la littérature”, intercalant des mots balbutiés en français qui firent rire Carmela.

— J'ai essayé de lire ce roman au moins une douzaine de fois, dit-elle d'un air amusé, et je n'y comprends rien du tout.

Le rire de Carmela, déluré à cette époque-là, la rendait à la fois proche et inaccessible ; il fallait se hausser sur la pointe des pieds pour découvrir l'intention de ses lèvres, de son regard, les cils finement tracés, les ovales symétriques de ses yeux. Il fallait s'élever encore plus haut pour admirer le nez très court et légèrement en trompette et ses délicieuses fossettes. Enfin libérés du poids mortel de Joyce, ils s'engagèrent à tâtons dans les espaces à partager. Il s'avéra qu'elle était enthousiaste de Bill Haley and His Comets et de son *Crazy Man, Crazy*, qu'Ibarra ne connaissait pas, mais dont il se déclara un fan absolu pour lui plaire.

Peu à peu, mais inévitablement ce matin-là, la conversation mit le cap sur des échanges d'un autre temps, quand la galanterie avait son importance : un silence empli de regards.

Quand ils quittèrent ce café, il pleuvait toujours. Carmela avait oublié son parapluie, mais ils ne s'en aperçurent pas, ou bien ils s'en moquèrent.

Il se rappelle encore cette première fois, dans la mansarde de l'appartement que Carmela partageait avec trois autres amies, en haut de la rue du Dragon. Elles dormaient à tour de rôle dans un lit qui était toujours chaud. En ce matin d'automne, il était tellement impressionné que dire qu'il fit l'amour, ce serait travestir ce qui fut en réalité un désastre : des baisers maladroits, des mouvements brusques pour ouvrir l'attache du soutien-gorge et un tumulte qui s'acheva, presque avant de commencer, par la projection d'une virilité incontinente sur la blouse et la jupe de cette jeune fille. Après cette performance honteuse, tous deux furent prisonniers d'un silence que Carmela rompit par un éclat de rire bienfaisant. Des années plus tard, ils se rappelaient encore cette première rencontre avec une tendresse qui ne reviendrait jamais. Parfois, au déjeuner, ils échangeaient soudain un regard, écho de cette intimité, elle rougissait et tous deux se mettaient à rire. Samuel les regardait avec étonnement. C'est un des privilèges quand on vieillit : conserver des secrets et des complicités avec celui ou celle qu'on aime.

— Tu es toujours là ?

— Oui, Carmela, je suis toujours là.

Ibarra aurait aimé retrouver cette galerie d'art, le jour où ils avaient fait connaissance. Mais on ne peut effacer le présent d'un trait de plume : les nuits blanches, les soins… Tout le temps qu'ils consacrent à Samuel et à sa soif insatiable de tendresse et d'attention, à la médication, aux visites à l'association de malades, à la recherche inlassable de remèdes miraculeux et d'avancées scientifiques sur internet ou dans les revues spécialisées, les consume sans pitié. Parfois, Ibarra pense que Samuel se rend compte de tout, que son fils supporte mal cette tristesse de fleurs croupissant au fond des poches, la gravité de sa chambre toujours plongée dans l'obscurité. Dans sa tête, le moindre son explose comme un roseau brisé. Alors, il crie, se bouche les oreilles, se cogne la tête contre les murs pour anéantir ce bruit qui le rend fou. Et quand Ibarra le touche pour le consoler, l'enfant devient raide comme une barre de fer.

Carmela a raison. Il y a des jours où Ibarra est à bout. Voilà pourquoi il préfère le service de nuit. Il ne supporte plus cette situation.

— Ah, et oublie ce que je t'ai dit sur la possibilité de quitter la police et de partir loin. Essaie de te reposer.

— Tu vas demander à tes chefs de changer tes horaires ?

— Demain, Carmela. En attendant, essaie de dormir.

La doctoresse entre dans la salle d'attente. Elle a des poches sous les yeux, qui s'enflamment comme des ganglions. Des mèches de cheveux s'échappent de l'élastique et ses lèvres sont mollement entrouvertes. Elle jette un coup d'œil aux personnes qui attendent et la regardent avec un espoir moribond, cependant elle va droit sur l'inspecteur, plongé dans ses pensées, son portable encore dans la main.

— Saviez-vous que Mozart est mort à trente-cinq ans, mais qu'il a eu le temps de composer dix-sept opéras, quarante et une symphonies, vingt-sept concertos et dix-sept sonates ? Il était hyperactif, un véritable prodige pour la musique. Mais il fallait l'aider à lacer ses chaussures, à gérer son argent, à organiser sa vie quotidienne.

La doctoresse le regarde, déconcertée.

— Pardon ?

Ibarra lui montre l'écran de son téléphone.

— C'est mon fils.

Sur cette photographie, Samuel avait quinze ans. Il portait un costume sombre et un nœud papillon à pois. C'était son premier concert. Avant qu'Ibarra parte travailler, aujourd'hui, Samuel est entré dans la cuisine, a enlevé ses culs-de-bouteille et les a essuyés avec son pan de chemise. Ensuite, il a refermé le réfrigérateur, pris le verre de bière qu'Ibarra buvait et s'est assis devant lui sans rien dire pendant un bon moment. "Papa, tout va bien", a-t-il dit finalement, quand Ibarra s'est levé. Ces mots ont fait sursauter l'inspecteur, qui s'est figé quelques secondes et s'est composé une expression avant de se tourner vers son fils. Samuel a le don d'être empathique. Son père ne peut pas l'abuser. Comme si Samuel savait ce qu'avait vécu son père à l'asile quand il était enfant, comme s'il l'avait vu fracasser la tête de l'homoncule, comme s'il soupçonnait que chaque soir il se mettait le canon de son pistolet dans la bouche et essayait d'aller un peu plus loin.

La doctoresse acquiesce, sans comprendre.

— Il est mignon, ce garçon.

— Vraiment ? Il est atteint du syndrome de Williams. Il paraît que Mozart l'avait aussi. Les gens rigolent de l'aspect de mon fils. En revanche, personne ne rigole de Mozart.

La doctoresse ne sait que dire. Elle a trop de choses en tête. Des bras cassés, des douleurs dans la poitrine, des fièvres trop fortes, des appendices perforés… Et par-dessus le marché cette femme dont on parle de plus en plus.

— Vous m'avez demandé si l'hôpital avait des caméras de surveillance.

Ibarra remet son téléphone dans sa poche. Il toussote. Il a un travail qui l'attend.

— Il y a environ trois heures que je vous ai posé la question.

La doctoresse est crispée, elle n'a besoin ni de la condescendance ni du sarcasme de ce policier, si célèbre soit-il.

— Regardez autour de vous. Le monde ne va pas s'arrêter pour vos beaux yeux ni pour cette femme, inspecteur. Beaucoup de patients m'attendent et je n'ai que deux mains… J'ai parlé avec le service de sécurité. Il semble qu'il y ait un enregistrement de la personne qui a amené Eva Malher aux urgences. Si vous voulez le voir, je peux vous accompagner au centre de surveillance. J'ai trois minutes à vous consacrer.

La salle de contrôle est en réalité une petite pièce encombrée de cartons, mal éclairée, où un vigile qui déborde de sa chaise languit comme un rat empaillé devant trois moniteurs et un clavier. Il n'y a qu'une caméra à l'entrée, on voit partiellement la rampe des ambulances en noir et blanc. Les autres caméras couvrent la pharmacie de l'hôpital.

— Ces derniers temps, beaucoup de médicaments ont disparu sans justification, dit la doctoresse.

Ibarra pense à l'intérimaire qui lui fournit les cachets. Il sait qu'il existe tout un marché d'avocats, de médecins et de professeurs pour lesquels le monde est insupportable sans assistance chimique. Il demande au vigile de lui montrer l'image extérieure, à l'heure où Eva a été amenée à l'hôpital. L'homme s'embrouille. Il ne sait pas très bien comment fonctionne le dispositif, et il ignore s'il existe un système d'enregistrement ou si les images sont réorientées vers la centrale.

— Moi, je suis payé pour regarder les moniteurs et prévenir s'il y a un truc bizarre, se justifie-t-il, un peu gêné.

Ibarra repère la revue pornographique hâtivement cachée sous un tas de formulaires et remarque la fermeture éclair ouverte du vigile.

— Utilisez cette touche. C'est le rembobinage.

L'image est floue et partielle. Les phares d'une voiture percent l'obscurité. Couleur foncée, décapotable. Eva est affalée sur le siège du passager, sous une veste. La portière du chauffeur s'ouvre et en descend une silhouette qui est presque hors champ. Mais on voit que c'est un homme.

— Arrêtez-vous là.

Le vigile, étourdi, arrête l'enregistrement trop tard. Il rembobine.

— Il ne cherche pas à se cacher, donc il ne sait sans doute pas qu'il est filmé. Dommage que l'image soit floue. Mais peu importe, on arrangera ça au commissariat.

Sur l'image, l'homme n'est pas très grand, environ un mètre soixante-dix, un peu gros. Il a les cheveux blancs, entre soixante-dix et soixante-quinze ans. Il porte un chapeau.

— Continuez.

La portière s'ouvre. La caméra ne capte que les mains de l'homme saisissant les bras d'Eva. Il a la force de la redresser et d'utiliser son corps comme béquille pour l'amener jusqu'à la rampe. Inconsciemment, Eva lui sert de paravent et le cache à la caméra. Les portes s'ouvrent. Quelques instants plus tard le même homme reparaît, seul. Il se hâte vers la voiture, s'arrête juste avant de disparaître du cadrage et regarde la caméra. Il a découvert qu'il était filmé. Mais on dirait qu'il s'en moque.

— Agrandissez cette image.

Le vigile trouve la touche du zoom. Le visage occupe maintenant tout l'écran. Il a des traces de barbe mal rasée et ce qui ressemble à des cicatrices autour de la bouche.

— Merde ! s'exclame Ibarra.

— Quoi donc ? lui demande la doctoresse.

Ibarra ne répond pas immédiatement. Il regarde attentivement l'image.

— Je connais cet homme.

10

Barcelone, fin juillet 2010

À mesure que l'avion perdait de l'altitude, Barcelone se précisait parfaitement dans l'ovale du hublot. La ville abordait une matinée pleine d'optimisme.

— Jolie, n'est-ce pas ? dit avec enthousiasme le passager qui voyageait à côté de Mauricio en braquant son portable sur l'horizon marin de la ville.

Mauricio hocha la tête, mais depuis un petit moment il ne voyait que le paysage épais de l'Allemagne en 1955, dix ans après la guerre, et le souvenir de ce voyage en train à travers la Bavière, avec Oliverio et la Roussotte ; la succession monotone de poteaux électriques, le paysage austère et froid, un brouillon fugace d'images derrière la fenêtre du wagon qui l'emportait vers le reste de sa vie, et une impression que le temps s'immobilisait un instant avant d'aborder le futur ; en bruit de fond, les rires optimistes d'Oliverio et de la Roussotte, dans ce train allemand d'après-guerre rempli d'immigrants espagnols, argentins, polonais, turcs et italiens qui venaient se forger un avenir. Avait-il eu raison de ne pas écouter son père ? S'était-il trompé en suivant Oliverio et la Roussotte dans cette folie ? Il n'était pas nécessaire de répondre à cette question.

— L'heure des nostalgies, Roussotte. Est-ce la vieillesse qui me fait vivre dans le passé ? murmura-t-il, pendant que l'avion décrivait une longue courbe au-dessus de la mer pour s'aligner sur la piste.

Son voisin le regarda avec étonnement.

— Vous me parlez ?

Mauricio sourit et secoua la tête en caressant son chapeau sur ses genoux.

— Je parle tout haut avec mes fantômes. Parfois, avec les années, j'ai l'impression qu'ils deviennent un peu sourds.

Le passager fit une grimace perplexe. Il devait penser que ce vieil homme qui n'avait cessé de regarder la même photographie depuis La Corogne était fou.

Mauricio prit un taxi pour rejoindre son hôtel. Il était encore un peu tôt pour son rendez-vous. Il était fébrile. Il prit une douche, se changea et sortit.

Une fois dans la rue, il appela Daniel. Son petit-fils ne répondit pas. Il essaya de joindre Dolores. Son amie répondit au moment où il allait raccrocher. Daniel était passé. Il avait retrouvé Paola et ils étaient partis en excursion dans sa décapotable. Ils reviendraient dans la soirée.

— Ne t'inquiète pas. Ton petit-fils va bien.

Non, il n'allait pas bien, et Mauricio le savait. Le téléphone toujours à la main, il feuilleta le magazine qu'il venait d'acheter dans un kiosque. Il avait remarqué la couverture par hasard, comme lorsqu'on revient sur ses pas parce qu'un détail a retenu notre attention. Ce qui l'avait frappé, c'était la photographie de la femme associée à un des titres de la page. Il feuilleta le magazine satiné et tomba sur l'article complet, sous ce titre inquiétant : "Où est Eva Malher ?"

Sa première réaction fut de retourner à l'aéroport et de prendre le premier avion en partance pour La Corogne. Mais il réfléchit, essaya de se rassurer et se rappela qu'il y avait plus de vingt ans qu'il attendait le rendez-vous qui l'avait amené à Barcelone.

Il avait préféré cacher son inquiétude à Dolores.

— Je reviendrai demain par le vol de 7 heures… Tu pourrais demander à Paola de venir me chercher à l'aéroport ?

Dolores protesta.

— Mais je peux très bien le faire, comme d'habitude.

— Je préfère que ce soit elle.

— Il se passe quelque chose, Mauricio ?

— Rien. Contente-toi de le lui dire.

Il raccrocha. Il était arrivé devant la bouche de métro qui devait l'emmener à l'autre bout de la ville.

D'après le dossier des Amis de la mémoire, Oliverio passait ses matinées dans un bar de la vía Julia. Mauricio faillit ne pas le reconnaître à travers la vitre. Oliverio était une ombre assise devant une petite table, à peine plus qu'un sac d'os blotti près de la porte, les yeux endormis, la main droite sur le genou, la gauche caressant un verre de whisky. Le chapeau, un gamboa en paille toquilla, sur le guéridon. La vision fugace de ce même homme s'imposa, mille ans plus tôt, quand ils étaient enfants, comme des frères.

Mauricio avait imaginé cet instant de mille façons : ce qu'il lui dirait, le regard précis posé sur son visage, l'attitude, les mains pendantes, les doigts à demi fermés ; surtout pas repliés. Il devait avoir les jambes écartées et les pieds bien ancrés sur le sol pour conserver l'équilibre à l'instant où se produirait le séisme. L'ahurissement d'Oliverio en le voyant, en entendant qu'on l'appelait Comandante après tant d'années, lui donnerait la victoire avant même d'engager la bataille. Mauricio avait aussi envisagé qu'Oliverio se mettrait à bégayer, ou qu'il émettrait un gémissement, un cri entrecoupé. On pouvait s'y attendre quand on se retrouvait face à un fantôme.

Mais les choses se passèrent autrement. Mauricio entra dans le bar et se planta devant Oliverio.

— Salut, Comandante.

Oliverio releva la tête et pointa vers lui son nez qui ressemblait à un bec de corneille. Ses pupilles se dilatèrent pendant deux secondes, comme l'écho d'une explosion lointaine aux confins de l'univers, mais il se ressaisit. Il tira sur ses manches de chemise et tordit le cou légèrement pour l'adapter à la raideur de la chemise.

Sans quitter Mauricio des yeux, il esquissa ce ricanement de hyène qui agaçait tant la Roussotte.

— Plus personne ne m'appelle comme ça… Ce vieux derrière lequel tu te caches, c'est Mauricio, je pense.

— Lui-même.

— En réalité, c'est encore ta voix qui te ressemble le plus ; quand tu m'as interpellé, j'ai aussitôt compris que c'était toi.

Mauricio écarta la chaise et s'assit en face d'Oliverio, en respectant l'ancienne habitude de ne pas perdre la porte de vue. Des automatismes qu'on adopte sans s'en rendre compte. Oliverio chercha le serveur du regard. Trois minutes plus tard, Mauricio avait devant lui un Glenlivet, comme celui que sirotait son vieil ami. Pendant ce temps, ils ne prononcèrent pas un mot, s'observant comme deux pierres sur lesquelles rebondissait le reflet de l'autre. Derrière son verre, Oliverio lui lança une flèche enrobée d'un sourire. Il avait un joli dentier qu'il étalait avec fierté à la moindre occasion.

— Il y a des années que je viens ici. Je m'assieds sur cette chaise en regardant la porte, en comptant les minutes, parfois les heures, en me demandant qui va la franchir. Je n'ai jamais pensé que ce serait toi. Mais te voici. Tu m'as retrouvé.

— Il y a des choses auxquelles on ne peut échapper, même si on part très loin.

— Je ne t'ai jamais imaginé dans le rôle de matamore, Mauricio. Tu étais du genre à traîner des pieds quand il y avait une bagarre. Et maintenant, regarde-toi. C'est tragicomique, tu ne trouves pas ?

S'il n'avait pas connu Oliverio, Mauricio aurait été surpris de cette façon de parler vieux jeu, avec une réminiscence d'artifice, étirant les fins de mots comme s'il laissait un sillage sableux. Il avait probablement un peu trop bu, mais cela ne se voyait pas. Oliverio n'arrivait jamais à l'ébriété, mais il n'était jamais non plus complètement détendu. Cet état de légère ivresse était une des raisons pour lesquelles les quatre doigts de sa main droite n'avaient plus que leur première phalange.

Mauricio but une gorgée de son Glenlivet en observant cette main mutilée.

— Il y a deux semaines, une touriste est arrivée à Punta Caliente. Elle était en Mercedes décapotable biplace de 1963, une 190SL. Impeccable. Elle m'a rappelé les bons souvenirs de nos années en Allemagne.

Sans trop de conviction, troublé par ce retour soudain au premier plan d'une époque à laquelle il ne pensait plus depuis des années, Oliverio examina ses doigts amputés comme s'ils étaient encore entiers.

— En as-tu retrouvé quelques-uns sur la presse ? Car mes seuls souvenirs de cette époque, c'est cette machine qui m'a mutilé, les odeurs aigres de pieds et de sueur dans la piaule où nous dormions, et le vacarme de la chaîne de montage qui me rendait fou.

Mauricio caressa une fois de plus l'image révolue de ces trois jeunes dans un wagon inconfortable en Allemagne. La défaite était impossible à cacher, perceptible aux petits affaissements des joues d'Oliverio et aux pointillés d'une barbe chenue mal rasée. Les sourcils longs et épais, comme une haie de barbelés, empêchaient d'approcher son regard. Cela avait toujours été le point fort du Comandante, même s'il ne lui restait plus grand-chose de cette férocité calculée qu'il distillait comme un venin et faisait de ce regard une enclume qui écrasait tout espoir.

— Tu étais ivre. Voilà pourquoi tu as perdu tes doigts dans la presse, et voilà pourquoi nous avons perdu ce travail tous les trois. Quant aux odeurs de la piaule que nous partagions, de tous ceux qui y dormaient, tu étais celui qui puait le plus. Que tu te laves ou pas, à vingt ans, tu sentais déjà la mort.

Le regard du Comandante se détendit. Il avait beau être vieux, il n'était pas un homme vaincu, loin de là.

— La Roussotte et toi, vous auriez dû rester dans cette maudite usine. Tout aurait été différent si vous aviez élevé votre enfant en Europe au lieu de revenir en Argentine.

— C'était notre patrie et tu étais notre ami. Nous avions confiance en toi. Tu as oublié tes cartes postales qui nous pressaient de rentrer ? Toi, tu étais ravi. Tu rôdais déjà autour du pouvoir et tu avais un pied dans l'administration. Tu m'écrivais tous les mois, en m'assurant que tu pouvais m'obtenir les autorisations nécessaires pour monter ma chapellerie et pour nommer la Roussotte conservatrice du musée des Beaux-Arts. Tu nous as dessiné un mirage parfait.

— L'amitié, quel artifice ! À l'inverse des romantiques, je soutiens que les amis sont là pour se trahir, Mauricio.

Il sortit un étui à cigarettes doré de la poche intérieure de sa veste, l'ouvrit d'une pichenette de son pouce esseulé, comme s'il voulait prouver qu'il n'avait pas perdu son habileté histrionique, et il offrit une cigarette à Mauricio, qui la refusa. Il frotta une allumette – il n'avait toujours pas de briquet – et contempla celle-ci avant de l'approcher de sa cigarette. Il savoura l'air qu'il respira par le nez.

— Qu'attends-tu de moi, Mauricio ?

— Tu le sais très bien.

Le Comandante se contenta de poser sur Mauricio ce regard impassible qui avait tant répandu la terreur par le passé. Un regard qui jaugeait machinalement. Il se cambra et tapota la table avec son étui à cigarettes.

— Tu es un mélancolique, Mauricio. Tu n'as jamais su voir les choses comme elles sont. Tu es encore ce garçon qui en Allemagne passait son temps à lire les poèmes de Luis Benítez, d'Espel, de Picardo. Ta femme et toi, vos manifestations stériles de révolte, par exemple placarder les vers de Sampaolesi sur les murs de l'usine… Les gardiens t'obligeaient à effacer les mots, que d'ailleurs ils ne comprenaient pas. Mais toi, tu ne l'empêchais pas, elle, de recommencer.

Mauricio se rappela cette époque avec tristesse.

— Nous étions jeunes. Des romantiques qui croyaient pouvoir être différents de ce qu'ils étaient. Toi aussi.

— Non. Moi, je n'étais pas naïf. Les romantiques se consument dans le doute sans se battre pour ce qu'ils croient.

Plus grand-chose ne pouvait intimider Mauricio, et naturellement pas son ancien ami. Ils étaient loin, les jours où Oliverio entrait dans la boutique de Buenos Aires à la fin des années 1970, accompagné de ces types élégants en costume croisé, des dandys plus que des fonctionnaires. Ils payaient scrupuleusement leurs chapeaux, des liasses de billets froissés dans un élastique, sans doute sauvagement volés à leurs légitimes propriétaires. Oui, ces types pouvaient intimider n'importe qui, car leurs yeux n'étaient que des prothèses qui masquaient les cavernes de leur visage.

Oliverio s'était légèrement détourné. Il y avait encore un côté puissant et inaccessible dans sa façon de s'asseoir, le dos collé à la chaise, les jambes écartées, les bras séparés du corps et les mains accrochées au bord de la table, comme s'il pressentait un tremblement de terre qui ébranlerait l'établissement.

— Tu me vois donc si vieux et fini, pour croire que ton baratin peut m'émouvoir ? Ne sois pas stupide.

— Je veux seulement que tu me rendes ce qui m'appartient.

Le regard d'Oliverio s'élargit. Il tordit la bouche, et la vision de sa langue passant sur ses gencives n'était pas un spectacle agréable.

— Ce qui t'appartient ? Tu as toujours été un connard arrogant. Dis-moi donc, Mauricio, qu'est-ce qui t'appartient exactement ? Le passé, l'amour, la haine, la vengeance… ? Quoi ?

Ce qui déconcerta Mauricio, ce fut l'expression béate d'Oliverio. Comme s'il n'était que le paisible vieillard qu'il feignait d'être. Un homme discret qui n'avait jamais nui à personne.

— Ton baratin ne m'impressionne pas, Oliverio. Nous ne sommes plus en Argentine, et je ne suis plus à ta merci. D'ailleurs, tu me le dois.

— Je te le dois ?

Oliverio voulait prouver à Mauricio qu'il le tenait encore en son pouvoir. Il avait sans doute du mal à supporter son anonymat, qui lui interdisait de revendiquer ce qu'il était à l'époque qui leur appartenait à tous les deux. Sans Mauricio, Oliverio n'était rien. Rien de ce qu'il voulait être. Un jour, il disparaîtrait, tout simplement. Sans l'existence de Mauricio, que lui restait-il de son ancien pouvoir ? Rien. Il avait besoin de différer l'inévitable. Il ne donnerait à Mauricio ce que ce dernier était venu chercher que lorsque Mauricio le tiendrait à sa merci.

Mais Mauricio n'avait ni la force ni l'envie de jouer à ce jeu. Il sortit un carnet à couverture jaune d'un sac et écrivit quelque chose sur la première page. Oliverio le regarda faire avec un petit air de supériorité.

— Tout le monde ne sait pas écrire avec ça, dit-il en montrant son stylo.

— C'est vrai, le stylo exige un toucher et un soin, il faut prendre son temps pour que l'encre coule harmonieusement, sans forcer la pointe. Ces vingt années à écrire des lettres auxquelles personne n'a jamais répondu ont servi à quelque chose.

On apprend à dominer la plume comme un prolongement des doigts.

Il lui tendit l'objet.

— Qu'est-ce que c'est ?

Mauricio put enfin réaliser la petite mise en scène qu'il avait beaucoup répétée. Son index effleura le creux de son couvre-chef et il se leva.

— Un livre. Un cadeau. Les mots que tu devras comprendre une fois pour toutes.

Oliverio lâcha un petit ricanement fatigué. Il lut la dédicace, fronça les sourcils et le jeta par terre.

— Des poèmes de Juan Gelman ? Va te faire voir avec ton cirque, fils de pute !

Mauricio ne sourcilla pas. Lentement, il se baissa, ramassa le livre et le reposa sur la table.

— Sais-tu ce que je projette, maintenant ? D'aller acheter des narcisses blancs, de jolies fleurs, dans une boutique appelée Ceibo.

Le visage d'Oliverio se congestionna.

— Ne mêle pas ma fille à cela.

— Je m'en garderai bien, si tu ne m'y forces pas.

— Que vas-tu faire, quand je t'aurai donné ce que tu veux ? Que se passera-t-il ensuite ? lui demanda Oliverio en regardant Mauricio comme si ce dernier était une hydre, sans savoir quelle serait la première tête tranchée.

Pour la première fois, Mauricio vit chez son vieil ami la certitude résignée de ceux qui savent par avance ce qui va arriver, sans que rien ne puisse l'en empêcher.

— Nous savons tous les deux que pour les gens comme toi et moi il n'y a pas d'après, Oliverio.

11

Costa da Morte, fin juillet 2010

Paola s'était juré que cela ne se reproduirait plus, cette scène dans la crique serait la première et la dernière ; mais ils étaient là de nouveau. Daniel dormait sur le ventre, enlaçant l'oreiller, les jambes emmêlées dans les draps. Assise à côté de lui, encore pleine de son odeur, Paola contemplait la ligne de sa colonne vertébrale et ses fesses qui avaient gardé la marque de son slip. Un beau postérieur bien ferme qu'elle caressa doucement, entrecroisant les sentiers de la réalité et de l'imagination. Pas de questions. Juste l'instant et ses certitudes. Pourtant, comment ne pas s'interroger sur ce qu'elle faisait dans ce petit hôtel à l'écart des regards indiscrets. À l'évidence, elle se cachait et avait une aventure avec un garçon qui aurait pu être son fils. Tel était l'objet, ce qu'avait exprimé le regard de l'employée à la réception quand elle avait sorti l'argent pour payer la nuit, pendant que Daniel attendait, au pied de l'escalier, en feuilletant un magazine. Paola avait détourné les yeux en rougissant. Elle devait être risible pour tout le monde.

Mais il n'était pas seulement question de faire l'amour, de se sentir jeune et séduisante et d'avoir envie de revivre. Daniel éveillait en elle une curiosité de plus en plus grande qui, en même temps, l'obligeait à s'enfoncer dans son propre mystère. La façon qu'il avait de l'aimer n'était pas celle d'un jeune sans expérience et anxieux, et elle ne se comportait pas non plus comme une amante ordinaire. Elle avait l'impression, quand il la pénétrait, qu'il voulait se coudre à elle. Personne n'avait jamais cherché à descendre dans ses ténèbres sans peur, en brisant tous les sceaux interdits, porté par une force énigmatique, par des réactions physiques et émotionnelles, pleines de sensibilité, d'une véracité absolue et impossible. Les peaux leur parlaient, dévoilaient des parties d'eux-mêmes à mesure qu'ils avançaient dans le corps de l'autre. Le jeu était devenu un acte imprévisible, sur lequel elle n'exerçait aucun contrôle. Daniel avait réussi à franchir ses défenses, il menaçait de renverser les règles logiques de la stratégie. Il cherchait quelque chose en elle que Paola ne croyait pas détenir. Si absurde que cela paraisse, elle craignait de le décevoir. Daniel voulait l'absolu, et peut-être ne pouvait-elle lui offrir que sa misère.

Et pourtant, pourquoi ne pas boire une autre bouteille de vin, refaire l'amour, se sentir autre sous les mains de Daniel ? Pourquoi ne pas jeter la clé du présent et rester à jamais emmêlée dans les draps de ce lit ? Ils pouvaient rester là jusqu'à épuisement, s'embrasser et se taire ou pleurer et rire ou dormir et ne jamais se réveiller.

Elle s'allongea à côté de lui et colla sa joue à son dos. Il respirait lentement, pacifié. Peut-être rêvait-il. De quoi ? Elle aurait bien aimé le savoir. Le froid s'était insinué sous sa peau. Elle se glissa dans les draps, dans un silence qui maintenant enveloppait tout, se retourna et offrit à son profil le miroir de la coiffeuse : la courbe de la hanche, la jambe droite, le pied dans les draps laissant apparaître la cheville, l'épaule rougie par le frottement du menton de Daniel, la moitié de son visage sous ses cheveux, l'autre moitié dans l'oreiller. Qui était-elle réellement ? Celle qui se voyait, ou celle qui se cachait ? Quelle était la moitié la plus vraie ? Les deux, aurait dit Daniel – avec son sourire qui l'aidait à surmonter n'importe quelle difficulté –, même s'il ne savait rien de son autre vie. Elle se pencha et caressa l'épaule de Daniel.

— Nous devons rentrer, lui souffla-t-elle à l'oreille.

Dolores attendait Paola, devant son piano. La chaîne passait une aria de Vivaldi interprétée par Jaroussky. Il faisait nuit noire, mais la pièce était dans l'obscurité, à l'exception d'un petit lampadaire d'angle, qui éclairait à peine une partie de la silhouette de Dolores.

— Alors, cette virée ?

Paola posa son sac contenant l'appareil photo et les objectifs sur une chaise et s'assit à côté d'elle sur la banquette. Ses doigts se remplirent d'enfance en caressant les touches sans aller jusqu'à les toucher.

— J'ai pris environ deux cents photographies, dit-elle sans regarder Dolores.

Elle avait soudain l'impression que, malgré la douche et le savon, l'odeur de Daniel restait incrustée en elle, accusatrice.

Dolores reprit la cigarette qui se consumait dans le cendrier, sur le piano, et aspira une longue bouffée. Elle semblait perdue dans la voix de contre-ténor qui attaquait les notes cruciales de l'aria.

— Une voix puissante… Dommage qu'il ait une voix de tête.

Elle écrasa son mégot dans le cendrier et presque aussitôt ralluma une autre cigarette. Ses yeux verts restèrent statiques, regardant au-delà de la pièce quelque chose qui voyageait dans la musique.

— On a l'impression que cette voix peut se briser à tout moment. Les choses qui paraissent les plus solides sont souvent les plus fragiles, dit-elle.

Paola était interloquée. Sous le regard pénétrant de Dolores, elle se sentit triste, vieille et fatiguée.

— Je crois que je vais me retirer. Je meurs de sommeil.

Dolores soupira et se leva. La musique touchait à sa fin.

— Au fait, Mauricio rentre demain de Barcelone. Il m'a demandé que tu ailles le chercher à l'aéroport de La Corogne, si tu veux bien.

Paola trouva cette demande bizarre. Mais elle acquiesça.

— Bien sûr. Pas de problème.

Les deux femmes se mesurèrent du regard. Elles voulaient se demander quelque chose, se dire ce qu'elles savaient ou devinaient de l'autre. En fin de compte, Dolores avait été la maîtresse de Julio, le frère aîné de Daniel. Cette alliance inattendue entre elles et les Luján était absurde. Mais elles n'échangèrent pas un mot.

Daniel rentra à tâtons. Il monta dans sa chambre et vit la porte de celle de son grand-père ouverte. Normalement, quand il allait à Barcelone, il la fermait à clé. Il avait dû oublier, cette fois. Malgré l'absence, la pièce gardait son empreinte : le linge de l'armoire, la chemise soigneusement repassée et pliée à la façon militaire au pied du lit, la forte odeur de cigarette, la respiration qui ne trouvait d'échappatoire par aucune fenêtre, les pantoufles à côté de la table de chevet… Même les disques alignés par ordre alphabétique, à côté de la chaîne, et les livres que Dolores lui avait prêtés, semblaient souligner sa présence. Daniel n'était jamais entré dans cette pièce tout seul, et son premier réflexe fut d'éteindre la lumière, de ressortir et de fermer la porte. Mais il n'en fit rien.

Il feuilleta les livres et ouvrit les tiroirs avec la précipitation d'un espion.

— Tu ne devrais pas toucher à ça, tu vas te brûler.

Daniel se retourna, effrayé. Il avait l'impression d'être un voleur. Comme le jour où il s'était introduit dans la chambre de son frère et avait fouillé dans la boîte où il cachait les cartes postales et les cadeaux de Dolores – le bracelet en cuir, un petit scapulaire, deux photographies où on voyait l'institutrice prendre des poses suggestives, enveloppée dans des gazes. C'est ainsi qu'il avait découvert que son frère et l'institutrice projetaient de partir. Ils faisaient des plans pour abandonner Punta Caliente, et pour l'abandonner. Martina lui parla pendant qu'il caressait la douce texture de la chemise pliée sur le lit. Il aimait l'ordre avec lequel certaines personnes organisaient leur quotidien.

— Des gens qui sont tellement terrifiés par le chaos extérieur qu'ils s'attachent à doter leur intimité d'une fausse sensation de contrôle. Je n'ai jamais su respecter les règles. J'étais folle de rage quand Dolores m'obligeait à coiffer et à ranger mes poupées en porcelaine. Je préfère que les choses occupent la place arbitraire assignée par un caprice.

Sa présence n'était pas la même que les fois précédentes. On aurait dit une guerrière prête à partir aux Thermopyles, consciente qu'elle ne reviendrait pas de cette dernière aventure.

— Comment es-tu entrée ?

— Par le chemin qu'on prend pour sortir. Tu as laissé la porte ouverte.

— Je ne t'ai pas demandé de venir.

Elle sourit. De nouveau cette impression de tragédie, de prononcer ses dernières paroles. Elle s'approcha de Daniel avec une pirouette, effleura sa nuque et glissa les doigts le long de son cou. Des deux, c'est lui qui avait toujours été le plus naïf, la part douce qui refuse d'être absorbée par l'obscurité.

— Comment disparaît-on de soi-même ? Il n'y a qu'un moyen, même pas définitif. Les morceaux qui doivent être réunis se retrouvent, peu importe qu'ils aient été brisés en mille morceaux, ou qu'on les ait jetés loin les uns des autres. Maintenant, ou dans mille ans, tout recommence.

Sans forcer, mais avec une détermination qui n'admettait pas de discussion, elle attira vers elle la bouche de Daniel et l'embrassa sur les lèvres.

— Tu te rappelles la première fois que nous nous sommes embrassés ?

Il la regarda dans les yeux. Des yeux de prairie fauchée. Des yeux qui le plongeaient dans un rêve narcotique, le nœud furieux de la passion naissait au creux du ventre, elle promenait ses cheveux sur ses joues, sorte de lamentation d'une méduse qui inoculait son venin paralysant.

— Nous étions des enfants.

Elle approuva. Oui, en effet, mais ils l'étaient toujours ! Cette première fois, ils étaient seuls tous les deux, assis sur la falaise. Elle avait dix ans, lui sept. Dans l'éclairage équivoque de la chambre du grand-père, Martina se mit à se déshabiller.

— Tout le monde nous cherchait, mais nous étions en marge, là-haut. À regarder le vol des oiseaux, à étudier avec attention leurs allées et venues du côté du phare, leurs descentes en piqué sur les vagues et leurs remontées soudaines, leurs joyeuses cabrioles sur les toboggans du vent. Nous étions hors du monde, au-dessus de lui. Comme maintenant. Nous marchions encore au bord du précipice, en équilibre, entre l'appel de l'air et la certitude du sol.

— Que fais-tu ?

Elle ne répondit pas. Elle s'allongea sur le lit du grand-père, les jambes tendues et les bras le long du corps. Un corps de fillette.

— Viens.

Daniel refusa et écarta les yeux. Elle attendit, la main en l'air, jusqu'à ce qu'il la prenne. Il s'étendit à côté d'elle, sans oser la regarder. Le lit sentait le grand-père. Une odeur de linceul.

— Je veux rester avec toi, Daniel.

"Ne la regarde pas, se dit Daniel, pas maintenant." Mais il ne put se soustraire à ses yeux verts.

— C'est ce que tu as toujours désiré. Voilà pourquoi tu veux que je reste. Bon, le moment est venu. Prends-moi.

Il ne put empêcher Martina de déboutonner sa braguette et de saisir son pénis. Elle avait les doigts froids, comme les algues qui parfois se collaient à son corps.

— C'est comment ? lui souffla-t-elle à l'oreille, avec une voix empruntée aux dieux marins, aux êtres millénaires qui vivaient au fond de l'océan. C'est comment, de faire l'amour avec Paola ? demanda-t-elle sans cesser de le caresser.

La respiration de Daniel devint rauque. L'amour ne se fait pas. "Amour" est un mot qui ne signifie rien, une variation du sentiment vrai, impossible à définir en quelques syllabes. Avec Paola, il valait mieux parler de liberté, de vide, de désordre vertigineux de gestes et de tumultes qui rendent tout irréel. Chaque fois qu'il était avec elle, il était trop conscient de lui-même, de ce qui les entourait. Il ouvrait tout grands les yeux et les pores de sa peau. Il la flairait, la touchait, la léchait ; la collectionnait. Mais rien ne la rendait réelle. À la fin, et même avant, Paola était déjà du passé et de la nostalgie.

— Mieux qu'avec moi ? demanda Martina en lui léchant le lobe de l'oreille, en accélérant les mouvements du poignet et la pression de ses doigts sur le gland.

Daniel sentit la chaleur du sperme sur le ventre, petites gouttes agonisantes éparpillées dans les doigts et le duvet de son pubis.

Il eut envie de pleurer. Il contempla la chambre du grand-père. Maintenant, elle ne ressemblait plus à celle qu'il voyait quelques minutes plus tôt. D'une certaine façon, elle était devenue un temple profané, une violente conquête où il régnait, pantalon baissé et pénis en déroute, sur la courtepointe froissée du lit, au-dessus de la chemise naguère si bien pliée et maintenant par terre. Il se tourna contre l'oreiller et sentit une vague répulsion en mêlant son haleine aux rêves de son grand-père incrustés dans le tissu. Il serra le poing sous l'oreiller et se recroquevilla en position fœtale.

— Parfois, j'aimerais vivre dans une caverne, derrière une grande dalle pour boucher l'entrée, qui ne laisserait passer qu'un rayon de lumière, juste pour savoir si c'est le jour ou la nuit.

Martina souriait et se moquait, comme s'il était un petit enfant :

— Mon pauvre Daniel… Tout le monde se moque de toi. On te pousse de côté et d'autre et on tue ce que ta pensée, ta sensibilité, ton art pourraient donner de bon. On a fait de toi une branche à la dérive.

Le garçon secoua la tête. Il pensait aux tuiles rouges de sa maison, le soir où tout avait brûlé. Elles éclataient comme des pétards et lançaient des étincelles dans toutes les directions, on aurait dit la mitraille d'une bombe. Il voyait son père, les mains accrochées aux barreaux de la fenêtre, appelant à l'aide. Il se voyait lui-même à demi nu, le visage noir de suie et les cheveux fumants, le regardant fixement, incapable de bouger, à voir comme tout s'embrasait.

À peine descendu de l'avion, Mauricio demanda à Paola de l'emmener en ville au lieu de rentrer directement à Punta Caliente.

Ce n'était pas loin, un détour d'une vingtaine de minutes. Il voulait lui montrer quelque chose. Il était encore tôt et il n'y avait pas beaucoup de circulation. Paola dépassa un car avec une hâte inutile et se rabattit aussitôt après.

— Tu ne pourrais pas conduire plus lentement, s'il te plaît ?

Paola leva le pied.

— C'est mieux comme ça ?

— Beaucoup mieux. Merci.

Paola épia Mauricio du coin de l'œil. Ces dernières semaines, il avait vieilli.

— Comment s'est passé ton voyage à Barcelone ?

Les pensées du vieil homme étaient ailleurs. Il haussa légèrement les épaules et regarda le compteur de vitesses.

— Bien, je pense. Ça t'intéresse ? demanda-t-il en prenant dans la boîte à gants ouverte une des cigarettes extrafines que fumait Paola.

Ces cigarettes n'avaient aucun goût. Pourquoi les gens fumaient-ils cette saloperie s'ils n'aimaient pas le goût du tabac ?

Paola avait deviné la question à l'air dégoûté du vieil homme.

— Je fume moins.

— Les gens devraient apprendre à se mettre en paix avec eux-mêmes et avec leurs vices. Une personne qui nie ce qu'elle est ne peut pas être heureuse.

Paola lui lança un regard amusé et interrogateur.

— Insinuerais-tu que je suis le vice incarné, ou que je ne suis pas heureuse ?

Mauricio ne répondit pas. Il ignorait les vices de cette femme, quant à son degré de bonheur… il devinait le sens de l'euphorie de son regard, au volant de cette voiture de sport décapotée. La fébrilité avec laquelle elle tambourinait sur le volant en cuir marron n'avait rien à voir avec la mélodie qui sortait de l'équipement audio. *Sarabande* était une composition plutôt tragique, et le ciel, bas et plombé, ne contribuait pas à confirmer son image d'actrice italienne tournant une scène en Toscane. Elle portait une jolie robe imprimée à bretelles, assortie aux sandales et aux lunettes d'écaille. Elle portait le chapeau que Mauricio lui avait offert quelques semaines plus tôt, et quelques légères touches de maquillage soulignaient le profil des pommettes et l'horizon fin de ses lèvres. Elle semblait moins fragile que le premier soir où il l'avait vue chez Dolores, comme si quelque chose de bon et de différent avait grandi dans cette poitrine couverte de taches de rousseur surmontée de clavicules bien dessinées.

— Ce moteur ronfle comme si la voiture venait de sortir de l'usine, se borna-t-il à dire.

Ce ronron rythmé semblait l'hypnotiser. Il ferma les yeux, comme s'il pouvait ainsi mieux voir les pistons et les valves en pleine activité. En réalité, il pensait à un café crasseux de Düsseldorf qui sentait le chou de Bruxelles bouilli, où trois jeunes amis partageaient la même cigarette jusqu'à s'en brûler les ongles.

— Où va-t-on ?

— Sur le front de mer.

Au loin se dressait la tour d'Hercule. Ils se garèrent à l'entrée du parc de las Esculturas. Une quinzaine de sculptures en fer et en pierre étaient disséminées sur une vaste prairie jusqu'à la Punta Herminia.

— Nous pouvons aller nous promener jusqu'à la sculpture de Breogán ; c'était le chef celte qui gardait l'accès à la tour.

Un peu plus haut, il y avait un promontoire d'où on voyait l'entrée de la ria et la côte de Dexo, face à la Péninsule. Il y avait de rares promeneurs avec leur chien, d'autres faisaient leur footing sur les chemins balisés. Le vent était violent, décoiffant l'herbe et les arbres récemment plantés, encore trop fragiles pour résister aussi bien que les menhirs de Manolo Paz ou que les portes de la Casa das Palabras, ancien cimetière maure. Il y avait quelque chose d'énervant dans ces œuvres abstraites ; une sorte de vertu silencieuse de nature romantique. Elles ressemblaient à des géants pétrifiés sur leurs tombes épiques. Aux héros d'une race que les hommes n'avaient pas connue.

Le vieil homme marchait sans rien dire. Ils firent un tour de presque un kilomètre, contemplant en silence l'ensemble sculptural du côté nord-ouest, et finirent par s'arrêter devant une statue en acier ; ses volumes étaient simples et tridimensionnels. Un hommage aux années que Picasso avait passées là dans son enfance. *Guitarra.* Mauricio aimait se promener au milieu de ces géants silencieux et imaginer que certaines de ces sculptures étaient nées de la main et de l'esprit de la

Roussotte. Il l'imaginait tournant autour de leurs volumes avec calme, observant chaque détail les yeux mi-clos, glissant les mains sur la surface métallique, y collant le visage, écoutant leur cœur de fer.

Mais ce n'était pas pour cette raison qu'il avait amené Paola jusque-là.

— Le mois d'août va bientôt arriver. Dolores va préparer la maison, aérer les chambres, repeindre des murs, réparer la chaudière. C'est gênant, cette poussière partout, le bruit des ouvriers qui grouillent à toute heure.

Paola se tourna vers lui, inquiète.

— Dolores ne m'en a rien dit.

Le vieil homme essayait d'aborder le sujet de façon indirecte, mais ça ne lui valait rien. Ce n'était pas son genre. Parfois, il regrettait tellement Buenos Aires ! Son petit appartement sans fenêtres sur la rue, le silence de la solitude sans avoir à saluer voisins ni connaissances, l'anonymat et l'absence de responsabilités.

— Je suppose que quelqu'un doit t'attendre quelque part.

Paola était debout, à côté de la guitare sculptée.

— Pas vraiment, non. Personne ne m'attend.

Elle mentait. Les yeux du vieillard posés sur elle ne s'en laissaient pas conter. Il devait reconnaître que leur vie à tous semblait s'être améliorée depuis l'arrivée de Paola. Pas seulement celle de son neveu Daniel, mais aussi la sienne et, dans une certaine mesure, celle de Dolores. Quelques jours plus tôt, il avait surpris son amie qui se regardait tranquillement dans la glace. "Crois-tu que ce corps soit digne d'un peu d'admiration ?" avait-elle demandé avec une coquetterie que Mauricio n'avait jamais remarquée chez elle. Dolores avait mis les boucles d'oreilles que le frère de Daniel lui avait achetées sur le marché d'un village où ils avaient passé un week-end. Depuis la mort de Julio dans l'incendie, elle ne les avait pas remises. À vrai dire, elles ne lui allaient pas, mais Paola l'avait convaincue du contraire. Mauricio avait aussi remarqué que depuis peu Dolores portait des soutiens-gorges plus fermes pour redonner forme à sa poitrine abondante. Pourquoi ? Pour qui ? avait demandé Mauricio, un peu perplexe. "Je le fais pour moi", avait répondu Dolores, vexée.

— Regarde à la base de cette sculpture, la plaque du sponsor.

Paola s'exécuta avec une angoisse soudaine. Quelque chose lui disait qu'elle savait déjà ce qu'elle allait lire sur cette petite plaque rouillée. "Avec la collaboration de la fondation Alda F."

La joie de Paola s'envola d'un coup. Elle ne ressemblait plus à une actrice italienne, mais à une imposteuse avec une ride profonde dans le cou et des pommettes très pâles. Ce n'était pas un hasard si Mauricio l'avait amenée jusque-là.

— Donc, tu sais qui je suis.

Alda F. était sa mère. À sa mort, son père avait créé une fondation qui portait son nom. Cette sculpture, comme quelques autres dans ce parc, avait été érigée avec l'argent des Malher.

— Je sais au moins que tu ne t'appelles pas Paola. Tu t'appelles Eva Malher, et on dirait que beaucoup de gens te cherchent.

— Quelle importance, pour toi ?

— Je ne veux pas me mêler de ta vie. Tu m'es sympathique. Mais ce n'est pas la question ; tu as dit que tu étais de passage, mais on dirait que le boulet que tu traînais à ton arrivée ici s'est envolé. Alors, il est temps pour toi de reprendre ta route.

Paola sentit un nœud d'indignation dans sa gorge. La vieille brûlure qui affleurait chaque fois qu'on la jugeait incompétente pour prendre ses propres décisions.

— Où veux-tu en venir, Mauricio ?

Le vieil homme effaça d'une pichenette une trace de salive sèche au coin des lèvres.

— Tu crois que je ne sais pas ce que tu fais avec Daniel ?

Paola rougit. Ce qu'elle faisait ? Elle ne le savait même pas. Il y était question de bouches avides, de mains fébriles et de traces de salive dans le cou. Une jeune sève sur une tige dure.

— Ce n'est pas ce que tu penses.

Il ne les avait pas vus, mais ce n'était pas nécessaire. Il y a des grelots qui sonnent de façon aussi fracassante que le silence soudain qui leur succède.

— Je ne pense à rien. Je sais ce que je vois et je sais ce que j'entends, même si je fais semblant d'être aveugle et sourd.

Paola était furieuse. Surtout contre elle-même. Plus elle y pensait, plus elle s'énervait. Tout le monde semblait avoir le mot juste au bon moment. Tous énonçaient des jugements directs et clairs sur elle.

— Je ne veux pas de mal à ton petit-fils, si c'est ce qui t'inquiète.

Le vieil homme observa longuement cette guitare qui n'en était pas une. "Une signature fait de toi un grand-père", songea-t-il. Soudain ce garçon aux yeux obscurs était passé sous sa responsabilité, une responsabilité qu'il n'avait pas réclamée.

— Je ne pense pas au mal que tu peux lui faire, mais au mal qu'il peut te faire.

Paola secoua la tête, ahurie.

— Ne sois pas ridicule.

Mauricio la regarda avec dureté.

— J'ai souvent été ridicule dans ma vie, mais je t'assure que je parle très sérieusement. Tu dois t'en aller et oublier ce jeu que tu as déclenché.

— Ce n'est pas un jeu. Ton petit-fils… je…

Mauricio attendit, imperturbable. Elle ne finit pas sa phrase. Le vieil homme repartit vers la voiture et s'arrêta. Il regarda le sol et, lentement, se tourna vers Paola.

— Va voir Dolores. Demande-lui de te parler de Martina.

12

Barcelone, première semaine d'août 2010

Oliverio portait un costume léger beige clair et avait sur la tête un fedora plutôt usé. Il lui allait bien, se dit Mauricio, bien mieux que le panama ; un peu passé, mais efficace. Il avait aux pieds des chaussures tressées avec des lacets élégamment noués. Entre le bas du pantalon et la chaussette on voyait un mollet acide et laiteux. Oliverio avait toujours eu de la classe, comme les dandys des tangos, capables de porter une cravate criarde et une chemise rouge sans pour autant être moins élégant. Au poignet gauche, il avait une assez bonne imitation de montre Chopard. Il continuait de jouer les hommes du monde.

Comparé à lui, Mauricio était un vieillard qui avait du mal à se tenir debout, toujours attaché aux mêmes choses : le borsalino, le pardessus, les souvenirs, les vieilles chansons, l'ancienne mode, les mêmes nostalgies.

Pourtant, à l'occasion de cette deuxième rencontre, en dépit de son aplomb apparent, le Comandante était inquiet. Ses yeux et ses mains n'avaient pas de repos. Il avait apporté le recueil de poèmes de Gelman.

— Tu l'as lu ? lui demanda Mauricio.

— Deux fois, répondit Oliverio en mâchonnant l'air avec une sorte de rancœur.

— Et qu'en penses-tu ?

— Des mots. Des milliers de mots qui s'écrivent. Tant de révolte et même pas une vraie révolution. C'est nous, pas les poètes, qui avons ouvert la voie et agi comme il le fallait. Ça, dit-il en montrant du doigt le livre avec dégoût, ce sont des obsessions obscures de bourgeois.

La haine restait présente, tant d'années après. Mauricio se demanda comment il était possible de se défigurer tant soi-même. Une attitude sans doute nécessaire pour se supporter sans être terrorisé quand on se regardait dans la glace. Griller les testicules des adolescents, briser des os, priver de sommeil, feindre des noyades, passer à tabac… Ce genre de choses n'était pas simple à assumer, sauf si une justification supérieure reléguait les scrupules moraux au second plan.

— Les vers font partie d'un livre appelé *Faits* ; Gelman était à Rome quand il l'a écrit, convaincu de la mort de son fils et de sa belle-fille. Ces vers leur sont dédiés… Vous avez dévoré ses mots et sa famille. Vous saviez comment détruire quelqu'un à la base.

— Je n'ai rien à voir avec tout cela. J'ai fait ma part, c'est tout.

Mauricio acquiesça, conscient d'être en présence d'un cadavre qui était déjà mort plusieurs fois. Un pauvre vieux, un homme qui n'avait plus rien à dissimuler. Mais il n'avait pas besoin de preuves. Les cicatrices dissimulées sous sa barbe lui suffisaient.

— Que racontes-tu à ta fille quand elle te pose des questions ? Tu lui as déjà parlé du Grupo de tareas ?

Le regard d'Oliverio se durcit. Mauricio eut presque pitié de cet effort inutile.

— Ne parlons pas de cette époque.

Mauricio secoua la tête. Pas question de l'évacuer.

— Ah ? Pourtant, elle m'a raconté une jolie histoire où son papa est un héros décoré aux Malouines.

La veille, Mauricio avait attendu Laura Ojo de Agua.

Elle déboucha dans la rue d'un pas décidé, le regard haut, les bras solides, nus sous son haut à bretelles. On devinait le profil de ses jambes sous les plis de la jupe aux tons africains qui descendait jusqu'aux chevilles. Les sandales à lacets laissaient voir le vernis rouge des ongles. Une femme séduisante. En la voyant, affranchie de toutes les fautes des temps passés, Mauricio se demanda ce qu'elle connaissait en réalité de l'histoire de son père. Certains savent indifféremment mettre et reposer un déguisement, mais ce n'était sûrement pas son genre.

Laura ne le reconnut qu'en arrivant devant sa boutique. Ses yeux s'ouvrirent comme un spasme, un léger soupçon qui se dissipa dans un large sourire et un éventail de jolies dents blanches. Le sourire de l'innocence.

— Vous êtes le compatriote qui a acheté des narcisses il y a quelques semaines. Je m'en souviens.

Mauricio se découvrit et la salua en essayant de paraître innocent et inoffensif. Il releva la tête et regarda quelques instants le panneau de la vitrine.

— Ceibo. Joli nom. Il évoque les romans de García Márquez.

— Le ceibo de Jujuy est l'arbre national de l'Argentine. Rien à voir avec la Colombie…

Mauricio sourit avec condescendance. Et elle rougit.

— Mais ça, vous le savez, bien sûr.

Mauricio caressa le bord de son chapeau et le rajusta. Laura eut la vague impression qu'il voulait lui dire quelque chose d'important, un secret qu'on ne peut pas dévoiler facilement. Finalement, Mauricio renonça à l'ambiguïté de ses gestes et dit ce qu'il avait préparé :

— L'autre fois, vous m'avez parlé de votre père. C'est le lieutenant de frégate Oliverio Pellegrini, n'est-ce pas ?

Les muscles du visage de Laura se tendirent, comme si toutes ses défenses sonnaient le branle-bas de combat. Elle recula et examina Mauricio comme une menace potentielle.

— En effet. Comment le savez-vous ?

— Disons que ma visite chez la fleuriste n'était pas un hasard. J'aimerais vous parler, si vous avez un moment.

Laura regarda le vieil homme avec une méfiance croissante.

— De quoi voulez-vous parler ?

— De votre père.

Laura détourna le regard vers l'autre bout de la rue.

— Écoutez, je ne sais pas qui vous êtes. Et je n'ai rien à vous dire.

Mauricio s'empressa de dissiper les malentendus. Il avait besoin de savoir ce qu'elle savait sur Oliverio. Ce que le Comandante lui avait raconté.

— En vérité, je suis en train d'écrire un livre – c'était un mensonge – sur les Malouines.

Laura le dévisagea pendant un long moment. Puis Mauricio remarqua un soulagement presque physique au niveau des épaules de la jeune femme, comme si une ombre s'éloignait et dissipait un danger imminent.

— Je ne comprends pas l'étrange volupté qu'on a à parler des guerres.

— Pour moi, c'est important, vous pouvez me croire.

— Mon père ne m'a jamais parlé de cette époque – peut-être espérait-elle ainsi décourager le vieil homme, mais Mauricio portait sur elle un regard pénétrant, attendant autre chose. Tout ce que je sais, c'est qu'il a participé à l'opération Rosario du 2 avril, et à l'assaut de Puerto Leith. Une fois, je l'ai entendu évoquer ces gars qui avaient les bottes trouées, les corps des marins qui flottaient sur l'eau, les jeunes recrues, tremblant de peur à chaque tour de garde, attendant qu'un de ces Gurkhas au visage peinturluré surgisse dans la nuit pour leur couper la gorge… Guère plus. Le silence. C'est tout ce qui reste.

En 1982, Laura Ojo de Agua était une fillette de huit ans, amoureuse de son père, ce héros. Puis vinrent les trous dans les chaussettes, l'arcade sourcilière fendue et les balbutiements de l'ivrogne qui fréquentait les bouges de Buenos Aires, la chemise tachée de vomissures, les discours sur l'honneur, la patrie…

— Cette patrie, sa patrie, justifiait tout, et a tout détruit : les morts, les monuments, la mémoire… Il s'inventait ce lieu, vous savez : "La Patrie." Il ne voulait pas voir qu'il manquait l'essentiel à la patrie : l'amour. L'amour pour les hommes, pour la terre nue et vierge.

Tout cela l'acheva, l'anéantit. Maintenant, son père n'était plus qu'un cache-misère, un vieillard effrayé qui peu à peu oubliait le quotidien. Il allait aux toilettes toutes les heures, ses reins ne fonctionnaient plus, parfois il urinait sur lui et mettait les mains devant son pantalon pour le cacher. Un vieux que les autres fuyaient quand il évoquait ses souvenirs, et qui continuait de parler sans remarquer – peut-être à dessein – qu'il se retrouvait seul devant un auditoire de chaises vides.

Mauricio pensa à sa propre idée d'Oliverio. Qu'était devenue la souffrance qu'il avait causée ? Les vies détruites ? Qu'était-il advenu des vieux qui ne pouvaient se permettre l'oubli et qui urinaient aussi la nuit, mais pour des raisons bien différentes, à cause des cauchemars ? Qu'était-il advenu des disparus ? Que pouvaient faire toutes ces personnes de la peur, du dégoût, de l'horreur et de la rancœur accumulés ? Fallait-il le prendre en pitié parce qu'il était un vieux au bout du rouleau ?

— Votre père vous a-t-il jamais parlé d'un homme appelé Horacio ? J'ai cru comprendre qu'ils avaient été compagnons d'armes.

Laura retrouva sans effort ce nom dans ses souvenirs.

— Il y a environ cinq ans. Mon père m'a demandé de le conduire à l'hôpital de la Mer pour rendre visite à un vieux camarade d'armes qui venait d'être opéré d'un cancer de la gorge. Il ne m'avait jamais parlé de cet homme, et encore moins dit qu'il vivait à Barcelone. Je n'ai pas écouté leur conversation, mais j'ai compris que c'était une rencontre difficile pour tous les deux. Je les ai laissés seuls presque une heure. En sortant de l'hôpital, mon père a voulu aller au bord de la mer. C'était l'hiver et la plage de la Barceloneta était déserte. Quelques jeunes faisaient leur gymnastique et des passants sortaient leur chien. Mon père était triste, pas comme un homme vaincu par la force de sentiments tragiques ; ce n'était pas ce genre de tristesse. C'est alors qu'il m'a parlé d'un épisode survenu au cours de cette année 1982.

» Ce compagnon d'armes en convalescence à l'hôpital s'appelait Horacio Orellana, et il était dans l'infanterie de marine, sous les ordres de mon père. Pendant la guerre des Malouines, il gardait un officier britannique qui avait été capturé dans les premiers jours du conflit. Horacio parlait couramment l'anglais et appréciait ces gens-là. Il était un fan du Manchester United et il aimait les Beatles, la Guinness et les uniformes de la garde royale. L'officier britannique dont il avait la garde était un rouquin qui ne cessait de trembler de froid et de peur. Il ne savait sûrement pas où se trouvaient les Malouines, ces petites îles que les Anglais appelaient Falkland. Bref, deux semaines après avoir jeté l'ancre, son bateau avait été incendié, et ses compagnons brûlés, noyés ou mutilés. Et il se retrouvait là. L'horreur se consumait dans ses yeux, et cet Horacio Orellana le surveillait, dans un hangar aménagé en prison, attendant l'arrivée du personnel de l'Information navale qui devait l'interroger ; et ces types de Buenos Aires se moquaient de la convention de Genève comme de l'an quarante. Ils allaient le torturer, lui soutirer jusqu'à la dernière goutte de son âme.

» Ce qu'ils ont fait. Les cris de l'officier résonnaient dans tout le campement. Horacio devait se boucher les oreilles pour ne pas entendre l'officier appeler sa mère, qui était sans doute quelque part au pays de Galles. Le dernier soir, le jeune homme respirait à peine. Quand Horacio lui apporta sa pitance, l'officier était ravagé. Il crachait ses dents et le suppliait d'empêcher qu'on le remmène ; il ne pouvait plus tenir, il allait trahir ses compagnons, d'autant que, très vraisemblablement, les informations qu'on tirerait de lui ne changeraient rien à rien…

» Le lendemain matin, quand la police navale vint le chercher, l'officier était mort. Il s'était asphyxié. Officiellement, il s'était arraché la langue à coups de dents et l'avait avalée pour s'étouffer. Le marin Horacio Orellana passa en conseil de guerre pour négligence dans sa garde. Le seul officier à prendre sa défense fut mon père. Il obtint qu'on ne le fusille pas.

Mauricio déplaça les mains, comme s'il s'agissait de mettre en place une pièce de puzzle. Évidemment, cet Horacio dont Laura parlait était celui qui avait une valvule dans le cou, l'homme qu'il avait rencontré à l'association des Amis de la mémoire. Dans les archives de la marine, il avait découvert qu'Oliverio et lui avaient été compagnons d'armes. En outre, dès le premier instant, le marin Horacio avait refusé d'écouter Mauricio, comme s'il cherchait à protéger Oliverio. Ne connaissait-il donc pas son passé dans les Grupos de tareas ? Dans ces groupes qui enlevaient, torturaient et assassinaient les opposants désignés par la dictature. Pourtant, il devait le connaître, ce qui devait le mettre en contradiction dans son travail à l'association. Mauricio avait l'impression que cet homme détestait et respectait Oliverio à parts égales. La clé de cette contradiction,

Laura venait de la lui donner. Oliverio avait empêché Horacio Orellana d'être exécuté.

— Comment votre père pouvait-il être si sûr que cet Horacio n'était pas le responsable de la mort de l'officier anglais ?

— Je n'ai pas dit cela. En réalité, cet officier ne s'était pas suicidé. Personne ne peut s'infliger une mort pareille, sauf au cinéma. Tout a été plus prosaïque. Mon père était l'officier de garde, il avait entendu la demande de l'Anglais, qui ne cessait de gémir. Alors, peu avant l'aube, il ordonna à Horacio de mettre fin aux souffrances du prisonnier. Mon père était présent quand Horacio étouffa le jeune homme dans sa vareuse.

La porte du bar s'ouvrit et se referma. La boisson de Mauricio s'était réchauffée.

— C'est vrai, l'histoire que tu as racontée à ta fille ? Celle du suicide assisté ?

Oliverio observa la machine à sous et le Chinois en tee-shirt trempé de sueur qui la dévalisait. Il acquiesça à contrecœur.

— Un acte de compassion ou de cruauté ?

Le Comandante lui lança un regard chargé de duplicité.

— Quelle différence ? Nous savions qu'il était trop brisé pour tenter une évasion. Et où l'aurions-nous emmené ? Comment lui faire rejoindre ses lignes ?

Cela ne répondait pas à la question.

— Pourquoi, Oliverio ? Pourquoi tant torturer un homme pour ensuite l'aider à échapper à sa souffrance.

Oliverio secoua la tête. Il soupira et se leva.

— Toi, tu étais derrière les barreaux. Moi, je faisais la guerre. Et la logique n'a pas de place en pareilles circonstances. Je l'aurais torturé si on me l'avait ordonné. Mais même un ennemi ne mérite pas la cruauté de mourir en suppliant.

Mauricio mit son chapeau et prit son sac de voyage. Le recueil de poèmes de Juan Gelman était toujours sur la table.

— C'est à cela que servent les vieux amis, à être torturés, à supplier et à ne pas être écoutés, n'est-ce pas ?

— C'était une guerre d'un autre genre, beaucoup plus dangereuse et nocive. Nous ne pouvions pas laisser frères, sœurs et amis exercer leur chantage pour nous empêcher de faire ce qui devait être fait. Tu ne peux pas comprendre, Mauricio. On ne peut accorder sa clémence qu'à celui dont tu n'as rien à craindre.

— Tu sais quoi ? Il y a quatre ou cinq ans, j'ai rassemblé tout mon courage pour retourner à l'École supérieure de mécanique de la marine. En m'approchant de la grille, je comptais mes pas, redoutant que mes jambes restent soudées au sol. Mais il n'en a rien été, elles m'ont conduit jusqu'à la porte.

Oliverio lui lança un regard froid.

— Quel rapport ?

— Tout a changé, le lieu s'est "civilisé" : visites guidées, panneaux commémoratifs, colonnes de l'entrée rafraîchies et lavées de tout passé. Un jeune officier nous a montré les *tubos*, ces cellules en forme de cercueil, les salles de torture et la *leonera* où on nous entassait à notre arrivée, pêle-mêle. Des pupitres explicatifs à intervalles réguliers, et des cordons qui séparent le public des murs. Ces cordons sont un symbole, une frontière infranchissable entre ceux qui regardent et nous qui y étions.

Oliverio caressa le profil de son borsalino. Et claqua des lèvres.

— Il y a des choses qu'on ne peut expliquer. Si on les explique, elles deviennent de la littérature.

Mauricio acquiesça lentement, le regard rivé au sol.

— Les photographies de l'amiral Massera, du capitaine Acosta... réduisent ce qu'ont commis ces hommes à du passé. Un passé qui, en s'éloignant, ressemble de plus en plus à une fable. Je crois que c'est la raison pour laquelle j'ai quitté Buenos Aires... Plus personne n'est terrorisé par ces voitures vertes sans plaque d'immatriculation qui circulaient lentement avec quatre ombres à bord, plus personne ne proteste quand cette sérieuse et jolie femme officier montre aux visiteurs la galerie des disparus et assassinés célèbres, victime du Grupo de tareas : Rodolfo Walsh ; Azucena Villaflor ; Léonie Duquet, la religieuse française ; l'ambassadeur Hidalgo Solá ; la diplomate Holmberg... À quoi bon continuer ?

— Je ne vois pas où tu veux en venir.

— En sortant de cette visite à l'ESMA, il faisait noir. Un homme attendait au passage piéton, attentif à chaque changement des feux de circulation. Je me demandais ce qu'il attendait. Il n'y avait pas de voiture dans l'avenue. Mais il attendait, comme s'il s'accordait un délai. Je l'ai observé plus attentivement, il me semblait l'avoir vu auparavant parmi les visiteurs. Il était jeune, trop jeune pour avoir vécu tout cela en personne. Mais en dépit de sa jeunesse, il m'a donné l'impression d'être fait d'une pâte ancienne, je ne sais si c'était dû à sa façon de s'habiller ou de pétrir le temps. Il regardait les feux de circulation, comme je te le disais, attendant qu'ils passent au vert, et le plus étrange était que je ne savais pas s'il souhaitait ou redoutait ce moment. Il avait l'air de penser qu'il n'était pas trop tard pour changer les choses, et en même temps il semblait croire le contraire. Qu'on ne pouvait plus rien faire. Peut-être le fils d'un torturé, d'un disparu. Ou d'un geôlier, d'un tortionnaire. Tout ce que je sais, c'est qu'il y a des venins qui vous détruisent très lentement, des désespoirs auxquels il est impossible d'échapper.

Oliverio se rappela les nuits où il se cachait – avant de s'enfuir en Uruguay d'abord, puis à Paris, Londres, Madrid et Barcelone –, quand commencèrent les procès, les coups de fil au petit matin, les pierres dans les fenêtres, les menaces sur sa fille toute petite à l'école, la mort de son épouse, des suites d'un infarctus quand des étudiants l'avaient encerclée dans une ruelle. Revinrent les pensions minables, les égouts pleins de merde, les rats nichés derrière les fausses cloisons ; la haine et la peur, le remords. De nouveau il fut gagné par l'amère rancœur qu'on ne reconnaisse pas ce qu'ils avaient donné, par l'hypocrisie de ceux qui regardaient ailleurs quand il fallait faire ce qu'ils n'avaient pas le courage de faire. Les mêmes qui par la suite les accusaient à la tribune.

— Tu devrais m'oublier, Mauricio. Tu peux le comprendre ? Ce que tu cherches n'est plus ici.

— Certains jours, je pense que tu as raison. Je pourrais ne plus bouger de ce lieu, de ce temps, de ce maintenant, m'y fondre et m'éteindre lentement. M'occuper de mon dernier petit-fils jusqu'à épuisement de mes jours. Je vois ta fille, Laura, derrière sa vitrine de fleurs multicolores, les bougainvilliers, les outils de jardinage, le présentoir des graines, et je suis presque convaincu qu'elle mérite de continuer d'être heureuse en croyant que son père est un vieillard sans défense qui de façon étrange a eu son heure d'héroïsme.

— Je n'ai pas besoin que tu me pardonnes, si c'est ce que tu veux me dire.

— Te pardonner? Ce n'est pas aussi simple. Je regarde le portrait de la Roussotte et je me retrouve dans ce sous-sol au plafond bas et aux murs enduits de ciment. Je revois les fenêtres alignées à mi-hauteur, en dessous du niveau du sol, et la Ford Falcon garée près de la grille. Alors, je me demande de quel droit tu as ce calme, pourquoi tu peux jouir dans tes dernières années d'une paix qui m'est refusée. Tu te retranches derrière une muraille qui révèle de façon insupportable sa fragilité de torchis, Oliverio. Tout est sur le point de s'écrouler. Il suffirait d'un mot pour que s'effondrent tous les mensonges.

— Ne me menace pas, Mauricio. J'ai encore des amis, de bons patriotes, des gens qui ont de la mémoire. Je pourrais leur demander qu'ils te collent deux balles dans le corps.

Mauricio haussa les épaules et sourit avec tristesse.

— Il ne marche plus, ce stratagème qui consiste à faire plier les volontés par la terreur. Non, cette affirmation ne suffit plus. En te regardant, je crois voir un arbre malade, qui ne réagit plus aux traitements. Année après année, ses fruits pourrissent ou ne sortent plus, jusqu'au moment où il devient évident que le vrai problème, ce sont les racines. Elles ont poussé dans une terre morte. Des cendres de vérités qui ont brûlé pour devenir une couche de mensonges. Dans ce cas, l'arbre ne peut être sauvé. Il ne reste plus qu'à l'arracher et à en planter un autre.

Mauricio prit le livre de Juan Gelman et en caressa la couverture.

— Elle m'écrivait en marge de ces pages. Son écriture est là, entre les vers. Relis-les, Oliverio. Dans une certaine mesure, les mots de la Roussotte te sont aussi adressés. Tu dois comprendre; la colère ne suffit pas, le repentir non plus, Oliverio. C'est mon épouse. C'était ton amie.

Oliverio prit le livre, le soupesa, releva la tête, mais évita le regard de Mauricio.

— Il n'y a rien à dire. Je ne sais pas ce qui lui est arrivé.

Mauricio crispa la mâchoire et son bouquet de cicatrices rougit.

— C'est étrange, je ne te crois pas !

Deux semaines après la rencontre de Mauricio et Oliverio, Laura entra dans la chambre de son père.

— Où es-tu passé, papa ? murmura-t-elle.

La veille au soir, ils avaient parlé de la mort. En réalité, c'est son père qui avait abordé le sujet de façon plutôt maladroite. Ils n'avaient jamais ce genre de conversation profonde et sérieuse. En général, ils parlaient de l'intendance, des médecins, des factures à payer, de la machine à laver en panne et des voisins trop bruyants qui le dérangeaient dans sa sieste. Elle fut étonnée de l'entendre dire qu'à compter d'un certain moment la mort devient un calcul logique et qu'il vaut mieux se faire à cette idée. Il parlait sans dramatisme, sans oser la regarder, mais avec conviction. Laura prit peur et le soumit à un interrogatoire dans les règles : il ne se sentait pas bien ? L'hôpital lui avait écrit ? Il dormait bien ? Il avait repéré une anomalie dans ses selles ? Elle fouilla dans les tiroirs à la recherche de médicaments ou d'une preuve qui confirme ses soupçons, bien que son père ait essayé de la rassurer en lui assurant qu'il réfléchissait tout simplement à haute voix. Après quoi il se retrancha dans le silence, tête basse.

Laura n'aimait pas ce genre de réflexions.

Son père ne pouvait pas mourir. Jamais. Tout simplement. Pourtant, en regardant la chambre vide, comme toujours, mais pleine de son absence, elle frissonna.

Laura s'assit au bord du lit et contempla avec tendresse les lunettes pleines de traces de doigts. Les essuyer, c'était comme caresser les yeux de son père. Il refusait de les porter en public, comme il refusait obstinément d'utiliser l'appareil auditif qu'elle lui avait offert. "Ce sont des trucs de vieux", râlait-il, comme si la vieillesse n'arrivait qu'aux autres. Laura replia les branches métalliques et les posa à côté d'une feuille manuscrite. Elle ne savait pas que son père s'était mis à écrire de la poésie. Non. Elle s'aperçut que ce n'était pas un poème de lui : il avait copié le titre et l'auteur en bas de la page : *Lettre ouverte*, de Juan Gelman.

dans l'affliction de toi / tout un peuple
demande à te voir / entendement qui
saigne comme toi / de toi / volonté
qui ne peut pas regarder ton regard /

mémoire si amère de ta mort
qui mûrit au pied de ton faire automne /
mémoire qui meurt avec chaque vive
souvenance / douce a été ta main

toute posée contre les aubes qui
t'ont vu grandir / faisant enfant le monde
qui débestialisait le drame dur
pour se mettre à tes pieds / doux comme un chien

Impossible de percer à jour la véritable intention de son père en le transcrivant. Sous les feuillets manuscrits, elle trouva une vieille photographie qu'elle n'avait jamais vue. Elle regarda plus attentivement, parce que son père n'était pas friand de souvenirs. Il n'y avait pas de portraits à la maison ni d'album à montrer le soir de Noël, sauf la photographie austère de sa mère dans un cadre argenté, au chevet de son lit. Cette petite photographie était très fripée, sur le point de se déchirer : trois jeunes au milieu des années 1950. Les deux hommes portaient des vêtements modestes, sans doute en alpaga ; entre eux, une jeune fille dans une robe nouée à la taille, en dessous du genou, chaussures à talons bas. On remarquait ses yeux, cernés d'un maquillage noir, des sourcils bien définis et un visage plein de taches de rousseur. Les lèvres rouge vif embrassaient l'inconnu qui prenait la photographie. Elles embrassaient Laura du fond de leur passé. L'un de ces hommes était son père, pas de doute. Plus grand et plus élégant que l'autre, les cheveux gominés, coiffés en arrière, et une moustache de séducteur bien taillée, le regard un peu malicieux, joueur. La main posée sur l'épaule de la fille avait des doigts en moins. L'autre jeune homme – car c'était bien ce qu'ils étaient, ils avaient à peine vingt ans –, elle ne le connaissait pas, mais il y avait quelque chose de reconnaissable dans ses yeux enfoncés, dans sa façon de regarder avec gravité et de tordre la bouche, sans doute pour devancer une souffrance à venir.

Laura était déconcertée, comment ne pas l'être quand on entre dans les secrets d'autrui sans y avoir été invité. Elle aimait son père et savait qu'il l'aimait, mais ils n'avaient pas besoin de se le prouver en permanence. Il était plus revêche, il avait gardé la rigidité de la vie de caserne, les actes martiaux du quotidien, la discipline, l'incapacité de supporter qu'on le contredise. Il n'était pas toujours facile de le comprendre et il ne l'attendait pas d'elle. Avant qu'elle devienne une femme, elle avait dû lui obéir en tout. Chaque étape vers l'autonomie fut atteinte après de féroces batailles qui pendant des années causèrent des blessures importantes. Mais son père avait fini par accepter l'inévitable : que les enfants grandissent et atteignent l'âge adulte. Il n'osait plus lui poser de questions sur ses fréquentations et ne critiquait plus sa vie. Il entrait dans l'intimité de sa fille avec précaution, en demandant la permission. Si Laura ne voulait pas lui parler de certaines choses, son père feignait l'ignorance. C'était sans doute dur pour lui.

Au bar où la plupart du temps il passait ses après-midi, on ne l'avait pas vu depuis la veille, mercredi. Le serveur, un Murcien qui connaissait même ce que les clients veulent taire, raconta à Laura qu'il buvait beaucoup et que ces derniers temps il avait l'air absent et buvait encore plus que d'habitude. La veille, il avait réglé son ardoise, comme s'il n'avait pas l'intention de revenir.

— Ce ne sont pas mes oignons, mais je crois que son état d'esprit a changé quand est apparu cet ami à lui, fin juillet.

— Je ne vois pas qui ça peut être.

Laura ne connaissait aucun ami à son père. Le serveur haussa les épaules.

— Je ne vois pas qui ça peut être, répéta-t-il, mais cet homme et ton père semblaient se connaître depuis longtemps. Il avait à peu près le même âge et portait un chapeau. Je crois qu'ils étaient compatriotes. Ils se retrouvaient à cette table une ou deux fois par mois. Ton père semblait l'attendre avec une certaine anxiété et si, pour une raison quelconque, l'autre arrivait en retard ou ne venait pas, il était assez déprimé. Hier, ils ont bu une bouteille entière de Glenlivet. Mais, à la différence des autres fois, je n'ai pas eu l'impression qu'ils étaient tendus. Hier, ils semblaient être des camarades pour de vrai… Mais comme je te l'ai dit, ce ne sont pas mes oignons.

Un soupçon amer bourdonna aux oreilles de Laura. Elle demanda au serveur de lui décrire cet ami. Robuste, vieux pardessus, barbe mal taillée et cicatrices étranges accrochées à ses lèvres comme les doigts crispés d'un naufragé.

C'était lui ! Le vieil homme qui était passé à sa boutique, celui qui avait prétendu écrire un livre sur les Malouines et qui semblait tant en connaître – et en cacher – sur son père.

Un instinct de gravité, de danger, la poussa à se précipiter vers le commissariat le plus proche.

13

La Corogne, vendredi 20 août 2010
3 h 30

Dans sa guérite, l'agent de sécurité regarde à la télévision un film de Clint Eastwood. C'est une fille qui veut être boxeuse et gagner un million de dollars. L'inspecteur Ibarra allume une cigarette au moment où la fille, paralytique, décide de se suicider en s'étouffant avec sa propre langue.

— Vachement bien, ce film, dit le vigile, tout excité, comme s'il était un critique expert. Ibarra baisse les paupières.

Peu de gens savent que l'homoncule a étudié l'art dramatique. Il aimait les caméras et regrettait amèrement de ne pas avoir trouvé sa place dans le monde des comédiens. Rien d'important, bien sûr que non ; mais il aurait été un excellent second rôle. Il croyait avoir des talents artistiques, par exemple émerger d'une foule et invectiver César, ou être un juif dans le ghetto de Varsovie et lancer une grenade contre une colonne de soldats allemands.

Ibarra n'a jamais bien compris comment certaines personnes peuvent vivre plusieurs vies à travers de multiples personnages. Peut-être à leur façon de regarder la caméra, ou d'évoluer sur un plateau comme si les câbles et l'*atrezzo* n'avaient pas encore été inventés. Quoi qu'il en soit, si l'homoncule avait réellement eu ce don inné, les choses auraient évolué autrement. S'il avait finalement tourné des pubs de dentifrice ou de détergent, ou joué dans une œuvre de Tennessee Williams ou dans un film d'Almodóvar, l'inspecteur n'aurait jamais rencontré Eva Malher et Amanda serait toujours vivante.

Mais tout le monde ne peut pas feindre de s'arracher la langue pour s'asphyxier. L'humanité avait perdu un acteur médiocre, mais gagné un monstre aux nombreuses ressources scéniques. Il n'avait rien d'un cynique, il regardait le monde et comprenait les règles étranges qui le régissent aujourd'hui. Ibarra se rappelle ses larmes sur ses joues quand il avait trouvé le cadavre d'Amanda sur la lande. Il est convaincu qu'elles étaient absolument sincères. Quand on apprit la nouvelle, personne ne chercha à savoir pourquoi l'homoncule avait fait une chose pareille, personne ne voulut savoir la tendresse avec laquelle il avait étudié et préparé la mise en scène de son crime pendant des semaines, des mois de filature, de doutes, d'espoir, de veilles. Personne ne chercha à comprendre pourquoi Amanda et pas une autre, quel était le modèle.

Non. Il n'y eut pas un public pour l'écouter, déconcerté, lui parler de l'amour, de la passion pour cette fille, de la douleur et de la souffrance qu'il aurait souhaité lui épargner, mais qu'en même temps il désirait lui infliger.

L'homoncule aimait cette enfant. L'amour total, l'admiration absolue pour cette fille ne comportait pas l'ombre d'une méchanceté. Mais il était pourri jusqu'à la moelle. Il ne pouvait l'atteindre qu'en la détruisant. Amanda n'était plus une enfant qui joue, loin de là. Elle découvrait le ravissement qu'on éprouve quand quelqu'un vous admire. Or l'admiration de l'homoncule était entière. Il ne voulait pas que cette dévotion se dégrade. Il voulait la transformer en mythe, en poésie. Tous deux assis dans un paysage sans pluie. L'homoncule voulait éprouver seul cette euphorie de posséder une chose que personne d'autre n'a jamais eue et n'aura jamais. Les bras d'Amanda tendus énergiquement vers lui, et lui, les mains comme des griffes attaquant son visage, les genoux s'escrimant contre son pubis. La nature succombant à la nature. Entendre ses cris, le nom d'une mère, quand plus personne ne peut l'entendre.

Ibarra le comprend dans l'absolu. C'est exactement ce qu'il avait éprouvé quand il était petit, sous le poids du fou massif qui l'avait violé. L'enfer n'applaudit pas un démon qui prend naissance, et le ciel pleure un ange qui meurt. Mais une telle chose n'existe pas. Il n'y a que le pouvoir incontrôlable, la démesure violente d'un instant où on veut tout et où on prend tout.

Personne, pas même Carmela, ne peut soupçonner le drame de cette destruction absolue, ni l'entière identification de Germinal Ibarra avec cette gamine. Le vide infini quand la violence de son agresseur l'abandonna, pantalon souillé, jambes de sauterelle tremblantes, sous le soleil implacable. Et personne ne pourrait comprendre la sensation qu'Ibarra éprouva, au bord de l'épuisement, à regarder les mouches qui butinaient, avec leurs centaines d'yeux aveugles, avides de se coller à la sueur, d'assouvir leur soif sur l'homoncule et de bourdonner encore au-dessus d'Amanda, morte.

Ibarra se rappelle qu'il était rentré à la maison lentement, ce matin-là. Le chauffeur du bus n'était pas pressé, sans se douter que ce garçon aux yeux collés au paysage avait les fesses en sang. De son côté, l'homoncule avait dû retourner tranquillement à Málaga, les fenêtres de sa voiture ouvertes, et l'air salé de la mer se rapprochait enfin. Il avait dû sentir dans son cœur un renouveau d'espoir : cette fois serait la dernière. Ibarra le voit sous la douche, entendant les bruits de l'immeuble se fondre dans le ruissellement de l'eau. Il se savonne, se sent renaître. Il voit son sommeil dans un grand lit, suffisamment placide pour imaginer que la lune l'aime.

Le film de Clint Eastwood se termine par un enterrement. Le vigile ravale ses larmes, tandis qu'Ibarra écrase sa dernière cigarette dans le cendrier. Le son du fax crache la confirmation que l'inspecteur a demandée au commissariat. Il prend la feuille qui transmet le portrait-robot de l'assassin de Barcelone, le type qui a tiré en pleine rue sur un autre qui a dans sa poche un recueil de poèmes de Juan Gelman. Il compare l'image avec celle que le vigile a capturée sur la caméra de la vidéosurveillance. Il n'y a pas de doute. Le type au chapeau qui a déposé Eva à l'hôpital est celui qui a assassiné cet homme à Barcelone.

Au moins, la vie réelle lui rappelle qu'il sert encore à quelque chose.

— Voici vos comprimés, madame, dit l'infirmière.

Eva sourit avec tristesse, le visage tourné vers la fenêtre. Elle se rappelle avec quelle facilité se colorent les hautes pommettes bien rasées d'Otto. Bientôt, il viendra la chercher, frappera à la porte, refermera derrière lui sans lâcher la poignée et s'assoira à côté d'elle sur le lit. Il sera beau dans son costume d'été beige, avec son visage bronzé de touriste, comme s'il sortait tout droit d'un roman de Fitzgerald. Il sentira la pomme, une odeur agréable qui va du cou jusqu'aux mains, se penchera et lui embrassera l'épaule, tandis que deux doigts se poseront au départ de sa hanche. Instinctivement, Eva se reculera et lui, vexé, se raclera la gorge et se redressera. Sa première démarche sera de s'assurer qu'elle ne fera pas de scène à son retour. En bon Allemand, il a du mal à s'habituer à la franchise, souvent brutale, d'Eva. Il ne comprend pas ce besoin méditerranéen de mettre noir sur blanc ce qui saute aux yeux. Il est non moins terrifié à l'idée que les gens puissent prendre son épouse pour une folle dépressive. Comment Eva a-t-elle pu tomber amoureuse d'une personne de ce genre ? En réalité, la question est beaucoup plus troublante :

— Comment as-tu pu tomber amoureuse d'une personne comme moi ? murmure-t-elle dans l'obscurité.

La mort d'Amanda n'avait fait qu'accélérer la fuite en avant d'Eva.

Tous deux avaient des amants depuis longtemps. D'après ce qu'Eva savait, depuis leur mariage Otto en avait eu au moins quatre. L'une d'elles, une certaine Jane, d'origine néo-zélandaise, avait été son véritable amour. Suivit une succession de noms et de physionomies qui ne visaient qu'à reproduire cette fille qu'Eva n'avait jamais rencontrée. Otto se lassait des femmes comme des voitures ou des chevaux. Il avait besoin de sauter de l'une à l'autre comme si elles étaient des pierres permettant de traverser un fleuve noir et tumultueux. Si son épouse voulait s'abandonner à une tristesse implacable, il fallait la traiter par la chimie et, en dernier recours, par l'ostracisme. Eva lisait sur son visage qu'il n'aurait pas été gêné de l'envoyer dans une clinique psychiatrique en Suisse ou à l'autre bout du monde, ainsi n'aurait-elle pu nourrir le qu'en-dira-t-on.

Il ne leur reste qu'à divorcer et peut-être à sauver une certaine tendresse et la camaraderie de deux bons amis qui, bien que très différents, se vouent une affection sincère. Mais pour Otto comme pour le père d'Eva, cette solution est impensable. Il y a des choses qu'on ne peut mesurer à l'aune subjective des émotions. Son époux est déjà trop important dans le système implacable des entreprises Malher.

Et elle ? Quel pouvoir de décision a-t-elle ? Prendre les comprimés qu'on lui a tendus il y a un moment. Eva les avale un par un, avec une gorgée d'eau, sous le regard attentif de l'infirmière qui approuve d'un hochement de tête, comme si Eva était une gentille petite fille obéissante. Comment Eva est-elle arrivée à ce degré de prostration, d'indolence vis-à-vis de son propre sort, c'est incompréhensible. Mais c'est arrivé. Otto sait qu'elle couche avec d'autres hommes, et il ne dit rien. Elle sait qu'il couche avec d'autres femmes, et elle se tait. Voilà où ils en sont arrivés : à l'indifférence.

Elle se rappelle leur dernière rencontre, à la mi-avril. Daniel n'existait pas encore, ni Punta Caliente. Le père d'Eva donnait une fête dans sa propriété, et Otto était venu la voir. À l'époque, ils faisaient déjà chambre à part :

— J'aimerais que tu portes ta robe crème foncé. Elle te va très bien.

— La robe crème foncé, répéta-t-elle machinalement.

Avec une méchanceté minuscule, le caprice d'une personne qui ne sait plus comment se rebeller, Eva se présenta à la fête avec un chemisier mauve à col large et un pantalon en soie vaporeuse assorti à de jolies sandales tissées à la main en Inde. Sans maquillage, les cheveux en arrière, de simples pendants de perles aux oreilles et un bijou argenté suspendu à un lacet en cuir. Le choc fut immédiat. Quand elle apparut en haut de l'escalier, le volume des murmures baissa sensiblement et tous les regards se tournèrent vers elle. Habituée depuis son enfance à être le centre d'attention, elle n'en éprouva aucune gêne. Cependant, cette fois c'était différent. Elle ressentit une intensité désagréable, qui jugeait.

C'était la première fois depuis l'enterrement d'Amanda qu'elle apparaissait en public. Elle devait se montrer prête à être de nouveau acceptée dans le cercle des vieilles amitiés familiales un peu rances. Les autres étaient prêts à fermer les yeux sur ses lubies et ses scandales – c'étaient les mots qu'ils utilisaient en catimini –, à fermer les yeux sur ses excès avec légèreté, à condition qu'elle donne une preuve, simple mais évidente, de faiblesse. Mais Eva promena sur ces visages dans l'expectative un regard de défi. Ils attendaient une femme diminuée, une sorte de dame qui rentre transformée après une longue retraite dans un couvent, une bête domptée en définitive, et ils découvraient au contraire une femme fatiguée, certes, amaigrie et un peu vacillante – l'emprise des médicaments –, ayant perdu le puissant éclat qui auparavant irradiait de sa personnalité, mais qui était très loin de vouloir se flageller en public.

— Comme tu es jolie !

— Merci, papa.

Eva chercha Otto du coin de l'œil et croisa son regard déçu. Cette ridicule robe crème foncé, il ne la reverrait jamais sur sa peau, et il était prié de considérer cela comme une déclaration d'intention.

Le patriarche n'a jamais su comment affronter l'existence de sa fille. Esteban Malher, un maître du subterfuge, était déconcerté par l'attitude d'Eva. C'est sans doute pour cette raison qu'il avait organisé cette fête.

Eva allait de groupe en groupe, comme si elle glissait sur une piste de ski les yeux fermés. C'était parfois amusant, voire stimulant. Elle était le centre de tout, et en même temps elle se savait hors de cette pantomime. Alternativement surveillée par son père et par Otto, elle n'avait pour ainsi dire pas besoin d'exprimer des opinions ; il suffisait d'un sourire, d'un battement de paupières, d'un léger mouvement du cou ou d'une oscillation de son beau corps pour que tout se remette en place. Mais à l'intérieur Eva tombait dans le vide, tendait les mains et implorait qu'on la sauve. Personne n'écoutait son cri désespéré, caché sous son sourire précieux et précis.

La fête se déplaça sur la terrasse. Autour de la piscine, couverte de fleurs et de voiles flottantes, avaient été disposées deux douzaines de tables entourées de chaises, élégamment couvertes d'un tissu bleu. Les jardiniers avaient apporté une grande variété de fleurs, de pots et de paniers aromatiques : roses blanches, azalées, jasmins, arums, créaient une impression de calme en harmonie avec l'orchestre qui jouait sous une petite tente, dos à la mer. Trois musiciens, deux violons et un violoncelle. Ils interprétaient Bach, mais personne ne leur prêtait attention.

Bientôt, tout le monde fut persuadé qu'Eva Malher était enfin revenue. Elle aussi, gagnée par l'euphorie ambiante, partageait cette conviction.

Jusqu'au moment où elle vit Ibarra, appuyé à la rambarde. L'inspecteur récemment promu écoutait d'un air songeur le trio à cordes qui égayait la soirée. La *Suite* n° 3, un mouvement éthéré d'une grande intensité qu'il accompagnait d'un léger balancement de la tête. Les gens passaient tout près, le frôlaient ou s'arrêtaient, le cachant à sa vue, mais il était comme invisible. Eva se faufila entre les invités qui s'interposaient entre eux. Leurs regards se croisèrent. Ibarra lâcha la rambarde et descendit l'escalier latéral de la terrasse, en direction des marches de pierre vive qui menaient à l'embarcadère et à la crique. Il avançait sans se presser, sans même se retourner pour s'assurer qu'Eva Malher le suivait. Quand celle-ci le rejoignit, Ibarra observait le léger ressac sur ses pieds nus, enfoncés dans l'eau jusqu'aux chevilles. Le soleil, qui avait viré au rougeâtre, une simple fulgurance, dessinait une couche de feu sur sa silhouette. En haut, la fête et l'orchestre n'étaient plus qu'un murmure.

— Je ne m'attendais pas à te voir ici.

Ibarra lui lança un regard en coin.

— J'ai reçu l'invitation, mais ce n'est qu'au dernier moment que j'ai décidé de venir. Je voulais prendre congé.

— Prendre congé ?

— Ma demande de mutation a été acceptée. J'ai besoin de m'éloigner de tout ce qui s'est passé. Mon épouse et mon fils supportent mal la célébrité. Je rentre au pays, à La Corogne.

Eva avança aussi dans l'eau, pieds nus, et tous deux se retrouvèrent liés par le même reflux continu.

— Et tu crois que là-bas tu pourras repartir de zéro ?

— Comment le vent traverse-t-il les fenêtres fermées, Eva ? répondit Ibarra, toujours sans la regarder.

Eva s'immobilisa et releva lentement la tête en fixant le coucher du soleil. La couleur de ses yeux se décomposait en reflets multiples.

— On me dit qu'il faut oublier, comme si on pouvait saisir les sentiments, les essorer et les jeter à la mer. C'est ce que cette fête prétend mettre en scène. On me pardonne, on m'ouvre les bras et on m'accueille. En échange, on s'attend à ce que je m'amuse, que je redevienne la grande fille capricieuse que j'étais. Mais qu'adviendra-t-il de nous ? Qui va accueillir "nous" ?

En recourant à la première personne du pluriel, Eva incluait Ibarra. L'inspecteur lui caressa la main. Après la mort d'Amanda, plus rien ne serait pareil. Ils étaient seuls. Et quand ils seraient loin l'un de l'autre, cette solitude deviendrait définitive. L'inspecteur releva la tête et se tourna vers la terrasse. Otto descendait l'escalier, l'air visiblement soucieux.

— Ton prince vient te récupérer.

Eva esquissa un sourire rageur. Mais ses lèvres retrouvèrent aussitôt l'uniformité d'un horizon, d'une statue.

Ibarra l'embrassa doucement sur la joue.

— Essaie de vivre, Eva. Trouve le moyen d'y parvenir.

La voix d'Otto appelant Eva se rapprochait de plus en plus. Elle décida d'aller à sa rencontre ; elle ne voulait surtout pas qu'il la voie seule avec Ibarra.

— Qu'y a-t-il ? Ton père te cherche.

Gênée, Eva écarta la frange de son front. Sa main tremblait.

— Rien, j'avais besoin d'une minute de calme.

Otto lança un coup d'œil vers le rivage, au-dessus d'elle.

— Ce type qui s'éloigne, n'est-ce pas l'inspecteur Ibarra ?

Eva se retourna. Le dos d'Ibarra était un point minuscule, mais ses empreintes persistaient dans le sable humide, en direction des rochers.

Le haut-parleur de la salle d'attente déverse une masse d'informations qui engendrent une vague de mouvements spontanés. Ceux qui attendent se plaignent, pas de façon violente, presque par obligation. La passivité assoupie revient lentement. Ibarra cherche des pièces dans sa poche et va à la machine à café. Hypnotisé, il regarde le goutte-à-goutte noir dans le gobelet en plastique en se massant le cou. Il a envie d'aller fumer, mais il n'a plus de cigarettes. Le café est trop chaud et lui brûle les doigts. Il se rassied, avale une gorgée au risque de se brûler la langue, et étudie les rapports qui accompagnent la photographie en noir et blanc qu'on lui a envoyée par fax de Barcelone.

D'après les enquêteurs, la victime tuée par balles s'appelait Oliverio Pellegrini. Soixante-dix-sept ans, né à Lihuel Calel, dans la Pampa argentine. S'il n'avait pas été assassiné, il aurait eu soixante-dix-huit ans dans trois jours. D'après le rapport, aucun antécédent pénal. Un paisible retraité. Mais on ne descend pas de deux balles dans la nuque un retraité qui donne à manger aux pigeons, en plein jour, dans une rue centrale de la cité comtale. Ibarra revoit l'image qui a tourné en boucle toute la journée et une partie de la nuit à la télévision.

— Qui as-tu pourri pour qu'il te fasse une chose pareille, Oliverio ?

D'après le rapport, Oliverio a une fille. C'est elle qui a prévenu la police de la disparition. Laura a utilisé sa propre clé pour entrer dans l'appartement de son père après avoir sonné plusieurs fois à la porte sans obtenir de réponse. Les stores étaient baissés et la fenêtre de la chambre, la seule qui donnait sur l'extérieur, mi-close. Le lit était fait n'importe comment ; il y avait un pantalon sur la chaise et une page manuscrite à côté de ses lunettes, sur la table de nuit.

Ibarra consulte sa montre. Ironie : pendant que Laura dénonçait la disparition de son père, la plupart des chaînes de télévision offraient l'image de son exécution en pleine rue barcelonaise. Et, quelques heures plus tard, l'individu soupçonné d'avoir tiré déposait à la porte des urgences d'un hôpital de La Corogne une femme massacrée, qui s'avérait être Eva Malher, la mère d'Amanda, la fillette assassinée par l'homoncule qui avait fait d'Ibarra un assassin et un suicidé potentiel. Ironie, oui. Mais qui peut comprendre les ironies de la vie et le sens pervers de l'humour de l'univers ?

"Il est temps, se dit-il en se dirigeant vers la chambre d'Eva, de donner un sens au chaos."

Eva observe distraitement l'infirmière qui vérifie le goutte-à-goutte et prend sa température.

— Vous allez mieux ?

Elle est toute jeune. Elle s'appelle Ana, comme l'indique la petite plaque accrochée sur sa poitrine exagérément lourde. L'infirmière finit son travail avec diligence et s'apprête à quitter la chambre. Elle se retourne un instant et l'éclat inquisiteur de son regard la trahit. "On le sait déjà, pense Eva. On sait qui je suis."

Seule dans le silence de la chambre, elle entend les plaintes de son corps endolori. Malgré tout ce qui est déjà arrivé, et va encore arriver, elle se sent reliée à Daniel par une infinité de petites membranes invisibles, constituées d'une essence qui se passe des mots, qui se nourrit exclusivement de gestes et de regards. Ils n'avaient besoin de rien d'autre pour ressentir une communion difficile à expliquer, même s'il y avait chez Daniel des failles qu'elle feignait de ne pas voir. Maintenant, elle remarque dans l'innocence de ses gestes, de ses actes, quelque chose de calculé, de prévisible. Un être pur et nocturne qui criait quelque chose à l'intérieur. Mais aussi quelqu'un qui se figeait dans l'argile quand le soleil du matin l'effleurait. Elle aurait dû deviner ce qui se passerait quand Daniel l'a emmenée au phare de Punta Caliente et qu'Eva a vu ces bustes sans yeux. Son propre visage, sans regard, décharné, sans nuances, sans consistance ; une nature morte désolée, âpre et dure. Un résumé de soi-même dépourvu d'adjectifs qui déguisent ou cachent imperfections et maladresses. Que de talent gâché ! Que de choses merveilleuses peut-on faire avec les mains ! Et que de choses horribles avec l'esprit !

Elle devine la présence d'Ibarra à la porte. L'inspecteur semble fatigué, le nœud de cravate desserré, une liasse de paperasses sous le bras. Il a un regard de reproche, peiné ; il se sent trahi. Trahi par elle. Il s'approche du lit et lui tend le dessin du visage de Mauricio.

— C'est le moment de laisser tomber les demi-vérités et les demi-mensonges, Eva.

Eva regarde le portrait de Mauricio. Elle le reconnaît à peine sans la barbe, ces racines cicatrisées semblent naître des lèvres et s'étendre comme un lierre mort.

— Tu aurais dû m'écouter, Germinal. Prévenir mon père, prendre l'argent et rentrer chez toi auprès de ton fils et de ton épouse. Mais tu es un homme décent, n'est-ce pas ?

— Je ne vois pas de quoi tu parles. Je ne suis pas un homme décent, ni un policier prodigieux, ni un être extraordinaire, je n'ai même pas su être un bon père ou un bon époux.

Ibarra a passé sa vie à disputer férocement son droit de vivre au présent sans les traumatismes de l'enfance, dans le seul espoir d'être un vieux sans peur, sans culpabilité. Mais Amanda est apparue, et son petit corps a ravivé le souvenir des violences qu'il avait subies, de la méchanceté souillant ce qu'il y avait de bon en lui. Et sont revenues la haine et la rage, puis le désir irrésistible de tuer l'homoncule, et ainsi d'en finir avec tous les homoncules du monde. Puis son incapacité à supporter ce qu'il a fait, ce qu'il est devenu ; son impuissance à se faire sauter la cervelle.

— Je veux savoir qui est cet homme. Quel rapport avec toi et avec ce qui s'est passé cette nuit ?

— Ce qui s'est passé cette nuit a commencé il y a trois ans, quand j'ai perdu Amanda. Ou peut-être avant, quand j'ai décidé d'épouser la mauvaise personne… Ou peut-être même dans cette ferme de Bolivie, quand j'ai vu les mains coupées de Che Guevara. On ne sait jamais quand commencent les choses, jusqu'où remonte la racine qui les nourrit. Je ne peux même pas savoir si ceci sera l'épilogue ou simplement une étape.

— Je ne suis pas d'humeur à divaguer, Eva. D'ailleurs, toi non plus ! grogne Ibarra.

Eva regarde encore le dessin de Mauricio. Il ressemble vaguement à Daniel, surtout dans les yeux. Des yeux de puits, diamants obscurs à la surface infranchissable.

Pendant une heure, Eva Malher lui parle de Dolores, de sa fille Martina, de l'incendie chez Daniel, de son frère Julio, de Mauricio, de la Roussotte, d'Oliverio. Elle parle de façon heurtée, elle mélange les épisodes, les découvertes, les impressions, les certitudes et les soupçons. Elle espère que l'inspecteur la comprendra ; elle se justifie, s'admoneste et se redonne courage. Elle veut être honnête, mais cette honnêteté se traduit par des hésitations et des propos qui, en définitive, sont inefficaces. Elle ne dit à aucun moment qu'elle regrette de ne pas avoir renoncé à ce tourbillon, elle ne reconnaît pas non plus qu'elle est tombée amoureuse. Finalement, elle conclut qu'il ne lui est pas possible de comprendre la nature de cette relation – si on peut l'appeler ainsi –, ni ses causes et conséquences. Elle avoue son impuissance à rester insensible, et en même temps à salir ces sentiments par des mots.

Elle lui raconte aussi comment elle savait que Germinal était là, à La Corogne.

— Je t'ai vu un jour, il n'y a pas longtemps, tu te promenais en famille.

» J'étais allée passer la journée à La Corogne. J'avais besoin d'être seule et de réfléchir, loin de Punta Caliente. Tu sais, Dolores, Daniel, Mauricio… Je me suis garée près de la place de María Pita et j'ai décidé de me balader en regardant les miradors sur les façades. Peu après, je me suis assise sur un banc du bord de mer. J'ai entendu des rires. C'était une famille. Un homme, sa femme et celui qui devait être leur fils. L'enfant riait d'une drôle de façon, sans honte. C'est alors que je t'ai vu.

— Pourquoi ne m'as-tu pas dit bonjour ?

— C'était ma première impulsion. Mais quelque chose m'a retenue. Je ne savais pas si tu me reconnaîtrais. En trois ans, on peut beaucoup changer.

Lui, en revanche, était resté le même, à en juger par sa démarche et son profil quand il se retourna pour embrasser sa femme au coin des lèvres. Un baiser rapide, une caresse qu'elle accueillit comme une compensation, peut-être voulait-il se faire pardonner un mot qui l'avait agacée. L'épouse était un peu plus petite que lui, une femme simple à la démarche paisible, détendue. Elle avait ce genre de coiffure qui persiste encore quelques jours après être allée à une noce, la frange ondulée, les cheveux crêpés à l'arrière, une teinture en blond. Elle était jolie, une beauté décontractée, sans ostentation ni maquillage. Le garçon papillonnait autour d'eux, attirait l'attention du père, puis de la mère, s'accrochait à leur bras, parlait tout haut en captant le regard de ceux qu'ils croisaient. Il suscitait parfois des sourires muets et ironiques, en raison de son air d'elfe.

— Je te croyais remis, je pensais que tu avais trouvé des raisons de te raccrocher au train de la vie. Et peut-être ne voulais-tu pas qu'on te rappelle ce qui s'était passé. Que pouvais-je faire ? Te dire "Salut, Germinal, c'est moi, Eva" ?

Aussi les laissa-t-elle s'éloigner, sans s'immiscer dans cette promenade où ils semblaient heureux.

Et Eva se tait. Consciente qu'elle est en train de transformer la réalité en littérature.

— Tu vas croire que je suis une femme frivole qui se laisse emporter par un désir qu'elle n'aurait jamais dû laisser affleurer.

Ibarra tourne autour du lit, hésitant. Il tapote légèrement le dossier policier contre son pantalon, comme si, au milieu d'un carrefour, il devait suivre son intuition pour prendre la bonne direction.

— Tu savais que Mauricio Luján est soupçonné d'avoir assassiné Oliverio ce matin à Barcelone ?

Eva secoue la tête lentement.

— C'est impossible. Il ne ferait pas une chose pareille.

Ibarra la regarde dans les yeux, cherche un interstice par où s'introduire dans son esprit.

— Comment peux-tu en être aussi sûre ?

— Parce que je le connais.

L'inspecteur laisse échapper un petit ricanement.

— Aussi bien que Daniel ?

Le regard d'Eva se noie. L'inspecteur se sent honteux.

— Excuse-moi… Mais ce que tu viens de me raconter est tellement étrange…

Eva semble inquiète.

— Mais c'est la vérité, Germinal. Et maintenant que tu la connais, que vas-tu faire ?

Ibarra fixe la fenêtre.

— Je vais aller à Punta Caliente. Il n'est peut-être pas trop tard. Ensuite, j'en référerai à mes supérieurs. Je vais essayer de ne pas t'impliquer.

— N'essaie pas, Germinal. Rien ne t'y oblige.

Non, bien sûr que rien ne l'y oblige. Mais il va le faire.

— Je suis encore policier…

Il regarde Eva autrement. La femme prostrée dans le lit a tout l'air, en réalité, d'être une silhouette inconnue. Ibarra secoue la tête. Il n'y a ni critique ni préjugé. Juste de la curiosité.

— Quand on pense à tous les hommes disponibles en ce monde, pourquoi un garçon de dix-sept ans ? Pourquoi lui donner, à lui, ce que tu as refusé à tant d'autres ?

Elle ferme les yeux. À quel moment tout s'est-il mis à aller de travers ?

Quand Ibarra s'en va, Eva regarde le reflet de la lune sur la fenêtre. L'obscurité perd de sa densité. Elle est encore présente, épaisse, mais le contour des immeubles reprend vie. L'aube est proche.

Elle appuie sur sa sonnette et quelques minutes plus tard apparaît la même infirmière, Ana, celle qui a une grosse poitrine et de l'acné, et qui a du mal à dissimuler son petit rire bête, maintenant qu'elle semble sûre de l'identité de l'illustre malade. Elle rêve peut-être d'une minute de gloire. "Oui, j'ai soigné les blessures de Mme Malher." "Oui, bien sûr qu'elle m'a avoué des choses, mais cela reste entre nous." Peut-être caresse-t-elle l'espoir d'une émission de télé poubelle ; où tout le monde se moquera de savoir si ce qu'elle dit est vrai ou faux.

— Il faut que je joigne mon père. Tu peux me trouver un téléphone ?

14

Costa da Morte, samedi 14 août 2010

Un recoin au fond d'elle secoua Dolores devant la porte fermée. Ses mains tremblèrent et elle les pressa contre elle pour leur donner le courage d'ouvrir.

— Dix ans… murmura-t-elle, et sa voix dérapa, comme si chaque mot ployait sous l'absence des minutes et des heures, comme si revenaient les nuits rêvant de choses terribles, les moments où son cœur sursautait au moindre bruit dans la maison, l'intuition que sa fille était, d'une certaine façon, proche, toute proche, et l'observait. Espérance, acceptation, rejet, l'oubli impossible, le regard mélancolique quand elle voyait le facteur passer sans s'arrêter… Toutes ces sensations que Dolores avait connues au cours de ces années. Les visites à la police qui s'étaient espacées, jusqu'au jour où elle avait compris l'inutilité de persister à demander si l'enquête avait progressé.

Dix années s'étaient écoulées depuis la disparition de Martina.

Le temps était tapi dans cette chambre. Un temps aux nuances violacées, souvent le déguisement de la mélancolie. Le papier peint rose avait des motifs enfantins, et le lit, en pin, était recouvert d'une courtepointe bleue. Sur une étagère était alignée une collection de poupées en porcelaine qui auparavant étaient sur le lit. Tous les soirs, Dolores les prenait une par une, rajustait les volants des robes, les coiffait et les remettait à leur place.

Elle s'assit et caressa le dessus-de-lit avec une immense tendresse, comme si c'était le corps de sa fille, Martina, tournée du côté gauche, l'épaule hors des draps, quand elle pouvait encore entrer le soir, s'asseoir et la regarder dormir, caresser ses cheveux noirs, lui murmurer une vieille chanson en portugais et écouter sa respiration tranquille.

Il était difficile de se rappeler comment était la vie, avant, la jeunesse de Dolores, son poste d'adjointe du professeur Antunes à l'université catholique de Lisbonne. Elle n'était encore ni sa maîtresse ni son épouse. La noce à Nossa Senhora dos Mártires et le banquet pour cent cinquante invités au mirador de Graça vinrent plus tard, quand elle était enceinte de Martina, une grossesse que ne dissimulait pas la belle robe de mariée que lui avaient achetée sa mère et ses sœurs. Ceux qui l'avaient connue à cette époque disaient qu'elle était une belle jeune femme promise à un grand avenir dans l'enseignement supérieur. Personne ne comprit qu'elle épouse Antunes. Au bout de tant d'années, Dolores ne le comprenait pas non plus.

Son mari était toujours habillé en sombre, ce qui allait bien avec son air pensif et ses petits yeux cachés derrière d'épaisses lunettes. Antunes avait peu de cheveux au sommet du crâne et, pour compenser, il les laissait pousser jusqu'aux épaules. Il aimait entretenir l'image de poète maudit, de génie tourmenté par les routines universitaires. Il était peu communicatif, comme si ses souffrances intérieures avaient ruiné l'espoir qu'on puisse le comprendre. Parfois, il regardait Dolores comme s'il ne voyait que le seuil vide d'un horizon diffus. Il avait presque trente ans de plus qu'elle. Cette apparence de génie désemparé, d'artiste injustement condamné à l'ostracisme, était justement ce qui l'avait séduite, et elle mettrait du temps à comprendre que ce désarroi n'était autre qu'une stratégie d'Antunes. Qui l'aidait à se supporter. Le prétendu tourment de son époux n'était pas le résultat d'une grande âme comprimée par un monde injuste envers ses génies, mais un malheur banal, dépressif, domestique et stérile. Et donc dépourvu de tout romantisme. Ses plaintes étaient vaniteuses ; ses doutes purement matériels ; son insatisfaction, un complexe à l'état pur. Quant à ses silences, existentialistes en apparence, c'étaient de simples vides sans réflexion. Avec lui, la vie devint un exercice de cohabitation efficiente et ordonnée, couleur rouille. Après son mariage, Dolores n'avait aucune raison de partir, ni de rester, et c'était sans doute la meilleure raison de le quitter. La naissance de Martina fut le seul événement qui donna un sens à ce mariage. Dolores s'installait devant la fenêtre pour lui donner le sein, pendant que la musique de Bach ou de Haendel remplissait le petit appartement. Antunes travaillait dans son tabernacle saturé de fumée, sur sa machine à écrire Olympia ; Dolores l'entendait grogner, jurer et arracher rageusement les feuilles du chariot, mais elle s'en moquait. Elle était concentrée sur sa fille, sur la douleur du mamelon coincé entre ses lèvres, elle sentait sa présence et pensait à leur avenir à toutes les deux.

Sur la place bordée d'auvents, il y avait un arbre au tronc tout blanc où les pigeons roucoulaient et lançaient des razzias sur les tables des terrasses remplies de touristes. Elle aimait cet arbre de cinq ou six mètres de haut, sans feuilles, que la mairie revêtait de lumières et de guirlandes colorées à Noël. Quand il gelait, au matin, les guirlandes étaient raides comme des stalactites et clignotaient avec des éclats magiques. Quand Martina entra dans sa cinquième année, la place fut réveillée par le vacarme des scies ; les meubles de l'appartement furent recouverts de poussière : les employés municipaux débitaient l'arbre en morceaux qu'ils chargeaient sur un camion. Ils laissèrent la place jonchée de sciure, et un vide étrange à l'emplacement de l'arbre. C'était un signe. L'arbre était mort de l'intérieur, disait-on. Le lendemain matin, Dolores prit sa fille et un petit sac de voyage, et annonça à Antunes qu'elle le quittait. Il était en train d'écrire et tourna à peine la tête, ses lunettes sur le front, les yeux irrités par la fumée de ses cigarettes.

— Tu ne peux pas faire ça, dit-il enfin quand il put sortir une seconde des chimères dans lesquelles il vivait, et comprendre ce qui se passait.

Dolores eut de la peine pour lui et pour les années perdues.

Cinq autres années s'écoulèrent. Pendant tout ce temps, elle sillonna la Péninsule entière sans trouver un lieu à s'approprier. Villes et hommes passaient sans rien laisser en elle qui mérite d'être définitif. Dans certains endroits, elle crut qu'elle pourrait repartir de zéro, mais Antunes finissait par les retrouver et la supplier.

— Je suis un homme nouveau, j'ai enfin compris.

Mais il n'y avait rien à comprendre, à part ce qu'il se refusait à accepter. Les plaintes pour harcèlement et les fuites se succédaient, et elle essayait toujours d'effacer les traces de son passage pour qu'il ne puisse les retrouver.

Jusqu'au jour où, au début de l'an 2000, elle vit cette petite annonce dans un journal local galicien qui demandait une institutrice pour l'école rurale avec une bonne connaissance des langues, dans un village sur la Costa da Morte. Cet endroit était au bout du monde, et c'est ce qui la décida. Elle se dit que là-bas, elle aurait peut-être la chance de trouver un foyer et une vie.

Leur arrivée à Punta Caliente fut triste. Mère et fille déposées à l'arrêt du car, sur la route départementale, sous un parapluie noir qui les protégeait de la neige qui commençait à tomber. Dolores regarda le car s'éloigner dans la brume, et résista à la tentation de courir après lui avec Martina. En traversant la route, elle crut passer d'une pièce à une autre plongée dans l'obscurité, en tâtonnant pour ne pas trébucher. Mais cette obscurité était laiteuse, il fallait écarter d'épais rideaux de brume qui empêchaient de voir à plus d'un mètre. Au-delà de la brume, on entendait les cloches de l'église et, très haut, le cri des mouettes. Il y avait des odeurs de mer et de poisson, de filets qui sentaient le pourri et le goudron. À tâtons, comme une aveugle qui ne connaît pas les volumes qui l'entourent, Dolores pressa l'épaule chétive de Martina et s'avança vers sa nouvelle vie. De l'autre côté l'attendait un profil compact et solide qui portait un bonnet de laine et un manteau taché d'huile desséchée. Il avait les mains dans les poches et était appuyé sur le capot d'un vieux tacot délavé.

Cette première rencontre avec Julio, le frère de Daniel, fut étrange et silencieuse. Les gens de mer ne parlent pas beaucoup, tout est dans leur regard. Direct, dur et franc, comme la main qui serra la sienne et prit sa valise après avoir jeté un coup d'œil sur elle et sa fille sans exprimer la moindre émotion.

— Vous êtes la nouvelle institutrice.

Ce furent ses premiers mots, insipides ; rien à voir avec les chuchotements et les histoires qui plus tard rempliraient leurs nuits, fumant à l'abri des couvertures pendant qu'il pleuvait dehors ou que le vent soufflait en tempête. Des mots tendres, des inflexions d'une intelligence pleine d'émotion et des vies secrètes qu'elle finirait par connaître comme personne. Sans le savoir, Dolores aimerait par-dessus tout ce regard pénétrant, ces mains calleuses et cette odeur de poisson que le savon et la brosse n'effaçaient même pas.

Ils montèrent dans le véhicule. Sur la banquette arrière, il y avait un enfant de sept ans environ.

— Voici mon frère, Daniel.

L'enfant et Martina s'observèrent comme deux chiots qui viennent de se cogner le museau. Dolores se rappelait ses grands yeux et ses sourcils chassieux. Il salua timidement, quêtant l'approbation de son frère aîné.

— J'aime bien les billes, dit-il en guise de bienvenue, sortant de sa poche une poignée de ces petites boules en verre qui devaient être son trésor le plus précieux.

Il les montra à Martina et l'invita à prendre celle qui lui plaisait le plus. Martina en choisit une – la japonaise –, une bille blanche avec des filets marron et bleus qui rappelait la surface d'une planète gelée avec des taches solaires. Daniel battit des paupières, regrettant sans doute son geste généreux. Son frère approuva.

— Bon goût, c'est la préférée de Daniel.

Le petit esquissa un sourire timide auquel Martina répondit par un regard suffisant. À compter de cet instant, ils devinrent inséparables.

Les semaines, les mois passèrent. Au bout d'une année, pas de nouvelles d'Antunes. Avec un subtil et lent apprentissage, Dolores découvrit les routines de la nouvelle vie, le calme de Punta Caliente et la cohabitation avec les habitants, qui cessèrent d'afficher une méfiance intriguée devant la nouvelle venue et sa fille, et acceptèrent progressivement sa présence. Grâce à elle, la vieille école acquit une vie nouvelle : on planta le champ qui l'entourait d'arbres fruitiers, on apporta un tableau noir tout neuf, les étagères furent réparées et remplies de livres, on peignit les murs et on répara la chaudière. Ce lieu et les enfants devinrent le centre de son existence. Pendant ces premiers mois, le frère de Daniel fut son meilleur protecteur. Dolores le voyait arriver certains soirs à l'école, et elle reconnaissait sa démarche particulière, un peu penché en avant, le regard en biais qu'au début elle avait pris pour un scepticisme bizarre chez quelqu'un d'aussi jeune. Il avait toujours quelque chose sous le bras : un pot de peinture pour la cloison, du fil de fer pour réparer la grille, un siphon pour l'écoulement du lavabo. Il se retroussait les manches, glissait son bonnet de laine dans sa poche et se mettait au travail avec l'énergie d'un colon qui construit sa maison sur une terre inconnue. Il avait une profondeur tranquille qui n'avait rien à voir avec les tourments artificiels d'Antunes. Ses conversations collaient au réel, et ses jugements n'avaient rien à voir avec les entéléchies forgées dans la tête, au contraire elles s'étaient frottées au quotidien. Les qualités de la vie – sa dureté ou son aménité – s'adaptaient au temps, au paysage, à la pêche, à une blessure, à un filet troué, à une bonne matinée à la mer, à la mort d'un ami dans un naufrage, au soulagement d'échapper aux patrouilleurs des Douanes quand on avait un chargement de tabac. Le monde était un tout, et il vivait sans philosopher sur le sujet. Il se contentait d'en faire partie. Quand Dolores lui lisait un paragraphe ou lui demandait d'écouter un morceau classique, il cachait à peine son scepticisme, l'emmenait à bord du *Nicosia* et lui demandait de fermer les yeux pour écouter le vent mugir et friser les vagues, ou admirer les plus beaux couchers du soleil.

— La vie est ici, pas dans les dessins ni dans les livres.

Elle tomba amoureuse de lui bien avant d'en avoir conscience, et c'est alors seulement qu'elle déplora les années perdues, vécues dans un état catatonique qui ne méritait même pas le nom d'existence.

Pourtant, il y avait des réalités à Punta Caliente qui ne répondaient pas à l'enthousiasme fervent des avancées de l'époque, des réseaux sociaux, loin de ses murs invisibles. Il y avait des clés secrètes de cohabitation qui définissaient le prudent mais solide battement du cœur de cette communauté fermée à l'extérieur. Tout était scruté, tout était su, et une mère divorcée avec une fillette de douze ans devait se protéger des regards ironiques, des déceptions qu'elle découvrait parfois dans un geste hostile en allant faire les courses, dans les murmures malintentionnés de quelques visages ambigus, sur les bancs de l'église en pleine messe. À Punta Caliente aussi, il y avait des monstres cachés qui vivaient dans les marais. Cependant, peu lui importait cette clandestinité à demi dissimulée, elle avait les escapades furtives certains week-ends, les rendez-vous en pleine nuit qu'elle attendait comme une gamine de quinze ans, quand Julio sautait la grille de sa maison pour passer la nuit avec elle et repartir avant l'aube.

La seule chose qui troublait ces moments, c'était le soupçon soudain, comme un pincement, qu'Antunes œuvrait quelque part pour couper ce fil ténu. Parfois, Dolores se réveillait en sursaut à côté du frère de Daniel et se précipitait à la fenêtre, avec une douleur abstraite dans la poitrine.

— Que t'arrive-t-il ?

— C'est mon mari, sa présence. J'ai peur.

Antunes était là, il l'épiait et s'annonçait comme la brise qui annonce la tempête qui se forme et ne va pas tarder à se déchaîner.

— Calme-toi, tant que nous sommes ensemble il ne t'arrivera rien.

Dolores secouait la tête et revenait dans la tiédeur du lit, contre le corps du frère de Daniel, et elle se collait à ses formes pour se sentir à l'abri.

Daniel était très différent de son frère. Dolores observait son visage glacé devant son pupitre, en classe, et elle essayait de comprendre dans quel sens ils étaient unis, car le sang et le lignage, de même que la ressemblance indéniable, ne suffisaient pas à expliquer la nature absolue et inconditionnelle de l'amour qui les unissait. Daniel se réfugiait loin de sa propre intelligence, s'enfermant dans les livres et dans la contemplation d'un monde personnel qu'il ne partageait avec personne. Il donnait l'impression d'être une présence évanescente, un petit esprit blessé qui ne cadrait pas avec ce monde.

Dolores soupçonnait qu'une partie de ce caractère sous coquille était en rapport avec son père, un bavard inconsistant qui éludait toute approche au sujet de Daniel et finissait toujours par parler de lui-même, de ses misères – réelles ou inventées –, d'un passé à Buenos Aires, d'un père en prison et d'une mère disparue sous la dictature argentine. Sans jamais donner de détails concrets, sur un ton d'ivrogne qu'il accompagnait de son haleine fétide. Il concluait ses péroraisons par des commentaires sarcastiques sur la bonté prétendue et la méchanceté manifeste des êtres humains, et parfois il bafouillait un vers en allemand. Dolores finit par comprendre qu'il était né à la fin des années 1950 en Allemagne, où ses parents avaient émigré d'Argentine pour trouver du travail. Il avait rencontré sa femme à Buenos Aires, et l'avait mise enceinte du frère de Daniel. Ils étaient tout jeunes. Avoir des enfants si jeunes, se marier et émigrer vers cette terre qu'il détestait, cela l'avait détruit. Mais pour on ne savait quelle raison, il faisait une fixation sur Daniel. Son regard d'oiseau de proie, assoupi par l'alcool, prenait une vigueur redoutable quand il s'agissait de son fils cadet.

— Vous ne comprenez pas la méchanceté de cet enfant, maîtresse. Mais il ne peut pas m'abuser. Je la lui arracherai à coups de ceinturon, s'il le faut.

Elle ne croyait pas que Daniel fût un démon, ni qu'il y eût une quelconque méchanceté à extirper en lui. Daniel avait besoin de perdre la gravité de l'adulte et de retrouver une légèreté d'enfant. Dolores se dit que Martina pourrait l'aider. Elle avait trois ans de plus que lui, mais ils s'entendaient bien. Cette bille japonaise avait scellé entre eux une alliance inébranlable. Martina avait l'inconscience et l'esprit rebelle qui manquaient à Daniel, et au moins, quand ils étaient ensemble, il feignait d'être un enfant comme les autres. Ils formaient un bon tandem. Daniel l'aidait à faire ses devoirs et Martina lui offrait le monde de sa fantaisie débordante. Un jour elle voulait être astronaute, et si le lendemain elle était moins optimiste au réveil, elle se contentait d'être chanteuse d'opéra ou princesse dans un château en porcelaine de plus de cent chambres. Le plus souvent, elle assignait à Daniel le rôle d'écuyer loyal ou de porteur quand elle irait découvrir l'Afrique. Mais surtout, ils partageaient tous les deux le plaisir de monter jusqu'au *cruceiro* de la falaise et de s'y asseoir pour observer les vols de mouettes, de sternes, de cormorans huppés, de puffins…

— Un jour, nous aussi nous volerons, se disaient-ils.

Ils voulaient être des oiseaux marins.

Et peu à peu le passé devint flou, comme un lieu reculé à évoquer certains soirs d'hiver, quand la pluie tombait sur la toiture en tôle et que les élèves recopiaient la dictée. Dolores finit par se convaincre que la qualité spongieuse de son bonheur était quelque chose de réel à quoi se raccrocher.

— Platero mordillait l'herbe – le piège était là : "herbe" ou "erbe" – rare des palissades – deuxième embuscade : "pallissade" ou "palissade" – à l'ombre…

Les élèves, surpris par le silence soudain de la maîtresse au milieu de la phrase, découvrirent aussi cet inconnu qui avançait lentement entre les pupitres, laissant un sillage ruisselant, comme s'il avait longtemps rodé sous la pluie, et l'empreinte de ses chaussures sur le plancher. Antunes était revenu. Plus vieux, plus avachi, plus obscur que jamais. Il s'était laissé pousser les cheveux et un petit bouc qui lui chatouillait la pomme d'Adam. Il avait une bedaine molle qui lui donnait un air plus petit et ridicule qu'il n'était en réalité. Il s'arrêta au troisième rang, reporta son attention sur le double pupitre en bois le plus proche et esquissa un sourire dégoulinant, pendant que Martina cherchait désespérément sa mère des yeux, sur l'estrade où se trouvait le bureau de la maîtresse.

— Martina, dit l'homme, que la fillette se rappelait vaguement, et il avança une main humide qui caressa ses cheveux.

Martina se retrancha derrière la fragile muraille de Daniel, son voisin de pupitre, mais l'enfant ne put pas faire grand-chose, à part voir cet inconnu venu de l'orage soulever Martina dans ses bras.

— Je suis son père.
— Lâche-la !
Dolores lui avait coupé la route, hors d'elle.
Soudain, la maîtresse tranquille et aimable qui réprimandait sans égards ceux qui utilisaient un vocabulaire grossier criait comme une tavernière affrontant toute la marine américaine. Elle griffa sauvagement le visage de l'homme, qui refusa néanmoins de lâcher Martina. Ils se battirent comme des chiens enragés se disputant une dépouille, des chaises et des pupitres tombèrent. Des enfants pleuraient, d'autres regardaient bouche bée ce qui se passait et les plus âgés souriaient quand ils ne haletaient pas, comme s'ils étaient en pleine bagarre.
Daniel surmonta la stupéfaction initiale, sauta par-dessus les tables et les chaises et, dans une course désespérée, fila chercher de l'aide auprès de son frère. Il espérait que l'état de la mer l'avait empêché d'embarquer. Quand l'orage interdisait de lever l'ancre, les pêcheurs se retrouvaient à O Cafeto, pour jouer aux cartes ou bayer aux corneilles devant un verre de cognac. L'école était à moins d'un kilomètre du port.
Quand les deux frères revinrent à l'école, Antunes traînait Martina vers sa voiture. Comme une ancre qui perdait du terrain, Dolores retenait sa fille par la taille en plantant les talons dans la boue du petit potager piétiné. Les enfants ébahis observaient la scène derrière la fenêtre de la classe. C'est alors que le cri retentit :
— Lâche Martina !
Ce qui arriva ensuite fait partie des légendes inhérentes à tous les lieux. Les coups de pied, de genou, de tête, que le frère de Daniel porta à cet intrus, jusqu'à le laisser à moitié mort dans une flaque qui se teignit de rouge, comme certaines argiles ou comme ces ruisseaux qui descendent des mines de cuivre. Le frère de Daniel l'aurait peut-être réellement tué si le petit ne s'était accroché à ses jambes pour qu'il cesse de frapper sur ce sac d'os qui ne gémissait même plus. Puis vint la garde civile, qui ne se montrait guère en dehors de la saison de la contrebande ; ces policiers connaissaient Julio, il était de ceux qu'ils n'avaient jamais pu attraper, mais ils ne lui en voulaient pas. Entre gens de mer, il y a du respect, et la déposition de Dolores

suffit pour qu'un juge le remette en liberté jusqu'à la date du procès. Antunes fut emmené à l'hôpital, mais son état n'était pas très grave. Une mesure d'éloignement fut prononcée et on lui ordonna de rester localisable jusqu'à ce qu'il soit convoqué par le juge.

Mais cet homme avait d'autres plans.

Quatre jours plus tard, Martina disparut. Elle était allée jouer avec Daniel au *cruceiro*, et ils s'étaient ensuite séparés sur le chemin du village. Le frère de Daniel fut le dernier à les voir ensemble. Martina n'arriva jamais à la maison. D'aucuns affirmèrent avoir vu Antunes rôder dans le village, d'autres assurèrent avoir vu la fillette monter dans une voiture immatriculée au Portugal. Mais à l'heure de vérité, quand la garde civile commença les interrogatoires, il n'y eut plus qu'hésitations, pures inventions ou crises d'amnésie subite. Personne ne voulait être mêlé à une affaire qui, en fin de compte, ne concernait que des étrangers.

Antunes fut arrêté et interrogé, mais il avait des témoins qui affirmèrent qu'il n'avait pas quitté la pension où il était logé, en attente du procès, conformément aux ordres du juge. Ils passèrent sa voiture au peigne fin, utilisèrent des chiens et les techniques modernes des enquêtes scientifiques. Le résultat fut concluant : Martina n'était jamais montée dans cette voiture. Antunes maintint sa déclaration d'innocence, et les enquêteurs ne trouvèrent aucune contradiction. Malgré tout, ils épluchèrent ses appels et ses mouvements bancaires ; ils visionnèrent les bandes de vidéosurveillance du voisinage de la pension, mais durent finalement le relâcher, et le procureur n'y trouva rien à redire. Légalement, il était innocent.

Mais Dolores ne le crut jamais et continua de chercher sa fille, convaincue qu'Antunes l'avait enlevée. Elle s'endetta pour embaucher des détectives privés qui devaient prendre son ex-mari en filature, mais sans résultat. Elle suivit des fausses pistes offertes par des gens qui croyaient l'avoir vue quelque part. Elle créa un site web où elle mit toutes ses photographies ; un dessinateur essaya même de préfigurer comment Martina changeait au fil des années. Dolores refusait purement et simplement d'accepter ce qu'on lui suggérait, que sa fille était morte. Elle alla voir Antunes plus d'une douzaine de fois, et ce dernier lui jura toujours qu'il ne l'avait pas enlevée ce jour-là. Et l'année précédente, apprenant qu'Antunes allait mourir d'un cancer, elle était allée le supplier pour la dernière fois de lui dire la vérité, mais son ex-mari ne varia pas d'un pouce sa version des faits.

Dolores en vint à construire un monde d'hypothèses, dans l'espoir de retrouver sa fille un jour. Elle se demandait comment se passaient ses études – les mathématiques étaient son point faible –, ce qu'elle avait finalement décidé de faire dans la vie, astronaute ou chanteuse d'opéra. Elle imaginait ses copains, ses voyages en été, les meubles de sa maison, quels livres elle lisait ou quelle musique elle écoutait. Ainsi remplissait-elle les lacunes de ses hypothèses, s'hypnotisant avec des détails inventés. Aiguisant ses souvenirs à la pierre ponce, nuit après nuit, toujours pleine d'espoir.

— Tu vas bien ?

Dolores se retourna vers la porte entrouverte. Sur le seuil, Paola regardait la chambre avec un respect plein de révérence.

— Tu es là depuis quand ?

Paola s'excusa.

— Pas longtemps.

Et pourtant, assez pour se rendre compte que dans cette chambre d'enfant se trouvait la clé de la passivité de Dolores, de son immobilisme, et de l'absence contre laquelle elle luttait sans relâche.

— Que veux-tu ?

Paola laissa une fois de plus errer son regard avec une lenteur délibérée sur la collection de poupées en porcelaine alignée sur les étagères.

— Je m'en vais. Je rentre chez moi.

Une esquisse de surprise papillonna sur les traits de Dolores. Elle hocha la tête lentement, sans cesser de la regarder.

— Il est arrivé quelque chose ? Hier encore tu semblais prête à planter tes racines à Punta Caliente.

Elle prononça ces derniers mots avec une ironie évidente, relevant le coin des lèvres pour montrer une partie de sa dentition. Elle ne connaissait que trop bien les raisons de cette décision. Cela ne la regardait sans doute pas, mais elle n'était ni sourde ni aveugle.

— Je crois que Mauricio a raison. Ma place n'est pas ici.

Dolores l'écoutait, imperturbable.

— Et qui a décidé ça ? Ce vieux mélancolique ?

Paola secoua la tête résolument.

— Parfois, il faut savoir se réveiller et revenir à la réalité. C'est tout.

Dolores contempla avec calme les murs de la pièce. Revenir à la réalité ? Où était la carte qui donnait ce chemin de retour ? Les gens surestimaient la réalité. Et personne n'a le droit de vous l'imposer.

— Tu l'as dit à Daniel ?

Paola rougit, mais après tout elle n'avait pas été vraiment discrète au sujet de sa relation avec le jeune homme.

— Pas encore. J'ai d'abord quelque chose à te demander. Tu le connais bien, mieux que son grand-père. Tu m'as souvent parlé de lui, des choses dont il ne parle pas…

Dolores s'impatienta. Elle n'aimait pas les détours, surtout quand c'était aussi évident.

— Que veux-tu savoir ?

— Mauricio m'a conseillé de te poser des questions sur elle.

Le cou de Dolores se raidit. Elle avança le menton et ses yeux verts se tendirent prudemment.

— Sur elle ?

Paola tendit sa main ouverte vers les poupées.

— Sur ta fille, Martina.

Dolores la foudroya du regard.

— Quel rapport entre ma fille et vous deux ?

Paola ravala sa salive. Elle ne savait pas exactement sur quel territoire elle s'engageait, ni les ravages que sa maladresse pourrait causer. Elle choisit soigneusement ses mots, mais ne put les empêcher de retentir comme le bruit d'un fer à cheval tombant sur un sol de pierre.

— Mauricio m'a dit que ta fille a disparu de Punta Caliente quand elle avait dix ans. Il m'a raconté l'histoire.

Les yeux de Dolores frémissaient, presque au point d'ébullition.

— Cela ne te regarde pas, et je ne sais pas pourquoi ce vieux fouineur te l'a racontée.

Paola agita les mains devant elle. C'était absurde, mais elle voulait justifier le vieil homme.

— Il dit que Martina n'a plus jamais donné signe de vie, mais que Daniel n'a pas cessé de la voir, depuis tout ce temps. Daniel m'a juré qu'elle est vivante. Tout ce temps, elle est restée cachée de l'autre côté de la côte, au phare de Punta Caliente.

Dolores pâlit. Elle battit des paupières, la bouche entrouverte, la mâchoire tombante. Elle tourna le dos à Paola, regardant sans les voir les meubles de la chambre, le papier peint, les étagères. Elle secoua lentement la tête et se retourna, furieuse.

— D'où tu sors toutes ces sottises ?

Paola résista à l'attaque de pied ferme.

— Ta fille est vivante, Dolores. Elle a toujours été là, près de toi.

— Arrête tes idioties ! cria Dolores, refusant d'en écouter davantage.

— Ce n'est pas une idiotie, Dolores. Daniel va m'emmener au phare. Il veut que je fasse sa connaissance.

— Tu es fou, Daniel. L'amener ici ? Elle va tout découvrir.

Le buste que Martina avait modelé séchait sur le rebord de la fenêtre. Les yeux de pierre vides étaient tournés vers l'horizon gris. Au large se déchaînait une tempête. On voyait les rideaux de pluie et l'éclat muet des nuages qui s'entrechoquaient. Daniel prit un vieux chiffon et s'épongea le visage. Il avait encore les traces des doigts tachés d'argile de Martina.

— Elle ne dira rien, Martina. Fais-moi confiance. Je veux juste qu'elle fasse ta connaissance et que je puisse lui parler de toi sans tricher. Elle n'est pas comme tu l'imagines.

Martina secoua la tête avec rage.

— Et comment je me l'imagine ? Comme une imbécile qui prend peur quand ton grand-père lui dit de partir ? Elle va te quitter, Daniel. Comme ton frère allait te quitter, comme ma mère allait me quitter aussi. Enfin, merde, quand vas-tu comprendre ça, imbécile : nous sommes seuls, toi et moi. Nous l'avons toujours été. Ou faut-il que je te rappelle qui s'occupait vraiment de toi ?

Daniel sentit le poids des yeux verts de Martina, de ses cheveux noirs qui lui balayaient le visage.

Et de ce regard de férocité folle :

— Une fois de plus, tu t'es laissé piétiner par ces petits cons ? Tu vas encore me faire honte ?

Son père ne comprenait pas qu'il ne se soit pas défendu.

Le pire, c'était la puanteur des WC, le plus souvent bouchés. Il était un petit enfant, et quand on lui fourrait la tête dedans, ce n'était pas tant la merde dont on le barbouillait, la merde d'eux tous, leurs excréments, qui le terrorisait, que le fait de ne pas comprendre ce qui les incitait à le haïr de la sorte. Il se disait souvent qu'ils finiraient par le tuer, même s'il ne savait pas encore ce qu'était la mort. Et il était incapable de raconter tout cela à son frère. Martina l'attendait à la sortie de l'école et l'emmenait à la fontaine. Elle n'était pas dégoûtée par l'odeur, ni par les cochonneries accrochées à ses vêtements. Elle le nettoyait avec soin, lui lavait la figure, les mains, la chemise, le cou, sans rien dire. Ensuite, Daniel rentrait à la maison et dès qu'il avait passé le seuil, son père fronçait le nez. La puanteur le suivait comme une ribambelle de grelots accusateurs.

— Tu es un lâche.

Daniel restait immobile, les mains dans le dos, le regard cloué au sol. Il avait appris que c'était le mieux, se recroqueviller comme un coquillage pour supporter ce qui venait ensuite, ce feulement de vipère en cuir contre le pantalon de son père et la ceinture s'enroulant entre ses doigts. Tout était encore plus compliqué la nuit. Daniel savait qu'il aurait des cauchemars et il ne voulait pas s'endormir. Le sommeil ramènerait ces scènes et il ferait pipi, et son père serait encore plus furieux. Parfois, sa mère entrait avant l'aube et le réveillait, changeait furtivement son pyjama et mettait des draps propres en cachant les sales au fond de la panière. Mais il n'en était pas toujours ainsi. Certains jours, pour tout réveil on le tirait furieusement par les cheveux et il se retrouvait en bas du lit. Et son père l'abreuvait d'injures.

Un matin, à l'école, la maîtresse, Dolores, le prit à part. Elle demanda à Daniel s'il avait quelque chose à lui dire. Le garçon répondit par la négative, mais elle insista.

— Je peux t'aider, Daniel, mais il faut que tu me racontes la vérité. Cette fois, c'est grave.

Daniel ne comprit pas de quoi il s'agissait jusqu'au moment où, retournant à son pupitre, il vit l'effroi avec lequel le regardaient ceux qui jusqu'alors l'avaient martyrisé. Il apprit par la suite que l'un d'eux, le chef de cette horde de petits tortionnaires, était à l'hôpital. On lui avait brisé les dents à coups de pierre. Six. Et un hématome lui avait fermé l'œil. Quand ce garçon revint à l'école, quelques jours plus tard, il se mit à trembler en voyant Daniel.

Martina l'attendait, comme toujours, à la sortie. Ce jour-là, elle avait un regard de triomphe.

— Aujourd'hui, tu ne sens pas la merde.

Elle avait toujours été capable de faire ce que Daniel ne pouvait même pas envisager.

— C'était toi.

Elle secoua la tête.

— Non. Toi. Moi, je me suis contentée d'être là, avec toi. Comme toujours.

Martina avait peut-être raison. Paola pouvait leur faire du mal, les séparer, détruire ce qu'ils avaient construit ces dernières années. Mais par ailleurs, s'il l'amenait au phare de Punta Caliente et lui montrait les bustes sans yeux, si Martina et elle se voyaient face à face, alors il pourrait lui raconter la vérité. Et Paola le comprendrait. Il le fallait. Elle ne devait en aucun cas céder aux pressions de son grand-père. Daniel n'avait pas envie de retourner à la clinique et il ne permettrait pas que Paola disparaisse soudain de sa vie. Quant à Martina, elle n'était pas du genre à se plier aux désirs ou à la volonté d'autrui. Même pas à la sienne. Elle serait toujours là, comme une ombre cousue dans son dos.

Ils pouvaient partager ce paradis de fantaisie tous les trois. Pour toujours.

15

Entre La Corogne et Punta Caliente,
vendredi 20 août 2010
4 heures

Ibarra roule en direction de Punta Caliente et ses pensées se crispent autant que ses doigts accrochés au volant ; il s'oblige à y aller, contre tout ce que la logique lui dicte. Il sourit à contrecœur en cherchant inutilement une cigarette dans la boîte à gants. Il n'a jamais été une personne logique. À sa place, n'importe qui ferait ce qu'on attend de lui.

"Tu devrais prendre le pognon de cette foutue récompense", se dit-il.

S'il n'avait pas l'intention de prendre l'argent d'Esteban Malher et de se sauver, il ferait mieux de faire demi-tour, de retourner au commissariat et de tirer du lit ses chefs avant que la presse rapplique à l'hôpital. Une nouvelle médaille accrochée à son uniforme l'attend. Deux en un : arrêter l'assassin d'Oliverio P. et en finir avec le mystère de la disparition d'Eva Malher. De nouveau un héros, la possibilité d'éloigner pour un temps les chiens qui aboient à sa porte en réclamant qu'on le traîne en justice pour la mort de l'homoncule et la falsification des preuves. Peut-être est-il prêt à se faire pardonner. Mais les actes de fausse générosité l'insupportent, les manifestations d'affection et d'altruisme le déconcertent. Il ne cherche pas le pardon, et il n'en veut pas.

Un chien efflanqué, un de ces pauvres animaux domestiques abandonnés qui finissent par mourir ou retourner à l'état sauvage, traverse et s'arrête, aveuglé par les phares de la voiture. On dirait un coyote. Ibarra freine brutalement et sa voiture s'immobilise au milieu de la route déserte. L'animal finit de traverser et se perd dans les fourrés.

— Putain de merde ! s'écrie l'inspecteur.

Personne ne l'entend, aucun écho ne lui revient. Il donne des coups de poing sur le volant avec fureur.

Il a mal partout. Il y a une semaine, il s'était laissé convaincre par Carmela de faire une séance d'acuponcture. Les murs de l'acuponcteur étaient tapissés de diplômes en chinois. Avec un sourire sadique, et sous le regard approbateur et condescendant de Carmela, le praticien l'avait martyrisé avec des aiguilles minuscules aux pieds, aux poignets et dans le cou. Depuis la mort d'Amanda, Ibarra a des problèmes gastriques et ses deux hernies discales le mortifient sans relâche. Tout ce qu'il espérait, c'était contenter Carmela, et son seul espoir était que l'acuponcteur lui apporte un peu de soulagement, mais ce crétin se mit à chercher l'origine de ses douleurs stomacales dans son enfance, dans un traumatisme – un "principe dissociatif", avait-il dit – qui l'aide à comprendre qu'en réalité il somatisait une douleur beaucoup plus profonde, celle de l'âme. Tout cela dit sur fond de musique relaxante, avec la complicité bien intentionnée de Carmela.

— L'âme ? – Ibarra se redressa avec impatience. C'est quoi cette foutue âme ? demanda-t-il, hors de lui.

Il voulait étrangler ce type, ce qu'il aurait sans doute fait si Carmela n'avait pas été là.

— Tout est dans l'enfance, balbutia l'acuponcteur dans sa blouse blanche à col Mao, cherchant du regard le soutien de Carmela sans cesser de reculer prudemment.

Il repense au pauvre roquet qui était là une seconde auparavant. Il se rappelle que, dans le cahier de l'homoncule, celui-ci avait écrit qu'il en avait vu mourir un quand il était petit.

En réalité, il avait aidé à le tuer. C'était un chien de berger plein de tiques qui dormait sous un figuier. Il réagit à peine quand les gamins l'encerclèrent ; il se contenta de les flairer et se laissa retomber, une patte sur ses yeux chassieux. Il les connaissait, il les croisait tous les jours, parfois même l'homoncule lui donnait un quignon de pain rassis. Il n'y avait rien à craindre ; ces enfants avaient l'âme pure. Mais en moins d'une minute le chien se retrouva suspendu au bout d'une corde passée sur une grosse branche. Il se débattit avec cette énergie désespérée de ceux qui se rendent compte soudain qu'ils vont mourir ; il grondait, battait l'air, le dos hérissé, et une fureur terrorisée inonda ses yeux. L'enfant qu'était alors l'homoncule et ses amis tiraient sur la corde et s'accrochant les uns aux autres par la taille pour que les coups de queue du chien ne les fassent pas tomber, à l'instar des harponneurs solidaires se battant contre Moby Dick. Et l'homoncule était le capitaine Achab. L'animal mit une éternité à mourir, il agitait ses pattes de devant comme s'il nageait dans le vide. À la fin, il poussa un long gémissement, qui ressemblait aux pleurs d'un bébé, mais beaucoup plus antique et primitif – pour Ibarra, ce gémissement ressemble maintenant à un reproche d'incompréhension ; puis il étira spasmodiquement ses pattes arrière, à quelques centimètres du sol, et cessa de lutter. Pendant quelques minutes, ces enfants contemplèrent leur œuvre : yeux exorbités, poitrine détendue, gueule entrouverte pleine de bave et langue pointant entre les crocs. Personne n'osait dénouer la corde. Ils avaient peur que le chien ne feigne d'être mort pour arracher d'un coup de dents le bras de celui qui s'approcherait un peu trop. L'un lui lança une pierre, un autre lui donna un coup de pied, mais le chien ne réagit pas. L'homoncule enfant fut le dernier à partir. Il resta auprès du chien pendu, étonné de ce qu'il avait fait, et effrayé – au début –, mais peu à peu empli de ferveur pour le pouvoir qu'il venait de découvrir en lui. Il ne comprit jamais pourquoi la bande avait choisi cette pauvre bête qui ne lui avait rien fait, ni pourquoi il avait lui-même participé à cette sorte de lynchage.

L'homoncule se persuada pendant un temps qu'il n'avait été qu'un enfant capable de cruautés, comme beaucoup de ses amis : noyer un bébé chat, couper la queue d'un lézard, mettre un obstacle sur le chemin d'un aveugle, flanquer une raclée au faible du groupe, mettre le feu à un rat, crucifier un oiseau mort, pisser sur un ivrogne somnolent… Il suffisait de suivre la chronologie de ses souvenirs écrits. Le catalogue des mesquineries était sans fin, et même ainsi, le monde trouvera toujours une justification à la méchanceté d'un enfant. L'homoncule concluait, dans ses pages manuscrites, que même les plus grands salauds auxquels une mère peut donner le jour sont pardonnés s'ils ont l'apparence d'un chérubin. Et il se congratulait, car il avait cette apparence :

> Les croassements qu'un enfant entend dans sa tête sont facilement pris pour des cris angéliques, on leur pardonne tout, à condition de tout oublier quand ils seront adultes. Et la plupart des gens ramènent à des anecdotes ces méchancetés qui seront évoquées au milieu des petits rires d'autocompassion et d'indulgence, mais avec un éclat éloquent au fond des regards. Très peu d'entre nous atteignent le seuil où ils comprennent avec étonnement que ces sons étaient, et continuent d'être, des corbeaux qui parlent de ce que nous sommes ; certains restent attentifs et affrontent ce moment de révélation avec stupeur et courage. Ce chien pendu à la branche du figuier comme un haillon pourri fut mon premier acte d'ivresse absolue. Je me rappelle cet après-midi de brume comme celui de mon éveil à ce que je suis. Les ormes soudain muets, le silence statique d'un ciel couvert, sans même le refuge des chants d'oiseaux, l'aspect délabré des maisons du hameau et ma chemise en sueur après l'effort, la terre molle comme un pain mal cuit, mes mains portant la marque rougeâtre de la corde… Je ne suis pas du tout un démon, à moins que l'essence du démon ne soit d'être à l'écart de toute morale. Mon drame est de voir ce que je vois et de ne pas détourner les yeux ni de les laisser se pétrifier. Les nostalgiques de l'enfance et de sa prétendue immortalité sont des menteurs. Ou, pire encore, ils sont pleins d'illusions. J'ai tâté la peau desséchée du monde, et je sais qu'elle est froide et rugueuse. Tout encensement de la vie, de la générosité, du bien, se dissipe quand les asticots s'égaillent dans les cheveux d'une enfant morte. Les enfants ne devraient être que cela, des enfants. Des Princes et des Princesses – en majuscule, uniques – et des fées qui n'ont peur de rien, car rien ne peut forcer leur puissante magie. Leur vie devrait être entourée de serpentins

et d'étoiles de corail, de paysages aux couleurs extraordinaires. Les enfants devraient être des êtres bons dans un monde de bonté. Mais le monde n'est pas bon, n'est-ce pas ? Quand les fleurs piétinées se fanent, c'est la fin de l'histoire.

Ibarra repose la nuque sur l'appuie-tête et ferme les yeux. Il se demande ce que les aiguilles de l'acuponcteur auraient pu découvrir chez l'homoncule, comment elles auraient pu le guérir de son "trauma", et trouver l'âme du dément qui l'avait violé quand il était petit. Il est dégoûté par toute cette misère des âmes rongées par le bon sens, il déteste les yeux originels qui éprouvent une panique terrible quand ils ne retrouvent que de la terre sèche sur une litière morte. Il méprise les cœurs joyeux et immaculés, car ils ne l'ont jamais été ; ils ne ressentent que de la peur.

Le jour ne va pas tarder à se lever, et sous cette lumière grisâtre et annonciatrice, toutes ses décisions perdent leur sens. Ses actes sont utilisés, interprétés et manipulés par ceux qui dorment encore. Mais ces gens ne sont pas encore là, l'obscurité les entoure. Ils attendent qu'Ibarra fasse le premier pas pour l'écarter d'un geste dédaigneux. Les bêtes de la nuit n'ont rien de commun avec celles du jour, elles vivent dans des mondes différents.

Il a du mal à respirer. Il se presse les tempes. Sa tête va exploser. Des images lui viennent par vagues : Samuel à la maison, mourant un peu plus à chaque respiration ; Carmela qui ne dort pas, regardant par la fenêtre, effrayée, se demandant à quoi ça rime, de vouloir partir et de tout recommencer ; le pistolet Beretta attendant dans la boîte à gants, une balle engagée et un sourire moqueur sur la détente ; le corps d'Amanda flottant sur les pages manuscrites du cahier de l'homoncule… Pendant ce temps, la nuit approche de l'agonie, et la mer, au loin, commence à dessiner une coupole de doutes grisés. Il n'a plus de cigarettes. Il n'a plus d'alcool. Il n'a plus de comprimés. Il ne lui reste que ce bourdonnement impénitent dans les oreilles.

Quarante minutes plus tard, suivant les instructions d'Eva Malher, Ibarra trouve l'embranchement qui mène à la maison de Dolores.

Le chemin de terre, encombré de broussailles, se distingue à peine. Il fait encore nuit, mais au-delà de la cime des arbres, on devine de grandes éclaircies d'un bleu inquiet qui vient de la mer.

L'inspecteur ouvre la boîte à gants et vérifie que le pistolet est toujours là, qui l'attend. À la tombée de la nuit, il voulait l'emporter pour s'ôter la vie. Maintenant, il se demande s'il ne va pas en avoir besoin pour la sauver. Il n'a jamais tiré sur personne. Même pas sur l'homoncule. Son téléphone n'a presque pas de couverture. Si les choses se compliquent, il ne pourra appeler aucune aide. Malgré cela, il s'engage sur le chemin.

"Ce n'est qu'un vieil homme", se dit-il en pensant à Mauricio Luján, qu'il est venu arrêter. Ibarra oublie qu'il n'est lui-même plus un jeune homme.

La maison de Dolores apparaît dans une éclaircie. On dirait qu'elle est fermée. Ibarra se gare devant la voiture de sport d'Eva, la capote est toujours relevée. Il sort de la voiture et s'avance sans se presser vers la maison en observant les environs. Il se passe la langue sur les lèvres trop sèches. Une cigarette ou un verre lui feraient le plus grand bien. N'importe quoi, pour calmer ce tremblement ridicule dans ses mains, malvenu chez un héros.

Un bruit qui vient des fourrés le fait se retourner. Sans aucun doute un oiseau de nuit effarouché par sa présence. Il empoigne son pistolet. Il devrait peut-être attendre que le jour se lève, ou retourner au village qu'il a traversé et demander des renforts. Merde, il vaudrait mieux reprendre la voiture et rentrer chez lui à toute vitesse et oublier une fois pour toutes Eva Malher, Amanda et le foutu journal de l'homoncule. Il devrait se décider à démissionner et consacrer son temps à se balader dans les montagnes avec Samuel.

Peu importe ce qui convient le mieux. Il monte déjà les marches disjointes du porche, qui grincent sous ses pas malgré ses précautions. S'il surprend quelqu'un à l'intérieur, c'est qu'il est sourd. La porte d'entrée est entrebâillée. Il la pousse lentement, et sort son pistolet.

— Il y a quelqu'un ?

Pas de réponse, à part sa respiration altérée et bronchitique. Il avance dans un long couloir obscur, ses épaules frôlent les encadrements de tableaux qui oscillent au bout des clous. Il se plante l'angle aigu d'une commode dans la hanche, une statuette tombe et se casse en mille morceaux. Ibarra s'arrête. En sueur. Et se reproche violemment sa maladresse.

Le salon est au bout du couloir, bigarré d'objets qui le regardent avec des centaines d'yeux dans l'obscurité. Il peut deviner la forme des meubles, les fauteuils près de la cheminée, le piano, une grande table rectangulaire, les étagères pleines de livres et de photographies. Il fait un pas en avant et marche sur des bouts de verre. De la pointe de sa chaussure, il heurte une bouteille qui roule et verse ses dernières gouttes de vin. Il y a une odeur de marihuana. À droite, un escalier avec une rampe en bois qui mène à l'étage. À gauche, derrière le piano, une porte. Elle n'est pas fermée, et une faible lumière – on croirait une lampe à huile – émet des éclats par intermittence. Elle semble sur le point de s'éteindre ; mais elle reprend vie, comme encouragée par un courant d'air.

— Police. Il y a quelqu'un ? répète-t-il, en se forçant pour sortir de sa gorge sèche une voix assurée.

Il pousse la porte du pied, et celle-ci cède sans difficulté. C'est la chambre d'une enfant. La lampe est en réalité une chandelle collée sur une soucoupe à gauche du lit, où une silhouette assise lui tourne le dos, penchée en avant. Elle se balance comme une poupée sous la poussée d'une main invisible. Et murmure des mots inintelligibles.

Elle ne réagit même pas quand Ibarra sursaute et lève le bras en pointant son arme.

— Police ! crie-t-il. Pas un geste !

Comme s'il répondait à cet ordre, le balancement de la silhouette s'interrompt un instant. La tête se tourne lentement et le visage d'une femme esquissée par les ombres que projette la chandelle le regarde. Regarder, c'est beaucoup dire. Elle perçoit la présence de l'inspecteur. Ses pupilles se concentrent un instant sur l'arme braquée sur elle, et elle lui tourne le dos d'un air méprisant.

Ibarra se décale et passe sur la droite. Maintenant, il en est sûr, c'est une femme. Les cheveux longs cachent son visage et retombent sur l'épaule, qui s'évade de la couverture dont elle s'est couverte. Elle caresse quelque chose, entre ses mains et ses genoux. Des poupées en porcelaine. Elle a les ongles pleins de terre fraîche et une vilaine balafre sur l'avant-bras droit.

— Madame, vous m'entendez ?

La femme interrompt de nouveau son balancement, et sa main maculée de terre s'immobilise sur la tête d'une poupée qui a les cheveux tout noirs. La petite robe a été tachée de terre.

— Baissez cette chose ridicule, dit-elle d'une voix éméchée, à mi-chemin entre l'ivresse et l'indifférence.

Ibarra fait un pas de plus dans sa direction, le bras plus détendu, mais sans renoncer à viser la femme.

— Je suis l'inspecteur Ibarra.

La femme sourit sans ouvrir la bouche. Elle se contente de pincer les lèvres et d'acquiescer.

— Où étiez-vous il y a dix ans, inspecteur ? Où étiez-vous tous, maudits fils de pute ?

— Que dites-vous ?

La femme braque sur lui ses yeux verts, très verts, écarquillés et statiques.

— Dix ans à la chercher. Et pendant tout ce temps elle a été là. De l'autre côté du bras de mer, dit-elle enfin, et ses mots sonnent comme une défaite.

Le visage dans ses mains, elle fond en larmes. Les pleurs s'intensifient, secouent convulsivement les épaules et deviennent une litanie de sanglots, de murmures et de mots que l'inspecteur ne comprend pas.

Ibarra donne l'impression de marcher sur un fil devant cette scène, ne sachant comment tout cela va finir, de quel côté il va tomber et ce qui l'attend au bout de la chute. Il conclut un peu vite que la femme est soûle ou droguée, et que, quel que soit le degré d'implication d'Eva Malher, il n'a jamais vu une scène pareille auparavant.

— Je cherche Mauricio Luján.

La femme retrouve progressivement sa sérénité. Les larmes ne sont pas épuisées – ce flot qu'elle a accumulé depuis des années n'est pas près de s'assécher –, mais elle parvient à surmonter le désarroi et la désolation absolue dans lesquels elle était plongée ces dernières heures. Ses yeux de pierre remontent jusqu'à ceux d'Ibarra et se posent sur lui avec une intensité de plus en plus vive. Elle penche la tête et regarde discrètement derrière l'inspecteur.

L'inspecteur sent trop tard une présence dans son dos. Il veut se retourner mais n'a pas le temps d'achever son mouvement. Le coup part tout seul. Un tir à l'aveugle qui éclate dans la pénombre comme un pétard inoffensif. On entend un hurlement animal, Ibarra sent sa tête tomber de ses épaules, brisée en mille particules de douleur. Un objet l'a frappé violemment, un objet très solide.

Le monde devient flou, mais Ibarra ne doit pas tomber. S'il fléchit les genoux, il est perdu. Il essaie de se redresser, mais un nouveau coup – encore plus violent – le terrasse. Il lâche le pistolet et tombe, en heurtant l'angle vif du lit.

Un brin de conscience le relie encore à l'instant. Même dans les pires moments de beuverie, quand il a oublié le chemin de la maison et se réveille au matin étalé devant un distributeur automatique, il n'a jamais rien éprouvé de semblable. La réalité dérive, son regard voit ce qu'on cache aux autres. Réapparaissent de vieux sons, des images tridimensionnelles du passé douloureux, la lucidité absolue à laquelle il aurait aimé échapper. Et il pense à l'homoncule, à ce matin-là sur la lande. Les coups traversaient ses jambes, sortes d'échos d'un pressentiment, la chair s'écrasait, perdait sa consistance et devenait spongieuse. Les cris de l'homoncule se transformèrent en gémissements, se diluèrent dans un sifflement qui s'acheva par un silence. Les corbeaux survolèrent sa tête, sillonnée d'une sueur de fourmis qui l'embrasèrent. C'est ainsi que lui apparut le silence de toutes les morts. La mort du mort à ses pieds. La mort d'Amanda, à l'écart, à demi cachée sous les ajoncs. La mort d'un enfant violé il y avait si longtemps : sa propre mort.

La dernière chose que voit Ibarra, c'est une botte terreuse éclatant contre ses dents.

16

Costa da Morte, lundi 16 août 2010

L'homme qui attendait, attablé à O Cafeto, avait un air contrit, sûrement mal à l'aise dans un milieu qui n'était pas le sien. Il avait à peu près l'âge de Mauricio, des cheveux blancs soigneusement coiffés, pattes courtes et peau blafarde, un visage carré et austère où saillaient des yeux très bleus sous d'épais sourcils. Il était habillé comme quelqu'un de la ville qui décide à l'improviste d'une sortie à la campagne. Il portait un pantalon en velours et un pull vert col en V avec une chemise en soie et des chaussures de randonnée à la semelle immaculée. Il caressait sans le regarder l'écran tactile de son téléphone portable, un appareil minuscule sans doute hors de prix.

— Monsieur Malher ?

L'homme répondit par un battement de paupières. Il dévisagea Mauricio avec intelligence et acquiesça sans manifester ni sympathie ni hostilité. Il se leva à demi pour une poignée de main brève et polie, et se rassit en l'invitant à en faire autant.

— C'est vrai ? Eva est ici ?

— Ici, elle se fait appeler Paola.

Mauricio lui montra les coupures de journaux où elle apparaissait. Un peu anciennes, de quatre ou cinq ans. Les photographies montraient des tenues de soirée, de belles broches à brillants, dentelles de soie et nœuds papillons pour les hommes. Un quatuor jouait sur une scène sous une tente éclairée, et les serveurs portaient des plateaux d'amuse-gueules. Des gens de la haute société.

M. Malher regarda les coupures d'un air impénétrable. Comme s'il analysait un document commercial avant de décider s'il y apposait sa signature. Il n'avait pas l'air d'un père soulagé, mais plutôt d'un homme occupé qui a besoin de résoudre un problème imprévu sans perdre de temps.

— Où est-elle maintenant ? Dès que je l'aurai ramenée à la maison, j'ordonnerai qu'on vous fasse un virement pour la récompense.

— Je ne vous ai pas appelé pour cette raison. Je ne veux pas de votre argent.

Si Paola avait manifesté le désir de l'écouter et de s'éloigner de Daniel, Mauricio n'aurait pas appelé M. Malher pour la dénoncer. Mais il ne pouvait permettre que cette folie entre eux prenne de l'ampleur.

— En ce cas, que voulez-vous ?

— Ce que je veux ? Que vous sortiez votre fille de Punta Caliente le plus vite possible.

Esteban Malher prit une profonde inspiration et releva le menton. Puis il posa sur Mauricio un regard méticuleux. Il crut déceler de la tristesse et en même temps de l'arrogance chez cet inconnu. Deux jours auparavant, son secrétaire personnel était entré dans son bureau, le téléphone à la main.

— Je crois que nous avons quelque chose sur le lieu où se trouve Eva, monsieur, avait-il annoncé en maîtrisant à peine son émotion.

Esteban Malher se montra d'abord sceptique. Depuis trois mois qu'Eva avait disparu, il avait reçu des douzaines d'appels, qui n'avaient été qu'une perte de temps, d'énergie et d'argent. Cependant, le secrétaire lui avait tendu le téléphone, espérant que cet appel était enfin le bon. Mauricio avait été aussi laconique qu'il l'était maintenant. Rien ne permettait de voir son intérêt dans sa démarche ni la raison de son appel, en outre il semblait particulièrement évident qu'il le faisait à contrecœur.

— J'ai enquêté sur vous, monsieur Luján. Une enquête sommaire, bien entendu ; mais compte tenu du temps que j'y ai consacré, plus que suffisante.

— Beaucoup de mal pour rien.

— Vous êtes surpris ? Vous ne devriez pas. J'ai fait mille kilomètres, comme vous me l'avez demandé, mais il me fallait une bonne raison pour ça. Vous n'imaginez pas combien de kilomètres, d'argent et de temps j'ai dépensés jusqu'à présent.

M. Malher attendit que ses propos déclenchent une réaction chez Mauricio, mais ce dernier ne broncha pas.

— Vous avez une biographie, disons… intéressante. Je sais que vous avez été en prison, en Argentine, j'ignore si c'est pour des motifs politiques, même si votre procès n'a pas été révisé avec l'arrivée de la démocratie, ce qui m'incite à penser que les assassinats que vous avez commis relevaient plutôt d'une affaire personnelle.

Mauricio esquissa un sourire. Il trouvait plutôt ironique que des gens considèrent qu'un assassinat n'est pas toujours une affaire strictement personnelle.

— J'ai tué deux hommes, mais je ne suis pas un assassin.

La voix était sortie d'une grotte sans vie, elle aurait pu être celle de n'importe qui. Mais c'était la sienne. Semblable à cette autre petite voix qui, entre deux caillots de sang et de salive, la cloison nasale éclatée, avait avoué ce que ses tortionnaires voulaient entendre quand ils l'avaient arrêté et enfermé dans ce sous-sol d'où il ne ressortirait – des semaines plus tard et complètement défiguré – que pour purger sa peine. Ce qu'il avait dit en ce lieu, menotté à un tuyau de chauffage pendant que ces individus le frappaient, il pourrait le répéter maintenant mot pour mot. En fin de compte, tout était déjà rédigé, et il n'eut qu'à lire à haute voix quand on le brisa : il n'utilisait pas seulement sa boutique de Belgrano pour vendre des chapeaux, mais aussi pour refiler des informations aux terroristes ; il était à la solde des *montoneros*, il leur offrait une couverture et les hébergeait dans l'atelier ; il distribuait aux étudiants des tracts contre la junte. Et il avait vraisemblablement été responsable de la mort de Jésus-Christ, de Mahomet et de tout ce dont on voudrait bien l'accuser. Il signa tout, il reconnut aussi que l'arme avec laquelle il avait tiré sur les policiers en uniforme, un vieux fusil de chasse double canon, avait été fournie par un autre misérable qu'il ne connaissait même pas et qui hurlait comme un porc dans le cachot voisin, jusqu'au soir où il cessa de crier : Mauricio vit ses pieds nus traînés sur le sol et laissant derrière eux un filet de sang et des lamentations qui appelaient sa mère.

— Tuer de sang-froid ne fait pas de vous un assassin ?

Mauricio secoua la tête.

— Celui qui cherche autre chose se moque de la vérité.

— Nous savons que ton père était marxiste, que tu es *montonero*.

Ces deux policiers avaient accordé à Mauricio le même regard dégoûté que les nombreuses fois où ils entraient dans la boutique à la tombée de la nuit et, avec le culot des barbares, rôdaient entre les rayons, essayaient des chapeaux, jetaient les magazines et s'emparaient de ce qu'ils voulaient.

— Ouais, ta femme est une petite pute qui salit la cervelle de ses étudiants aux Beaux-Arts… Nous pouvons t'arrêter quand nous voudrons, nous pouvons te faire tout ce que nous voulons. Brûler ta boutique, tes chapeaux et toi avec.

— Où en est notre petite affaire ?

Leurs petites affaires étaient celles de tout le monde à l'époque : se débrouiller, voler ce qu'ils ne pouvaient ou ne voulaient obtenir autrement ; l'extorsion, la menace continuelle. Combien de temps peut-on supporter une chose pareille ? Parfois, toute la vie. Parfois, pas une minute de plus.

Si ce soir-là elle n'était pas entrée dans la boutique pour l'emmener dîner parce qu'elle avait quelque chose à fêter – elle n'avait jamais pu lui dire quoi –, la Roussotte ne serait pas tombée sur ces policiers et ne leur aurait pas lancé un de ces regards de défi que personne ne pouvait mater. Fatalement, un des policiers, le plus jeune – Mauricio se souvenait de sa moustache gominée et de ses sourcils épilés –, plongea la main dans le sac de la Roussotte et tombèrent par terre, tels de mauvais augures, ces tracts rouges portant le tampon du syndicat des étudiants. Et fatalement, le policier le plus vieux, chauve, qui avait toujours la goutte au nez au-dessus de la lèvre, la traita de "petite pute subversive" et déclara qu'elle était en état d'arrestation. La Roussotte se débattit quand ils voulurent la saisir, elle les insulta et les griffa au visage.

Mauricio, planté au milieu de cette scène, était horrifié et ne savait que faire quand les policiers se mirent à lui tripoter les seins sous prétexte de la fouiller. Il leur cria d'arrêter, mais ils continuèrent.

— Que fait-on des subversives ? se vantaient-ils en riant. On les viole et on les rééduque.

C'était la pire des menaces. Les mains velues qui glissaient sur la poitrine de la Roussotte et le rire qui promettait d'aller plus loin. La Roussotte vit la dureté de son expression quand elle se retourna pour le regarder, sur le seuil, sa robe souillée par la grossièreté de ces hommes. "Tu ne vas donc rien faire ?" clamait son regard. Mauricio se sentit moins que rien en voyant sa caisse enregistreuse ouverte, les chapeaux jetés par terre. Tant d'années de sacrifices, d'attentes, d'humiliations… Comme sa conscience fut apaisée, quand il sentit le contact chaud du fusil et entendit le fracas des cartouches crevant la poitrine de ces deux hommes, quel soulagement de savoir que tout était terminé, tandis qu'à la radio le speaker hurlait un but comme si le monde avait atteint la perfection. Il n'éprouva pas l'ombre d'un remords, juste un calme étrange qui le vaccina contre ce qui devait arriver ensuite. C'était un crime passionnel. Un délit de macho, de fierté blessée, de vanité tardive. Rien à voir avec la politique ni avec la patrie.

— J'étais le plus patriote des Argentins. Je croyais que l'ordre était la paix et que la paix exigeait le silence.

M. Malher avait écouté attentivement, mains croisées sur la table, le récit de Mauricio. Il mesurait chacun de ses gestes.

— Pourquoi tenez-vous tant à ce que j'emmène Eva loin d'ici ? J'ai le sentiment qu'elle ne va pas du tout apprécier que vous m'ayez attiré ici.

Mauricio se tortilla sur la chaise avec une expression acide.

— Cet endroit n'est pas pour elle, tout simplement.

M. Malher regarda autour de lui et acquiesça avec dédain, comme s'il lui donnait raison. De tous les lieux imaginables, celui-ci était le dernier où il aurait pensé que sa fille puisse se cacher. Celle-ci avait des comportements, des chemins d'évasion, qui rappelaient ceux de sa mère.

— C'est curieux, venant de votre part.

— Qu'est-ce qui vous paraît curieux ?

— Vous êtes venu de Buenos Aires pour prendre en charge votre seul petit-fils. Et vous ne vous êtes pas vraiment fondu dans le paysage.

— Ce n'est pas votre affaire.

La conversation évoluait inévitablement vers l'aridité et l'antipathie. Mais M. Malher s'en moquait. Cela le mettait plutôt à l'aise.

— Au contraire, si cela concerne ma fille d'une façon ou d'une autre. J'ai cru comprendre que vous êtes la seule famille de votre petit-fils Daniel.

— Mon fils, ma bru et mon petit-fils aîné sont morts dans un incendie accidentel. Daniel s'en est tiré par miracle et en est resté traumatisé.

Esteban Malher approuva, en contemplant un cercle de café sec sur la table.

— J'ai lu le rapport des pompiers et celui de la police : qualifier d'accidentel cet incendie est un euphémisme. Bien entendu, vous savez très bien ce qui s'est réellement passé.

— C'est supposé être confidentiel.

— Vous seriez surpris du pouvoir de conviction de l'argent. Il n'y a rien de confidentiel, monsieur Luján, sauf ce que nous privons obstinément de lumière. Ce que vous voulez cacher, enterrez-le au plus profond de votre cœur.

Mauricio se dit que le cœur de cet homme devait être plein de morts. Un cimetière silencieux et obscur.

— Je commence à regretter de vous avoir appelé.

— C'est un peu tard. Et franchement, je trouve votre attitude louable.

— C'est ma famille… Ce qu'il en reste.

M. Malher claqua des lèvres, comme si le rôle qu'essayait de jouer Mauricio l'ennuyait souverainement.

— Certes, ce n'est qu'une hypothèse, mais je ne crois pas que vous soyez ici uniquement à cause du jeune homme.

— Je ne vous dois aucune explication. Allez chez Dolores, persuadez votre fille et foutez-moi le camp. Retournez dans votre monde.

M. Malher plissa les yeux, bouche bée. Puis il se leva lentement et regarda Mauricio avec indifférence.

— N'en doutez pas une seconde, Luján, nous y allons. Et je vais vous envoyer un chèque. Je n'aime pas les dettes.

Esteban Malher s'éloigna d'O Cafeto en regardant autour de lui. C'était typiquement le village dont la mère d'Eva se serait entichée. Petit, infiniment vulgaire, maisons basses, rues étroites qui descendaient vers le port et le relief de la côte, à l'horizon. Quelques voitures garées, des gens qui passaient, l'air triste, coincés dans des pensées qui – de son point de vue – devaient être mesquines. Manger, s'habiller, s'occuper d'un présent sans lendemain.

Ce qui lui rappelait désagréablement son enfance. Lors du bombardement de Dresde, vers la fin de la guerre, il descendait au refuge avec ses frères et sœurs et écoutait la terre trembler au-dessus de sa tête pendant des heures. Pressés les uns contre les autres, adultes, soldats, vieillards, femmes et enfants sanglotaient, en proie à la panique après chaque explosion. Mais lui, il gardait les yeux fixés sur l'entrée du tunnel, avec un calme étrange. Il observait les policiers chargés du maintien de l'ordre, le regard impassible, jusqu'au moment où, honteux, ils prenaient en charge la situation. C'est cette même détermination qu'il manifesta le jour de l'armistice, quand un officier allié l'appela petit nazi et le fit défiler comme s'il était un membre des SS, le bras levé, au milieu des rires des soldats du char de combat qui avait détruit sa maison. M. Malher défila, pieds nus et en guenilles, au milieu des décombres fumants de son foyer, au milieu des gravats où apparaissaient les corps de ceux qui avaient été ses voisins, ses amis, sa famille, sans verser une seule larme, jusqu'à ce que les rires des soldats se diluent dans un silence coupable et ténébreux. Il n'oublia jamais le visage de cet officier, ni le nom par lequel l'interpellaient ses camarades. Des années plus tard, cet enfant, devenu un jeune homme qui réussissait dans les affaires, se rendit au Michigan pour assister en personne à l'expulsion de fermiers dont il venait d'acheter la propriété. Il n'avait nullement besoin de ces terres, il voulait seulement voir brûler la maison, la grange et le moulin jusqu'à la dernière pierre, en présence du fermier et de sa famille. Quand tout fut réduit en cendres, il se tourna vers cet homme chenu et le regarda dans les yeux jusqu'à ce que l'autre se rappelle enfin ce jour à Dresde.

Il comprenait ce vieil homme au chapeau qu'il venait de quitter et qui était resté assis. Il avait vu une partie de ses cicatrices et il pouvait imaginer leur origine. Aucun pardon ne peut donner plus de satisfaction que la vengeance. Mais pour passer à l'acte, il faut le courage du souvenir. Alda, son épouse, ne l'avait jamais compris. Et elle n'aurait pas apprécié qu'il couvre l'inspecteur qui avait liquidé l'assassin de sa petite-fille. Si ce n'avait pas été Ibarra, n'importe quel détenu dans la cour de la prison aurait pu lui régler son compte. M. Malher n'aurait pas toléré que celui qui lui avait volé un tel trésor continue de respirer dans ce monde.

Parfois, il pensait qu'Eva avait hérité de la même maladie que sa mère. Il ne s'agissait pas d'une tumeur opérable, et les médecines – les meilleures de l'époque – n'avaient pu davantage la sauver. Les spécialistes de la moitié du monde examinèrent son épouse pendant des années, la soumirent à des traitements innovants, la torturèrent comme un cobaye de laboratoire. En vain. Alda était née trop tôt pour que la science puisse faire quelque chose pour elle. Les thérapeutes déclarèrent que son cerveau était une caisse de résonance pleine de nombreux bruits qui retentissaient tous en même temps, tel un orchestre en folie, à toute heure, à chaque instant. Son seul moyen de calmer cette foire d'empoigne, c'était de coller l'oreille au mur de sa chambre plongée dans le noir. Le mur lui renvoyait un autre bruit, une sorte de murmure. Elle s'endormait souvent de cette façon, assise sur le lit, les jambes croisées et la joue appuyée contre la paroi. À la fin, avant de quitter la maison et de disparaître définitivement, elle ne supportait même plus les pas dans le couloir. Les employés de la maison devaient circuler pieds nus et il était formellement interdit d'élever la voix au-delà du chuchotement. La musique, à des moments précis, l'aidait aussi à étouffer le bruit de fond de sa tête. En particulier Debussy. Son *Clair de lune* l'apaisait.

Esteban Malher s'arrêta devant un mendiant. Cet homme dit qu'il n'avait pas d'argent pour les médicaments, que son épouse était mourante… les malheurs habituels. M. Malher se souvint d'un carrefour à Dresde au début de l'été 1946.

Un homme y était agenouillé, telle une statue de cire fondant sous le soleil. Il aurait pu se déplacer de quelques mètres, se mettre à l'ombre d'un balcon ou d'un bananier, mais il ne bougeait pas, comme s'il était puni et devait purger sa honte. Un petit panneau pendait sur sa poitrine. Avec le bras qui lui restait, il avait écrit quatre mots dans une belle calligraphie germanique : "Je n'ai rien." La manche du bras perdu était rattachée à l'épaulette militaire par une épingle. Cet homme qui secouait une boîte contenant deux pièces de monnaie, c'était son père.

— Donnez-moi quelque chose, monsieur.

M. Malher observa le mendiant du présent. Il se rappela la lavasse fumante que son père portait à ses lèvres. Il sortit un billet de cent, le plia et le mit dans la poche de la veste crasseuse de l'indigent. Il dépenserait sans doute cet argent en boisson. Peu lui importait. Tout ce qu'il voulait, c'était effacer le souvenir de son père.

Il n'eut pas de mal à trouver la maison de Dolores. Dans la voiture, Esteban Malher ferma les yeux. Il écoutait la rumeur lointaine de l'océan et, plus près, le cri des mouettes. La matinée s'écoulait, solide et lente, poisseuse.

Le mur du jardin était massif, et pourtant il donnait l'impression qu'il allait s'envoler. Les heures se succédaient sur la surface chaulée. Paola fumait un joint en contemplant les frisettes des nuages. Machinalement, sans trop fixer le regard, elle prit deux photographies en direction de la colline où tant de fois elle avait rencontré Daniel. Il l'attendait, mais elle n'irait pas au rendez-vous. Pas après avoir parlé avec Dolores. Elle entendit des pas et se retourna, résignée, avant de percevoir la voix profonde de son père. Dolores était derrière lui, un peu à l'écart, appuyée au chambranle de la porte. Elle observait la scène avec un intérêt distant.

— Salut, papa. Tu t'es dépêché.

M. Malher s'avança vers elle avec une hésitation inhabituelle, lui qui toujours investissait les lieux avec l'arrogance d'un conquistador invaincu.

— J'étais très inquiet à cause de toi.

Il prit la main d'Eva avec une tendresse maladroite, presque timide. Eva regarda cette main qui conservait encore, tant d'années après, l'alliance de son mariage. Elle fut surprise par la chaleur enfantine qui monta dans sa gorge, le besoin de pleurer et de se blottir dans les bras de cet homme, où elle n'avait jamais trouvé refuge. Elle se ressaisit.

— C'est Mauricio qui t'a appelé ? C'est lui qui t'a dit où j'étais ?

Il hocha la tête en signe de confirmation.

— Il m'a tout raconté.

— Tout ?

— Ce que j'ai besoin de savoir.

Eva était sûre que ce n'était pas suffisant. Son père était un homme pragmatique, il s'intéressait aux faits et aux résultats. Son esprit s'accrochait aux confirmations de l'évidence. La fascination que les émotions exerçaient sur d'autres ne l'effleurait pas. Eva soupçonna que son père l'observait à la manière d'un zoologue qui étudie les mouvements rotatoires d'un lombric, sans en comprendre la nature.

— Et qu'as-tu besoin de savoir ?

Une chronique qui décrive fidèlement ce qui s'était passé depuis trois ans jusqu'à cet instant, et qui désigne un coupable à punir.

— Ton aventure avec ce gamin, dit-il sur un ton de reproche involontaire.

"Le voilà ! Enfin, voilà l'homme que je connais", se dit Eva, presque avec soulagement. La crainte de la honte et du ridicule était plus puissante que tout, une fois qu'il savait qu'elle était saine et sauve. Maintenant, il s'inquiétait de ce que diraient les médias, les amis, de ce que penserait Otto quand les détails seraient connus. Une femme adulte qui a perdu sa fille tragiquement a une idylle avec un mineur, un garçon déséquilibré. Un nouvel épisode dans la vie mouvementée de l'incorrigible Eva Malher, ce jouet brisé que tout le monde croyait avoir le droit de tripoter. Digne fille de sa folle de mère.

— "Mon aventure avec ce garçon", *comme tu l'appelles*, est beaucoup plus qu'une aventure. Il y a des forces tellement écrasantes qu'on ne peut s'y soustraire, même si elles ne vous conviennent pas. N'était-ce pas la justification que tu brandissais pour expliquer ton mariage avec maman ? Toi, l'homme qui ne se trompe jamais, qui dessine avec fermeté son destin et celui de ceux qui l'entourent... D'abord, ta femme t'abandonne et, des années plus tard, ton héritière en fait autant. Quelqu'un va peut-être finir par se demander ce qui se passe dans le monde idyllique de M. Malher, le self-made-man, mangeur de patates pourries et fléau de son misérable père. Pourquoi tout le monde veut-il fuir ce paradis ?

M. Malher tordit légèrement le cou. Dolores était toujours attentive, fumant avec un air circonspect. Il aurait préféré être seul avec sa fille, loin de cet endroit minable.

— Tu es injuste. Moi aussi, j'ai souffert de la perte de ma petite-fille. Mais je ne suis pas parti en courant.

— Ta petite-fille était ma fille. C'est moi qui l'ai mise au monde, qui lui ai donné le sein, elle avait mes yeux, mes cheveux, ma chair. N'essaie pas de te comparer avec moi. Toi, papa, la seule chose qui t'intéresse, c'est la haine. Qu'aucun affront ne reste sans réponse. Voilà pourquoi tes avocats ont défendu Ibarra quand il a tué l'homoncule. Tu t'es dit que tout était réparé. Et tu as décidé d'aller de l'avant. Pour moi, ça ne sert à rien. Je m'en moque, que l'assassin de ma fille soit mort ou vivant ! Et j'ai l'impression que tu t'en fous aussi, de Germinal.

M. Malher se passa la main sur la nuque, nerveux.

— Nous n'avons pas besoin de parler de ça ici et maintenant, dit-il en baissant la voix. Tu as un époux dont tu dois t'occuper, insista-t-il brusquement.

— Un époux ? Et où est-il, maintenant ? Peut-être cherche-t-il refuge dans les faux seins d'une petite grue ! À moins qu'il ne gagne de l'argent pour l'insatiable Malher ?

— Il ne sait pas que je suis là. Je voulais être sûr de te ramener. Sur le chemin du retour, nous aurons le temps de penser à ce que tu diras.

Le visage d'Eva se contracta.

— Penser à ce que je dirai… Tu ne laisses jamais rien au hasard, n'est-ce pas ? C'est à ça que te servent tes ventriloques. À conserver ton sens de l'honneur périmé. Voilà pourquoi tu n'as jamais admis que maman était malade, qu'elle avait besoin d'aide.

Eva avait raison. Le scandale, le qu'en-dira-t-on, aurait été insupportable. Folle, l'épouse de Malher ? Non. Il avait préféré qu'elle se consume dans cette maison, dans le silence, se cachant à la vue des autres, excusant ses absences par des voyages inexistants, des indispositions qui ne correspondaient jamais à la vérité. Jusqu'au jour où elle avait laissé ce message d'adieu pendant qu'Eva l'attendait dans la baignoire. Elle réapparut des mois plus tard, flottant dans un canal de Venise. Les veines coupées et les yeux vitreux. Sa mère était retournée aux origines pour solder sa vie de tout compte. C'est là qu'elle avait connu Esteban, devant la tombe de Dante. Alda l'avait vu entre les cyprès, jeune, élégant, trouble. Elle avait remarqué ces yeux bleus qui la happaient de façon irrésistible. Consciente d'être observée, Alda, encore jeune fille, avait enlevé son chemisier et, le torse nu, elle s'était étendue sur la terre chaude. Et peu à peu son corps devint pierre, comme si les morts du cimetière l'attiraient vers le bas. Le jeune homme s'approcha et s'étendit à côté d'elle, sans rien dire. Il la recouvrit avec sa propre chemise et contempla le profil transparent de ses sourcils. À l'époque, la folie ne l'effrayait pas, elle le fascinait.

— Tu as toujours eu tellement peur d'éprouver un sentiment. Quel qu'il soit. N'est-ce pas pour cette raison que maman t'a quitté ? Cette rencontre sur la tombe de Dante, n'était-ce pas le prélude de vos vies ?

Esteban Malher retint son souffle.

— Tu n'as pas le droit de me parler ainsi ; tu ne sais rien de ta mère ni de moi. Tu ne peux même pas imaginer combien je l'aimais.

Peut-être. Mais elle se rappelait son silence, ses escapades sous le moindre prétexte pour fuir la maison. Sa cécité absolue, son hermétisme et son orgueil vaniteux et arrogant. Les heures de solitude obscure dans la maison, le bain chaud quand sa mère entrait avec une serviette et qu'Eva sentait qu'elles étaient toutes deux seules au monde.

— En tout cas, je suis sûre d'une chose : jamais tu ne l'as méritée.

Sans prévenir, telle la foudre, le bras de M. Malher fusa et gifla Eva, qui recula, perplexe. Elle se tâta la joue, comme si cela n'avait été qu'une menace en l'air, un acte impensable. Esteban Malher regarda sa main comme si elle ne lui appartenait pas. Il se faisait peur. Il eut un regard triste, profondément perdu.

Le soir tombait au bout du mur du jardin, inachevé. La terre de Punta Caliente s'assombrissait et les premières étoiles saupoudraient le ciel, mais ne brillaient pas encore. Et ces deux êtres, le père et la fille, se regardaient en silence.

— Je suis logé dans un hôtel à La Corogne. J'attendrai jusqu'à samedi. Si tu ne rentres pas avec moi, je ne t'embêterai plus. Mais dans ce cas, oublie le nom que tu portes.

Eva Malher regarda son père s'éloigner. Celui-ci salua à peine Dolores, qui lui adressa un léger hochement de tête. Il traînait les pieds, et ses épaules le projetaient en avant. Elle se dit que son père redevenait un enfant de la guerre, cette sorte d'enfants qui donnent des hommes inachevés, féroces et mélancoliques, et ne parvenant jamais à se mettre en paix avec eux-mêmes. Elle eut envie de pleurer. Et elle cessa d'être Paola.

17

Costa da Morte, vendredi 20 août 2010
4h40

La première sensation d'Ibarra, c'est celle de la corde qui lui ligote les mains dans le dos. La deuxième, c'est l'humidité qui glisse du nez vers la bouche. Son propre sang. Sous son menton, il sent la dureté du sol et une chose qui remue entre la boue et sa peau. Peut-être une fourmi, ou une araignée. Il remue les doigts de pieds, libérés des chaussures. Pourquoi les lui a-t-on enlevées ? Pour qu'il ne tente pas de s'enfuir.

— Je vais vous aider à vous asseoir. N'essayez pas de faire le malin.

Des mains l'attrapent par la veste et le soulèvent comme un paquet pour l'appuyer contre un mur de pierre informe. Il entend le rugissement de la mer, pas très loin, puis le clic d'un briquet et un long soupir. Il ouvre l'œil droit – le gauche est très enflé. Il y a des bougies un peu partout dans la pièce, qui étirent les ombres. La toiture est presque entièrement effondrée ; poutres et portes jonchent le sol et ses pieds s'appuient sur des gravats et des tuiles cassées. Toutefois, il décèle les traces d'une présence continue : un certain ordre, des meubles défoncés, un matelas dans un coin, des boîtes de conserve intactes et les cendres d'un feu récent. Sur sa droite, une longue planche posée sur des tréteaux ; on dirait un plan de travail encombré de pots, de burins, de vieux chiffons et de blocs d'argile enveloppés dans du plastique transparent. Il perçoit un volume étrange, sans doute un buste en cours de modelage, car on voit la forme d'un visage, mais il manque les yeux. Alors, il découvre qu'il y en a des douzaines de ce genre, partout. Certains sont achevés, d'autres en phase d'élaboration. Tous ont le même visage, et cette même particularité. Ce qui leur donne un air lugubre.

— Tâchez de ne pas bouger. Je n'aurais pas dû frapper aussi fort.

La voix sort de la pénombre, sur sa gauche. Ibarra parvient à grand-peine à distinguer Mauricio Luján, qu'il reconnaît aux cicatrices autour de sa bouche : il s'est rasé, et il fume, assis sur le canapé défoncé.

— Vous voilà dans de beaux draps, grand-père.

Mauricio lui renvoie son regard avec indifférence.

— Pire que tout ce que vous pouvez imaginer, inspecteur. Mais votre situation, en cet instant, ne vaut guère plus que la mienne.

— Où sommes-nous ?

— Dans la vieille maison où vivait le gardien de phare de Punta Caliente. Je vous ai amené dans la voiture d'Eva. Une belle bagnole.

Le vieil homme rejette la fumée par le nez. Dans sa main gauche, il tient sans conviction le pistolet de l'inspecteur. Il a ôté la sécurité.

Ibarra s'agite, les mains dans le dos.

— Pourquoi m'avez-vous frappé ?

Le vieil homme enlève son chapeau et le caresse, pensif. Il se passe la main dans les cheveux gris, un geste soucieux.

— Vous braquiez ce pistolet sur Dolores. Et vous aviez l'air de vouloir en faire usage, sur moi en tout cas. Parce que c'est moi que vous êtes venu chercher, n'est-ce pas ?

— Vous allez me tuer ? lui demande Ibarra en regardant le pistolet.

Le vieil homme semble vraiment surpris.

— Qu'est-ce qui m'y obligerait ? Vous ne me devez rien.

— Et Oliverio, que vous devait-il ?

Mauricio secoue la tête. Il savoure l'avantage de son visage invisible, le contour de son chapeau et de sa silhouette peut ressembler à n'importe quoi. À un fantôme, par exemple.

— Vous ne comprenez rien, inspecteur.

— Je sais en tout cas qu'en ce moment même la police de tout le pays vous recherche pour avoir tué un homme à Barcelone.

Mauricio passe son ongle sur ses cicatrices ramifiées qui descendent de la lèvre inférieure vers le menton.

— Paola, ou peut-être faut-il l'appeler désormais Eva, dit que vous êtes un homme décent. Que nous devrions vous faire confiance. La décence n'est pas la moindre des vertus par les temps qui courent. L'êtes-vous, inspecteur ? Êtes-vous un homme décent ?

Un homme décent n'en bat pas un autre à mort. Même pas l'homoncule. C'est ce que semblent dire les yeux du vieil homme, cachés sous ses sourcils épais.

Ibarra se retourne. Dolores est restée à l'écart du halo de lumière dessiné par les bougies. Elle bouge à peine. L'inspecteur la voit fugacement, près d'un monticule de terre fraîchement remuée. Il se rappelle les ongles et les mains maculés de terre humide. Quand Eva avait été hospitalisée – il y a cinq heures de cela et on dirait que cela fait une éternité –, elle avait aussi les mains et les vêtements souillés.

— Écoutez, je n'ai aucune idée de ce qui s'est passé ici, mais ne compliquez pas les choses. Libérez-moi. Les renforts ne vont pas tarder à arriver.

Il ment, à part Eva, personne ne sait qu'il est ici, à la merci de ces deux fous.

Mauricio ferme les yeux. Il lance la fumée vers le haut, contemple la spirale qui se dissipe au-dessus de sa tête et se tourne vers l'inspecteur.

— Comment va Eva ? Cela semblait grave quand je l'ai laissée à la porte de l'hôpital.

— La doctoresse dit qu'elle en a pour des semaines à se remettre de ses blessures les plus superficielles, et quelques mois pour les fractures. Mais aucun organe vital n'a été touché.

Mauricio semble soulagé. Il se lève et s'approche de l'inspecteur sans lâcher le pistolet, qui pend mollement entre ses doigts.

— Et qu'est-ce qu'elle vous a raconté, inspecteur ?

Ibarra soutient son regard, persuadé que la veille Mauricio Luján a tué Oliverio à Barcelone et qu'il est revenu se cacher à Punta Caliente. Pour on ne sait quelle raison, Eva l'a découvert et, probablement, le vieux a essayé de l'assassiner. Mais quelque chose ne cadre pas, dans cette logique.

— Si vous avez essayé de la tuer, pourquoi l'avez-vous emmenée à l'hôpital ?

Mauricio sourit et se gratte le front avec le petit doigt, sous son chapeau. La lueur tremblante des bougies oscille au gré des courants d'air. Ibarra découvre le monticule de terre obscure, atténué par les jeux d'ombres, près de Dolores, et deux pelles récemment utilisées dans un coin. Il frissonne en comprenant qu'ils étaient en train de creuser une fosse.

Il se raidit tout entier quand le vieil homme se penche sur lui et pointe son pistolet sur sa tête.

— Je vais vous aider à vous lever. À la moindre tentative, je tire.

Il ne plaisante pas. Il a déjà prouvé par deux fois au moins que sa main ne tremble pas. Ibarra acquiesce. Le vieil homme l'attrape par les aisselles et le soulève. En dépit de son âge, il a une force considérable. Ibarra perçoit son haleine chaude. Cet homme boit, il boit du whisky en quantité. Ses vêtements sentent le vieux, comme sentait son père à l'asile, et comme ce vieux qui avait abusé de lui. Un monde rance et douloureux dont la mémoire est l'odorat.

Mauricio lui fait signe d'avancer vers le trou.

Dolores s'est rapprochée du bord et regarde le fond, où affleurent des racines mortes. Ses yeux verts creusent plus loin. Ibarra déglutit. Finalement, la nuit finira comme elle a commencé. Cette balle dans la chambre du Beretta, qui rôdait autour de sa bouche comme une mouche verte vrombissant en caressant l'idée du suicide, trouvera après tout son utilité. Mais pas comme ça, se dit-il. Pas attaché et frappé, pas dans une fosse, de la main d'un étranger. Personne ne veut mourir comme un chien, sans avoir choisi le moment et la manière.

Il pense à Samuel se retournant dans son lit avec inquiétude, se plaignant dans ses draps, battant spasmodiquement des paupières. “Dors, mon fils”, dira Carmela à côté de lui, sans pouvoir fermer l’œil, un bol d’infusion fumante dans la main et le livre sur les genoux, tandis qu’elle regarde la porte toutes les deux minutes par-dessus ses lunettes, les oreilles attentives aux bruits de la respiration agitée de son fils… Il aurait dû quitter ce travail depuis longtemps. Se présenter au tribunal et reconnaître qu’on a raison de l’accuser d’avoir tué cet homoncule. Assumer cette charge, s’en délivrer pour toujours et vivre ce qui lui reste à vivre sans cette peur ni ce chagrin. Laisser tranquille l’enfant qu’il a en lui, lui caresser la tête une dernière fois, l’embrasser sur le front et remonter son pantalon. L’accompagner par la main jusqu’à l’oubli.

Tout cela tient en deux secondes, ce qu’il faut pour arriver au bord du trou et voir, effrayé, que quelqu’un y vit depuis un bout de temps. Un entassement d’ossements à demi cachés sous une couverture élimée et feutrée. Des restes de tissu, de la robe d’une petite fille.

Dolores, qui regarde la même chose, ne sourcille même pas. Ses lèvres remuent sans émettre un son, comme si elle récitait une litanie. Elle a les poings serrés, hermétiques et collés à ses côtés. Ses jambes fléchissent et elle tombe à genoux, ses poings s’ouvrent en direction de ces restes humains sans parvenir à les toucher, comme si une bulle d’incrédulité les protégeait.

— Merde, qu’est-ce que c’est que ça? lance Ibarra en se retournant.

Dolores le regarde avec haine. Enfin des larmes jaillissent de ses yeux verts, grosses comme des pierres.

— “Ça”, c’est ma fille. Martina. Ma petite – elle se tourne vers Mauricio et sa haine devient feu : “ils” l’ont tuée.

Mauricio ne répond pas. Il ne se défend pas non plus quand Dolores pousse un hurlement, se précipite sur lui et lui martèle la poitrine à coups de poing. Quand, à bout de forces, elle pousse un gémissement spasmodique, il repousse son chapeau en arrière et regarde la pointe de ses chaussures.

— Il y a dix ans, la fille de Dolores a été déclarée disparue par la police, murmure-t-il. Nous pensions tous que son ex-mari l’avait emmenée à Lisbonne… Mais nous nous trompions.

— Que signifie tout cela ? demande Ibarra.

Mauricio regarde le pistolet dans sa main, soudain incrédule, se demandant comment il est arrivé là, et il le jette par terre.

— Vous voulez savoir ce qui est arrivé à Eva, inspecteur. Nous aussi, nous voulions le savoir. Et c'est elle qui nous a amenés ici.

Mauricio prend sur le plan de travail une des lames que Daniel utilise pour modeler l'argile, et il coupe les liens d'Ibarra. L'inspecteur pousse un soupir de soulagement en sentant ses épaules délivrées. Il recule d'un pas, repère du coin de l'œil le pistolet et le ramasse d'un geste vif. En bougeant, il sent sa tête bourdonner, comme s'il avait des pièces détachées qui s'entrechoquaient sous son crâne. Il braque son arme sur le vieil homme et lui ordonne de mettre les mains dans le dos.

Mauricio ne bronche pas.

— Je me moque de ce que vous croyez, inspecteur. Je n'ai pas tué Oliverio. J'aurais aimé avoir le courage de le faire. Arrêtez-moi si vous voulez ; mais maintenant il faut retrouver Daniel. Et je sais où il est.

Martina va et vient dans la maison en ruine. Elle est furieuse et effrayée.

— Ne sois pas idiot, Daniel. Nous ne pouvons pas rester ici. On va nous découvrir sans tarder. C'est le pire endroit pour te cacher.

Daniel ne l'écoute pas. Il s'est effondré au milieu des gravats de sa vie passée et, les mains sur la nuque, il contemple les tons changeants du ciel et les dernières étoiles entre les lambeaux de nuages.

— Le temps avance sans nous, il ne nous attend pas. Comme si les heures avaient leur propre horizon, l'aube ; cette lumière qui va dévoiler les erreurs, les excès, l'inutilité des rêves nocturnes ; une lumière qui va montrer l'évidence nue des choses, sans mirages ni artifices.

— Daniel, tu m'écoutes ?

Il acquiesce en battant tranquillement des paupières. Son cœur bat doucement. S'il le décide, il peut tout arrêter, tout pétrifier. Il peut entendre un rongeur dans les herbes folles, le crissement de la terre sous son dos ou la musique des vagues. Chacune est différente de la précédente, elle a son propre mugissement et raconte sa propre histoire. Daniel regarde le firmament. Et plus il le regarde, plus il y a d'étoiles : les constellations, les systèmes, les galaxies… Le début. La fin.

— Viens. Allonge-toi à côté de moi. Comme lorsque nous étions petits. Nous verrons encore les Larmes de saint Laurent.

— Tu es fou ? On nous a découverts, Daniel. Tu n'as donc pas compris ? Si on nous attrape, nous serons séparés pour toujours.

Daniel le comprend parfaitement. Il a enfin rouvert les yeux, et il n'a plus peur. Il la laisse parler, il ne nie plus sa présence. Il la comprend.

— Nous ne serons pas séparés. C'est toi qui l'as dit : nous sommes cousus dans la même peau. Nous sommes la même chose. Il y a dix ans, sur la falaise, nous sommes devenus un.

Martina s'interpose en contre-jour entre le regard de Daniel et la pluie d'étoiles, qui se propage en spasmes de lumière.

— Pourquoi parles-tu de cela maintenant ?

Daniel ferme les yeux pour retrouver le même rêve : la petite fille qui s'envolait. Mais cette fois ce n'est pas un rêve, c'est réel. Une réalité cependant détachée du présent.

En général, il ne neigeait pas, aussi près de la mer. Mais cette neige de dix ans en arrière avait été exceptionnelle. Enfants et adultes de Punta Caliente entassaient la neige qui venait de tomber comme s'ils voulaient la récupérer pour la rapporter chez eux. Telle une manne joyeuse, elle avait transformé les coteaux et les rues les plus pentues du village en toboggans improvisés, les jardins en galeries de bonshommes en plein air, et les bateaux amarrés au port en boulettes de camphre flottantes. Même les mouettes et les chiens couraient après les flocons frisés par le vent. Cette chute de neige était devenue le grand sujet de conversation à O Cafeto, renvoyant presque aux oubliettes les incidents entre Antunes et Dolores à l'école, auxquels étaient mêlés Martina et le frère de Daniel. On ne parlait plus guère de la raclée que Julio avait flanquée à ce Portugais qui voulait enlever la fillette. La neige, joyeuse au début, était devenue un problème quand les premières canalisations avaient éclaté, ou quand une vieille femme avait glissé et s'était fracturé la hanche. Les voitures étaient immobilisées et les campagnes de pêche annulées.

Mais Daniel et Martina vivaient dans un paradis sans école, où ce grand manteau blanc était leur terrain de jeux. Ce matin-là, ils montèrent jusqu'au *cruceiro* et Martina, toujours aussi garçon manqué, grimpa sur les bras de la croix pour les débarrasser des quatre pouces de neige qui y étaient accumulés. Elle riait, heureuse, risquant la pneumonie à force de courir pieds nus dans la neige. Daniel n'osait imposer trop de froid à ses poumons. Il se contentait de ramasser cette chose spongieuse et de la regarder briller dans ses mains. C'est alors que Martina voulut monter sur la partie la plus escarpée de la falaise. Les oiseaux marins nichaient dans les replis exposés au midi et défendaient férocement leur progéniture. Daniel avait été témoin de cruels combats entre les petits puffins et les mouettes voraces ; il n'y avait jamais de trêve. Daniel avait une préférence pour le labbe à longue queue. Farouche, rapide et agile, il ne se laissait pas voir et avait toujours l'air de revenir d'un lieu merveilleux avec mille histoires à raconter.

— J'ai toujours rêvé de voler. D'avoir des ailes, de les déployer, de sauter de très haut et de m'éloigner vers l'aurore. Fuir cette maison, mon père, les draps mouillés, les moqueries et les cruautés. Je n'étais pas préparé à ce monde.

Martina écarte les bras, ferme les paupières et se laisse tomber à côté de lui, comme si elle était réelle. Il sent son souffle léger à son oreille.

— Et tu ne l'es toujours pas. Tu sais ce que fera ton grand-père quand il te retrouvera, n'est-ce pas ? On va de nouveau t'enfermer, Daniel. Adieu à tes ailes.

Daniel ne l'écoute pas.

Il aimait s'approcher du précipice jusqu'à ce que la pointe de ses pieds se retrouve au-dessus du vide. Les rafales les secouaient et eux, souriant, tendaient les bras et offraient leur visage au vent et à l'écume des vagues qui se brisaient tout en bas. Il se rappelle qu'elle avait dit : "Je peux voler."

Il ne sait pas pourquoi il avait fait cela. Il ne conçoit pas comment il avait pu la regarder de cette façon si étrange pendant un dixième de seconde, avant qu'elle comprenne ce qu'il allait faire. Elle avait tenté de reculer d'un pas, mais la main de Daniel l'avait déjà poussée dans le vide. Martina était tombée en battant l'air de ses mains, comme si elle cherchait une prise inexistante.

Pendant quelques instants, Daniel pensa qu'elle y parviendrait, qu'elle prendrait son envol.

Mais Martina s'écrasa contre les rochers bien avant d'arriver en bas de la falaise. Daniel la vit rebondir contre la paroi comme une chose insignifiante et sans volonté, entraînant derrière elle le vacarme des oiseaux nichés, et elle s'immobilisa, accrochée aux rochers, les bras inertes et les jambes tordues, le regardant.

Daniel attendit pendant quelques minutes qu'elle cesse de feindre. Il était convaincu qu'elle se moquait de lui pour le faire enrager, parce qu'il n'avait pas osé la suivre. Alors, une violente rafale souleva la robe bleue de Martina et lui recouvrit le visage.

En se retournant, Daniel vit son frère Julio qui montait en courant et l'appelait à grands cris. Sa première pensée fut : "On va me punir à cause de ça."

— Je ne voulais pas te faire de mal.

Martina lui caresse le front, mais il ne sent pas ses doigts.

— Je le sais. Mais tu aurais dû venir avec moi. C'était le contrat. Je t'attends toujours, Daniel. Je t'ai souvent aidé, comme le soir de l'incendie…

Le soir de l'incendie, deux ans auparavant, Julio Luján, le frère aîné de Daniel, enfilait son pantalon. Dolores avait allumé une cigarette et fumait, appuyée au dossier, la chemise ouverte et les mamelons encore en érection, les cheveux en bataille et les yeux qui s'éteignaient lentement.

— Il y a un problème, Julio ?

Il essaya de sourire, mais ce soir-là il ne pouvait soutenir son regard. Dolores ne réagit pas, mais il y avait déjà un certain temps qu'elle avait remarqué chez Julio cette façon d'être là sans l'être, de fuir son regard à certains moments, d'accumuler les excuses et les absences, de plus en plus prolongées. Julio se redressa sur le siège de la voiture. De la main, il effaça la buée sur le pare-brise. Normalement, il était content de s'éloigner du village, dont on voyait les lumières au loin, et de se retrouver seul avec Dolores. Ces moments à mi-voix avec la musique de fond de la radio, les caresses intimes entre le frein à main et le changement de vitesses, lui semblaient être ce qu'il pouvait avoir de mieux. Mais ce soir-là, la solitude avait été différente, individuelle.

— On ne devrait plus baiser dans la voiture comme des gamins effrayés, maugréa-t-il.

— Tu crois ça ? Tu crois que nous baisons comme des gamins effrayés ?

Dolores avait compris qu'une part de lui mentait, peut-être la plus importante.

Ils restèrent silencieux. C'était préférable aux mots, des liens qui irriteraient plus tard et laisseraient une vilaine marque.

Julio démarra la vieille Peugeot de son père et ils reprirent la route, sans se presser. Comme si aucun des deux ne voulait affronter l'inévitable. La radio passait une chanson, mais cette fois ils ne la fredonnèrent pas la main dans la main. Chacun était plongé dans son propre regard. Penser aux autres aidait Dolores à distraire son attention de ce silence qui lui faisait mal. C'est sans doute pour cette raison qu'elle demanda des nouvelles de Daniel. Julio cligna des yeux comme si on lui avait mis une poussière sous la paupière.

— Il va bien, dit-il sèchement.

— Il y a longtemps que je ne l'ai pas vu à l'école.

Julio fronça le nez. Il n'avait pas envie de parler de Daniel.

— Tu sais comme il est. Caché dans son monde. Parfois, je pense qu'il est autiste.

Dolores hocha la tête. C'était vraisemblable, même si ce n'était pas diagnostiqué. Mais quelle autre issue avait-il, pour fuir l'ambiance qu'on respirait chez lui, avec un père qui le frappait et l'humiliait au moindre prétexte ?

— Daniel a besoin d'aide, Julio. D'une aide spécialisée, lança-t-elle au hasard, avec un léger espoir.

Julio crispa les poings sur le volant.

— On pourrait arrêter de parler de Daniel ? cria-t-il.

Dolores laissa affleurer le malaise croissant qu'elle éprouvait depuis un moment.

— Et de quoi veux-tu que nous parlions ?

Julio serra les dents.

— On est obligés de parler ?

Ce soir-là, après avoir déposé Dolores chez elle et fui ses bras en lui accordant un baiser aussi bref que blessant, Julio descendit au port pour vérifier l'état de sa petite embarcation.

Le *Nicosia* était toujours amarré du côté du bassin de carénage, comme un vieil ami qui attendait, debout par la seule force de sa loyauté. Julio sortit la bouteille de vodka du coffre et remonta sur le pont. En réalité, il n'était jamais aussi heureux que lorsqu'il sentait le pont osciller sous ses pieds. Il caressa la grue de remorquage rouillée, comme si elle était la croupe d'un cheval docile et familier. C'était son monde, surtout quand il s'éloignait de la côte et se laissait emporter par les bancs de poissons en pleine mer. La mer ne vous demande pas de penser, juste d'agir. Parfois, rester tranquille à la poupe à regarder le sillage d'écume, c'était le mieux.

Il descendit dans la cabine et s'étendit sur une des quatre couchettes, fixées deux par deux aux cloisons revêtues de bois sombre. Il avala une longue gorgée. La vodka lui brûla la gorge, il toussa jusqu'aux larmes, respira à fond et revint à la charge. Il avait l'intention de s'enivrer le plus vite possible.

Au moins, s'il était soûl, les souvenirs titubaient et ressemblaient à des événements qui n'étaient peut-être jamais arrivés.

Huit années s'étaient écoulées depuis la chute de neige, mais Julio voyait toujours son petit frère au bord de la falaise, ce matin-là, les yeux écarquillés, ahuris, après avoir poussé Martina dans le précipice. Il n'avait d'abord vu que deux petites taches dans la neige, qui se couraient après, traçant des empreintes confuses et impossibles à suivre. Julio sourit. Son frère semblait plus heureux depuis que cette fille aux yeux immenses était arrivée à Punta Caliente. Il gagnait en assurance et en autonomie, et se comportait comme on pouvait l'attendre d'un enfant de huit ans. Lui aussi était plus heureux. Tomber amoureux d'une femme comme Dolores était encore incroyable, impensable quelques mois auparavant. L'institutrice lui avait ouvert les portes du vaste monde, avec sa façon d'embrasser et de faire l'amour. Peut-être que tout irait très bien, enfin, pour les Luján, loin des amertumes de leur père, de ses soûleries et de ses vieilles histoires allemandes et argentines, et loin de l'ombre muette de leur mère, en permanence terrorisée par les crises de colère de leur père. Soudain, il vit qu'ils s'approchaient tous les deux du bord de la falaise. Et son sourire se figea. Il eut un moment de lucidité.

— Non, Daniel, non ! Non !

Julio s'élança, cria, mais son cri ressemblait à celui d'un tableau, l'exhalaison d'une haleine dans les rafales. Quand il atteignit le haut du précipice il n'y avait que Daniel, qui dardait sur lui des yeux de porcelaine obscure.

Il ne pouvait oublier ce regard, chaque fois qu'il faisait l'amour avec Dolores, chaque fois qu'il la consolait, chaque fois qu'elle lui parlait de sa fille disparue. Huit années à se taire, à feindre, à mentir à la femme qu'il aimait, à cause de la démence de son frère.

Pourquoi n'avait-il rien dit, à l'époque ? Daniel était son petit frère. Il devait le protéger. Les commérages, son père, le centre de redressement, ce que tout le monde soupçonnait et que personne n'osait reconnaître : qu'il n'était pas un enfant comme les autres, qu'il fallait l'enfermer. Il ne pouvait permettre une chose pareille. Daniel enfermé dans une pièce, les ailes coupées. Il mourrait. Mais il y avait une autre raison, égoïste, absurde, terrible. Il ne voulait pas perdre Dolores. Ce n'était qu'un jeu. Les jeux d'enfants sont parfois cruels, mais personne ne le comprendrait.

Et l'instant d'après il était trop tard. Les mains tachées de terre et les vêtements trempés, il était devenu complice. Il porta le corps de Martina jusqu'à la vieille maison du gardien de phare. Personne n'y allait jamais. Il l'enveloppa soigneusement dans une couverture et l'enterra aussi profondément que possible.

Maintenant, hébété, sa bouteille roulait à ses pieds et, hagard, il se reprochait la peur qui l'avait empêché de penser clairement. Lui qui se vantait d'avoir berné avec plus de sang-froid que quiconque les patrouilleurs de la garde civile, lui qui affrontait les tempêtes avec sérénité, qui connaissait toutes les grottes de contrebandiers et traitait avec eux sans que son cœur batte plus vite, il n'avait pas été capable de l'emmener sur le *Nicosia* en haute mer et de la livrer à l'océan et aux poissons. Il ne le pouvait pas. Il ne pouvait pas refuser à Dolores la possibilité de la retrouver un jour. Pour la famille d'un pêcheur, il n'y a rien de plus horrible qu'une tombe vide qui attend que la mer rende un jour le corps du naufragé. Huit années avec ce silence. Huit années avec cette fillette l'appelant toutes les nuits sur cet obscur rocher glacé, près de la base du phare. Huit années pendant lesquelles le cadavre de Martina avait affronté seule les terribles tempêtes, les vagues de six mètres qui recouvrent la maison du gardien de phare en hiver. Seul, sans le soutien d'une mère qui la croit vivante quelque part, avec sa propre vie et sa propre famille.

Et soudain, un jour, Julio découvrit que son frère parlait tout seul quand il croyait que personne ne le voyait. Il parlait avec Martina, jouait avec elle, se disputait avec elle. Parfois, Daniel entrait dans la chambre de Julio, s'asseyait à côté de lui sur le lit avec un air diffus, comme s'il n'était jamais entièrement à l'endroit où il se trouvait, et disait que Martina lui avait dit telle ou telle chose, que Martina avait fait ceci ou cela. Comme le jour, des années auparavant, où Dolores avait tenté de lui parler : Daniel avait failli tuer à coups de pierre un enfant un peu plus âgé que lui, meneur d'une petite meute qui s'amusait à le martyriser tous les matins dans les WC de l'école. Daniel supportait ce harcèlement depuis des mois, mais pour on ne sait quelle raison un jour il alla trouver ce garçon et, sans dire un mot, il lui cassa les dents avec une sauvagerie qui ne lui ressemblait pas.

— C'est pas moi, se justifia-t-il auprès de Julio. C'est Martina.

Julio le regarda sans comprendre et lui montra ses doigts couverts de sang.

— Martina est partie il y a longtemps, Daniel. Regarde tes mains. C'est toi.

Daniel regarda son frère sans comprendre de quoi il lui parlait, et nia obstinément. Julio ne lui reparla jamais de Martina. Mais il savait que son frère continuait de "la voir".

Il fallait en finir. Il ne pouvait en supporter davantage.

Julio alla voir Daniel, qui dormait dans sa chambre.

— Lève-toi !

Julio le secoua sans ménagement. Daniel râla et ouvrit les yeux en se frottant les paupières. Julio lui jeta ses vêtements et ajouta :

— Habille-toi.

Daniel regarda ses vêtements sans comprendre. Julio était dans un état lamentable.

— Tu es soûl ?

— Pas assez. Habille-toi, merde !

Daniel obéit en silence. La maison était dans le noir. Ses parents n'étaient pas encore rentrés du village. Julio l'attrapa par l'épaulette de sa veste sans même lui laisser le temps de lacer ses chaussures.

— Où va-t-on ?

Julio prit les clés du petit hors-bord sans répondre. Ils descendirent jusqu'à l'embarcadère et Julio fit asseoir Daniel à la poupe.

Ce n'aurait pas été la première fois que son frère l'embarquait au milieu de la nuit pour retrouver des bateaux en pleine mer et récupérer un chargement clandestin de tabac. Pourtant, cette fois, ils ne se dirigeaient pas vers le large, ils longeaient la côte et se rapprochaient de l'œil du cyclope, le phare de Punta Caliente.

Daniel était de plus en plus inquiet, mais il n'osait poser aucune question. Le visage de son frère restait de marbre. Ils s'échouèrent sur la plage couverte d'algues et Julio sauta dans l'eau, qui lui arrivait presque aux genoux. Il sortit une pelle de l'embarcation et une lampe. Sans un mot, il se dirigea vers la maison abandonnée du gardien de phare. Daniel fut bien obligé de le suivre.

La porte était verrouillée, mais Julio l'ouvrit d'un coup de pied. Il y avait longtemps que cet endroit était inhabité. Les grandes marées et la forte houle avaient durement malmené la structure, dont l'extérieur était très abîmé. Une partie de la toiture s'était effondrée. Les rats avaient construit leur nid dans les lézardes des cloisons de plâtre pourri. Julio alluma sa lampe, désigna un endroit précis et lança la pelle sur la terre battue.

— Creuse !

Daniel ne comprit pas. Avec une violence qu'il n'avait jamais utilisée, Julio l'attrapa par la nuque et le poussa vers la pelle.

— Je t'ai dit de creuser, espèce d'imbécile !

Atterré par ce geste inattendu, Daniel obéit. La terre était dure, mais après les premiers coups de pelle, elle se ramollissait. Elle regorgeait d'eau et sentait l'égout. De temps en temps, il regardait son frère du coin de l'œil. Julio tournait en rond, comme s'il était fou. Dix minutes plus tard, le trou était assez profond. Effrayé et fatigué, Daniel était en sueur malgré le froid. Il avait de la terre humide sur les joues et de la boue dans les cheveux. Ses mains étaient brûlantes.

Julio éclaira le fond avec sa lampe.

— Tu ne dis pas bonjour à Martina ?

Daniel poussa un cri d'effroi et recula, trépignant comme s'il voulait repousser cette vision. Julio plissa les yeux et alluma une cigarette. Il s'accroupit au bord du trou.

— Tu n'as rien à lui dire ?

— Je veux m'en aller. Je veux partir d'ici, balbutia Daniel.

Il essaya de s'enfuir, mais Julio lui barra la route d'un bond.

— Non, Daniel. Cette fois, tu ne vas pas regarder ailleurs. Il faut que tu comprennes. Elle est morte. Tu l'as tuée et je l'ai enterrée. Elle n'existe que dans ta tête.

Daniel se pressa les yeux. Ils allaient éclater, sortir de leur orbite.

— Ne l'écoute pas, Daniel. Ça, ce n'est pas moi.

Martina était là, près de la porte.

Daniel secoua la tête.

— Tu as besoin d'aide, Daniel. Et je ne supporte plus ce silence. Il faut aller voir la garde civile et raconter ce qui est arrivé. Tu étais un enfant. Nous dirons... nous dirons que c'était un accident. On te soignera et tu guériras.

Martina s'était penchée au-dessus du trou. Ses yeux verts étaient pleins d'algues, de temps et de voyages lointains. Ses doigts liquides enlacèrent ceux de Daniel et elle posa sa joue de lumière obscure sur son épaule.

— Je ne suis pas ça, Daniel. Je suis là, avec toi.

Sa voix était profonde et proche. Impérative et douce.

Daniel regarda son frère comme s'il découvrait un inconnu. Julio ne l'avait jamais frappé ni maltraité. Il était son seul rempart contre le monde, et maintenant... Maintenant il lui infligeait cela... Il ne le comprenait pas, et il ne comprenait pas ses paroles. Quand Julio voulut lui caresser la joue, Daniel se déroba, écœuré.

Julio secoua la tête.

— Désolé d'avoir été si salaud, Daniel. Mais j'avais besoin que tu réagisses.

Martina recula en même temps que Daniel, comme lorsqu'ils étaient petits et seuls au monde. Épaule contre épaule, se protégeant, prenant soin l'un de l'autre.

Au retour, il régnait un silence mortuaire. Martina était assise à côté de Daniel. Ils se protégeaient du froid et des gerbes d'écume, serrés l'un contre l'autre. Daniel se concentrait sur le dos de son frère, sur le col de son manteau relevé et son bonnet de laine. Julio manœuvrait l'embarcation avec moins de hâte qu'à l'aller, comme si toute sa fureur s'était épuisée et qu'il ne restait que la pelle maculée de terre, au fond du bateau.

Ses parents étaient rentrés. Julio enleva ses chaussures, comme on le faisait toujours, et les laissa sur le tapis de l'entrée. Daniel l'imita. Son frère alla droit dans sa chambre sans parler ni à son père assis devant la cheminée, ni à sa mère qui traînait son humanité d'ombre dans la cuisine. Personne ne l'en empêcha. Daniel voulut l'imiter, mais traverser le salon revenait à s'aventurer en terrain découvert dans une forêt où les fauves étaient à l'affût.

— Où crois-tu aller ?

La voix gutturale, pâteuse, de son père le rattrapa comme un piège. Daniel n'osait pas le regarder.

— J'allais dans ma chambre.

Son père était ivre, comme d'habitude. Il buvait lentement et les flammes de la cheminée se reflétaient sur la surface de son verre. Il lui fit signe d'approcher. Résigné, Daniel obéit, suivi de près par l'angoissant regard de sa mère.

— Tu es plein de boue, on dirait que tu t'es vautré dans une porcherie. On peut savoir d'où tu viens ?

Daniel savait que, quoi qu'il dise, la réaction de son père serait imprévisible et arbitraire. S'il décidait de dénouer sa ceinture, cette fois Julio ne s'interposerait pas. C'était ce qui lui faisait le plus mal, l'abandon et la trahison de son frère idolâtré.

— Julio m'a emmené faire un tour.

Le père eut un ricanement baveux.

— Ce crétin veut t'apprendre le métier de contrebandier, à ce que je vois. Mais pour ça, il faut avoir des couilles. Tu en as ?

Daniel ne répondit pas. Son père vida son verre sans cesser de le fixer.

— Que penses-tu faire de ta vie, Daniel ?

Daniel se redressa. Il ne devait pas se montrer arrogant. Mais un coin de sa tête était encore en ébullition. Il lança un coup d'œil vers sa mère, toujours effrayée, toujours muette, et pensa à son frère qui, le lendemain matin, appellerait la garde civile. Et on l'emmènerait pour toujours. On l'enfermerait.

— Tout ce que je veux, c'est être un homme.

Un homme qui ne se soûle pas à toute heure, qui ne martyrise pas ses enfants, qui ne vit pas dans les souvenirs d'une mère qu'il s'inventait, caché dans ce qu'aurait été sa vie s'il était resté en Allemagne et s'il ne s'était pas marié trop jeune avec une idiote, s'il ne s'était pas affligé d'enfants stupides…

— Un homme pour de vrai, monsieur.

Son père le toisa en silence et se leva lourdement, en s'appuyant sur l'accoudoir du canapé. Daniel ne recula pas. C'était comme si Martina était derrière lui, devenue une sorte de mur. Assez de fuites, Daniel. Assez de peur. Daniel serra les poings, tendit le cou et attendit le premier assaut.

Mais soudain son père s'effondra. Ses yeux bleus se diluèrent comme la térébenthine sur la peinture. Daniel ne l'avait jamais vu pleurer.

— Je…

Et il ne l'avait jamais entendu balbutier. Alors, les mains de son père s'ouvrirent. Pas pour le frapper, mais pour aller vers lui, timidement, sans savoir comment le prendre dans ses bras.

— J'espère que tu me pardonneras un jour.

Cette étreinte se réduisit à une maladresse inachevée. Son père recula, tête basse, et s'affala sur le canapé.

Daniel resta quelques instants perplexe. Il fit demi-tour, se rechaussa et sortit de la maison. Il sentait que sa poitrine allait exploser de chagrin.

Martina s'assit à côté de lui sous les étoiles. Ils restèrent longtemps sans rien dire. Un mélange de sentiments secouait profondément le cœur de Daniel. Une force irrésistible qu'il venait de découvrir. Il savait que c'était Martina qui lui donnait cette force.

— Qu'allons-nous faire, maintenant ?

— On peut s'enfuir.

— Où ? Tu sais ce qui se passera quand Julio reverra Dolores ? On nous fera encore plus de mal. Tout va recommencer, Daniel. Personne ne peut comprendre ce que nous sommes, ce qui nous unit.

Elle haussa le menton, tournée vers les limites de la falaise. Puis elle regarda la maison et la grange, alternativement, où le père de Daniel remisait le tracteur. Elle se leva et épousseta son pantalon.

— Où vas-tu ?

Elle se pencha et le regarda avec un sourire fascinant, immortel.

— Tu le sais très bien.

Daniel secoua la tête. Martina se dirigea vers la grange. Daniel contempla sa belle chevelure noire ondulée. Et il l'entendit murmurer :

— Personne ne nous fera plus de mal, plus jamais.

Une minute plus tard, elle rapportait le bidon d'essence.

Ou était-ce Daniel qui le tenait dans la main ?

Tous les deux, ils descendirent de l'étage au petit matin, versèrent l'essence sur le canapé où dormait son père, trop près de la cheminée. Ensemble, ils arrosèrent les rideaux, les chaises, unirent leurs efforts pour coincer la porte de l'extérieur quand les flammes se propagèrent. Et ensemble ils virent exploser les vitres, la cuisinière au butane. Ensemble ils contemplèrent tranquillement le corps en flammes de Julio essayant de sauver sa mère. Daniel voulut courir l'aider. Il ne pouvait supporter cette main ouverte brûlant comme une torche et appelant à l'aide.

Mais Martina le retint.

Personne ne les séparerait. Jamais.

18

La Corogne, vendredi 20 août 2010
5 heures

Le chauffeur arrive sur le parking de l'hôpital. M. Malher lui demande d'éteindre les phares. Le front contre la vitre, il contemple les lumières du bâtiment, les ambulances garées devant la porte à tambour, les fenêtres.

— Ainsi donc, c'est là qu'elle se trouve.

M. Malher répond à l'affirmation d'Otto par un battement de paupières. Son gendre a voyagé à côté de lui, réfugié dans un silence taciturne et blessé, à peine entrecoupé de quelques reproches inconsistants.

— Vous auriez dû me dire que vous saviez où elle était. Je suis son époux, j'ai le droit de savoir.

M. Malher lève deux doigts sans lui prêter attention.

— Toi, tu attends ici.

Otto ouvre la bouche pour émettre une protestation vigoureuse. Il va sûrement revendiquer ses droits conjugaux, il veut affirmer sa splendeur de mâle blessé. Mais M. Malher est fatigué de cette sorte de théâtre.

— Tu viendras quand on te le dira. C'est clair ?

Le regard de M. Malher n'admet pas de réplique. Ses yeux bleus ont le poids d'une massue quand ils se posent sur quelqu'un. Otto a compris et se replie dans un silence grognon.

M. Malher croise le cloaque des visages épuisés de l'hôpital, sans prêter attention aux regards qui sortent de leur torpeur en le reconnaissant. Il ignore aussi les chuchotements des aides-soignants, les sourires déplacés. Dans quelques minutes, quelqu'un décrochera le téléphone et préviendra les rédacteurs de permanence, les télévisions et les radios. Il faut qu'il sorte sa fille de l'hôpital, qu'il l'emmène avant que le spectacle devienne un défilé d'images pathétiques. C'est déjà arrivé. Trop souvent.

Eva est couchée sur le côté. Elle regarde les ombres de la fenêtre. C'est curieux, elle regarde mais ne pense pas. Elle se contente d'observer, et ce qu'elle voit lui donne une vague sensation de calme. Comme lorsqu'elle partageait un joint avec Dolores et sirotait avec elle une bouteille de valdepeñas sec, fort. Elle aimait voir Dolores boire, sans hâte ni dramatisme. Sans urgences à effacer. Ce soir-là, quand elle l'avait découverte dans la chambre de Martina avec toutes ses poupées, pendant qu'elle racontait son histoire – émaillée de rancœurs du mariage raté et de la disparition de sa fille de dix ans –, elle avait cru qu'elle s'effondrerait. Mais pas du tout. Elle roula un joint, déboucha la bouteille et lui versa un verre généreux. De temps en temps, elle se levait, et on remarquait ses mouvements mal assurés, l'atonie de son esprit embrumé. Elle mettait un disque, une chanson romantique, l'écoutait quelques secondes, la regardait et souriait d'une façon un peu perdue.

La porte de la chambre s'ouvre. Le parfum de son père, le même depuis cinquante ans, reconnaissable entre tous. Eva se retourne lentement. Ses os et son corps maltraité grincent comme les planches d'un bateau qui coule implacablement. Elle a une vision exacte de son état lamentable dans les yeux pleins d'effroi de son père.

— Je vais tuer celui qui t'a fait cela !

— Tu ne peux pas tuer ce qui est déjà mort, papa.

M. Malher sent qu'il a du mal à respirer et à retenir un frémissement de colère, de douleur, sur ses lèvres, devant le spectacle qu'offre sa fille. Sa fille, sa petite Eva, massacrée. L'espace d'un dixième de seconde, il voit sa petite-fille dans la salle d'autopsie du médecin légiste, trois ans auparavant. Le petit corps blafard, les yeux vides, la bouche scellée. La ribambelle d'horreurs accumulées égrenée par le médecin.

— J'aurais dû t'emmener quand je suis venu te chercher, murmure-t-il, sans savoir s'il doit s'approcher.

Eva essaie de sourire. Mais sa lèvre fendue et tuméfiée ne peut esquisser qu'une grimace difforme.

— Tu ne peux plus me suivre comme mon ombre, papa. Il y a des années que je ne suis plus ta petite fille.

M. Malher secoue la tête avec véhémence.

— Ne dis pas cela.

"Pauvre homme", pense Eva. Fatigué, le ventre déformé par les digestions difficiles, les paupières enflées par le manque de sommeil. Son costume impeccable, si différent de celui d'Ibarra, si convaincu de la place qu'il occupe dans le monde. Et pourtant, aussi fragile.

— Otto est avec toi ?

M. Malher acquiesce, mais le nom de son gendre ressemble à un caillou dans sa chaussure.

— Je lui ai dit d'attendre dans la voiture.

Eva se tord le cou pour regarder le plafond.

— Et il t'a obéi, bien entendu.

M. Malher s'avance et lui prend la main, froide et pâle. De si belles mains. Comme celles d'Alda. Il se rappelle une fête costumée : elle avait décidé d'habiller Eva en déesse des forêts, avec un déguisement qu'elle avait composé avec des fleurs sauvages, des centaines, et une couronne de myrte en forme de diadème. Sa fille n'avait jamais été aussi belle, sur un cheval pommelé qui tirait une charrette.

Assez d'exils. L'amour entre un père et sa fille est encore possible.

— Pardonne-moi, Eva. Pardonne-moi. J'ai refusé de voir que tu suivais les traces de ta mère. J'avais tellement peur de le penser. Après la mort d'Amanda, au cours de tes années terribles d'orgies et d'excès, j'avais si peur que cela ne se reproduise… Je vais te sortir d'ici, et nous irons où tu voudras. Tu dois te remettre. Nous allons repartir de zéro. Ton mari, les entreprises… Tout cela n'a aucune importance. J'arrangerai cela.

Eva ferme les yeux. Oui, son père s'occupe toujours de tout arranger. Incapable d'assumer l'échec. "Aller de l'avant, à tout prix", telle est sa devise ; avec une aiguille dans le cœur s'il le faut. Comment lui dire maintenant, alors qu'elle ne l'a jamais vu aussi près de la déroute, qu'il aura beau faire, il ne trouvera plus rien en elle. Repartir de zéro est une promesse de résurrection insensée et impossible. Et malgré cela, elle respire encore.

Son père l'aime-t-il vraiment ? Eva n'ose écarter cette possibilité. À sa façon, d'une manière peu satisfaisante, en tout cas. Il n'est pas à l'aise sur le terrain ouvert des gestes tendres, des mots aimables. Ancré dans cette culture luthérienne de l'effort, du sacrifice et de l'orgueil. Tout se passe à huis clos, les affaires de famille autant que les sentiments. Il a toujours été entouré de froideur et de méthode, de discipline et de retenue. Pour une fille comme elle, autant être élevée dans un collège de bonnes sœurs. Son enfance aurait pu être celle d'une novice cloîtrée dans un couvent de Tolède. Mais sa mère avait pu l'empêcher pendant quelques années, tant qu'elle avait été là. Alda, sa pauvre mère mélancolique, ses instincts suicidaires et ses bains chauds, son sourire de muse muette et son air de perpétuelle absence.

À compter du jour où Eva accepta l'évidence d'être mère à son tour, elle décida qu'Amanda grandirait dans une atmosphère très différente. Elle ne pouvait la soustraire à l'influence de son nom, mais elle essaya de transformer sa vie en carrousel de couleurs, d'illusions et d'air frais. Pas question de silence, de cloîtres ni de normes doctrinales. Sans fierté déplacée, sans imposer des boulets sociaux à ses frêles épaules. Films, voyages, promenades à cheval, bains de mer, confidences, et un avenir comme une promesse ouverte à tous les possibles.

Maintenant, Amanda est morte. Elle dort dans le caveau familial des Malher, avec ses ancêtres teutons, austères et gris, qui critiquent tout bas son manque de manières, son langage peu châtié, son effronterie sans complexes. Seule sa grand-mère Alda la comprend, sourit discrètement et la prend par la main, écoutant avec patience les élucubrations de sa petite-fille, dans les couloirs ténébreux des fantômes et de la mort. Parfois, Eva les voit se pointer à la fenêtre qui donne sur la vie. Ils la saluent de loin et l'attendent. Ils souffrent pour elle, car les morts savent forcément des choses que les vivants ignorent. Dommage que les morts soient muets et que les vivants soient sourds. Ils auraient pu lui dire tant de choses, écarter d'elle tant de chagrins. Mais s'ils avaient pu la mettre en garde, Eva les aurait-elle écoutés ? C'est peu probable.

Elle ne sera plus jamais la même. Et elle ne sait si c'est mieux ou pire, ni laquelle de toutes les Evas elle regrettera le plus.

La doctoresse entre dans la chambre, le visage décomposé.

— Ils sont arrivés. Ils n'ont pas mis longtemps.

M. Malher s'approche de la fenêtre. Un véhicule de la télévision s'est garé devant l'hôpital. D'autres ne vont pas tarder. Il retourne vers la porte, parle dans son téléphone portable à voix basse, apparemment mécontent. Il donne des ordres secs. Il est toujours sec, se dit Eva, qui du fond de son lit observe ses allées et venues, hésitant entre lui manifester toute sa tendresse ou se déchaîner contre tant d'affronts du passé. Pour le moment, il est là, se dit-elle, et c'est l'essentiel.

Elle demande un miroir à la doctoresse pour se regarder, et, en dépit de la réticence de celle-ci – à quoi bon se stresser avec des détails secondaires –, elle finit par accepter et en rapporte un.

Eva n'est même pas épouvantée de voir ce visage tuméfié et défiguré, comme ces bustes que Daniel – Martina – déforme en enfonçant avec rage les doigts dans la terre encore pâteuse et malléable quand il n'est pas satisfait du résultat. C'est ce que Daniel a fait avec elle dans le phare. Il l'a regardée avec un dégoût soudain, a secoué la tête en voyant que Paola n'était pas ce que son imagination était en train de créer ; l'a détruite particule par particule pour la reconstruire à sa façon.

— J'ai été tellement naïve !

19

Costa da Morte, jeudi 19 août 2010

La porte de la maison du gardien était lourde et en la poussant elle résonna de secrets. Daniel passa devant pour allumer la lumière. L'ampoule au plafond palpita comme le cœur d'un insecte sans atteindre la plénitude, mais suffisamment pour qu'Eva découvre le petit atelier où il modelait, caressait et polissait les blocs d'argile. La disposition des éléments et de l'espace n'était pas fortuite, c'était le résultat d'un choix calculé, reflet d'un ordre mental qui, vu de l'extérieur, aurait pu sembler chaotique, mais qui, pour Daniel, était le prolongement de sa propre chambre. Il savait où se trouvait chaque chose : les spatules, le poinçon, les burins, l'argile, la scie.

— Toute motivation artistique doit stimuler la pensée, les sentiments et la perception de l'artiste. Sur ce point, nous sommes d'accord, n'est-ce pas ?

Eva approuva, encore tranquille, bien que son cœur se soit mis à battre au trot. Daniel se sentait heureux de lui montrer enfin le lieu secret de ses rencontres avec Martina. Eva avait dû insister pour qu'il accepte de l'introduire dans son temple. Mais maintenant qu'il l'avait fait, il exultait.

— Pour qu'elle soit couronnée de succès, l'expérience artistique doit être beaucoup plus qu'une simple activité. Travailler avec la glaise, comme ma grand-mère avec le fer, donne une dimension différente à la matière. Celle-ci devient émotion. Elle prend vie et stimule l'inconscient, pour émerger dans cette réalité.

Il lui montra les moules, les bustes en cours – aucun n'avait d'yeux –, lui expliqua chaque étape de façon didactique, comme si elle était l'élève et lui le maître. Il la guidait en la prenant par la main ou par la taille.

— Touche-la.

Il lui enfonça les mains dans une plaque lisse d'argile, au fond d'une cuvette pleine d'eau. L'espace d'une seconde, Eva contempla l'impression de ses mains ouvertes dans la glaise.

— Cette plaque, c'est toi, lui dit Daniel en l'embrassant dans le cou.

— Pourquoi aucun buste n'a d'yeux ?

Songeur, Daniel les examina comme s'il n'avait jamais remarqué ce détail.

— Tirésias, le visionnaire le plus célèbre de la mythologie grecque, était aveugle. Il paraît qu'il avait eu le malheur de voir nue la déesse Athéna. Le prix à payer, pour avoir vu la beauté absolue, c'était de perdre ses yeux. En revanche, la déesse lui accorda la clairvoyance.

Daniel se tourna vers cette voix qui venait de parler. C'était Martina. Elle était assise sur le vieux matelas, adossée au mur, et elle fumait d'un air las.

— Vous avez un griffon tatoué sur le dessus de pied ; vous devriez connaître ce genre de choses.

— Que se passe-t-il ? demanda Eva à Daniel, en s'apercevant qu'il regardait fixement dans un coin où il n'y avait qu'un matelas crasseux.

Il était devenu tout pâle et remuait les lèvres comme s'il parlait tout seul. Le jeune homme se retourna lentement et la regarda en face, cherchant quelque chose, un point de lumière dans les pupilles d'Eva. Elle ne la voyait pas ? Elle ne voyait pas Martina ?

Martina lança son mégot loin d'elle et se leva.

Le Thébain Tirésias faisait ses prédictions en observant le vol des oiseaux. Parfois, quand cela ne suffisait pas, il devait procéder à des sacrifices.

— Tu ne sais même pas ça, pauvre idiote ?

Eva recula. La voix de Daniel était maintenant différente, comme son regard, et elle la griffait. C'était une sorte de grognement sorti d'une caverne. Comme si elle avait réveillé un fauve qui dormait au fond de ses yeux obscurs.

— Que t'arrive-t-il, Daniel ?

Martina posa la main droite sur l'épaule de Daniel. Elle tenait un des chiffons qu'elle utilisait pour lui bander les yeux quand elle travaillait avec lui.

— C'est toi qui lui expliques, ou c'est moi ? souffla-t-elle à son oreille.

La première personne à qui Tirésias prédit un avenir noir fut Narcisse. Il lui assura qu'il vivrait longtemps, à condition de ne pas poser les yeux sur son propre reflet. Ce n'était pas très compliqué, sauf pour Narcisse. Il ne pouvait pas vivre sans se regarder dans un miroir.

Martina sourit.

— Comme ils sont joueurs, ces dieux, tu ne trouves pas ? On le voit en fermant les yeux. Quand on nie l'apparence, celle-ci se dévoile telle qu'elle est. Cherche les métaphores que tu voudras.

Daniel acquiesça.

— Je vais te montrer. Te montrer qui tu es réellement.

Le cœur d'Eva n'allait plus au trot. Il était passé au galop. Elle regarda du coin de l'œil le rai de lumière extérieure qui se glissait entre les fentes de la porte.

— Ce n'est pas nécessaire.

— Insiste, lui souffla Martina. Elle ne pense qu'à s'enfuir.

— Nous allons attendre Martina. Tu voulais la rencontrer. Elle ne va pas tarder.

Eva regarda autour d'elle. Grâce à l'éclat blafard de l'ampoule, le mystère que cachait la maison du gardien de phare sortait de la clandestinité et se montrait tel qu'il était. Ce n'était plus un espace abandonné que Daniel avait conditionné pour travailler et se cacher. Les objets et les meubles, récupérés dans une décharge, étaient réels, mais pas dans leur forme apparente. Ils symbolisaient autre chose, ils montraient l'intérieur de Daniel ; et d'un autre, une présence qui palpitait et se manifestait, aussi inachevée et réelle que les bustes en argile sans yeux qui retenaient l'essentiel, comme une sorte de sortilège ; elle était là, dans la structure de cette maison à demi écroulée.

— Elle n’existe pas, n’est-ce pas ? Il n’y a pas de Martina.

La proximité de la mer renvoyait une haleine sauvage. Le battant disjoint d’une fenêtre battait contre le mur. Eva aurait voulu être loin de là.

— Je n’existe pas, se moqua Martina. En ce cas, qui suis-je ?

Daniel la vit à côté de lui, et il remarqua le contraste de la blancheur de son visage avec ses cheveux d’une obscurité intense et ses yeux verts et profonds. Il l’écoutait, la voyait, et en même temps il était étonné de la voir et de l’entendre. Comme si elle ne lui appartenait pas, comme si elle était quelqu’un d’autre. Pourtant, elle était à l’intérieur de lui, en même temps qu’à l’extérieur. C’était cette sensation de dédoublement qui l’épuisait quand il accumulait les nuits d’insomnie. Il ne distinguait plus ce qui était réel de ce qui ne l’était pas.

Martina balança le chiffon au bout de ses doigts.

— Bande-lui les yeux. Je veux travailler sur elle.

Daniel écouta son ton morne, comme si elle lisait tout haut quelque chose d’évident. Il désapprouvait, mais intimement il se réjouissait d’avoir Martina avec lui, de retrouver l’odeur de sa peau, son regard qui l’embrassait et l’entourait.

— Pourquoi dis-tu cela ? Bien sûr qu’elle existe ! C’est elle qui fait ces bustes, elle vit ici. Elle est ici.

— Oui, je suis ici, petite grue bourgeoise. Mais toi, tu ne devrais pas être ici. Tu n’aurais pas dû essayer de me prendre Daniel. Il t’a tout donné, et toi, que lui as-tu donné en échange ? Ta chatte et ta bouche pour le séduire par tes mensonges. Et maintenant que tu as peur de ce qu’il est, tu veux te barrer, le plaquer ? Un de plus à ta collection !

Eva regarda le chiffon que Daniel entortillait autour de ses doigts, serrant à les faire craquer.

— Nous sommes seuls, Daniel. Toi et moi.

Elle faillit ajouter quelque chose, mais elle se tut, effrayée par ses propres paroles ou par ce qu’elle voyait. Les yeux de Daniel s’étaient concentrés ; maintenant, ils regardaient vers l’intérieur, comme réfugiés dans une sorte de ruche. Eva recula encore, sans se détourner de lui, maîtrisant sa peur et son envie de prendre la fuite. Mais même si elle avait voulu s’enfuir, ses jambes ne l’auraient pas suivie. Sa poitrine palpitait, affolée, son corps tout entier tremblait, et pourtant, alors qu'elle entrevoyait une horrible vérité – la démence de Daniel –, l'infinie tristesse de ses yeux continuait d'éveiller en elle un sentiment qu'elle ne savait comment justifier. Était-ce une immense compassion, ou – chose bien plus terrible – la conscience qu'elle était aussi seule, aussi loin de tout que lui ? Toutes les considérations, les mots prononcés et entendus, les actions passées, elle les contemplait maintenant sous le prisme d'une tension et d'une clarté hallucinées : elle le méritait. Elle méritait ce qui allait arriver.

Daniel fit un pas en avant et la saisit par le bras, l'obligeant à se retourner. Il lui banda les yeux et la conduisit jusqu'au tabouret. Avec un autre chiffon, il lui attacha les poignets. Eva ne résista pas.

— Martina veut travailler sur ton visage.

Eva eut un hoquet quand elle sentit les doigts tachés de terre sur sa figure. C'étaient les doigts de Daniel, elle les connaissait. Mais en même temps, ces doigts délicats étaient différents, plus doux, plus décidés, plus féminins. Ils apportaient la vie d'une autre créature, comme sa voix, soudain plus perchée, presque celle d'une fillette.

— On t'a menti, Paola. Dolores, le vieil homme… On t'a dit que j'avais disparu, mais je suis ici. J'ai toujours été ici. Quand vous baisiez, quand tu lui racontais des demi-vérités et des demi-mensonges, quand tu l'épiais dans son sommeil. Tu pensais vraiment que je le laisserais seul avec toi ? Que je te laisserais lui faire du mal ?

Les doigts, qui n'étaient plus ceux de Daniel, tartinaient de l'argile sur les yeux bandés d'Eva, lui bouchaient la bouche et les oreilles. Elle se débattit, mais ces doigts la maintinrent avec fermeté.

— Les yeux des gens sont pleins de cris, de mensonges déguisés en mystères qui se propagent de vie en vie à l'intérieur creux de leurs cœurs. Vos yeux sont comme ceux des corbeaux, des oiseaux noirs qui se cachent dans les forêts et qui cherchent des victimes pour leur picorer les entrailles.

Eva la voyait. Maintenant, elle savait que c'était elle qui parlait, en la touchant, en modelant sur sa peau un masque d'argile. Elle imaginait ses yeux brillant dans le regard halluciné de Daniel, elle devinait un sourire de complicité entre eux deux, pendant qu'ils tissaient à l'unisson cette croûte glacée. Les doigts, telles des branches qui l'asphyxiaient lentement, l'étranglaient progressivement, sans qu'elle réagisse.

Elle ne voulait pas le croire, même en cet instant. Sans cesse sa mémoire retournait au Daniel qu'elle croyait connaître, ce garçon de haute taille, mince, au regard intense et aux profonds silences. Mais il n'était plus ce garçon aimant et délicat. Il était Martina.

Et Martina la détestait. Elle détestait toute personne qui était réelle. Eva était l'ennemie ; cette nébuleuse qui démêlait cette frontière diffuse entre le rêve et le réveil.

Eva avait du mal à respirer. Maintenant, l'argile bouchait ses fosses nasales. Elle éprouverait bientôt le même calme que lorsqu'elle se plongeait au fond de la baignoire et attendait que sa mère vienne la récupérer. Et en cet instant, elle se dit que Daniel n'était même pas né quand elle rêvait qu'elle se noyait, qu'il était tout juste un enfant solitaire et maladif quand elle photographiait les fausses mains de Che Guevara dans une ferme de la forêt bolivienne. Un enfant à peine conscient quand Eva criait de douleur en mettant Amanda au monde. Daniel n'était pas un dieu, il n'avait rien de spécial : un garçon à l'esprit brisé, pris dans la même mélancolie inexplicable qu'Alda, la mère d'Eva ; pris dans la nostalgie contradictoire de vies qui n'avaient jamais existé. Eva aussi était tombée dans ce mirage : attendre ce qui allait arriver dans sa vie pour la changer et lui donner un sens.

Daniel était un fou, voilà tout. Et il allait la tuer. Le comprendre lui rappela le désir aigu de remonter à la surface quand l'air se raréfiait dans ses poumons, au fond de la baignoire, quand elle attendait vainement sa mère. Il fallait qu'elle retrouve la sagesse, qui était sur le point de disparaître. Elle comprit tout. Et sentit une discrète pitié et en même temps une profonde répulsion pour ce garçon comme pour elle-même.

Elle ouvrit la bouche et ses lèvres se décollèrent du cri qu'elle lança comme une larve glissant hors de son enveloppe gélatineuse.

— Non !

Elle cracha, mordit, secoua la tête de toutes ses forces.

— Elle n'est pas réelle, Daniel ! Martina n'existe que dans ta tête de malade ! hurla-t-elle.

Les doigts s'arrêtèrent. Eva sentit que la présence reculait, revenait et s'éloignait de nouveau. Les doigts arrachèrent brutalement le bandeau sur ses yeux. Elle tremblait de peur, de rage, en regardant les yeux noirs et brillants de Daniel. De ce Daniel transfiguré, étranger. Dans sa main droite, il tenait un buste à demi modelé, qu'il contempla attentivement.

Eva avait les paupières lourdes de terre. Elle ouvrit la bouche mais n'émit aucun son. Ce que Daniel – ou qui qu'il soit à ce moment-là – tenait entre ses mains, ce n'était pas un modelage d'argile, mais un crâne, dont il avait rempli les orbites d'argile.

— Tu ne comprends pas, dit-il d'un ton chagrin. Martina et moi, nous sommes tout l'un pour l'autre.

Soudain, Eva eut la conviction que Daniel ne savait pas ce que signifiait aimer quelqu'un. Il n'avait jamais aimé. Il ne comprenait pas ce sentiment.

— Libère-moi, Daniel. Tu dois me laisser partir.

Daniel secoua la tête. Il brandit ce crâne comme une vengeance contre lui-même.

Et l'écrasa contre la tempe d'Eva.

20

La Corogne, vendredi 20 août 2010
5h30

— Nous allons te sortir par une issue de secours. Personne ne pourra te prendre en photo ou capter ton image, dit M. Malher en raccrochant son téléphone, qui se remet aussitôt à sonner.

La doctoresse a dit qu'elle est transportable à condition de disposer d'une unité de soins adaptée. M. Malher appartient à la vieille garde des maîtres du monde, cette sorte d'aristocratie qui a une foi aveugle dans l'argent et les cliniques privées.

Eva le laisse faire. Elle s'est désintéressée de son propre sort depuis des heures. Après que Daniel – en réalité, elle devrait plutôt dire Martina – l'a assommée avec son crâne en terre solidifiée, dans la vieille maison du gardien de phare, et jetée à terre, Eva a considéré que c'était la fin de beaucoup de choses.

M. Malher continue d'échafauder des projets. Il parle sans interruption, sans voir qu'Eva ne l'écoute presque pas. Toujours les mêmes mots, même s'ils ont un son différent. Sécurité, protection, devoir, discrétion.

Elle ne sait pas ce qui s'est passé après ce coup. Elle en a reçu d'autres, furieux, déchaînés. Elle a perdu le sentiment d'être une personne. Elle entendait Daniel crier, balbutier. Il pleurait, riait, reprenait son souffle et se remettait à frapper avec fureur. À un moment donné, elle a senti qu'on la traînait par les cheveux jusqu'à un trou creusé quelque part. Elle a vu des ossements humains, mais elle avait l'impression d'avoir rêvé.

Autour d'elle, il y avait un vrombissement sourd, on aurait dit un effondrement au ralenti, comme si les piliers de la maison du gardien de phare s'écroulaient. Elle entendit d'autres voix, et crut reconnaître celles de Mauricio et de Dolores. Il y eut des cris, une bagarre.

Et elle a encaissé un dernier coup, avec le tranchant d'un objet métallique, peut-être une pelle, qui lui tailladait le visage. Elle n'a même pas eu mal.

Tout avait sombré dans le noir, puis elle avait rouvert un œil et vu la toiture du ciel défiler très vite. Un bruit de moteur, la voiture d'Otto. Le large dos de Mauricio conduisant à fond, le regard en biais. Il s'était rasé la barbe, on aurait dit quelqu'un d'autre, mais c'était toujours lui. Cela l'avait rassurée, autant que le borsalino. Il lui parlait, mais elle n'entendait pas ce qu'il disait. Elle était fascinée par ses cicatrices, qui s'agitaient comme pour l'empêcher d'ouvrir la bouche.

Elle repensa à sa fille, sa petite Amanda, dans le caveau glacé. Elle se rappela avoir vu Ibarra sur le front de mer de La Corogne, avec son fils et son épouse. La famille. Avoir quelqu'un qui vous protège du froid, qui entre au petit matin dans votre chambre et vous enveloppe, qui vous chante une berceuse pour vous endormir. À cet instant, cela lui parut important.

Tout s'est déroulé cette nuit. Il y a quelques heures à peine. Mais elle sent qu'elle est revenue d'un voyage infini, elle ressemble à ces personnes qui, trop longtemps parties, découvrent en rentrant le grand vide qui les habite.

— Tout est prêt, lui dit son père.

— Je vais divorcer, papa. J'aurais dû le faire depuis belle lurette.

M. Malher la regarde sans comprendre.

— Nous en reparlerons. Maintenant, tu n'es pas en état…

Eva secoue lentement la tête. Contre vents et marées, son père continue de penser en termes bureaucratiques. Problèmes légaux, héritages, actions, valeurs. Il ne sera pas facile de le sortir de cette coquille protectrice.

— Je suis ta fille. Et tu es mon père. Cela devrait suffire pour que tu comprennes.

M. Malher la regarde dans les yeux, avec insistance. Eva soutient son regard avec calme. Elle n'est plus une fillette, depuis longtemps. Lui, il se tait, affligé par la découverte soudaine de cette évidence. Sa fille a grandi sans lui, elle a souffert et s'est transformée sans lui. Et maintenant elle le regarde comme s'il était un étranger.

— Je n'ai jamais compris ton obsession de photographier les mains. Et maintenant, je me rends compte que j'ai presque oublié comment c'était, de toucher ta mère, ma petite-fille, toi – il ferme le poing. Je veux m'en souvenir, mais le souvenir m'échappe.

Eva caresse ce poing de sarment. Ses doigts s'y enfoncent et parviennent à l'ouvrir.

La doctoresse entre dans la chambre, suivie de deux infirmiers.

— Nous sommes prêts. Nous allons la descendre par l'ascenseur du personnel. L'ambulance attend derrière. La presse s'est agglutinée devant l'entrée. Et il y a des policiers qui veulent vous parler. Il y a aussi l'époux d'Eva. Pour le moment, c'est lui qui focalise l'attention des journalistes.

M. Malher hoche la tête. Il tapote affectueusement la main d'Eva.

— Je vais m'occuper de la presse et des policiers. Vous, sortez-la d'ici.

Eva s'agite, soudain angoissée.

— Papa, Germinal…

M. Malher la rassure.

— Ne t'inquiète pas pour lui. Je me suis déjà occupé de cette affaire.

21

Costa da Morte, vendredi 20 août 2010
6 heures

Daniel, assis sur le socle du *cruceiro* qui signale le point le plus élevé de la falaise, regarde droit vers l'est. De là, il peut voir le doigt du phare et son œil de cyclope qui pivote en cadence. Les éclats bleus d'un patrouilleur de la garde civile s'approchent.

— On vient nous arrêter, le prévient Martina.

— En réalité, ce n'est que moi qu'on va arrêter.

Martina plisse les paupières et fronce les sourcils. Daniel hausse les épaules. Cela n'a aucun sens de continuer de faire semblant.

— Tu l'as souvent dit. Tu n'existes que parce que je t'appelle. Si je le voulais, tu disparaîtrais sur-le-champ. Mais je ne le veux pas.

Martina lui tend la main. Il la prend, et sa main est une brise. Ils s'avancent vers le précipice, comme dans le rêve.

— Il ne manque que la neige, soupire Daniel.

— Nous n'en avons pas besoin, dit-elle au fond de lui.

— Halte ! Daniel, ne bouge plus !

Il sursaute à peine en entendant cette voix qui résonne derrière lui, plus bas. Il se retourne, les cheveux en bataille, le regard à la fois méprisant et furieux. Un homme braque son pistolet sur lui, à sa droite avance le grand-père Mauricio. Quelques mètres plus loin, des gens en uniforme. Les gardes civils qui jouaient au chat et à la souris avec son frère.

— C'est fini, Daniel.

Le garçon regarde son grand-père. S'il était arrivé un peu plus tard dans la maison du gardien avec Dolores, Martina aurait sûrement tué Paola sous ses coups. D'ailleurs, elle l'a peut-être fait, pense-t-il soudain, contrit et peiné.

— Elle va bien, mon petit… Elle va bien, lui dit le grand-père, le borsalino sur la tête.

Il est étrange de le voir sans barbe, des mèches comme du sparte effiloché et les serpents qui sillonnent la partie inférieure de son visage.

— Daniel, empêche-les d'approcher. Ils veulent nous séparer.

Minute après minute, le monde se rétrécit. Il ne leur reste que l'infini. Daniel évalue d'un coup d'œil l'homme qui pointe son arme sur lui. Il ne va sans doute pas tirer. Il n'a pas ce regard. Les autres l'ont presque rejoint et forment un demi-cercle qui se referme.

Martina les défie, toujours aussi fière et vaillante. Hors du temps, avec ses yeux verts furieux et sa chevelure noire qui fend l'air. Elle va se débattre, mordre, lutter pour le défendre. C'est ce qu'elle a fait depuis l'enfance, dès le jour où Daniel lui a offert cette bille japonaise : s'interposer entre le monde et lui. Qu'importe qu'on l'attrape maintenant et qu'on l'enferme dans un asile ou une prison. Une autre Paola arrivera, et Martina sera là, jalouse, féroce, pour empêcher quiconque de l'approcher, pour qu'ils restent toujours ensemble.

Il faut qu'il en finisse. Qu'il referme le cercle resté inachevé il y a dix ans.

Il regarde derrière lui, vers le précipice.

Martina le regarde, lumière brillante. Daniel approuve ; il observe l'océan à ses pieds, tout en bas. Les vagues se brisent en mille cristaux transparents contre les rochers. Le vent les malmène.

— Regarde-les, lui dit doucement Martina en lui montrant le ciel.

Les oiseaux survolent la falaise avec aisance, transpercés par les premiers rayons du soleil. Ils glissent avec agilité, défiant la pesanteur.

— Daniel, regarde-moi. Ne la regarde pas, elle ! implore le grand-père Mauricio.

Martina sourit. Ce n'est plus elle, maintenant elle est cette fillette joyeuse de dix ans aux yeux vifs. Celle qui lui a donné ce premier baiser. Et Daniel n'est plus Daniel. Il est cet enfant qui courait sur ses traces dans la neige. Celui qui n'avait pas osé s'envoler avec elle.

— Nous allons le faire ensemble.

Il est d'accord.

Martina mêle ses doigts à ceux de Daniel. Il les sent. Il peut enfin sentir qu'ils sont réels, qu'ils réchauffent sa main glacée, qu'ils serrent avec force.

Il ferme les yeux pour voir, comme le vieux Tirésias.

— Daniel !

Il sent à peine la main de son grand-père effleurer une de ses ailes. Et il tombe, il tombe les yeux ouverts sur son intérieur. Il entend le rire de Martina, il la voit devant lui, frôlant les saillies, caressant en rase-motte les vagues avec l'extrémité de sa robe bleue. Soudain, elle vire en boucle joyeuse sur elle-même et remonte. Et il la suit. Libre et léger. Et tout a un sens pour la première fois de sa vie.

Il faut une heure au patrouilleur de la garde civile pour récupérer le cadavre au milieu des brisants et le ramener sur la terre ferme.

Mauricio se penche sur ce corps disloqué : les épaules et le cou brisés, une blessure profonde au front et un œil crevé. Un spectre sans vie, une dépouille qu'aurait pu rendre la marée ; un jeune homme décontracté, cheveux fous et barbe encore timide, sans aucun charme particulier. Son petit-fils. Daniel. Comme ce prénom lui semble lointain, tout à coup ! Le vieil homme le regarde, plongé dans un étonnement sans limites, avec insistance, comme s'il attendait que le garçon tousse pour recracher l'eau salée de ses tristes poumons et revenir à la vie.

Ibarra est derrière lui. Il le prend par le bras et l'aide à se relever. L'inspecteur préfère ne pas regarder le corps allongé sur la plage. Ce garçon a presque l'âge de Samuel.

Mauricio sent le métal sur ses poignets. L'inspecteur lui passe les menottes.

— Je vous arrête pour l'assassinat d'Oliverio Pellegrini.

Il a essayé de le dire le plus doucement possible, mais ses mots résonnent comme le claquement des menottes se refermant sur les mains désemparées du vieil homme.

Mauricio ferme les yeux, pendant que l'inspecteur lui récite ses droits. Il se laisse emmener sans résister jusqu'au 4×4 de la garde civile.

Dans le véhicule, il regarde les personnes qui entourent le corps de son petit-fils comme un groupe de conspirateurs. Ibarra s'assied à côté de lui, le col de sa chemise est taché de sang séché.

— Votre tête ? dit un garde.

— Ce n'est rien, répond-il.

Il examine les cicatrices de Mauricio et scrute son regard, retranché derrière ses sourcils blancs et épais. Il croit reconnaître un rejet de la vie même.

— Que va-t-il advenir de Dolores ? demande le vieil homme, qui a posé son borsalino sur ses genoux.

— Les médecins légistes rassemblent les restes de sa fille. Quant à Dolores, ne vous inquiétez pas ; une équipe médicale l'a prise en charge. Maintenant, vous devriez vous inquiéter de vous et de l'assassinat de cet homme, à Barcelone.

Mauricio fait une grimace. Les nuages filtrent l'éclat de la lune qui n'a pas encore disparu, et du soleil qui n'est pas encore apparu. Les étoiles s'éteignent peu à peu dans un scintillement subtil. Tout semble inconsistant.

— C'est l'aube. Un jour nouveau est sur le point de naître, dit-il.

22

Barcelone, mercredi 18 août 2010

Ils étaient là, deux vieux qui avaient le dos voûté et mâchaient des silences lourds de mots qui ignoraient comment se faire chair. Ils savaient que le temps touchait à sa fin. En réalité, l'horloge était en panne depuis un bout de temps.

Pour Oliverio, les aiguilles avaient échoué sur les plages boueuses et hostiles d'un archipel minable, au bout du monde ; ensuite, elles avaient connu des exils coupables et silencieux, des regards à rebrousse-poil, des craintes intérieures et des exhortations qui n'avaient jamais pu le rassurer.

Pour Mauricio, le temps s'était arrêté derrière les barreaux d'une prison injuste, dans la quête des odeurs des siens – la Roussotte, son fils, ses petits-fils –, dans les appartements vides où il avait vécu et qu'ils n'avaient jamais habités.

Il ne restait plus grand-chose à dire, ils le savaient tous les deux. Et pourtant, ils étaient là, finissant leur dernier whisky, leur avant-dernière cigarette, ruminant les derniers mots, définitifs. Il n'y aurait plus d'autre rencontre après celle-ci. Ils le savaient tous les deux, le pressentaient, le souhaitaient.

Le serveur leur apporta une soucoupe d'amandes et s'étonna de ce silence liturgique, presque indécent, qui détonnait dans son bar. Dans ce lieu, la gravité effrayait les clients. Pourtant, il ne dit rien. Il se réfugia au bout du comptoir et attendit, attentif à ce que deux vieux Argentins avaient à se dire. Oliverio porta une amande à sa bouche, la retourna entre ses dents et la recracha.

— Elle est amère.

Mauricio regarda sans dégoût cette masse décomposée, à moitié mâchée et enduite de salive, sur la serviette. Ce qui était amer, ce qui toujours avait été verdâtre, c'était l'haleine d'Oliverio. Ce trou encadré de fausses dents laissait échapper ce qui pourrissait dans ses entrailles.

Oliverio, son ancien ami, l'avait appelé pour lui dire ce que révélait sa peau de plus en plus blafarde. Un cancer naissant, mais vigoureux, s'en était pris à son pancréas. Mauricio, qui ne pouvait lui manifester ni pitié ni consolation, vint cependant au rendez-vous, sans rien attendre des conversations de dernière heure. Ce n'était pas le genre d'Oliverio. Mauricio voyait maintenant l'homme au bout du rouleau, l'homme qui mourait d'autant plus vite qu'il se savait en fin de vie et ne cherchait plus à dissimuler. Il allait partir en miettes en quelques mois, et il n'y aurait personne – à part sa fille – pour le récupérer et rassembler ses morceaux dans une tombe à l'écart des rayons de soleil. Mauricio ne s'en réjouissait pas ; cela, ce n'était pas la justice, c'était seulement mourir.

— Pourquoi m'as-tu dit que tu allais mourir ?

Oliverio aspira une bouffée de sa cigarette coincée entre ses doigts survivants et haussa les épaules, des os presque consumés.

— J'ai cru que cela te réjouirait.

— Tu croyais pouvoir m'échapper.

Quand on veut nous aider à nous défendre d'une faiblesse, cette faiblesse devient plus réelle. Et le faible se rebelle contre son défenseur. C'est ce qui arrivait à Oliverio quand, juste après son retour d'Allemagne avec la Roussotte et son fils, Mauricio le retrouvait dans ce bar de La Recoleta – il avait oublié le nom, peut-être El Proceso, en tout cas un truc très kafkaïen ; Oliverio s'enivrait très vite et quand le patron le jetait dehors sans ménagement, Mauricio s'en prenait à ce grand costaud qui ressemblait plus à un boucher qu'à un barman.

Oliverio, étalé sur le trottoir, repoussait la main de son ami pour se relever.

— Depuis quand joues-tu les missionnaires ? lançait-il sur un ton acide.

Et, dardant sur le barman un regard lourd de rancune, il pointait sur lui un pistolet imaginaire. Il n'était pas encore le Comandante, mais il hantait déjà les bureaux de l'armée. Il se vantait de connaître des gens ; et c'était vrai.

À quel moment ses yeux étaient-ils devenus des miroirs de pierre ?

Mauricio l'ignorait. Peut-être quand Oliverio s'était mis à utiliser ces sottes lunettes de soleil, même la nuit, qui deviendraient un cliché lugubre pour les personnages dans son genre. Il y avait tant de ridicule, de parodie sinistre, dans ce qu'incarnaient ces lunettes noires ! Ces clowns n'étaient pas les seuls coupables de cette bouffonnerie, bien entendu. Les romanciers, le cinéma, l'imagination de ceux qui n'avaient pas vécu cela, les avaient stéréotypés jusqu'à en faire des bouffons reconnaissables, avec les manteaux sombres, les chapeaux, les lunettes de soleil, la petite moustache et, bien sûr, une chevalière au petit doigt (à quel juif l'avait-on volée ?). Même au cinéma leurs dialogues étaient caricaturés, avares de mots énigmatiques, encadrés par des silences menaçants. On les dotait d'une intelligence perverse, d'une méchanceté sans scrupules ; on les dessinait comme des monstres impressionnants, des êtres malins, des soldats du grand ange déchu. Si tout cela n'avait pas été aussi pathétique, aussi répugnant, Mauricio en aurait souri.

Oliverio, comme la plupart de ses compères, ne se distinguait pas par une perversion particulière, et il n'était pas vraiment brillant. L'ironie, cet humour de l'intelligence, le désarçonnait, il ne savait quelle tête prendre quand la Roussotte lui lançait une de ses piques. Elle se moquait de son dédain sans raison, de son pistolet à la hanche, de cet air de tueur qui par la suite le rendrait célèbre quand il jetterait les prisonniers par les fenêtres, les précipiterait encore vivants dans la mer, brûlerait les testicules des jeunes gens à la gégène. Cela se passerait deux ans plus tard, mais avant cela, quand Mauricio le défendait des moqueries de ce barman, Oliverio – tous les Oliverios – n'était qu'un fantoche qui ne pouvait être pris au sérieux. Le Comandante – qui n'avait jamais dépassé le grade de lieutenant de vaisseau – ne s'était jamais intéressé à la politique, n'avait pas lu trois livres de suite, et n'arrivait pas à avoir des discussions prolongées. Son bavardage était tout ce qu'on veut, sauf subtil. Lieux communs ennuyeux : *La Nación* dans la poche, les petits drapeaux de la patrie, Perón, les juifs, la sauce habituelle.

— Tu ne te souviens pas, et tu ne voulais déjà pas te souvenir à l'époque, bien que tu sois alors un novice de la torture, combien de fois j'ai dû te sortir des bordels où on te flanquait des raclées, où les prostituées brocardaient ton "petit ami", ton complexe, qui t'obligeait à dissimuler ta main mutilée dans un gant noir. Sur une carte, tu ne pouvais montrer que Buenos Aires. Même quand tu voulais être poli, tu étais désagréable, car tu n'avais ni la patience ni le talent de plaire.

— Ce n'est pas vrai. Je savais m'y prendre avec les femmes.

— Et quand tu étais un adolescent complexé, quand tu me suppliais ? "Mauricio, écris un mot à une petite que j'ai rencontrée à Belgrano. Parle-lui de ses yeux, que ce soit joli, comme tu sais le faire." Je m'exécutais, mais toi tu foirais tout. D'où les putes ; elles ne s'attendaient pas à des gâteries, mais pas davantage aux raclées que tu leur flanquais quand ta bite soûle n'était plus à la hauteur de ta luxure.

— Je n'étais pas doué pour réciter du Pouchkine, très à la mode à l'époque. De toute façon, je n'ai jamais pu avoir la petite de Belgrano. Comme poète, tu étais une merde, Mauricio.

Pauvre Oliverio, construit sur du rien. Et pourtant il avait pu devenir le pire de tous. On a tant de fois écrit l'histoire des gens comme lui que ça ne vaut pas la peine de la récrire.

— L'histoire va te balayer, Oliverio. Comme elle va balayer tous les fantoches qui piétinent ce monde. Mais que de mal tu as fait ! Pendant que d'autres, des milliers d'autres, sont morts, toi, tu campes dans ton rôle. Ça t'amuse ?

Oliverio riait. Mais que restait-il de sa vieille arrogance sans le poing américain, sans les courroies avec lesquelles il attachait les malheureux pour leur griller les testicules ? Où était le couteau qui leur balafrait le visage, et cette serviette humide qui enveloppait un morceau de savon ? Où sont passés les gardiens qui immobilisaient ses victimes, et qui vénéraient son talent à infliger la douleur ?

— Tu me baisais les pieds, Mauricio. Tu léchais mes bottes pour inspirer un peu de compassion.

— Tu t'en souviens encore, et moi aussi je m'en souviens. C'est à cela que se réduit ton triomphe ? À l'humiliation d'un ami ?

Il n'était même pas un malade, ni un fanatique de la cause qu'il défendait. Pour lui, tout était du pareil au même : sinon, comment aurait-il pu survivre à la chute ! Personne ne le toucha, on cherchait les gros poissons et Oliverio se retrancha derrière l'obéissance obligée : il s'en sortit sans une égratignure. Mais il était le pire de tous ces misérables qui tissèrent ces années-là. Eux, ils voulaient tout avoir. Oliverio, tout simplement, aspirait à dépouiller les autres.

— La prison avait une petite bibliothèque qui possédait un fonds de livres cédés par des institutions ou des particuliers. Il n'y avait pas trop de choix, une cinquantaine de romans, quelques recueils de poèmes et des manuels scolaires de base. Mais je suis tombé sur un petit trésor, un livre à couverture souple, sale et en mauvais état. Il s'agissait d'une anthologie du Pibe Taquito, comme on surnommait Juan Gelman. J'ignore comment on a pu introduire ce livre en prison, subversif et archi-interdit. Le censeur n'a sans doute même pas remarqué sa présence. Ou alors, il ne s'est sûrement pas donné la peine de le lire.

Oliverio acquiesça.

— Les geôliers n'avaient pas la poésie tatouée sur les os.

Argument de façade aussi détaché qu'inutile dans ce contexte. Oliverio ne voulut pas reconnaître, surtout pas, que ces derniers mois il s'était lancé dans un dialogue féroce avec le poète Juan Gelman. Mauricio ne se doutait pas que le livre qu'il avait offert au Comandante avait été utilisé de façon si obsessionnelle. Oliverio avait recouvert chaque poème de notes, qui parfois étaient d'accord avec le poète et parfois l'attaquaient sans vergogne. Dans une petite écriture méticuleuse, très serrée, avec beaucoup de points d'interrogation et d'exclamation. C'était un discours entier qui s'écoulait parallèlement aux vers ; tout lecteur aurait compris que son auteur était un esprit tourmenté, et il aurait eu pitié de cet être désespéré qui s'obstinait à chercher un sens au chaos. Ce livre renfermait un dialogue de sourds où le poète espérait pouvoir pardonner et où le tortionnaire – réfractaire à cette mutation continue que les vers provoquaient bien malgré lui – se refusait à demander pardon.

Oliverio éprouvait un mélange d'admiration et de répulsion pour ce moraliste solitaire, il souriait devant son innocente invocation de la justice, devant cette indignation qui s'obstine même si elle n'a pas raison. Le poète refusait d'accepter que le monde est cruel, que les innocents souffrent, que la nature des choses est injuste. "Pourquoi tu ne te tires pas une balle dans la tête si tu trouves la réalité tellement insupportable ?" demandait-il parfois, exaspéré. Son indignation et son dégoût étaient perceptibles quand il écrivait dans les marges. Quelques paragraphes plus loin, Oliverio se répondait à lui-même : "La vie n'a pas de sens, mais il faut bien la vivre. Tel est ton acte de rébellion contre l'irrationnel : vivre en dépit de tout."

Parfois, il se sentait déconcerté devant ce qu'il avait écrit et en se relisant, il demandait au poète, avec un vrai besoin de savoir, quel sens avait une existence sans objet, quelle était la nature de cette rébellion. "À quoi sert cette machinerie de la parole, qui transforme les blessures en vers ?" Et le poète lui répondait par la voix grave et profonde de l'écrit, avec une pointe d'ironie élégante qui exaspérait Oliverio : "La mémoire est une petite boîte que je retourne sans solution."

— La mémoire n'a pas d'issue, décréta Oliverio à haute voix, continuant ce dialogue de sourds.

Mauricio se pointa à la lisière de ce dialogue murmuré, et il comprit quelle en était l'origine.

— Tu te trompes, Oliverio. Ce qui n'a pas d'issue, c'est le passé. Mais la mémoire est une façon d'inventer le présent.

Oliverio hocha la tête, sans comprendre la musique de ces paroles. Dans le maintenant, il y a de la souffrance, bien entendu. Mais Mauricio et le poète se trompaient, comme tous ceux qui divisaient les hommes en coupables et innocents. Dans la réalité, une telle chose n'existait pas. Chacun était lié à l'autre et créait un équilibre permanent. Il était impossible de choisir entre le bien et le mal : cela n'avait aucun sens. La fonction de l'existence – avec les murs, les portes et les grilles – n'était pas de créer des catégories, mais d'aboutir à l'unification de tous. La mission de la vie était de tous les conquérir à égalité. Il fallait vivre, et pour y parvenir, tout était permis. Telle était la science amère qu'on devait apprendre en sortant de l'utérus. Il persistait dans cette voie, tout en réduisant en miettes ce qu'il avait lu dans ce livre.

— Appelle ça comme tu voudras. Les morts sont partis, ils ne reviendront pas. Comme le cinéma de Villa Crespo, tu t'en souviens ? On l'a fermé, et on a eu beau y retourner tous les dimanches avec nos sous en poche, on ne l'a jamais rouvert.

Pourtant, quelque chose dans son affirmation sonnait faux. Quelque chose qu'il refusait de reconnaître. Les vers de Gelman chantant la perte de sa famille, aux côtés de trente mille autres disparus, avaient plus de force que l'oubli et étaient beaucoup plus puissants que le besoin de donner forme au chaos. La véritable force de la parole, c'était de pouvoir ramener les disparus à la vie, et ces morts ressuscités le regardaient et attendaient un mot de lui. Un seul mot, qu'Oliverio noyait dans le whisky.

— Je ne te haïssais pas, Mauricio, dit-il doucement.

Mauricio but une gorgée de son whisky et en savoura la force du bout de la langue.

— La haine n'est jamais le pire, Oliverio. La torture non plus. C'est autre chose que je ne peux te pardonner.

Mauricio parut s'abstraire, les yeux gorgés de passé, et il aborda son récit comme si les mots servaient à ramener les souvenirs au présent.

— Tu sens la pitié froide dans le regard du geôlier quand, au petit matin, on te ramène au "trou" après t'avoir roué de coups de fouet pendant des heures. Et tu es reconnaissant de ce regard. Au début, tu cries, tu exiges, tu te débats, mais tu comprends vite que pour mériter cette pitié que tu attends si fort de la part de ton bourreau, tu dois devenir un prisonnier silencieux et renier le passé que tu portes avec toi. Bien sûr, le bourreau tient à ce que tu parles de ta vie extérieure, il te pose des questions sur ton fils, ton épouse, ton travail. Il te parle du football, de la politique, des femmes et des films, il t'adule, te menace. Il tend la main vers toi et tu ne sais jamais si c'est pour te frapper ou te caresser. Voilà le piège : peu à peu, tu dissocies la torture du tortionnaire, et tu attends, comme un chien, la caresse du maître, du vieil ami. Et tu as de la reconnaissance quand elle arrive. À un moment donné, tu te dis que si le réconfort fait place à la torture, ce n'est pas la faute du tortionnaire, mais la tienne. Alors, tu te sens mesquin et tu as pitié du bourreau. Tu t'affliges quand, désolé, penché sur toi qui gis par terre, il te montre du doigt et dit : "Regarde ce que tu m'obliges à être." Et tu le crois. Parce que tu veux le croire. Parce que tu as besoin de le croire. Et tu lui demandes pardon, tu embrasses les bottes qui t'ont piétiné la tête, ta manche de chemise essuie la marque de tes dents sur leur pointe. Tu l'implores, les larmes aux yeux. Et ton cœur déborde de bonheur quand il s'accroupit devant toi et caresse ta joue fendue.

» Ton tortionnaire dit : "Tu comprends pourquoi je fais tout cela ?" Et tu acquiesces, noyé de reconnaissance quand il te donne un papier et un crayon et te demande d'écrire à ton épouse, de lui raconter un chapelet de mensonges pour la rassurer : "Je vais bien, la Roussotte, on me donne à manger, Oliverio veille à ce que je ne sois pas maltraité. Je vais bientôt sortir d'ici et nous serons de nouveau ensemble." Des feuillets écrits avec soin – on ne doit pas sentir le tremblement de ta main, le désespoir dans ton écriture –, que tu rends pliés en quatre à ton tortionnaire, furtivement parce que toute correspondance est interdite. Il promet de les faire parvenir à destination, et quelques jours plus tard il t'apporte la réponse, sur du papier non moins froissé, les pages imprimées d'un ouvrage interdit de Juan Gelman, avec des phrases courtes qu'il te passe discrètement entre les barreaux de ta cellule, faisant de toi son complice. Et ton tortionnaire dit : "Nous sommes toujours amis, Mauricio, même si aujourd'hui nous ne sommes pas du même côté de cette grille." Tu t'en souviens, Oliverio ?

L'ancien ami écoute, assis en face de lui, incapable de parler. Mauricio poursuit, en revenant aux pages froissées.

— Dans ces phrases, ton épouse te raconte que la vie continue à Buenos Aires, que ton fils aîné est parti en Espagne avec sa femme galicienne et son enfant, car ici il n'y a ni travail ni avenir pour le fils d'un *montonero* qui a tué deux policiers. Alors, tu protestes : "Mais je ne suis pas *montonero* ! Je ne comprends rien à la politique, tuer ces deux policiers, c'était juste un acte instinctif."

» Mais quand on tient ce genre de propos, le bourreau se fâche et s'offense, car tu trahis sa confiance. Alors, le va-et-vient des feuillets est suspendu, le fragile cordon d'espoir qui t'unit au monde extérieur disparaît. Et la routine expiatoire reprend, les coups, les récriminations, les surveillances la nuit, le fouet caressant les barreaux comme une menace. Et de nouveau tu demandes pardon et tu avoues que tu es ce que tu n'es pas, car tu finis par reconnaître que tu aurais pu l'être. Tout, pourvu que le bourreau te pardonne et te rende le fil qui te branche sur l'extérieur : ces feuillets pliés contenant les vers de Gelman et les mots de la Roussotte écrits dans la marge. Les plus durs entre les durs y viennent aussi, mais ils ne le reconnaîtront jamais.

» Jusqu'au jour où le bourreau, ancien ami d'enfance, vient te voir une dernière fois dans ta cellule. Il s'assied à côté de toi sur le grabat et t'offre une cigarette, au bout de cette main aux doigts rognés. Il est tellement désolé quand il t'annonce qu'on l'envoie aux Malouines, que tu as presque envie de pleurer sur son sort. Et quand tu l'implores de te donner des nouvelles de la Roussotte, il se lève. Il te lance un dernier regard, sans doute de compassion, plus sûrement de cynisme. "Oublie-la. Tu ne la reverras jamais."

» Tant d'années passent. Tant de temps morts, tant de journées usées sans objet. Un jour, tu te retrouves dans la rue, libre. C'est du moins ce qu'atteste le billet de sortie qu'on te remet. Un papier couvert de tampons, de blasons, et d'articles de loi qui disent que tu es en règle avec la société. Mais tu ne sais plus qui tu es, ni quelle était la dette que tu lui devais, ni quelle société tu dois remercier de t'avoir permis de la réintégrer. Tu n'as qu'un sac en toile, tes cahiers, que tu as pu conserver par miracle. Presque vingt années se sont écoulées et tu affrontes la solitude absolue d'un monde qui ne t'a pas attendu, qui t'a laissé en rade. Tu t'assieds, place de la Constitución, et tu regardes passer les bus, en te demandant ce que sont devenus les modèles LO 1114 de la compagnie Costera Criolla, car tu ne vois plus que la ligne 148, des bus vert et jaune ; et pourquoi les chauffeurs n'ont plus de cravate ni de chemise bleu ciel. Il n'y a plus d'uniformes devant la Casa Rosada ni devant la Quinta de Olivos, uniquement des policiers aux manières aimables qui ressemblent à des mannequins.

» Tu prends un café en bas de la tour Kavanagh, aussi vieille que toi, avec ses cent vingt mètres de béton armé. Il y a des spectacles au théâtre Colón, mais tu ne connais pas les acteurs, la zone nord-est devenue un *downtown* de cadres dynamiques qui mangent sur des plateaux en plastique sans s'arrêter. Il n'y a plus d'artistes de rue aux galeries Pacífico. Au kiosque, tu feuillettes un magazine et ton esprit s'embrouille, à l'époque, on se réveillait avec les sœurs Brito, petites filles disparues en 1977 et retrouvées dans une famille d'adoption ; le juge qui procéda à la restitution aux parents naturels avait aussi procédé à leur adoption. Maintenant, tu vois en couverture des femmes nues, des présentateurs de télévision dans des costumes criards. Plus personne ne change de trottoir en passant devant le bâtiment du département central de la Police fédérale, où en 1977 j'ai vu entrer Esquivel, en état d'arrestation. Plus personne ne prononce le mot *montonero*, plus personne ne sait qui étaient Estela Alberti ou Ricardo Soria. Maradona allait quitter l'Argentinos Juniors pour rejoindre le River Plate ou le Boca Juniors, et maintenant c'est un type qui a des problèmes avec la drogue. La seule chose qui n'a pas changé, c'est la dévaluation du peso et l'inflation maximale. Voilà une chose qui ne change jamais.

» Tu sors de prison et tu t'assieds sur un banc, étonné de vivre et d'être en dehors de la marche du monde. Pourtant, les valeurs ne se sont modifiées qu'en apparence. Le vieux discours populiste a un accent nouveau sur des visages nouveaux, mais il reste le même. Et tu te vois obligé de tout accepter d'un coup : la contradiction suprême de répudier le passé – comme on te l'a appris en prison – et de ne rien comprendre au présent.

L'espace d'un instant, tu te sens imbu d'une sorte d'aristocratie du cœur qui t'élève au-dessus de ces "infrahommes" qui ne savent rien de toi. Tu les regardes avec une fierté folle, en admettant qu'ils ne peuvent éviter d'être ce qu'ils sont.

» Alors, le pire commence. La nostalgie du quotidien sordide de la cellule, de la voix du bourreau et de sa main te relevant après t'avoir plaqué au sol.

» Jusqu'au jour où, des mois plus tard – voire des années –, alors que tu marches dans la foule mécanisée, tu t'arrêtes, hésitant, tu regardes autour de toi et soudain te submerge la vérité de ce qu'on t'a fait là-bas, à La Plata. On t'a arraché ton âme, on t'a métamorphosé en chien domestique. On a fait de toi une caricature d'homme. Et tu pleures, tu pleures de douleur et de rage, de chagrin sur toi-même, de haine pour le bourreau, qui avait été ton ami.

» Tant d'années perdues, toute la vie réduite à néant.

» Et tu pleures quand les gens te voient, planté en plein milieu, et contournent tes larmes avec appréhension, comme si tu étais un fou contagieux auquel des adolescents lancent des pièces de monnaie pour s'amuser. C'est une nouvelle lucidité, très différente, qui s'empare de toi : ta conscience et celle de tes congénères ne sont plus les mêmes.

— Aucun être humain ne peut vivre sans un objectif, et j'ai choisi celui de retrouver la Roussotte. Tu comprends, Oliverio, pourquoi je ne peux te pardonner.

— Tu n'as qu'à porter plainte contre moi, et on n'en parle plus !

— Ça ne servirait à rien. Les autres s'en foutent de nous. Et nous, on s'en fout d'eux. Ce qui reste de nous, c'est entre toi et moi. Vu de loin, tu es un fantôme, quelqu'un que j'ai du mal à reconnaître.

Comme il avait eu du mal à le reconnaître ce matin-là, en 2003 ou 2004, en octobre ou novembre, dans la rue Avellaneda, ou pas loin de là. Quelles étaient les probabilités de croiser quelqu'un au bout de plus de vingt ans dans une ville infinie comme Buenos Aires ? Et pourtant, Oliverio était là, devant cette vitrine de vêtements, observant avec une attention inutile le mannequin tout habillé comme si c'était une vieille connaissance, comme s'il avait avec lui une conversation mondaine. Il avait un journal sous le bras et tenait ses gants dans une main d'un air lugubre. Oliverio était devenu distingué, costume de coupe italienne dans les tons gris, cheveux argentés, petites lunettes à monture fine et verres ronds. Voilà pourquoi, même si un petit air familier lui avait fait tourner la tête, Mauricio ne le reconnut pas immédiatement. Il continua son chemin, mais s'arrêta quelques pas plus loin. C'était lui. Mauricio le suivit, le vit se diriger vers un carrefour où se trouvaient encore, vestiges du passé, quelques cireurs de chaussures. Il ne fut pas attendri de voir le tabouret que lui approcha le gamin, et de se rappeler qu'Oliverio était ainsi à ses débuts, crachant dans un chiffon sale pour astiquer le cirage des autres et rendre une chaussure impeccable.

— J'ai toujours trouvé que c'était une occupation indigne, se pencher pour nettoyer les cochonneries des autres.

— Pourquoi indigne ? protesta Oliverio. Jésus-Christ n'a-t-il pas lavé les pieds de ses disciples ?

— C'était dans l'enfance, quand on te donnait ces bains de sainteté.

Oliverio avait toujours des chaussures aussi immaculées. Mauricio se demandait comment il s'y prenait pour se pencher sur son ventre, alors qu'il avait l'air incapable d'attacher ses lacets.

— Elle, Laura Ojo de Agua, elle repasse ton linge, t'emmène faire les courses, cire tes chaussures, contrôle ta tension, va chercher tes ordonnances à la pharmacie… C'est le rôle d'une fille qui aime son vieux père.

Oliverio ne répondit pas. Il était pensif et regardait par la fenêtre.

— Si tu me détestais tellement, pourquoi ne m'avais-tu pas abordé ?

— Qui sait ? L'émotion de te retrouver et de ne pas te reconnaître du premier coup, les règles du bagne dont on ne se débarrasse jamais complètement. Tu sais : la révérence que le prisonnier doit au gardien, les yeux baissés, les épaules tombantes, la nuque toujours exposée en signe de soumission. J'avais cinq minutes pour renverser tous ces obstacles, mais quand je me suis décidé, il était trop tard. Alors, j'ai vu une jeune fille, l'air d'une étudiante en vacances, qui t'a embrassé sur la joue. Tu aurais dû voir ta tête. On aurait dit un homme pour de vrai. Et cette révélation m'a paru monstrueuse et horrible. Que quelqu'un comme cette fille salisse son affection contre tes joues ! Comment était-il possible qu'elle ne perçoive pas le goût de la cendre, des morts et des torturés… Tu étais là, t'éloignant dans la circulation du matin, élégant, distingué, révéré par cette fille suspendue à ton bras. Et moi ? Qu'est-ce que j'étais, moi ? Une ombre qui s'estompait sous la marquise de l'hôtel où tu étais entré. Le déchet qu'avait chié le fil du temps.

Oliverio se tourna vers l'entrée du bar. Pendant quelques instants, il se rappela les nuits sous le ciel glacé des Malouines. N'était-ce pas là que ses chairs avaient commencé de s'ouvrir, en entendant les cris de l'agonie inutile de ce soldat anglais qu'Horacio avait étouffé sur son ordre ? Toute une vie d'un côté rend difficile de passer de l'autre. Trop d'années à poursuivre des fantômes : les FARC, les *montoneros*, les communistes… Des fantômes… Et pourtant, les enfants de Gelman s'appelaient Nora Eva et Marcelo Ariel, ils avaient un nom et un visage et des sentiments dans les mots de leur père. Comme cette petite-fille soustraite à la mort et à l'ignorance : elle était réelle et palpable, et elle s'appelait Macarena. L'image de ses retrouvailles avec le poète avait fait le tour du monde. Et contre cette évidence de vie, la vérité de ceux qui avaient massacré une génération entière ne pouvait pas grand-chose ; une vérité construite avec des mots incertains et génériques, des grandiloquences sous le fracas des mortiers qui ne signifiaient rien dans la boue d'une tranchée précipitamment creusée dans la terre dure.

Tout revenait, comme dans ce poème de Gelman, *Gotán*, qui signifiait – Mauricio le savait peut-être –, si on lisait le titre à l'envers, "tango". Se détacher maintenant de cette peau tannée revenait à se dépecer en poussant des cris silencieux de douleur ou en extirpant ce qu'il avait été pour se retrouver, au seuil de la mort, nu, ignorant qui il était : un vieux moribond, une vanité stérile, une justification mensongère. Regrettait-il le mal qu'il avait causé, les tortures infligées, les dénonciations et les enlèvements ? Une part de lui – celle du monstre – s'y refusait. L'autre, celle de l'homme, suppliait qu'on le comprenne : on nous a trompés. Et cela, même si c'était vrai, ne serait jamais toute la vérité. Le pardon était une sérénité trop diffuse, qui ne serait jamais totale tant que subsisterait en lui une pointe de doute et d'orgueil. Et il ne pouvait rien contre ça, à part envoyer Dieu se faire foutre.

— Je voulais faire un voyage avec Laura dans les îles grecques. Elle adore ces fonds marins cristallins et le soleil sur les petites maisons chaulées. Je pensais lui raconter dans ce cadre ce que je sais de moi-même. Avec l'espoir idiot que loin de mes lieux sortiraient des mots limpides, simples, sobres. Sans mémoire, sans visages. Que ma fille me pardonne, c'est la seule chose qui m'importe, Mauricio. Qu'elle apporte des narcisses sur ma tombe et ne se dise qu'une chose, que je l'ai aimée.

Oliverio sortit une enveloppe de la poche intérieure de sa veste et la glissa vers Mauricio.

— Ça, c'est ce que je sais. Quant à ce que tu sais, à ta part de culpabilité, je ne peux rien t'en dire.

Le Comandante se leva et laissa un billet sur la table. Il attendit que Mauricio dise quelque chose, mais celui-ci ne quittait pas des yeux l'enveloppe beige. Il n'osait pas l'ouvrir.

Toute une vie à attendre ce qu'il savait déjà.

— Tu sais où j'habite, Mauricio. Je n'ai pas peur de ce que tu peux me faire. Je ne me demanderai même pas si je mérite plus que toi une balle dans la tête. Mais ma fille, Laura… laisse-la tranquille. Ce n'est pas sa faute si nous sommes ce que nous sommes.

Mauricio hocha la tête lentement.

— Tu as ma parole.

Avant de s'en aller, Oliverio sourit.

— Les mots nous ont déjà fait trop de mal.

Mauricio finit par se décider à ouvrir l'enveloppe. Il y avait une photographie de la Roussotte et une fiche du Grupo de tareas.

> Elena Alberta del Río. Sans profession connue, enseignante remplaçante à l'heure à l'Académie des beaux-arts, sculptrice. En Allemagne, liée aux groupes de propagande proches de l'extrême gauche. Soupçonnée de collaborer à l'organisation et à l'infrastructure d'une cellule clandestine d'étudiants tournée vers des actions subversives, principalement de propagande. Fait campagne contre la tenue du Mundial sur le sol de la patrie et dénonce l'activité de la Junte. Épouse de Mauricio Luján, interné au camp 3 pour l'assassinat de deux représentants de l'autorité. Le détenu a avoué par écrit la participation d'Elena Alberta aux activités mentionnées, déclarant qu'elle l'a recruté pour la lutte armée. Il reconnaît qu'en tirant sur les policiers il obéissait à des mobiles politiques et à son épouse. Mère de Luis Luján, vingt ans, époux d'une citoyenne espagnole enceinte, demandeur d'asile à l'ambassade d'Espagne. Expulsion du sol argentin recommandée.

Deux paragraphes plus bas, un mot écrit à la machine en majuscules :

DISPARUE

C'était en 1977. À peine quatre jours après que Mauricio Luján eut signé la confession qui l'accusait.

En retournant au métro, Oliverio se rappela le matin où il avait vu pour la dernière fois les yeux dévorants de la Roussotte, écho d'une profondeur étiolée. Oliverio entra une fois de plus dans cette cellule confinée dont l'odeur était insupportable. Il dut supporter la supplique souterraine de la Roussotte quand il lui annonça qu'on allait la tuer. Il se rappelle encore sa surprise en pensant que cette anatomie rongée, à demi nue, couverte de crasse et d'ecchymoses était celle de cette fille qu'il avait connue à vingt ans. La vie est un souffle. Vingt ans, ce n'est rien. Il ne pouvait oublier cette ferme isolée, les étoiles pointues qui s'éteignaient et les cris de la Roussotte suppliant qu'on l'aide. Comme ils étaient différents, les cris qui apportent la vie, de ceux qui apportent la mort ; comme la douleur était différente, bien que la déchirure de la chair soit la même ! Les soldats qui la gardaient creusèrent une tranchée et Oliverio la poussa vers le bord.

— Tu vas rester ici, pour toujours.

Et la Roussotte regarda la ligne d'horizon, où l'aube arrivait sans se hâter.

Deux détonations successives effrayèrent les corbeaux.

23

Barcelone, jeudi 19 août 2010

L'appartement des Amis de la mémoire n'avait pas changé depuis la dernière visite de Mauricio, mais ce matin-là on n'entendait pas Joan Manuel Serrat, et la lumière, pourtant intense, n'avait pas la même pureté. À l'intérieur flottait un vide étrange, comme si quelque chose s'était perdu à jamais. La dame aux cheveux blancs – elle l'avait appelé de toute urgence – pleurait, assise à sa table. Derrière elle, la grande fenêtre ouverte apportait l'écho des enfants jouant dans une cour intérieure.

— Ce qui devait arriver est arrivé, murmura la dame, un petit mouchoir froissé sur ses lèvres rouge vif.

Même les spasmes de ses sanglots étaient doux et harmonieux. Cette femme, dont Mauricio ne connaîtrait jamais l'histoire, excluait la vulgarité, même dans le chagrin. Elle reprit :

— Depuis que vous êtes venu poser des questions sur Oliverio, j'ai compris que rien ne pourrait l'en empêcher. Mais j'aurais préféré, j'en suis désolée, que ce soit vous qui le fassiez, dit-elle tout bas.

Elle ne reprochait rien, elle se bornait à constater l'inéluctable avec résignation.

Mauricio ôta son chapeau. Il n'osait pas la consoler.

— Où est-il ?

Horacio était dans la pièce voisine, assis sur une chaise, tourné vers la lumière d'une fenêtre. Il avait un air grave, et le regard absent. Plus trace du vieillard irascible avec qui

Mauricio avait eu des démêlés la première fois. Ce matin-là, il avait caché la valvule de sa gorge sous un foulard mauve noué avec élégance. Il hocha la tête, signe qu'il le reconnaissait, et regarda Mauricio avec bonté. Il émanait de lui une sorte de complicité.

— La matinée est agréable. Allons faire un tour.

Sa voix, métallique, était presque humaine. Ils se dirigèrent sans se presser vers l'ancien quartier des pêcheurs de la Barceloneta et se mêlèrent aux touristes qui s'installaient avec leur parasol et leur serviette sur les plages de la ville. Aucun des deux ne prononçait un mot. Ils n'étaient pas nécessaires, et pourtant il faudrait bien les prononcer, à un moment ou à un autre.

— Vous savez quoi ? Vous ne m'êtes pas sympathique, mais moi aussi j'aime le tango. Quel est votre préféré ? Le mien, c'est *Cuesta abajo*, avoua Horacio, comme un enfant qui reconnaît une faute qui doit être pardonnée. Ils s'étaient assis à la terrasse d'une guinguette, face à la mer. Sur la table, un verre avec un fond de vin blanc et un cendrier rempli de mégots. Le sol était jonché de noyaux d'olives, au milieu des pigeons et des moineaux qui assiégeaient le lieu.

Horacio fredonna l'air. On aurait cru un phonographe rouillé. Puis il se tut, prit une cigarette et l'alluma. On avait l'impression que chacun de ses gestes recueillait une dernière volonté.

— C'est fait. Je voulais seulement que vous le sachiez. Mais ce n'est pas pour vous que je l'ai fait.

Mauricio hocha la tête. La dame aux cheveux blancs le lui avait déjà dit.

— Pourquoi, Horacio ? Il était votre ami, votre camarade d'armes.

Un regard d'Horacio résuma beaucoup de choses : larmes folles, noms chuchotés qui pour Mauricio n'avaient pas d'histoire, gens jetés des avions, pêcheurs récupérant des cadavres aux yeux dévorés par des poissons verts, sanglots étouffés… Multiples angoisses vibrant dans cette gorge sans cordes vocales, dans cet orifice encombré de mucosités, mal dissimulé sous un foulard mauve. Il fronça le nez, découvrit quelques poils qui jaunissaient. D'autres yeux, sous son regard, lancèrent une pensée au loin, où les enfants cabriolaient sur les vagues, heureux, la peau luisante ; purs.

— J'ai compris que vous n'en auriez pas le cran.

Oliverio n'avait jamais été son ami, ni son camarade. C'était l'homme qui lui avait fait porter le poids de la honte pour toujours, qui lui avait inoculé l'humiliation des mains étranglant un homme. Il y a peu de pitié dans ce geste lâche. Cet officier anglais serait mort de toute façon, mais il serait mort des mains d'Oliverio ou d'individus dans son genre. Pas des siennes, souillées par la lâcheté de ne pas avoir voulu l'aider.

— On ne peut pas vivre avec ça.

Des années après la guerre, Horacio se rendit dans un petit village du pays de Galles, perdu dans les montagnes pierreuses, un lieu où les gens étaient farouches, avaient le nez rouge et les cheveux roux. Ce village, un nom imprononçable, avait un monolithe dédié à ses morts sur la grand-place. Au pied du monument, des fleurs et un cierge que plus personne n'allumait. Une plaque rappelait les noms de ces héros locaux. "Lieutenant McHannan, Thomas, vingt et un ans. Tombé pour la gloire de l'Union Jack aux îles Falkland."

— Sa famille vivait non loin de là, une maison modeste, briques sombres et toit d'ardoise, dans une rue empierrée. Des paysans : le père, gros et gras, avait du poil dans les oreilles, le frère portait une salopette qui sentait la crotte de bique, la mère avait des avant-bras de boxeur… Vous voyez le genre. Ils travaillaient une misérable parcelle avec un vieux tracteur et possédaient plusieurs chiens de berger à longues oreilles. La fiancée de Thomas avait pris son envol avec un vétéran qui avait rapporté un trophée : un petit drapeau argentin arraché à une baïonnette.

Horacio s'attendait à être détesté. Et il s'apprêtait, avec un marteau et des clous, à partir en quête d'un Golgotha qui le délivre des nuits sans sommeil. Mais cette famille l'accueillit au salon où la photographie de l'officier Thomas présidait un autel du souvenir ; on lui montra des photos de lui enfant.

— Ne soyez pas étonné, mon ami, les enfants gallois sont comme les argentins, sauf qu'ils ont des genoux plus osseux et des chevilles plus fortes.

Thomas voulait être soldat. Il en avait toujours rêvé. Et Horacio n'eut pas le courage d'expliquer comment meurent les soldats dans la vie réelle. Il leur raconta ce qu'ils pouvaient supporter.

— J'ai su, dans l'avion qui me ramenait à Buenos Aires avec une photographie de Thomas dans la poche, que je ne pourrais jamais oublier ces jours et ces nuits. Que je haïrais à jamais ces hommes pour qui la boucherie et le massacre étaient leur raison d'être. Et, par-dessus tout, que je haïssais cet officier de marine qui m'avait ordonné d'être un assassin et qui ensuite m'avait épargné un conseil de guerre où j'aurais dû être fusillé. Jamais je ne pourrais oublier le visage du lieutenant de frégate Oliverio Pellegrini.

Il avait consacré tout son temps aux disparus, mais aussi aux vétérans oubliés par la démocratie et ses nouveaux politiciens, aux épouses et à leurs enfants. Et le trou ne s'était jamais refermé, il s'était rempli, comme l'automne, de feuilles mortes.

— Jusqu'à ce jour fameux où il s'est pointé à l'hôpital avec sa fille. Je ne sais pas comment il m'avait retrouvé, ni comment il avait appris ma maladie.

C'était comme si ce vieil Oliverio avait les poches pleines des cris de l'officier britannique, des explosions de l'artillerie, de la misère et la peur de ces journées terribles. La guerre faisait soudain irruption, répandant de nouveau son haleine de bête en putréfaction. Mais Oliverio semblait être au-dessus de tout cela, un homme en paix avec lui-même, avec ses lunettes de myope, son chapeau et un journal enroulé sous le bras. Il parla à peine, sur un ton serein, de la guerre, de la patrie, de l'héroïsme. Il ne dit pas un mot sur l'ordre qu'il avait donné à Horacio. Il fut même assez serein pour lui sourire et lui tapoter l'épaule.

— "Nous n'abandonnons jamais les nôtres", m'a-t-il dit. C'était horrible, car il me considérait comme l'un des siens. J'étais devenu l'un d'eux. Je lui ai demandé de s'en aller, qu'il était un monstre et qu'il m'avait arraché le peu d'humanité qui me restait. Je lui ai juré que si je le revoyais, je le tuerais. Il m'a écouté dans un silence de marbre. J'ai vu l'incompréhension dans son regard. "Après tout, j'ai empêché qu'on te fusille."

— C'est alors que je suis arrivé, comprit Mauricio.

Horacio confirma. Il avait fini sa cigarette.

Pour vivre avec certaines choses, il faut apprendre à leur imposer silence, agir comme si elles n'avaient pas prise sur les sentiments. À force de déni, Horacio avait atteint ce difficile équilibre. La dame aux cheveux blancs, lui avait-il expliqué, était sa sœur. Elle était passée entre les mains du Grupo de tareas, quand elle était jeune, enceinte, et n'avait jamais vu son fils, ou sa fille. Elle ne savait pas quel nom il ou elle portait, ni à quoi il ou elle ressemblait. Des hommes comme Oliverio lui avaient arraché le bébé, lui avaient interdit de le tenir dans ses bras une seule minute. Parfois, attablés pour le dîner, ils sont envahis par les échos sinistres de ces années-là et ils se regardent en silence, comme deux vieux à qui on a volé leur vie.

— Alors, je vous ai espionnés, tous les deux. Vos rencontres au bar, vos passages chez la fleuriste. Cette jeune femme ne sait pas que je l'ai souvent suivie, que ma haine a frôlé sa nuque. J'ai attendu, pensé que vous le haïssiez autant que moi, que je n'aurais pas besoin de presser la détente. Il me suffisait d'être tout près quand vous le feriez pour moi. Ma sœur essayait de me dissuader. Elle ne connaît pas la haine, elle veut seulement s'en remettre. Mais moi, je sais que ce qui est parti ne peut revenir.

Horacio se tut. Il espérait peut-être que Mauricio dirait quelque chose, mais Mauricio n'avait rien à dire.

— Et ce matin, soudain, Oliverio, le Comandante, est apparu à la porte de l'appartement. Il était déconcertant de le voir avancer et reculer. Le bégaiement, sans oser franchir le seuil, le regard fuyant… Il parlait de façon heurtée et répétait des mots comme "pardon", "famille", "avenir", "cancer".

Oliverio se taisait et attendait, comme si Horacio et sa sœur pouvaient lire dans ses pensées. Mais eux, ils étaient pétrifiés de surprise et, pour ce qui concernait Horacio, de colère. Pour la première fois, il se sentait plus fort qu'Oliverio, et cette sensation ne lui causait aucune joie, mais une froide brûlure à l'estomac.

— Il a dit qu'en parlant avec vous, il avait compris beaucoup de choses. Il nous a montré un petit livre crasseux qu'il avait dans sa poche. Il a assuré qu'il avait parlé pendant des heures avec Juan Gelman, et compris ce qu'est récupérer la famille quand tout a été perdu. Il parlait, parlait, et moi je voulais qu'il se taise.

Oliverio ne s'était pas assis. Le frère et la sœur ne le lui avaient pas permis. Il avait la douloureuse certitude que ses paroles étaient inutiles : impossible de fissurer le mur épais qui entourait ses interlocuteurs. Il s'attendait à un commentaire, un reproche, une insulte. Mais pas à ce silence épais.

Horacio lui rappela que des années plus tôt, à l'hôpital, il avait juré qu'il le tuerait s'il le revoyait. Oliverio se souvint de ces propos, la certitude de cet avertissement, et un frisson lui parcourut l'échine. Peu lui importait la mort, c'était ce qui l'attendait. Mais la haine d'Horacio était insupportable. Oliverio sentit qu'à l'instar de lui-même, Horacio était un vieil arbre pourri de l'intérieur. Il eut le temps de dire qu'il voulait aider. Il connaissait encore des gens. Des gens qui pouvaient donner des pistes sur les disparus, sur ce petit ou cette petite qu'on avait arraché à la dame aux cheveux blancs. Elle le regarda, les yeux brillants. Les lèvres d'Oliverio remuèrent, prêtes à parler, mais l'air de défi d'Horacio les referma. Le vieux Comandante quitta l'appartement des Amis de la mémoire.

La matinée était paisible, comme si Barcelone tout entière était plongée dans une réflexion profonde sur sa propre nature. Oliverio marchait lentement, se laissant porter par le monde qui l'épiait derrière les fenêtres, comme s'il connaissait ses secrets. Il s'arrêta au bord de la Gran Vía. De façon inattendue, tout devenait plus transparent. Il devina la présence d'Horacio à deux pas de lui et ferma les yeux pour protéger son cœur. Il était très fatigué. Il respira à fond, avança d'un pas et sentit sa tête exploser.

Pendant quelques secondes, Horacio contempla le cadavre entre deux voitures garées, qui avait un air de pas grand-chose, d'une grosse branche creuse détachée du tronc. Il n'éprouva rien, hormis la sensation d'avoir accompli un acte programmé depuis longtemps.

— On n'est pas encore venu m'arrêter. Ils sont lents, ces policiers.

Mauricio approuva. Sans doute, mais ils viendraient. En tout cas, ce n'est pas lui qui dénoncerait Horacio, même s'il savait qu'en ce moment même c'était son visage à lui, Mauricio, et pas celui du vieux avec son foulard, qui arrivait sur les fax de tous les commissariats.

— Vous pourriez partir avec votre sœur. Allez quelque part. Vous avez quelques heures d'avance.

Horacio haussa les épaules.

— Croyez-moi, Mauricio. Rentrez chez vous. Pas ici. Dans notre pays. Où nous sommes nés. Aucun homme ne devrait mourir loin de ses montagnes, de ses rivières, de ses souvenirs. Mourir en terre étrangère, c'est mourir pour rien.

Sa voix n'exprimait aucune émotion. On aurait dit celle d'un robot, sans vie.

Laura Ojo de Agua ne le savait pas encore. Elle n'avait pas regardé la télévision. Elle ne se doutait pas que le matin même son père avait reçu deux balles dans la nuque en plein cœur de Barcelone. Il était midi. Jusqu'alors, rien ne s'était altéré ; un jeudi du mois d'août comme les autres. Cette normalité surprenait Mauricio, qui épiait Laura, assis sur un banc, sur le trottoir d'en face de la boutique de fleurs Ceibo. Une journée paisible sous un ciel méditerranéen et un soleil de laiton collé aux façades et aux voitures en stationnement. Peu de passants. La fille s'affairait comme toujours derrière son comptoir, paisible dans son monde habitable.

Mais Laura était sur le point de perdre sa vie inventée. En réalité, elle l'avait déjà perdue, même si la routine quotidienne persistait. Elle n'aurait plus à rendre visite à son père, une fois par semaine, à lui faire les courses, à ranger ses médicaments, à lui couper les cheveux, ni à s'occuper du ménage de son appartement. Elle n'aurait plus à se soucier des examens médicaux, des symptômes inquiétants de perte de mémoire et de surdité. Elle ne saurait sans doute jamais que, de toute façon, le cancer du pancréas le dévorait avec une faim vorace. Bientôt, elle n'aurait plus qu'à signer des papiers et des déclarations, à reconnaître le corps. Puis, sans prendre le temps de l'assimiler, elle se chargerait des obsèques, choisirait le cercueil, mettrait en règle les papiers des assurances. Plus tard, passé un certain délai, sa seule obligation à l'égard de son père serait de lui porter des fleurs au cimetière un dimanche par mois. Elle débarrasserait la tombe de ses feuilles mortes en automne et apprendrait le sens de "tu me manques".

Dans les heures à venir, elle entendrait des choses terribles, des choses qu'elle avait peut-être soupçonnées, devinées, mais qui étaient toujours restées à l'abri. On publierait son passé de tortionnaire au Grupo de tareas 3 et des récits peu héroïques aux Malouines. Son père, tellement inventé qu'il n'en avait pas existé de plus réel. Pendant un temps, elle le haïrait. Puis elle le réapprendrait, pas à pas. Elle fouillerait dans sa mémoire pour ressusciter des minutes, des mots voilés, découvrant derrière ces gestes des intentions nouvelles, d'autres interprétations. En définitive, avec un peu de chance, il resterait le père qui l'avait toujours aimée, qui la choyait et la surprotégeait. Et cela pourrait peut-être annuler tout le reste, ou alors jusqu'à la fin de ses jours elle regarderait le portrait de cet homme comme celui d'un étranger. Rien ne peut être pareil quand tout un monde meurt.

Sous l'aile du borsalino, Mauricio l'observait sans se résoudre à entrer une fois de plus dans la boutique. Il pourrait la regarder dans les yeux une dernière fois et lui dire la vérité. Pour lui aussi, c'était la fin, se dit-il. Sans son vieil ami – ennemi –, le dégoût qu'il avait de sa faiblesse, de savoir qu'après tout il avait trahi la Roussotte, n'avait plus d'excuses.

Il releva la tête et vit deux silhouettes qui s'approchaient de la boutique, sur le trottoir d'en face. Des facteurs, en dépit de leur uniforme de policier. Les augures porteurs de mauvaises nouvelles. Ils entrèrent. Mauricio ne pouvait entendre la conversation, mais ce n'était pas nécessaire. Il pouvait l'imaginer. Ils l'informaient avec gravité et Laura Ojo de Agua restait très calme. Comme si, en les voyant arriver, elle avait compris. Elle sécha ses larmes d'un geste sec. Son beau cou oscillait, sérieux, comme s'il cherchait un appui. Les policiers lui montraient quelque chose, une photographie. Elle acquiesçait. Sans doute le portrait de Mauricio.

Le vieil homme ne bougea pas. Il était là, planté de l'autre côté. Il aurait suffi qu'ils se retournent pour le reconnaître. Il n'aurait ni fui ni résisté. Il avait même envisagé de traverser la rue et d'entrer dans la boutique pour se livrer. C'est alors qu'il vit la Roussotte derrière Laura. Elle le regardait, fantôme transparent traversé par les rayons du soleil qui projetaient dans l'air des particules de poussière. Ses multiples regards, ceux qu'elle avait toujours eus, parlaient au vieil homme.

Ça suffit, Mauricio, semblait-elle lui dire, les innocents ne doivent rien à l'agonie des vieux.

À ce moment-là, quelque chose céda. Mauricio sentit physiquement une lassitude et une fatigue infinies, suivies d'un calme écrasant. Les cris du passé se turent, les visions de cellules et de cachots s'éteignirent, les horreurs des mutilés aussi. Mais ce qui céda principalement, balayée par le regard pénétrant de la Roussotte, ce fut la culpabilité.

— Je t'aime, la Roussotte. Je t'ai toujours aimée. Sans toi, la terre n'est rien, les citrons n'ont pas d'odeur, la pluie ne mouille pas. Tu es le lieu d'où je viens…

Elle sourit. La Roussotte sourit, avec un peu de cette ironie qui saluait les envolées mélodramatiques de Mauricio, même si, dans le fond, elle aimait sa façon de l'aimer, à la manière d'un tango démodé.

Ce silence chaleureux réconforta Mauricio. Sa valise à la main, il regarda l'heure. L'avion de retour à La Corogne partirait bientôt. À son tour, il allait devoir récupérer pas à pas le temps perdu, apprendre à naître une dernière fois sans l'excuse de haïr Oliverio. Il avait un petit-fils dont il devait s'occuper. Il restait encore au monde une personne qui dépendait de lui, et cette fois il ne pouvait lui faire défaut. Il ne le renverrait pas à la clinique, mais le remmènerait avec lui à Buenos Aires et lui offrirait une vie nouvelle, des racines différentes qui pourraient croître avec vigueur, loin de cette terre empoisonnée.

Il regarda une dernière fois la Roussotte, elle était devenue aussi jolie qu'éternelle, sans ces rides qui sont les veines où coule le temps. Mauricio toucha le rebord de son chapeau. “À bientôt, ma belle. À très bientôt.”

En descendant la rue, il eut l’impression qu’on le suivait des yeux. Des yeux fixés dans son dos avec insistance. Il préféra ne pas se retourner, car il savait que c’étaient les yeux de Laura Ojo de Agua, et qu’à côté d’elle, à son insu, un fantôme lui caressait les cheveux.

Il prit un taxi devant la façade moderniste de l’hôpital de Sant Pau.

— À l’aéroport, sans se presser. C’est la dernière fois que je vois cette ville.

— Vous êtes au courant ? demanda le chauffeur en le regardant vaguement dans son rétroviseur. On a tué un homme ce matin. Deux balles en pleine rue. On ne parle plus que de cela à la radio.

Mauricio détourna les yeux. Oui, il était au courant.

24

La Corogne, vendredi 20 août 2010
7 heures

— Je ne peux pas dire que la mort d'Oliverio m'attriste.

Ce qui est terrible pour Mauricio, c'est qu'il ne peut pas dire non plus qu'il s'en réjouit.

Ibarra approuve. Il contemple la clarté neuve par la fenêtre de son bureau, les mains dans le dos. Il a décroché les téléphones qui n'arrêtaient pas de sonner. Les voitures des collègues qui prennent leur service le matin commencent à arriver sur le parking du commissariat. Il soupire. Il a encore beaucoup de paperasses à remplir avant de pouvoir rentrer chez lui.

— Pourquoi ne m'avez-vous pas raconté tout cela plus tôt ? Vous saviez que c'était Horacio l'assassin. Vous auriez pu vous épargner les menottes et la cellule.

Mauricio regarde les coupures de journaux encadrées sur le mur.

— Je vous ai presque fendu le crâne, dit-il en montrant la plaie que les infirmiers des urgences avaient refermée. C'était le moins que je puisse accepter.

Ibarra se retourne et dévisage le vieil homme. Il n'y a pas l'ombre d'une ironie. Sa voix est tranquille, sans agitation aucune.

— Ce n'était pas trop grave.

Une heure auparavant, l'hôpital ressemblait à une ruche en colère. Partout, des groupes et des conversations voilées ; il restait quelques journalistes, micro ou magnétophone en main, qui glanaient des informations parmi les patients et le personnel sanitaire. Certains se laissaient aller, ravis de cette minute de gloire. Immédiatement, Ibarra eut besoin de sortir de là et on eut beaucoup de mal à le convaincre qu'il fallait soigner sa blessure à la tête. La doctoresse vint le voir, en tenue de ville. À l'évidence, elle désirait autant que lui oublier cette nuit et retourner au plus vite à ses occupations quotidiennes. Elle eut un sourire fatigué et jeta un coup d'œil sur son cuir chevelu. "Rien de grave", conclut-elle, sans révéler ses vraies pensées. Eva Malher n'était plus à l'hôpital, précisa-t-elle. Son père s'était arrangé pour la sortir discrètement. Elle ne savait pas où on l'avait emmenée ni qui avait autorisé cette sortie. Des policiers en civil s'étaient présentés, des gens importants, qui ressemblaient plus à des politiciens qu'à des fonctionnaires.

Ibarra protesta inutilement. Il y a des gens qui gouvernent le monde en décrochant le téléphone, et M. Malher était l'un d'eux. Ce matin-là, il avait passé plusieurs appels, suffisamment pour que les supérieurs de l'inspecteur décident de ne pas respecter les protocoles. M. Malher dirait comment et quand sa fille pourrait donner des explications pertinentes. Il n'était pas improbable que le juge finisse par se rendre dans la propriété Malher, où Eva déposerait, escortée d'une cohorte prétorienne d'avocats. Tout cela importait peu à la doctoresse. Elle avait remis à Ibarra un feuillet plié. "Ça vient d'elle", précisa-t-elle sobrement.

Il est encore dans la poche d'Ibarra. Un seul mot écrit sur le feuillet : "Appelle-moi." Et un numéro de téléphone.

— On va peut-être vous donner une autre médaille, inspecteur, dit Mauricio.

Ibarra secoue la tête. La chemise encore tachée de sang, il a essuyé les aboiements et les menaces de son chef. Ce connard lui a reproché d'avoir agi seul, sans en informer le commissariat central, quand il a découvert l'identité d'Eva Malher. Il ne l'accuse pas d'avoir été négligent, mais – et ce sont ses propres termes – "de vouloir s'en attribuer tout le mérite". Entre ses dents, il a grommelé quelque chose, un soupçon sur lequel il va enquêter implacablement. Ce crétin est persuadé qu'Ibarra rêve de toucher la récompense promise par la famille. Non seulement c'est illégal, mais, d'après son supérieur, c'est répugnant du point de vue éthique. Éthique. Ce mot a provoqué l'hilarité de l'inspecteur. On peut battre un homme à mort, on peut dissimuler des preuves et en simuler d'autres, on peut fermer les yeux sur ses problèmes de dépression et d'abus d'alcool, et ce n'est pas grave. Mais prétendre accaparer les gros titres qu'un autre croit mériter… c'est inacceptable.

— Cette fois, il n'y aura pas de médaille.

Mauricio porte sur Ibarra un regard plein de vieillesse. Cette vrille pénétrante met l'inspecteur mal à l'aise, et il se demande ce que Mauricio sait, ce que lui a avoué Eva quand elle était Paola. Tout, peut-être, ou rien. Il ne se sent pas jugé par ce vieillard qui vient de voir mourir son petit-fils et pour lequel, malgré tout, il n'éprouve aucune pitié. Il ne voit qu'un vieux, une peau parcheminée semée de taches obscures, un visage couvert de vieilles cicatrices qui se mêlent aux rides. Un vieux qui traîne une histoire que l'inspecteur ne connaîtra jamais. Et ce vieux le regarde comme s'il pouvait lire en lui, comme s'il savait tout, y compris ce que l'inspecteur semble ignorer de lui-même. Il l'observe comme cet autre vieux, son père, et comme ce fou qui l'avait sodomisé. La différence, c'est que Mauricio semble avoir franchi le seuil de cette folie et échappé à l'obscurité, avec des traces de goudron dans les yeux.

— Je peux partir, inspecteur ?

Ibarra ne peut pas l'en empêcher. Horacio a été arrêté et il a avoué. Quant au coup qu'Ibarra a reçu sur la tête… autant l'oublier.

Il le raccompagne à la porte de son bureau.

— Vous aurez sans doute encore à déposer en tant que témoin au procès. Il reste beaucoup de points à élucider. Trois décès : Oliverio, Daniel et le cadavre de Martina. Et tous les trois ont un rapport avec vous.

Mauricio enfonce son chapeau sur sa tête.

— Les vivants ont toujours un rapport avec les morts, inspecteur.

Ils se serrent la main, fermement, sans chaleur. Mais les doigts du vieil homme s'échappent et saisissent la poignée de la porte. Mauricio s'en va. Ces deux hommes savent que tout a été dit.

Ibarra rentre en voiture et voit sur sa droite l'enseigne éteinte de la boîte de nuit. Il se dit qu'il pourrait boire avec Oiseau de Paradis un dernier alcool sans questions, tous deux dépouillés des déguisements de la nuit, et, à la lueur du jour, une demi-cigarette pendant que la femme de ménage ramasse les bouteilles cassées, les verres tachés de rouge à lèvres, les préservatifs aux toilettes et les mégots sur la moquette, pendant que le barman s'occupe du réassort de l'alcool sur les étagères et de la vaisselle, sur cette scène pathétique dépourvue de magie.

Il écarte aussitôt cette idée. Les putains comme Oiseau de Paradis cessent d'être des princesses aux premiers rayons du soleil ; c'est un spectacle déprimant, interdit aux regards étrangers.

Il descend la rampe du parking de son immeuble et reste quelques minutes dans sa voiture. Aux informations, il est question de ce qui s'est passé cette nuit, puis viennent les nouvelles sportives. L'inspecteur ouvre la boîte à gants. Le Beretta est toujours là, avec une balle gravée à son nom. Peut-être pourra-t-il triompher, effacer sur la culasse le souvenir sanglant de l'homoncule, les traces de peau et de chair.

Sous le pistolet se trouve le cahier manuscrit du petit homme. Il le garde toujours sous la main, pour ne pas oublier. Les mots qu'il capte chuintent comme un serpent entre les pierres, visant son cœur. Il referme la boîte à gants et sort de la voiture.

Il rentre chez lui. Il observe avec désarroi les meubles et les objets quotidiens, dans la pénombre des stores baissés. C'est ce qu'il a failli perdre : son "foyer", comme si la seule mention de ce mot pouvait maintenir à distance ce qui se passe au-delà de ses murs, où tout est silencieux. Dans cette quiétude, tout ce qui est arrivé pendant la nuit, pendant chaque nuit, est incompréhensible. Telle est la sensation qu'il éprouve chaque matin quand il revient.

Carmela dort, la main droite posée sur l'oreiller qu'il occupe normalement. Comme si elle protégeait son absence en attendant son retour. Il entre dans la chambre de Samuel. Un monde différent du reste de la maison, plein de sons que seules captent les oreilles sensibles de son fils : le tic-tac du réveil sur la table de nuit, le goutte-à-goutte du petit aquarium, la poussière glissant en avalanches invisibles sur la surface de ses disques vinyles, la vibration inaudible des cordes d'une petite guitare d'enfant. Ibarra s'assied sur le lit, l'embrasse sur le front, écarte une mèche rebelle, remonte le drap sur lui et glisse vers la porte. Il entend alors son fils l'appeler, la voix chiffonnée de somnolence :

— Papa.

Ibarra se retourne.

— Qu'y a-t-il, Samuel ?

— Tu peux baisser le store ? La lumière me gêne.

Un rayon traverse le ramage des rideaux. Ibarra baisse le store et tout est plongé dans une obscurité rassurante.

— C'est mieux ?

Samuel hoche la tête. Il demande aussi si ce soir ils iront voir les Larmes de saint Laurent. Ibarra promet.

Quand il entre dans sa chambre, Carmela est réveillée.

— Quelle heure est-il ? demande-t-elle d'une voix ensommeillée.

Ibarra voit son propre reflet dans la glace de l'armoire. La cravate de travers, le col de chemise taché, le pantalon plein de terre. Il a trop d'années pour ce regard qui lui reproche sa conduite : son haleine alcoolisée, sa rencontre au lupanar avec des oiseaux en papier. Il a du mal à supporter ce regard d'enfant qui voulait être artiste.

Il se déshabille et se réfugie dans la chaleur familière de Carmela.

Et il a envie de pleurer.

— Le jour se lève – c'est un mensonge, pour la retenir encore un peu à côté de lui. Rendors-toi.

25

Argentine, quelques mois plus tard

Très loin, de l'autre côté de l'océan, pas un homme à des kilomètres à la ronde. Mais il y en a eu, pétrissant une poignée de terre rougeâtre et la flairant comme des explorateurs indiens. Peut-être avant les dernières pluies, se dit Mauricio, même s'il n'a jamais compris cette terre baptisée patrie. Près d'un canal à sec, des empreintes desséchées de roues. Aussi loin que porte le regard, rien d'autre que l'horizon. Les ornières se perdent sans trouver aucun chemin, aucun village.

C'est ici. La Roussotte est enterrée quelque part sur cette immensité angoissante, comme sans doute des centaines d'autres. Les coordonnées qu'Oliverio lui a données sont indicatives, impossible de savoir où se situait exactement ce hameau où on l'avait enfermée trente-trois ans auparavant. Il a posé des questions dans le village le plus proche et on l'a regardé comme ce qu'il est : un étranger dans la maison ; un type qui ne sait rien. Il a penché la tête, cachant son regard sous son chapeau, et a vidé sa bière trop chaude. Tout est chaud ici. On dirait que le Colorado n'est qu'à une dizaine de kilomètres.

— Je vous ai déjà dit que vous ne trouverez rien ici, dit le jeune homme qui l'a conduit jusqu'ici dans une vieille camionnette décapotée qui sent la bouse sèche. C'est un garçon très éveillé, un visage plein de taches de rousseur et un nez très court, presque collé à son visage. En un sens, il lui rappelle Dolores.

Pauvre Dolores, repliée sur elle-même, enfermée dans cette maison vide de Punta Caliente, refusant d'avoir des nouvelles de qui que ce soit. Une femme seule, avec les poupées de Martina, buvant et fumant, lisant des livres et écoutant des disques en attendant la mort.

Au volant de la camionnette, le garçon crache une boulette de tabac mâché et essuie la salive avec son avant-bras.

— Écoutez, la nuit tombe et la camionnette a un phare en panne.

Le vent souffle du sud-est, violent, froid et humide. On l'appelle le *pampero*. Mauricio essaie de protéger le bouquet de narcisses derrière ses mains. Il voulait… Il ne sait pas. Chercher sa tombe ; Dolores au moins a un endroit où pleurer, comme Eva Malher, comme Laura Ojo de Agua. Lui, il n'a que cette immensité triste.

— Où es-tu, la Roussotte ? murmure-t-il.

Une rafale plus violente lui arrache les fleurs des mains.

“Dans l'air”, semblent dire les narcisses, qui cherchent tous un endroit impossible où prendre racine.

— Je l'ai trahie, chuchote-t-il.

— Que dites-vous ? lui demande le jeune homme à son volant, qui remarque avec impatience les nuages et la nuit qui s'approchent.

Mauricio se retourne.

— Je l'ai conduite ici.

“Ce n'est pas vrai, semble susurrer l'air. Cette consolation n'existe pas, Mauricio. C'était la vie, mon beau.” Il enlève son borsalino. Le *pampero* fait tourbillonner les cheveux blancs sur cette tête vaincue “de vieux gâteux”, se dit le jeune homme, qui éclate de rire quand le vent arrache le chapeau du vieillard, qui s'élance à sa poursuite comme un jeune chiot. Le rire s'amplifie quand le vieux court, trébuche et tombe en essayant de rattraper son couvre-chef.

Mais le jeune homme ravale son rire quand il voit le vieil homme s'agenouiller, les mains dans la terre sèche, pleurant comme un enfant, et pourtant le chapeau n'est qu'à quelques mètres de ses doigts.

ÉPILOGUE

Trois ans plus tard, 2013

Le sentier prend fin devant une grille en fer forgé ornée de filigranes. Les armoiries – deux têtes de serpent – et l'étendard de la famille scellent les deux battants de l'entrée et affichent clairement que les Malher ne renoncent ni à leur lignage ni à leur origine inventée.

Ibarra enlève ses lunettes de soleil, passe son mouchoir sur ses sourcils pour en éponger la sueur, observe la villa. Édifiée sur un promontoire, elle semble jaillir de la montagne et dévaler vers la mer en vastes terrasses de pierre naturelle. Tout est modéré, exquis. Il sort de sa voiture et se dirige vers l'interphone. Quelques secondes après, il entend l'aboiement d'une voix métallique.

— Que voulez-vous ?

Il présente son visage à l'examen d'une caméra de vidéosurveillance. Il a l'impression qu'un regard indolent et inexpressif l'observe, caché derrière les fenêtres, enveloppé dans les rideaux que la brise pousse à l'intérieur.

Il attend quelques minutes et enfin un grincement active l'ouverture des portes.

L'entrée principale déborde de bougainvilliers et de lierre qui grimpe jusqu'aux balcons. Cette demeure prétentieuse, sous une fausse modestie, incarne l'opulence qui, pour certains riches à la morale luthérienne, est le symbole d'un pouvoir tellement illimité qu'on ne peut y voir la vie que sous un angle de vide absolu. Une minuscule démangeaison s'empare d'Ibarra en avançant sur les gravillons vers un domestique qui l'attend d'un air circonspect, ignorant l'hésitation ostensible des mains du visiteur qui rajuste sa veste d'une coupe correcte mais ordinaire. Les pupilles obscures du domestique le scrutent avec une solennité méprisante, comme si la méfiance envers les intrus était une vertu commune aux employés et aux chiens de garde.

— Mme Malher vous attend sur la terrasse.

Le domestique le précède, entre des rosiers odorants et de grandes jarres en terre cuite débordant de lavande, de menthe et de romarin, chemins olfactifs qui mènent directement à la partie la plus orientale de la maison, tournée vers la Méditerranée. Le grondement sourd de la houle monte comme un orgue d'église jusqu'à la piscine ornée d'azulejos turquoise.

Eva Malher est assise face à la mer, jambes croisées, dans un fauteuil en osier. Ses côtes semblent souligner chacune de ses vertèbres. Elle a l'air distrait, mais la fermeté avec laquelle elle a resserré les jambes suggère qu'elle est consciente d'elle-même et de l'arrivée d'Ibarra. Son insouciance est destinée à un œil invisible qui la surveille sans doute du haut d'un balcon. Elle se tourne légèrement, les paupières mi-closes lourdes de soleil et de mer, quand le domestique annonce avec une gravité d'huissier la présence de l'ancien inspecteur. Elle congédie le domestique d'un geste et son regard lointain s'émeut en se posant sur Ibarra.

— Je savais que tu viendrais, tôt ou tard.

Ibarra sourit d'un air las.

— En ce cas, tu en savais plus long que moi.

Il a du mal à reconnaître qu'il la trouve toujours étonnamment belle. L'Eva Malher en chair et en os qu'il avait trouvée rouée de coups à l'hôpital n'existe plus. Mais celle-ci est sans doute plus proche de l'image pathétique, frivole et inconséquente que proposent les magazines. Cette femme du monde, corps svelte et la taille ferme, éclairée de biais par le soleil, possède la décadence cynique des photographies, les pommettes hautes et impersonnelles. La vraie Eva n'a sans doute pas besoin de la complaisance des bijoux ou des impostures pour que sa présence s'impose sur tout ce qui l'entoure. Il suffit de ce mouvement des paupières, prêtes à s'échapper au moindre signe de danger, et de ces yeux minéraux contre lesquels s'écrase tout effort sans jamais les entamer. Un caprice avantageux de la nature.

— Tu veux un verre?

— C'est un peu tôt.

— Il n'est jamais trop tôt pour commencer ni trop tard pour s'arrêter. N'est-ce pas ce que tu disais?

— Trop tard pour changer de rythme, mais je te remercie, je ne veux rien.

Elle paraît déçue, mais elle se ressaisit.

— Tu vas au moins rester déjeuner. Nous avons beaucoup de choses à nous raconter – son regard dessine un horizon mélancolique. Ici, il n'y a personne avec qui parler du passé.

Ibarra n'a pas l'intention de rester plus longtemps que nécessaire. Il lance un regard vague à la ronde et se demande pourquoi il est là au lieu d'être avec sa famille. Il y a encore quelques jours, il n'avait qu'une envie, effacer ces événements de sa mémoire.

— J'ai lu quelque part que tu as quitté la police.

C'est vrai. Tout silence a un prix. Après Punta Caliente, les choses se sont compliquées pour lui. Ses supérieurs ont vu en lui une menace. Il était devenu trop populaire. D'un autre côté, l'affaire Amanda et la mort de l'homoncule exerçaient une pression grandissante. Aussi étaient-ils arrivés à un accord : Ibarra se retirerait sans bruit ni scandale. En échange, le dossier Amanda ne serait pas rouvert. M. Malher était le premier à le souhaiter; il lui avait discrètement versé la récompense, avec un petit supplément, à condition de ne jamais faire la moindre allusion à sa fille ou aux événements de Punta Caliente. Une autre des conditions imposées par les avocats de la famille était l'interdiction absolue d'entrer en contact avec Eva. Sa présence en ce lieu ce matin lui fait courir un gros risque.

Bien sûr, Eva Malher sait tout cela. Comme elle doit savoir que Mauricio Luján est mort l'hiver dernier d'un infarctus dans une rue de Buenos Aires. La seule personne qui est allée à son enterrement, c'est Laura Ojo de Agua. Dolores est retournée à Lisbonne, où elle a ouvert une petite librairie. Elle s'est remariée, avec un homme quinze ans plus jeune qu'elle, un musicien polonais. Ibarra ignore si elle est heureuse. Quant à lui, il est un retraité anonyme. Les menaces et les commentaires sur internet ont persisté quelque temps, mais ils ont fini par se dissoudre dans le marais quotidien du web. Maintenant, il passe ses journées au milieu des gens simples, dans un village d'Estrémadure qui ne sait rien de lui, entouré de gens modestes dans leurs aspirations et dans le contenu de leurs tragédies respectives. Des gens qui s'émeuvent d'une chanson à la radio, qui assistent au match dominical comme à la liturgie d'une messe, et qui ne parlent politique que du bout des lèvres. Il a une maisonnette et un petit atelier de menuiserie attenant où il restaure des meubles – il s'est découvert ce talent. Samuel l'aide, et il se débrouille bien. Son fils va mieux, mais son amélioration sera toujours fragile et suspecte. Il aime agiter la clochette en ouvrant la porte et s'asseoir sur le trottoir au milieu de la poussière que les gamins soulèvent en été en jouant au ballon dans le terrain vague. Carmela… Ma foi, elle se partage entre ses mélancolies et ses réunions d'un groupe de yoga qu'elle a elle-même constitué.

La vie suit son cours. Plus rien ne retient Ibarra dans le passé, ni les liens du sang ni l'orgueil, encore moins les vanités vaincues. Personne n'attend rien de lui, si ce n'est qu'il disparaisse sans faire de bruit.

Mais quelques jours plus tôt, alors que Carmela décrochait les chemises des cintres et vidait méthodiquement l'armoire, elle tomba sur le cahier de l'homoncule.

— Qu'est-ce que c'est? demanda-t-elle à Ibarra après en avoir lu quelques pages.

À l'intérieur se trouvait le papier où Eva Malher avait écrit son numéro de téléphone.

Ce qu'on ne connaît pas ne peut nuire ; elle aurait pu laisser le cahier où il était, caché, oublié, mais Ibarra s'assit au bord du lit et se replongea dans sa lecture. Quand il eut fini, il faisait nuit noire. Et il sut qu'il ne pourrait se débarrasser du passé aussi facilement. Les joies sont courtes dans la vie, et il avait encore assez d'énergie pour profiter de ses dernières années. Mais pour cela, il avait besoin de revoir Eva, de la voir en face une nouvelle fois et de lui remettre ce cahier. Ensuite, il pourrait s'en aller, comme si le chemin derrière lui n'avait jamais existé.

Ibarra sort le cahier de sa poche et le pose sur la table basse, à côté d'un pot en terre où flottent dans une essence huileuse des feuilles sèches de laurier et quelques fleurs blanches.

— C'est le cahier de l'homme qui a tué Amanda. Une sorte de journal.

Eva n'ose pas le toucher. Elle regarde Ibarra avec un douloureux reproche.

— Tu l'as lu ?

Ibarra l'admet. Il dévisage cette femme, qui a bouleversé sa vie dans un sens qu'il consacrera le reste de son existence à élucider.

Il s'apprête à s'en aller, mais la voix d'Eva le retient.

— Tu étais là, quand Daniel a sauté dans le vide ?

Ibarra acquiesce sans se retourner.

— Personne ne veut me parler de ce moment, dit Eva, la voix rêveuse, pensant peut-être à certains épisodes secrets de sa vie. Il était spécial ; en dépit de tout, Daniel était un esprit libre.

Ibarra la regarde avec amertume.

— Tout ce que je sais, c'est que ce garçon ne savait pas voler.

Ce soir, je suis retourné sur la lande. Amanda est toujours sous les étoiles. La faune nocturne ne l'a pas encore dévorée. Elle est encore parfaite sous la lune. Il y a des espaces infinis dans la nuit, où les mots se fracassent contre le silence. Elle me parle. L'univers entier au-dessus de ma tête est ivre de folies et de désespoirs. Les constellations brillent, on entend ronronner l'engrenage qui actionne le tout, mécanique indifférente et parfaite.

J'entends une chouette. Souhaitons que ce soit de bon augure. Mais ce n'est pas le cas.

Je m'assieds à côté d'elle et je lui parle aussi, en fumant une cigarette. Je crois qu'Amanda est endormie et qu'elle m'entend dans ses rêves. Les morts, quand ils dorment, rêvent qu'ils sont vivants. Mes yeux parcourent lentement son immobilité. J'ai envie de lui dire que ma vie et celle de sa mère sont maintenant tellement fragiles, que j'envie presque sa rigidité, étrangère à n'importe lequel d'entre nous. Elle n'a plus ces doutes arrachés à la nuit. Pendant des heures j'accumule ses instants de vie, je me rappelle ses respirations dans l'obscurité de la salle de cinéma. Elle me regarde avec un vague reproche et je ferme les yeux devant tant d'embarras. Petite, ne me déteste pas.

J'avais l'espoir que tu aurais déjà retrouvé son corps, inspecteur. Les nerfs à fleur de peau, j'ai souhaité que tu sois là à m'attendre. Toi seul peux m'arrêter. Je sais ce que tu ne sais pas. Je t'observe depuis longtemps. Et je comprends qu'en toi quelque chose s'est brisé depuis longtemps. Tes yeux, Germinal, sont comme les miens. Ils cherchent loin, très loin. Et sur leur frontière, il y a un abîme braqué sur ton cœur. Que t'a fait la vie, pour que tu me ressembles autant?

Déçu, furieux, je rentre tout seul à la maison, mes pas s'arrêtent là où la terre s'épuise, où les âmes disparaissent, où les hommes vacillent, où les mères crient, où l'infini devient néant.

Je t'attends encore, Germinal. parce que je sais que tu me comprendras et que tu me donneras ce que je te supplie de me donner. Le monstre regarde la lumière du jour avec défiance, il se cache dans la routine quotidienne, il sourit à ses enfants et caresse la joue de son épouse. Il feint d'être heureux. Mais derrière les rideaux, il épie et cherche une nouvelle proie.

Une nouvelle fille, ses parents viennent d'emménager dans l'appartement voisin. Et dans le cœur du monstre reprend le dessus l'acier glacé qui attend la nuit.

Cours, Germinal. Cours jusqu'à moi, et bâillonne pour toujours ce murmure insatiable.

— Que se passe-t-il, ma fille?

Eva ne peut quitter le cahier des yeux. M. Malher pose la main sur une épaule soucieuse.

— Eva…

Elle secoue la tête et serre fort les paupières.

— Je vais bien. S'il te plaît, j'ai besoin d'être seule, dit-elle d'une voix brisée.

Elle se dirige vers les marches taillées dans le rocher qui descendent vers la crique.

Tout commence où autre chose s'achève. Elle ne sait pas pourquoi il lui semble que c'est la chanson douce qu'apporte la nonchalance des vagues. Elle laisse l'écume lui mouiller les pieds. Le soleil brille, puissant et invincible, sur la surface transparente de la mer.

C'est sans doute ce que veut lui dire Germinal. La nuit s'achève, le jour commence, mais certaines personnes restent coincées dans cette heure frontalière qu'est le moment du reproche. Elle ferme les yeux et laisse la chaleur l'enrober. Peu importe si elle pleure, elle n'en a pas peur, et les larmes coulent, nourries par tant de chagrin, tant d'absence.

Ensuite, elle n'a plus qu'à rouvrir les yeux et à jeter ces mots à la mer, à arracher une feuille après l'autre et à confier au vent et aux vagues leur disparition. À laisser les heures continuer de chercher leur destin.

DANS LA MÊME COLLECTION

LA TRISTESSE DU SAMOURAÏ

roman traduit de l'espagnol
par Claude Bleton

Mise élégante et port altier, une femme arpente les quais de la gare de Mérida au petit matin. Des passagers apeurés n'osent croire que la guerre est finie, mais Isabel fait partie de la caste des vainqueurs et n'a rien à redouter des phalangistes arrogants qui battent le pavé en ce rude hiver 1941. Elle presse la main de son plus jeune fils et écrit à l'aîné, qu'elle s'apprête à abandonner, les raisons de sa fuite.

Le train pour Lisbonne partira sans elle. L'enfant rentre seul chez son père, obnubilé par le sabre qu'un homme vient de lui promettre. Il n'est encore qu'un petit garçon vulnérable, très attaché à sa mère. Et Isabel disparaît pour toujours.

Des années plus tard, une avocate envoie sous les verrous un inspecteur jugé coupable d'une bavure policière. Évidences et preuves s'amoncellent : la joute est trop aisée et la victoire trop belle. María vient de libérer quatre décennies de fureur, de vengeance et de haine dont elle ignore tout et qui pourtant coulent dans ses veines.

De l'après-guerre espagnol à la tentative de coup d'État de février 1981, la saga familiale abonde en complots, enlèvements et trahisons qui marquent trois générations au fer rouge. Un instituteur de village s'est épris d'une femme trop grande pour ses rêves. Faute originelle qui a transformé les enfants en psychopathes, les victimes en bourreaux, le code d'honneur des samouraïs en un pitoyable massacre.

Se jouant à merveille d'un contexte historique opaque, *La Tristesse du Samouraï* est un intense thriller psychologique qui mène les personnages aux limites de leurs forces pour briser la transmission héréditaire d'un péché mortel.

LA MAISON DES CHAGRINS

roman traduit de l'espagnol
par Claude Bleton

Eduardo tente de survivre dans un appartement sans âme, grâce à l'alcool et aux psychotropes que lui prescrit la psychiatre chargée de sa réinsertion. Il vient de purger une peine de prison pour le meurtre du chauffard qui a tué sa femme et sa fille, voilà quatorze ans. Peintre autrefois coté, il gagne sa vie en exécutant à la chaîne des portraits anonymes que sa galeriste place dans les grandes surfaces. Un jour, celle-ci lui transmet une bien étrange commande : une célèbre violoniste lui demande de réaliser le portrait de l'individu qui a tué son fils. Elle veut pouvoir déchiffrer sous les traits de l'homme les caractéristiques de l'assassin. Unis dans la même douleur, la commanditaire et l'artiste ouvrent bientôt la boîte de Pandore, déchaînant tous les démons qui s'y trouvaient enfouis.

Le pinceau d'Eduardo met au jour une galerie d'êtres tourmentés, enfermés dans un drame qui a figé leur existence : un jeune Chinois androgyne qui fait commerce de son corps, un fils de combattant de l'OAS enrichi par le gaz et le pétrole d'Alger, un ex-agent de la police politique de Pinochet, un Arménien sans foi ni loi, une jeune fille abusée par l'amant de sa mère, un mercenaire soufi… Autant de personnages qui hantent la maison des chagrins, pris au piège d'une vengeance désespérée et d'un hasard qui n'est que l'autre nom du destin.

Assemblant sous les yeux du lecteur les mille et une pièces d'un terrifiant puzzle, Víctor del Árbol signe un roman vertigineux de maîtrise, glaçant de noirceur et désarmant d'humanité.

TOUTES LES VAGUES DE L'OCÉAN

roman traduit de l'espagnol
par Claude Bleton

Gonzalo Gil reçoit un message qui bouleverse son existence : sa sœur, de qui il est sans nouvelles depuis de nombreuses années, a mis fin à ses jours dans des circonstances tragiques. Et la police la soupçonne d'avoir auparavant assassiné un mafieux russe pour venger la mort de son jeune fils. Ce qui ne semble alors qu'un sombre règlement de comptes ouvre une voie tortueuse sur les secrets de l'histoire familiale et de la figure mythique du père, nimbée de non-dits et de silences.

Cet homme idéaliste, parti servir la révolution dans la Russie stalinienne, a connu dans l'enfer de Nazino l'incarnation du mal absolu, avec l'implacable Igor, et de l'amour fou avec l'incandescente Irina. La violence des sentiments qui se font jour dans cette maudite "île aux cannibales" marque à jamais le destin des trois protagonistes et celui de leurs descendants. Révolution communiste, guerre civile espagnole, Seconde Guerre mondiale, c'est toujours du côté de la résistance, de la probité, de l'abnégation que ce parangon de vertu, mort à la fleur de l'âge, a traversé le siècle dernier. Sur fond de pression immobilière et de mafia russe, l'enquête qui s'ouvre aujourd'hui à Barcelone rebat les cartes du passé. La chance tant attendue, pour Gonzalo, d'ébranler la statue du commandeur, de connaître l'homme pour pouvoir enfin aimer le père.

Toutes les vagues de l'océan déferlent dans cette admirable fresque d'un XXe siècle dantesque porteur de toutes les utopies et de toutes les abjections humaines.

OUVRAGE RÉALISÉ
PAR L'ATELIER GRAPHIQUE ACTES SUD
ACHEVÉ D'IMPRIMER
SUR ROTO-PAGE
EN NOVEMBRE 2016
PAR L'IMPRIMERIE FLOCH
À MAYENNE
POUR LE COMPTE DES ÉDITIONS
ACTES SUD
LE MÉJAN
PLACE NINA-BERBEROVA
13200 ARLES

DÉPÔT LÉGAL
1re ÉDITION : JANVIER 2017
N° impr. : 90338
(Imprimé en France)